De gloriedagen van Walter Gom

CW01660335

Van Marcel Vaarmeijer is verschenen:

De gloriedagen van Walter Gom[e]

[e] Ook als e-book verkrijgbaar

Marcel Vaarmeijer

DE GLORIEDAGEN VAN WALTER GOM

UITGEVERIJ LUITINGH-SIJTHOFF

MIX
Papier van verantwoorde herkomst
FSC® C004472

Uitgeverij Luitingh-Sijthoff en drukkerij Bariet vinden het belangrijk om op milieuvriendelijke en verantwoorde wijze met natuurlijke bronnen om te gaan.

Eerste druk 2015
Tweede druk 2015

© 2015 Marcel Vaarmeijer
en uitgeverij Luitingh-Sijthoff B.V., Amsterdam
Alle rechten voorbehouden
Omslagontwerp: Studio Jan de Boer
Foto auteur: Ineke Oostveen
Typografie: Wim ten Brinke

ISBN 978 90 245 6561 0
NUR 301

www.marcelvaarmeijer.nl
www.lsamsterdam.nl
www.boekenwereld.com

‘Is er zalf voor mijn wond,
vindt zij nog genezing weer?’
En de Raaf zei: ‘Nimmermeer!’

‘De Raaf’, Edgar Allan Poe

1

‘Ik ben een man zonder talent,’ zei Walter Gom.

Het was een warme zomeravond. We zaten op het achterbalkon van zijn tweekamerwoning. Walter droeg een korte bontjas, leren handschoenen en een blauwe pet met oorkleppen. In de binnentuinen was het stil. De meeste bewoners waren op vakantie, de achterblijvers lazen een tijdschrift of lagen lusteloos op het droge gras.

‘Als kind zat ik op klarinetles. Drie dagen. Toen zei de leraar: “Ik heb veel geluiden uit een klarinet gehoord, maar dit lijkt nergens op.”’

Ik nam een slokje water. Walter keek stoïcijns voor zich uit. Zijn huid was bleek. Ondanks het mooie weer meed hij de zon alsof het zijn aartsvijand was. Het tekort aan vitamine D dat hij als gevolg daarvan had opgelopen, vulde hij aan met pillen.

‘Zwemles heb ik ook gehad. Eerst oefenden we de schoolslag op een bankje. Daarna gingen we het water in en moest de badmeester mij van de bodem vissen.’

Op een kleine tafel in zijn keuken stonden vijfenvijftig potjes vitaminen en andere voedingssupplementen. Elke ochtend, nadat Walter om zes uur was opgestaan, ging hij in zijn pyjama aan de tafel zitten en slikte uit ieder potje een pil. Daarna at hij een zoete druif om de wrange smaak uit zijn mond te spoelen en kroop hij weer in bed. ‘Zo leven astronauten ook,’ verklaarde hij. ‘Tijdens een ruimtereis heb je geen tijd om ziek te worden. Waarom zouden wij op onze reis met minder genoegen nemen?’

Walter Gom was mijn bovenbuurman. Hij woonde er al drie maanden toen ik hem voor het eerst hoorde. Tot dan toe was het muisstil geweest: geen lompe voetstappen op de vloer, geen dreunende tv, geen jengelende muziek. Geluiden die ik gewend was te horen toen mevrouw Winter er nog woonde. Mevrouw Winter – of Anna, zoals ik haar na verloop van tijd mocht noemen – was slechthorend en luisterde graag naar klassieke muziek. Ik had geen benul van het genre, maar na een jaar kende ik vrijwel alle componisten en hun grootste werken uit mijn hoofd. Het waren vooral de rustige stukken waar Anna Winter van hield. Wanneer er een rumoerig stuk begon, zette ze met de afstandsbediening het geluid wat zachter of legde een ander plaatje in de cd-speler. Op een avond in januari hoorde ik de *Radetzkymars* langer dan gewoonlijk door het plafond denderen. Anna sukkelde al geruime tijd met haar hart, ik wist meteen dat het mis was. Met de reservesleutel, die ze mij voor noodgevallen had gegeven, haastte ik mij naar boven en trof haar dood in de leunstoel aan. De afstandsbediening was uit haar hand gevallen en haar hoofd hing op haar rechterschouder. Een paar tellen stond ik daar, geschokt en bedroefd. Toen liep ik naar de stereo-installatie en verving de *Radetzkymars* door het eerste pianoconcert van Chopin. Sterven op zich is al erg genoeg, maar een levenseinde met Johann Strauss grenst aan het onmenselijke.

Niet lang na de ontruiming werd de woning opgeknapt en te koop gezet. Maanden hoorde ik niets. Er waren wel wat kijkers geweest, had meneer Van Ravenstein, onze huismeester, mij verteld: een jong stel waarvan het meisje hoogzwanger was, een student met een rijke vader en een Duitse zakenman met een hond. Omdat ik overdag op mijn werk was, had ik geen van de kandidaten gezien, maar ik was blij dat niemand had toegehapt. Na vijf luidruchtige jaren was ik nog niet toe aan een huilend kind, een dronken student of een blaffende hond. Rust had ik nodig, en rust zou ik krijgen: drie maanden en vijftien dagen om precies te zijn, toen hoorde ik plotseling een doffe bons, alsof er een schoen op de vloer viel. Sinds de dood van Anna Winter leefde ik in de overtuiging dat de woning boven mij leeg was. Van meneer Van Ravenstein had ik niets meer gehoord en het bordje van de makelaar hing nog op het raam. Het moest dus wel een inbreker zijn.

Heel even dacht ik erover de politie te bellen. Maar het was 4 mei en de dodenherdenking op de Dam was in volle gang. Bij dergelijke evenementen worden altijd veel agenten ingezet, waardoor de kans klein was dat er nog een knulletje rondliep om mij uit de brand te helpen. Er restte mij dus niets anders dan zelf in actie te komen. Gewapend met een versleten schilmesje sloop ik de trap op en stak de reservesleutel in het slot. Voorzichtig opende ik de deur. De hal was leeg en de muren waren smetteloos witgekalkt. Ooit was dit een warm gezellig halletje, nu leek het wel de wachtkamer van een tandarts. Zo wil het jonge volk dus leven: in een omgeving die overeenkomt met hun mentale gesteldheid. Ik liet de deur openstaan, zodat ik direct kon vluchten indien de boef mij te lijf wilde gaan, en liep richting de woonkamer. Daar had ik wat onrustige lichtflitsen gezien, mogelijk van een zaklantaarn. Met een zucht schraapte ik mijn laatste restje moed bijeen en stormde de woonkamer binnen. Net als de hal was ook deze ruimte volledig witgeverfd, maar leeg was zij niet. In het midden van de kamer zat een slanke man van een jaar of vijftig op een brede verstelbare leunstoel. In een hoek stond een ouderwets ladekastje met daarop een absurd grote plasma-tv. De tv stond aan, vandaar de onrustige lichtflitsen. Het geluid was uitgeschakeld, maar met de teletekst, die onder in het beeld meeliep, was de uitzending goed te volgen.

'Mijn excuus voor de overlast,' zei de man, die zijn blik op het tv-scherm gericht hield. 'Ik liet een appel vallen, het zal niet meer gebeuren.'

Verbouwereerd bleef ik staan en stak het schilmesje in de achterzak van mijn spijkerbroek. 'Neem me niet kwalijk,' zei ik. 'Ik dacht...'

Ik kon mijn zin niet afmaken, omdat de man vermanend zijn hand opstak. 'Een moment, alstublieft, de minuut stilte is begonnen.'

Samen keken we naar de tv. De teletekst was verdwenen en de koningin toonde ons haar beste begrafenisgezicht. Ook de kroonprins en zijn lieflijke echtgenote stonden er weer sombertjes bij.

Halverwege verloor ik mijn belangstelling en keek nieuwsgierig de kamer rond. Tegen de rechtermuur stonden twaalf verhuisdozen opgestapeld, met het plakband er nog op. Aan de linkermuur hing een kleurrijk schilderijtje in een oude lijst. Veel verstand van kunst had ik niet, maar aan de stijl zag ik dat het een Monet was. Een reproductie welteverstaan, want een originele is alleen voor de allerrijksten betaalbaar. Tegen de plint onder het schilderij stonden vijf paar zwarte gepoetste schoenen. Elke schoen stond op een rood kussentje. Vermoedelijk zaten de schoenen aan de kussentjes vastgelijmd, omdat de man in de stoel ook zo'n paar droeg en ik had, buiten het vallen van de appel, nog geen ander geluid gehoord. Verder stond er een blauwe omgekeerde emmer met een flesje bronwater erop naast de leunstoel, en lagen er twee zwarte velours gordijnen aan een metalen rail voor het raam. Alles wees erop dat de man er hooguit een paar dagen woonde en het huis nog moest worden ingericht.

'De minuut is voorbij,' zei hij, 'u kunt spreken.'

Ik draaide mijn gezicht naar de man toe. Hij keek nog altijd naar de tv en scheen niet de minste interesse in mij te hebben.

'U mag ook vertrekken als u wilt,' vervolgde hij. 'Ik kan mij voorstellen dat u zich niet op uw gemak voelt in mijn nabijheid. Dat is wel het laatste wat ik wil, dat mensen zich door mijn toedoen ongemakkelijk voelen.'

'Nee... nee, dat is het niet,' stamelde ik. 'Ik dacht dat er een inbreker in uw huis rondliep, daarom kwam ik naar boven. Hier is de sleutel. Hij is van de vorige bewoner. Of *was*, want ze is dood.'

Ik legde de sleutel op de emmer en verliet snel de woning. Thuis nam ik een hete douche. Ik voelde mij vuil: besmeurd met schaamte en spijt. De indringer die ik had gezocht, bleek ik zelf te zijn.

'Fietsen, dat kan toch iedereen, zou je zeggen. Je begint op een kinderfiets met zijwieltjes. Na verloop van tijd mogen de zijwieltjes eraf en holt je vader met je mee. Hij houdt het zadel stevig vast, net zo lang tot je het alleen kunt. Maar mijn zijwieltjes mochten er niet af. Tot mijn dertiende heb ik met die dingen rondgereden, toen ben ik maar gaan lopen.'

Op een balkon aan de overkant ging een deur open. Een jonge vrouw in een kort jurkje hing een bikini en een badlaken aan de waslijn. Ze was naar het strand geweest of een zwembad. Haar lange haren waren nog nat en ze was flink verbrand, vooral op haar schouders. Het jaar daarvoor lag ik zelf nog geregeld op het strand, maar daar had ik sinds mijn omgang met Walter geen behoefte meer aan. Het leek wel of al mijn oude verlangens en gewoontes door zijn serene aanwezigheid waren verdwenen. Ik kocht geen kleren meer, ik ging niet meer naar cafés, nachtclubs en andere benauwde feestpaleizen, het contact met mijn familie verwaterde en mijn abonnement op de sportschool had ik opgezegd. Het enige wat ik nog deed was mezelf opmaken, dat vond Walter fijn. Hij had het nog nooit gezegd – zoiets zou hij hoogst ongepast vinden – maar ik zag het aan zijn stralende blauwe ogen. Daarin stond alles te lezen wat voor mij van belang was: de juiste kleur van mijn nagellak, de geschikte jurken en rokjes die ik droeg, de manier waarop ik zat, liep en sprak. Zolang Walters ogen straalden, wist ik dat hij tevreden was. En als Walter tevreden was, was ik het ook.

'Leren was evenmin een succes. Ik doorliep de lagere school in zes jaar, omdat mijn moeder bevriend was met de directeur. Maar in de brugklas van de middelbare school viel ik door de mand. Welk vak het ook betrof, hoger dan een twee scoorde ik niet. Na een halfjaar vroeg de conrector: "Wat is er toch met jou aan de hand, jongen? Het lijkt wel alsof je er niet bij bent." Dat is het, dacht ik, ik ben er niet bij. Ik ben er nog nooit bij geweest en ik zal er ook nooit bij zijn.'

Een dag na de beschamende confrontatie met mijn bovenbuurman bezocht ik meneer Van Ravenstein, die op de begane grond woonde. Ik vroeg hem wie de nieuwe eigenaar van de woning was en waarom hij mij niet van zijn komst op de hoogte had gesteld.

'Een oud mens heeft het huis gekocht,' antwoordde hij gelaten, 'niet voor haar maar voor haar zoon. Ze beloofde dat hij geen kabaal zal maken en zich keurig aan de leefregels zal houden. Een naamplaatje boven de bel vond ze niet nodig. Zijn post wordt voorlopig in mijn brievenbus gegooid en elke dag door een butler opgehaald. Hij is ook degene die de verhuizing heeft geregeld, op een doordeweekse dag, zodat jij er geen last van zou hebben.'

'En het bord van de makelaar, waarom hangt dat nog op het raam?'

'Dat wilde ze graag. De makelaar weet ervan en vertelt alle gegadigden dat de woning net is verkocht.'

We zaten in het keukentje. Meneer Van Ravenstein was weduwnaar en sleet de meeste dagen in de keuken, waar hij dichter bij de koelkast zat en sneller zijn flesjes bier kon pakken.

'Wat is dit voor flauwekul?' zei ik. 'Is die zoon soms een crimineel, een psychiatrisch patiënt?'

Meneer Van Ravenstein glimlachte. In zijn woelige baard zat een plukje tabak en zijn overhemd rook naar natte kranten. 'Maak je niet druk, Iris. Met die zoon is niets mis. Hij kan alleen niet koken, daarom brengt de butler hem elke middag een warme maaltijd.'

'En in het weekend eet hij brood zeker, zodat ik geen last zal hebben van de butler.'

'Precies,' zei meneer Van Ravenstein, 'je begint het te begrijpen.'

Geërgerd vouwde ik mijn armen over elkaar. 'Absurd, die hele situatie is absurd.'

Meneer Van Ravenstein trok de deur van zijn koelkast open. Hij vroeg of ik ook een flesje bier wilde, maar ik stond op en vertrok zonder gedag te zeggen.

In de daaropvolgende dagen dacht ik voortdurend aan mijn mysterieuze bovenbuurman. Hij wilde niemand tot last zijn, maar toen ik tijdens de dodenherdenking in zijn kamer stond, had hij niet eens het fatsoen gehad mij aan te kijken. Zo bot en respectloos was ik nog nooit behandeld. En hoe zat het met de hygiëne? Iemand die zich 's avonds en in het weekend niet wast en het toilet niet doortrekt, komt onherroepelijk in de stank te zitten. En stank trekt altijd naar beneden. Is dat soms geen overlast?

Ook tijdens mijn werk op het notariskantoor dacht ik aan hem. Ik kon mij nauwelijks concentreren en maakte fouten die ik gewoonlijk niet maakte. Na vier dagen besloot ik mijn collega en beste vriendin Sofie op de hoogte te brengen.

'Ik vind het niet zo raar,' zei ze. 'Ieder mens mag leven zoals hij wil. Wees blij dat hij geen harde muziek draait, of de hele nacht met een meid ligt te stoeien. Daar ben ik sinds kort mee gezegend. Naast mij woont een jonge knaap die gek is op housemuziek, en 's nachts is het een gekreun en gesteun vanjewelste. Ik slaap met oordopjes tegenwoordig, anders doe ik geen oog meer dicht.'

Dat was niet de reactie waarop ik had gehoopt, maar Sofie had wel een punt: mijn nieuwe bovenbuurman maakte tenminste geen herrie. Hij liep op kussentjes door het huis, hij keek tv zonder het geluid aan te zetten en had zich beleefd verontschuldigd voor de appel die hij per abuis op de vloer had laten vallen. Wat dat betreft mocht ik niet klagen. De man gedroeg zich een beetje vreemd, maar het had erger gekund.

'Hoe heet hij eigenlijk,' vroeg Sofie met een schalks glimlachje op haar gezicht, 'die nieuwe buurman van je?'

Ik zat op de rand van haar bureau. De notaris voor wie Sofie werkte was naar een spoedvergadering met een belangrijke cliënt, mijn notaris had een vrije dag. Ik had ook thuis kunnen blijven om te zien of er echt een butler langskwam om mijn bovenbuurman een warme maaltijd te brengen, maar dat kon altijd nog, als ik een verplichte snipperdag moest opnemen.

'Geen idee,' antwoordde ik. 'Maakt het wat uit?'

'Natuurlijk maakt het wat uit. Misschien is hij wel beroemd en verblijft hij tijdelijk in de woning om tot rust te komen. Of een buitenlandse prins die van zijn ouders een jaartje in een vreemd land moet wonen om te ervaren hoe het leven van een gewone burger eruitziet.'

'Klets geen onzin,' zei ik, terwijl ik van het bureau stapte en de zoom van mijn rokje omlaag trok, 'die vent is niet beroemd. En hij spreekt accentloos Nederlands, dus een buitenlandse prins is hij ook niet.'

Sofie glimlachte weer. 'Waarom bloos je dan? Als het je niet kan schelen wie hij is, hoef je toch niet te blozen?'

'Ik bloos omdat het hier snikheet is. Het interesseert me niet wie die man is, en je insinuerende praatjes ben ik ook zat.'

Een halfuur later, toen ik weer achter mijn bureau zat en opnieuw fouten maakte die ik niet behoorde te maken, besloot ik het kadaster te bellen om informatie op te vragen.

'De woning staat op naam van mevrouw Helena Svenson-Gom,' meldde een vriendelijke dame.

'Maar ze woont er niet zelf, heb ik begrepen.'

'Dat is juist, Helena Svenson-Gom woont sinds 1947 in de Emmastraat. Wilt u het nummer weten of betreft het louter de eerste woning?'

loos. Ik moest met een beter voorstel komen, een voorstel dat hij niet kon weigeren.

'Het spijt me dat ik u wederom lastigval,' zei ik toen we op vrijdagavond voor de derde keer tegenover elkaar stonden, 'maar ik heb speciaal voor u wat hapjes en drankjes in huis gehaald. Ik zou het erg lastig vinden om het weg te moeten gooien.'

'Ik begrijp het,' zei Walter, die een grote portefeuille uit de binnenzak van zijn jasje haalde. 'Ik zal de kosten volledig vergoeden.'

'Dat vind ik ook lastig, meneer.'

'O,' reageerde Walter beduusd. Hij had de portefeuille geopend, maar er kwam geen geld tevoorschijn.

'En dat is niet wat u wilt,' zei ik, 'anderen tot last zijn.'

Walter zweeg, ik beet nerveus op mijn onderlip.

'Hoelang gaat het bezoek duren?' vroeg hij. 'Ik wil u niet...'

'Een uurtje, anderhalf misschien.'

'Wordt dat niet te laat? Morgen moet u werken.'

'Morgen is het zaterdag.'

De portefeuille verdween in het jasje. Walter keek mij verongelijkt aan. Hij begreep dat hij erin was gestonken, maar er was geen weg terug. Ik had hem schaakmat gezet met zijn eigen verknipte overtuiging.

Even later zaten we in mijn woonkamer: ik met een glas wijn op de bank, Walter met een glas bronwater op een houten stoel. Zijn schoenen met de kussentjes had hij netjes naast zich neer gezet.

De stilte was Walters revanche. Ik had hem erin geluisd, nu moest ik het gesprek ook maar vlot trekken. 'Anna Winter, zo heette de vorige bewoner van uw huis. Van haar had ik de sleutel gekregen, voor noodgevallen.'

'Juist,' zei Walter.

'Ze hield van klassieke muziek. Vooral de rustige stukken, daar was ze dol op.'

'Fijn.'

'Als er een druk stuk begon, zette ze gauw een ander plaatje op.'

'Ja.'

Ik zuchtte. Walter liet mij zweten en gaf geen krimp. Het liefst zou ik hem de deur uit schoppen, maar mijn nieuwsgierigheid was te groot.

'O jee,' zei ik, 'ik heb me nog niet eens voorgesteld.'

We stonden op en gaven elkaar boven de salontafel een hand.

'Gom,' sprak hij formeel, 'Walter Gom.' Zijn hand was warm en vochtig, ik was kennelijk niet de enige die zich ongemakkelijk voelde.

'Iris Hauser,' zei ik. 'Zeg maar Iris.'

We gingen weer zitten. Ik pakte twee cashewnootjes uit een schaaltje en kauwde ze haastig weg. 'U houdt van kunst?' vroeg ik.

'Kunst is mooi,' antwoordde Walter.

'En stil, kunst is ook stil. Daar val je niemand mee lastig.'

Walter nam een slokje water. Ik pakte een blokje jonge kaas en beet er een hoekje af.

'Monet,' riep ik wanhopig. 'Toen ik laatst bij u was, zag ik een reproductie van een Monet aan de muur hangen. Is dat uw favoriete schilder?'

'Nee,' zei hij. 'De Monet was van mijn overgrootmoeder, een erfstuk.'

Ik keek Walter verstoord aan en stopte de rest van het kaasblokje in mijn mond. Een erfstuk van zijn overgrootmoeder. Waarom nam Walter mij in de maling? Ik probeerde een prettig gesprekje te voeren, oprechte interesse te tonen, en hij dreef de spot met mij.

'Kijk eens aan,' zei ik. 'Uw overgrootmoeder was de kapster van meneer Monet?'

'Verpleegster,' antwoordde Walter. 'De laatste periode van zijn leven was Monet ziekelijk en werd hij geregeld door mijn overgrootmoeder Clementine verzorgd. Vlak voor zijn dood, op 5 december 1926, schonk hij haar twee schilderijen. Een daarvan, *Populieren*, hangt bij mij thuis, het andere ligt bij mijn moeder op zolder.'

'Dus het schilderij is geen reproductie.'

'Wilt u het taxatierapport van Sotheby's zien?'

Bedremmeld schudde ik mijn hoofd. Walter had de waarheid gesproken, ik had beter moeten weten. Iemand die op kussentjes loopt en doelbewust een minderwaardigheidscomplex in stand houdt, heeft geen leugens meer nodig, ongeacht waarover.

De retourafspraak, die Walter bij zijn vertrek had aangeboden, vond een week later plaats. Aanvankelijk zag hij het als een morele verplichting, een correcte geste om mij niet te beledigen. Maar toen ik met een bosje rozen en een plastic klapstoel bij hem binnenkwam, merkte ik dat hij het toch leuk vond. 'Een stoel,' reageerde hij blij verrast, 'u denkt aan alles.'

Al snel volgde er een derde afspraak en een vierde en een vijfde. Onze gesprekken verliepen nog altijd stroef. Uit zichzelf zei Walter weinig. Ik was degene die de vragen stelde en hij gaf beleefd antwoord. Wel werden zijn antwoorden steeds langer, vooral wanneer het onderwerpen betrof waar hij verstand van had, zoals kunst, literatuur, speelfilms en tv-programma's.

Om de stiltes tussen de gesprekken op te vullen zette ik thee, stofte zijn meubeltjes af en begon de verhuisdozen uit te pakken. Telkens als ik een rijtje boeken in de onlangs bezorgde boekenkast had gezet of een schilderij aan de muur had bevestigd, vroeg ik: 'En, is het wat?' Dan keek Walter op en antwoordde: 'Het is wat.'

De afspraken werden frequenter en op 4 juni, precies een maand nadat we elkaar voor het eerst hadden ontmoet, gaf Walter mij de reservesleutel van zijn woning terug. 'Voor noodgevallen,' zei hij, 'en als je behoefte hebt aan een praatje.'

Vanaf dat moment ging er geen dag voorbij dat we elkaar niet zagen. Als goede vrienden. Een ervaring die nieuw was voor Walter en voorlopig geen uitzicht bood op meer.

De vrouw in de binnentuin was klaar met sproeien. Ze liet de waterslang op het gras vallen en zakte met een zucht op een stoel. Daar bleef ze zitten tot de zon onder was. Toen stond ze op, pakte haar bruine kat en verdween in de woning.

'Een diploma kreeg ik niet, zoals de meeste leerlingen uit mijn klas. Wel een getuigschrift en een evaluatiegesprek met een psychiater. Mijn moeder was er ook bij, omdat er over mijn toekomst beslist moest worden. "Ik vrees dat een normaal leven er niet in zit voor uw zoon," zei de psychiater. "Wat is dat, een normaal leven?" vroeg mijn moeder. Ze had haar grijze mantel aan en hoge laarzen. "Is er iemand die mij kan uitleggen wat een normaal leven is?" De psychiater zette zijn bril af en legde zijn notitieblok op tafel. "Ik zou het niet weten, mevrouw. Maar in het geval van Walter zou een opname in een aangepaste woongemeenschap een goed alternatief zijn." Mijn moeder tuitte bedenkelijk haar lippen. "Tussen de gekken zeker," zei ze. "En als het de baasjes uitkomt, begint het hele circus weer opnieuw: eerst de gekken, dan de onaangepasten, de homo's, de zigeuners en de Joden." Daarmee kwam er een einde aan het evaluatiegesprek en lag mijn toekomst vast: ik bleef in mijn kamer wonen en zou voortaan door het leven gaan als Walter Gom, een man zonder talent.'

2

Na een korte vakantie, die ik samen met Sofie op Texel had doorgebracht, lag er een vacature op mijn bureau.

DIRECTIESECRETARESSE m/v

Ervaren en enthousiaste secretaresse gevraagd voor alle secretariële en notariële werkzaamheden.

- Hbo-niveau
- Uitstekende beheersing van de Nederlandse en Engelse taal
- Representatief gekleed, welbespraakt en goedverzorgd
- Aantal uren: 40
- Salaris: afhankelijk van ervaring, tussen de 40.000 en 60.000 euro per jaar

'Heb jij die vacature ook gekregen?' vroeg ik in de lunchpauze aan Sofie.

'Natuurlijk,' zei ze, 'alle secretaresses hebben een kopietje gehad.'

Melissa en Annet zaten ook aan ons tafeltje. 'Ze zoeken eerst intern,' zei Annet. 'Als dat niet lukt, komt er een advertentie in de krant.'

'Ik heb al gesolliciteerd,' zei Melissa. 'Zo'n baan komt eens in de tien jaar voorbij.'

Sofie had een appel geschild en gaf mij een partje. 'Volgens Laura heeft iedereen al gesolliciteerd. De deadline loopt over drie dagen af. Als we een kans willen maken, moeten we opschieten.'

Ik nam een hap van het appelpartje. 'Hoe is die Willink eigenlijk? Ik heb hem nog nooit gezien of gesproken.'

'Vroeger was het een rotzak,' zei Annet. 'Hij was lomp en bekte iedereen af. Maar sinds hij is hertrouwd, een jaar of twee jaar geleden, is hij een stuk vriendelijker geworden.'

'Was zijn eerste vrouw zo'n kreng dan?' vroeg Sofie.

'Ze was ziek. Botkanker.'

'Daar wordt geen mens vrolijker van,' zei Melissa.

Sofie gaf me nog een appelpartje, de rest at ze zelf op.

'En Amber, zijn huidige secretaresse,' vroeg ik, 'waarom gaat zij weg?'

'Haar man heeft een baan gekregen in Amerika,' antwoordde Annet, 'bij Apple, geloof ik.'

'Google,' zei Melissa, 'Bob gaat bij Google werken.'

Ik pakte de vacature uit mijn agenda en las die nog eens door. 'Er staat: alle secretariële én notariële werkzaamheden. Normaal gesproken doen wij toch alleen secretarieel werk?'

'Klopt,' zei Annet. 'Maar de secretaresse van Willink doet ook het meeste notariswerk, omdat hij vaker aan zijn vrouw zit dan aan zijn bureau.'

'Vandaar dat ik hem nooit zie.'

'En die zestigduizend ballen,' zei Sofie. 'Zo'n salaris krijg je echt niet voor een luizig secretaressebaantje.'

Mooi weer hadden we. Een week lang. En een schattig huisje in de duinen, ver weg van de drukke campings vol feestende toeristen. 's Ochtends aten we zelfgeplukte bramen en bessen, en warme croissantjes met jam. Tegen tienen, als het te heet werd in het krappe huisje en Sofie met de parasol en de koelbox naar het strand was vertrokken, pakte ik mijn mobieltje en belde Walter.

'Hoe gaat het?'

'Goed.'

'Neem je je pillen?'

'Elke dag.'

'Water?'

'Twee liter, niet te koud.'

Zo begon elk telefoongesprek dat ik die week met Walter voerde. Eerst stelde ik wat onzinnige vragen om het ijs te breken, daarna nam Walter het stokje over. 'Heb je het fijn?'

'Heel fijn. Het is prachtig weer, we zitten mijlenver van de toeristen af en hebben een stukje strand voor onszelf.'

'Pas je op dat je niet verbrandt?'

'Ik smeer me goed in, factor 15, tweemaal daags.'

'30 is beter.'

'Zal ik meteen kopen.'

'Heb je genoeg te lezen?'

'Twee boeken van jou en een paar tijdschriften. Daar kom ik de week wel mee door.'

'Ben je al in Céline begonnen?'

'*Dood op krediet*, ja. Wat een rare stijl trouwens, met al die puntjes.'

'Het is even wennen, maar als je er eenmaal in zit leest het als een trein.'

Aan de telefoon klonk Walter anders: minder nerveus en onzeker, alsof mijn fysieke afwezigheid hem de vrijheid gaf zichzelf te zijn. Op mij had het gemis een averechts effect. Wanneer ik Walter aan de telefoon had, voelde ik mij rusteloos en onzeker, zoals ik dat ook was voordat ik Walter ontmoette. Toch belde ik hem minstens drie keer per dag op, om zijn stem te horen, om naar zijn betuttelende vragen en adviezen te luisteren, om het gevoel te krijgen dat ik niet alleen was.

Nadat we ons ochtendgesprekje hadden afgerond, pakte ik mijn strandtas en liep ik door het fijne duinzand naar Sofie. Ze zat op een matje onder de parasol te breien.

'En, hoe was het met je moeder?' vroeg ze als ik op een grote handdoek naast haar lag.

'Beter,' antwoordde ik. 'De penicillinekuur doet z'n werk.'

Door de regen fietste ik naar huis. De baan waar mijn collega's al jaren op zaten te azen, was voor mij onbereikbaar. Ik werkte pas acht maanden op het notariskantoor, enthousiast was ik nooit, ik had geen hbo-diploma, mijn Nederlands was niet vlekkeloos, laat staan mijn Engels, ik zag eruit als een vermoeide koffiejuffrouw en ik wilde geen veertig uur per week werken. Het enige lichtpuntje was het salaris. Als beginnend secretaresse verdiende ik een schamel loontje waarvan ik amper mijn hypotheek en vaste lasten kon betalen. Een maandelijkse gift van mijn oma, met wie ik een speciale band had, stelde mij in staat een acceptabel leven te leiden. Maar oma's kunnen elk moment omvallen, daarom moest ik snel een oplossing zien te vinden voor mijn financiële situatie, anders kon ik na de plechtigheid weer bij mijn ouders intrekken.

Toen ik steenkoud en drijfnat mijn straatje binnenreed, zag ik een zwarte Mercedes voor mijn benedendeur staan. Het was een oud model met grote koplampen en chromen zijspiegels aan de voorportieren. Terwijl ik de auto naderde, ging de deur open en kwamen er twee personen naar buiten. De voorste was de butler die Walter elke middag zijn warme maaltijd bracht, de achterste was een oude vrouw. Ze liep ietwat gebogen onder een zwarte paraplu, die de butler gedienstig boven haar hoofd hield, naar de auto. Vlak voordat ze instapte keek ze even opzij. Ik zette net mijn fiets tegen een lantaarnpaal toen ik haar boosaardige blik opving. Vervolgens wendde ze haar gezicht weer af en stapte in de wagen. Even later reed de Mercedes langzaam de straat uit, als een volgauto in een begrafenisstoet.

Walter zat apathisch op zijn stoel. De tv was uitgezet en op de salontafel stond een leeg theeglas met rode lippenstift op de rand. Ik was direct naar boven gerend om Walter te vragen hoe het bezoek van zijn moeder was verlopen. Maar toen ik zijn trieste blik zag, kon ik geen woord uitbrengen.

'Niet nu,' mompelde Walter zonder mij aan te kijken. 'Niet nu.'

Ik knikte begrijpend en verliet de woning. In het halletje van mijn huis trok ik mijn kleren uit. Zelfs mijn slip en sokken waren nat. Rillend liep ik naar de badkamer, zette de douche aan en stapte onder de warme straal.

Mijn avondeten bestond uit een opgewarmde kwak macaroni, die ik aan de keukentafel opat. Naast het bord lag een schrijfblok waarop ik met een stomp potloodje een sollicitatiebrief schreef. Later zou ik de brief op mijn pc uittypen en printen. Ik wist dat het vergeefse moeite was, maar ik had niets beters te doen. Walter was voorlopig niet aanspreekbaar en ik had geen zin om de hele avond tv te kijken.

De volgende morgen leverde ik de brief persoonlijk af bij Amber. Ze zat aan haar bureau en sneed de envelop met een zilveren briefopener open. De brief legde ze in haar postbakje, waar ook de brieven van mijn collega's lagen. 'Je wordt sowieso uitgenodigd voor een gesprek,' sprak ze zakelijk. 'Meneer Willink wil alle sollicitanten persoonlijk ontmoeten, of je nou wel of niet aan de gestelde eisen voldoet.'

'O,' reageerde ik verrast, en bekeek de prachtige kamer, die bijna net zo groot was als mijn huis. Voor het raam stond een moderne vergadertafel met een glazen blad en acht witte stoelen. In de verre hoek was een soort woonkamertje gecreëerd met twee bruine Chesterfield-banken, een zwarte Stressless-stoel en een eikenhouten salontafel. Tegen de linkermuur stond het bureau van meneer Willink. Het was een statig antiek bureau met een pennenset en twee fotolijstjes erop. Op de ene foto stond een mooie jonge vrouw, op de andere drie lachende tieners, waarschijnlijk Willinks kinderen uit zijn eerste huwelijk.

'Verder nog vragen?' vroeg Amber.

Met een ruk draaide ik mijn gezicht naar haar toe en realiseerde mij dat ik iets te lang had rondgekeken. 'Nee, geen vragen,' zei ik, terwijl ik naar de deur liep. Amber activeerde haar computer en wenste mij veel succes.

De laatste avond van de vakantie wilde Sofie op stap. Ze had genoten van de rust en de stilte, maar nu was het tijd voor wat rumoer. 'Lekker eten, drinken, dansen en wie weet...'

Op de scooter, die we bij aankomst op het eiland hadden gehuurd, reden we naar het dorp. Daar deinde het rumoer waar Sofie naar verlangde. Eerst in een pizzeria, waar we lasagne en tiramisu aten, daarna in diverse cafés en discotheken. Sofie dronk bier, cocktails en tequila. Ik hield het bij cola en een paar wijntjes. Door de alcohol kwam er een nieuwe Sofie tevoorschijn. De oude verlangde naar het rumoer, de nieuwe had het gevonden en ging er volledig in op. De hele avond stond ze op de dansvloer en danste met elke klungel die ze maar kon vinden. Leeftijd en uiterlijk speelden geen rol, het enige wat ze wilde was dansen. Het enige wat ik wilde was weg. Een wens die pas om kwart voor drie 's nachts in vervulling ging en niet anders verliep dan ik had verwacht. Sofie had een zwalkende Portugees opgepikt en reed achter op zijn fiets naar ons huisje. Ik snorde op de scooter vooruit, zodat ik op tijd met verse oordopjes in mijn oren in bed zou liggen. Maar de oordopjes deden hun werk niet. Het wandje tussen onze slaapkamers was te dun en de Portugees, die kruipend het huisje was binnengekomen, wist van geen ophouden. Na een kwartier grommen en bonken, sleepte ik mijn matras naar buiten en bracht de nacht door in de voortuin.

'En nu?' vroeg ik.

Ik stond weer in de deuropening van Walters woonkamer. Hij zat op zijn stoel, de tv stond aan. Sinds het bezoek van Helena Svenson-Gom was er een etmaal verstreken. Walter zag er ontspannen uit en zei: 'Nu is goed.'

In de keuken zette ik thee. De kleine mergpijpjes, die ik voor mijzelf had meegebracht, legde ik op een schoteltje.

'Ik heb gesolliciteerd,' zei ik toen ik het houten dienblad op de salontafel had gezet en op de bank had plaatsgenomen.

Walter pakte een glas thee en vouwde zijn handen eromheen. Aan zijn blik zag ik dat mijn mededeling hem zorgen baarde.

'Maar ik word niet aangenomen, hoor. Ik voldoe niet aan de eisen en het aantal uren bevalt me ook niet.'

'Waarom heb je dan gesolliciteerd?'

'Voor het geld.'

Walter zuchtte en schudde zijn hoofd. 'Geld,' zei hij, alsof het een smerig woord was.

Ik pakte een mergpijpje van het schoteltje. Op de tv trachtte de weerman ons uit te leggen dat regen een zegen is voor boeren en tuinders, maar dat de kampeerders en zonaanbidders op een fraaie nazomer konden rekenen. Walter nipte van zijn glas thee, zoals een musje van een plas regenwater.

'Praat niet zo minachtend over geld,' zei ik, terwijl ik de chocoladerandjes van het mergpijpje knabbelde. 'Niet iedereen heeft een Monet van veertig miljoen aan de muur, en een butler die elke dag een warme maaltijd komt brengen.'

'Vierendertig miljoen,' zei Walter. 'En het spijt me dat ik je heb beledigd. Geld is belangrijk. Ik kan me goed voorstellen dat je voor een hoger salaris hebt gesolliciteerd, maar ik kan me niet voorstellen dat dat de enige reden is.'

Het mergpijpje verdween in mijn mond. Walter had weer eens gelijk, de forse salarisverhoging was niet de enige reden waarom ik op die baan had gesolliciteerd. Maar ik wist niet of ik de andere reden met Walter kon delen. Hoewel hij de hele dag voor de tv zat, had hij geen flauw idee wat er zich in de wereld afspeelde en kon hij soms harteloos oordelen. Daarom gebruikte ik het kauwen op het mergpijpje als extra bedenktijd en besloot ik het toch maar te proberen. 'Zes studies heb ik gevolgd: geneeskunde, psychologie, filosofie, theologie, antropologie en economie. Geen van de studies heb ik voltooid. Negen werkgevers heb ik versleten, van de Blokker tot de Efteling. Ik heb overvloedig gedronken, gefeest en gevreeën, omdat ik dacht dat dat belangrijker was dan een carrière en een maatschappelijke status. En dan schrik je opeens wakker: zesentwintig jaar, geen diploma, geen uitdagende baan, geen lieve man om je leven mee te delen. Alleen een armoedig flatje, een torenhoge hypotheek en een goedbedoelde bonus van je grootmoeder om een nieuwe jas te kopen of een paar sokken als de oude zijn versleten. Dat is de ware reden waarom ik op die baan heb gesolliciteerd. Ja, het geld is belangrijk. Een mens moet wonen, vreten en douchen op z'n tijd. Maar het voortdurende verlangen om eindelijk iets te bereiken in het leven, daar ga ik langzaam aan kapot.'

Een ongemakkelijke stilte vulde de kamer. Ik had mijn gal gespuwd, mijn lamlendige verleden onthuld. Walter had geluisterd, zoals hij altijd luisterde wanneer ik aan het woord was. Daarna volgde er een lange pijnlijke stilte waarin ik drie mergpijpjes naar binnen werkte en Walter peinzend naar de vloer staarde.

'Maar je voldoet niet aan de eisen,' zei hij.

Ik had het vijfde mergpijpje al gepakt, maar legde het gauw terug op het schoteltje. 'Nee,' zei ik, 'aan geen enkele.'

'Dan zullen we iets anders moeten verzinnen.'

'Iets anders?'

'Een omweg,' zei Walter, 'een foefje om toch een kans te maken op die onbereikbare baan. Dat is immers wat je wilt, nietwaar?'

'Ja, dat is wat ik wil.'

Walter pakte de afstandsbediening van tafel en zapte naar BBC 2, waar net een hondenshow was begonnen. 'Wat voor baan is het?'

'Directiesecretaresse op het notariskantoor waar ik werk.'

'Concurrentie?'

'Zes secretaresses met een hbo-diploma en een schat aan ervaring.'

'Directeur?'

'Vriendelijke man. Rond de vijftig, schat ik.'

'Getrouwd?'

'Ja.'

'Gelukkig?'

'Dolgelukkig.'

'Foto van de vrouw in kwestie?'

'Pardon?'

Walter keek mij verstoord aan. 'Een foto, staat er een foto van zijn vrouw op zijn bureau? Hij is toch gelukkig getrouwd, zei je?'

'Ja, dat is hij. En er staat een foto van zijn vrouw op het bureau.'

'Beschrijf de vrouw.'

'Hoezo, beschrijf de vrouw? Wat heeft dat met die baan te maken?'

'Vooruit, Iris, geef me een beschrijving van die vrouw of ga slapen.'

Ik pakte opnieuw het vijfde mergpijpje van het schoteltje en beet de helft er nijdig af. 'Slank, blond haar, lichtelijk gebruind.'

'Make-up?'

'Veel rouge, valse wimpers, zwarte oogschaduw, felrode lippenstift.'

'Kleding?'

'Een rood jurkje met spaghettibandjes.'

'Sieraden?'

'Diamanten oorknopjes, een gouden halsketting met een opzichtig hartje eraan.'

Walter stond op en liep naar de slaapkamer. Hij droeg nog altijd schoenen met kussentjes. Ik had al honderd keer gezegd dat ik geen last van hem had en dat hij die malle dingen moest uittrekken, maar hij liep er nog steeds mee rond.

'Goed,' zei hij toen hij weer op zijn stoel zat en achteloos een bundeltje bankbiljetten in mijn handen had gedrukt. 'Koop hetzelfde jurkje, dezelfde oorknopjes, dezelfde ketting, rouge, wimpers, oogschaduw en lippenstift.'

Verbouwereerd telde ik het geld. Het was veel, heel veel.

'Dan rest er nog het gesprek,' vervolgde Walter, 'daar draait het tenslotte om bij een sollicitatie.'

'Het gesprek, ja,' zei ik. 'Hoe moet ik dat aanpakken?'

Walter keek naar de hondenshow. Zes achterlijke poedels trippelden aan leren riempjes met hun baasjes mee. Een vakkundige jury hield de beestjes nauwlettend in de gaten en maakte aantekeningen.

'Dat zal ik je uitleggen,' zei hij.

De veerboot bracht ons terug naar het vasteland. Het was druk aan boord: backpackers met vouwtentjes, slaapmatjes en andere huisraad op hun rug, gezinnen met luxe auto's, caravans en campers, groepjes bejaarden met suffe hoedjes op hun hoofd tegen de verraderlijke wind, en wij, gapend aan een tafeltje in het restaurant. Van ons laatste geld had Sofie twee bekertjes koffie en twee gevulde koeken gekocht. De reis naar huis was nog lang en we vielen bijna om van de slaap.

'Sorry van vannacht, Iris,' zei ze.

Ik schudde een suikerzakje leeg in mijn koffie en begon te roeren. 'Geen probleem. Jij hebt plezier gehad, dat is het belangrijkste.'

Sofie leegde twee suikerzakjes in haar koffie en eentje in haar mond. Ze zag er belabberd uit. Zes dagen had ze heerlijk geslapen en geluierd op het strand, en een half nachtje met een Portugees had alles tenietgedaan.

'Een beetje te veel plezier,' zei ze, 'mijn rug is naar de haaien en het bed is kapot.'

'Zijn jullie erdoorheen gezakt?'

'Geen idee. Toen ik vanochtend wakker werd lag het in puin. Dat zal mijn oom leuk vinden. Ik huur voor één keer zijn vakantiehuisje en ik verniel een bed.'

De koffie was slap en lauw, maar bij gebrek aan beter dronk ik hem toch op. Sofie depte met een natte vinger wat suikerkorrels van de tafel en likte ze eraf. 'Wat zou dat kosten, een nieuw bed?'

'Zes, zeven tientjes bij IKEA. Daar komt het oude bed ook vandaan. Is het matras nog heel?'

Sofie schudde haar hoofd. 'Verdachte vlekken en een scheur.'

'Dan wordt het honderd euro, hooguit.'

Een harde windvlaag gaf de veerboot een duwtje. Ik kon nog net Sofies bekertje vastgrijpen, anders was de koffie op haar broek beland.

'Heb je wel het adres van die Portugees?' informeerde ik. 'Dan kan hij de helft betalen.'

'Portugees? Was het een Portugees?'

Ik zette het bekertje koffie weer voor haar neer en besloot het onderwerp te laten rusten. Sofie depte treurig de laatste suikerkorrels van tafel.

Vlak voordat we aanmeerden liep ik naar het buitendek en belde Walter met de mededeling dat de oversteek probleemloos was verlopen en dat we geen schipbreuk hadden geleden. Walter klonk tevreden. Verzuipen en een ander tot last zijn, dat waren zijn grootste angsten.

'Hoe gaat het met je vader?' vroeg Sofie toen we met onze bagage naar de bus liepen.

'Beter,' antwoordde ik. 'De penicillinekuur doet z'n werk.'

Sofie grinnikte. 'Wonderlijk,' zei ze. 'De hele week was het je moeder en nu is het je vader. Die virussen razen maar rond tegenwoordig.'

De sollicitatiegesprekken vonden op vrijdagmiddag plaats. Melissa, Moniek, Laura en Carmen hadden hun kans al gehad. Annet, Sofie en ik zaten nog in de wachtruimte. Het was vijf uur. Elk gesprek had ongeveer een kwartier geduurd, met een beetje geluk was ik voor zessen thuis.

'Wat is er met jou gebeurd?' vroeg Annet. 'Ga je naar een parenclub?'

Ze keek me misprijzend aan. Over het algemeen kunnen

vrouwen goed met elkaar overweg, tenzij er een man of een baan op het spel staat.

'Mijn ouders zijn dertig jaar getrouwd,' zei ik. 'Het feest begint om zes uur en ik heb geen tijd meer om me thuis te verkleden. Daarom heb ik mijn jurk alvast aangetrokken. Vind je hem mooi?'

'Nee,' snauwde Annet, 'je lijkt op Cecile, de vrouw van Willink.'

'Nu je het zegt,' beaamde Sofie. Ze zat naast mij en droeg een witte jurk met een spectaculair decolleté. 'Je zou haar zus kunnen zijn.'

Uren had ik door de stad gefietst. Overal hadden ze wel een jurk die leek op de jurk van de foto, maar telkens mankeerde er iets aan. Of de stof was te dik, of de bandjes op de schouders waren te breed. In één winkel zei de verkoopster: 'Met een stevige push-upbeha zou het best kunnen.' Uiteindelijk was ik maar naar de P.C. Hooftstraat gereden en slaagde ik in de eerste de beste winkel. De jurk kostte een fortuin, net als de bijpassende pumps, de diamanten oorknopjes, de gouden ketting met het hartje en de opknapbeurt bij de schoonheidsspecialiste. Toen ik thuis voor de spiegel stond, voelde ik me net zo'n poedel in een hondenshow. Alleen het riempje en het hollende baasje ontbraken er nog aan.

'Wat kletsen jullie toch,' zei ik. 'Ik heb die Willink nog nooit gezien, en zijn vrouw ken ik ook niet.'

De deur van de directiekamer ging open. Amber keek op een kladblok en riep Annet naar binnen. Blozend stond Annet op, trok haar minirokje recht en liep heupwiegend richting de kamer.

'Aruba,' fluisterde Sofie nadat de deur was dichtgegaan en het weer stil werd in de wachtruimte.

'Wat is er met Aruba?' vroeg ik.

'Daar gaan we in de kerstvakantie heen, van jouw directiesalaris.'

Om tien voor zes zat ik tegenover Thijs Willink in het woonkamerhoekje. De informele setting en het feit dat hij zich liet tutoyeren, stelden me op mijn gemak.

'Acht maanden werk je pas voor ons,' begon Willink, 'en nu al solliciteren op zo'n verantwoordelijke job. Dat getuigt van moed.'

Amber stond naast Willink en had hem mijn brief en cv gegeven. Ze had hem ook de wegenkaart van Patagonië kunnen geven, want Willinks ogen waren sinds mijn binnenkomst louter op mij gericht.

'Waarom denk je dat je geschikt bent voor deze functie, Iris?'

'Dat denk ik niet,' antwoordde ik, terwijl ik hem recht in de ogen keek. 'Ik ben volkomen ongeschikt voor deze functie, daarom heb ik gesolliciteerd.'

Willink legde mijn brief en cv naast zich neer. Niet alleen fysiek maar ook verbaal had ik nu zijn volle aandacht. 'Verklaar je nader.'

Ik schraapte mijn keel en ratelde Walters lesje af: 'Wat heeft het voor zin om te solliciteren op een baan waarvoor je geschikt bent? Daar leer je niets van en je gaat je al snel vervelen, met alle gevolgen van dien. Ga je echter voor een baan waarvoor je *niet* geschikt bent, dan blijf je scherp, leergierig en alert. Dus de keuze is aan jou, Thijs, wil je een ervaren secretaresse die fout op fout stapelt, of een hongerige wolf aan wie geen detail ontsnapt?'

Even voor zevenen ging de telefoon. Ik had lang gedoucht en stond met een handdoek om mijn natte haar gewikkeld voor de tv. Het was Amber. Ze feliciteerde me met mijn nieuwe betrekking als directiesecretaresse. Naast het basissalaris van vijfduizend euro per maand, ontving ik vijfhonderd euro kleedgeld en een variabele toeslag voor het succesvol afhandelen van elke nieuwe transactie.

Na het gesprek, dat niet langer dan een minuut had geduurd, zakte ik op de bank en staarde beduusd voor mij uit. Pas toen de oude kerkklok op het pleintje zeven keer had geslagen, rukte ik de handdoek van mijn hoofd en trok haastig mijn badjas aan. Ondertussen belde ik Sofie.

'Aruba,' zei ik, 'zeven dagen, volpension en geen bonkende Portugezen in mijn appartement.'

Zonder op haar reactie te wachten verbrak ik de verbinding, graaide de reservesleutel van Walters woning uit mijn tas en rende naar boven.

3

'Ik heb hem, Walter.'

'Wat heb je?'

'Die baan, ik ben aangenomen.'

'Fijn. Zou je me nu even met rust willen laten?'

Walter zat op de wc. Het slotje in de deur stond op rood. Ook wanneer hij alleen thuis was regeerde de angst.

Ik liep naar het balkon. Het meisje aan de overkant, dat een paar weken daarvoor in een kort zomerjurkje haar bikini en badlaken aan de waslijn had gehangen, liep nu naakt door het huis. Met een groen gietertje gaf ze haar planten water. Ze had veel planten, waarmee ze telkens een kort gesprekje voerde. Er zijn mensen die met hun huisdieren praten of met geesten van overledenen, er zijn er ook die een relatie met planten aangaan. Tegen die tijd zal het dragen van kleding ook wel overbodig worden.

Walter stond inmiddels in de keuken en waste zijn handen en armen met desinfecterende zeep. Dat deed hij zo'n tien keer per dag, ook als hij niet naar de wc was geweest.

'Heb je doorgetrokken?' vroeg ik toen ik naast hem stond.

Walter antwoordde niet. Hij boende geconcentreerd zijn armen, alsof hij zich gereedmaakte voor een operatie. Ik liep naar de gang, trok de wc door en spoelde mijn handen met koud water af. De onfrisse toiletpot zou ik later die avond reinigen.

'Proficiat,' zei Walter.

We gingen in de woonkamer zitten. Op de tv was een levensgroot aquarium te zien. Wanneer er geen hondenshows of andere fascinerende programma's werden uitgezonden, zette

Walter graag een aquarium-dvd op. Hij had ook dvd's van ruisende watervallen, kabbelende bergbeekjes en een knappend haardvuur. De aquarium-dvd was zijn favoriet.

'Dank je,' zei ik, 'en voor je hulp.' Ik stond op om hem een zoen te geven, maar die spontane toenadering weerde Walter nadrukkelijk af. Hij had zich net gewassen en fysiek contact was hij niet gewend.

'Laten we het vieren,' stelde ik voor.

'Vieren?'

'Er zit een nieuw restaurantje in de straat, laten we daar een hapje gaan eten.'

'Ik kan niet naar buiten.'

'Ben je ziek?'

'Ik mag niet onder de mensen.'

Ik keek even naar het aquarium. Honderden tropische vissen zwommen gracieus heen en weer. Volgens Walter stonden er geen herhalingen op de dvd, alle bewegingen die de vissen maakten waren nieuw.

'Hoezo mag je niet onder de mensen? Je gaat toch ook met mij om.'

'Ja, met jou ga ik om.'

'Maar dat mag eigenlijk niet.'

'Nee.'

'Was je moeder daarom hier?'

'Meneer Van Ravenstein had haar op de hoogte gebracht. Daar wordt hij voor betaald.'

'Laten we dan iets lekkers bestellen. Ik heb een nieuwe baan, Walter. Ik wil het graag vieren, met jou.'

Hij keek mij met lede ogen aan. Mijn opdringerige vragen hadden hem in verlegenheid gebracht. Hij wilde wel naar buiten, hij wilde mijn nieuwe baan wel vieren, hij wilde graag proeven van het leven dat zich buiten de muren van zijn appartement afspeelde, maar hij kon het niet.

'Wat wil je bestellen?' vroeg hij.

'Zeg jij het maar: Chinees, shoarma, pizza, sushi...'

'Een salade. Een eenvoudige salade, zonder vlees.'

Ik pakte Walters huistelefoon en toetste een nummer in.

'Wie bel je?'

'Mirella Utano, een Italiaans restaurant. Daar maken ze de beste salades ter wereld.'

Walter keek weer naar het aquarium. Het waren voornamelijk de blauwe vissen die hem rust gaven.

Mijn ouders ontvingen het nieuws met gematigd enthousiasme.

'O, wat leuk,' zei mijn moeder. 'Blijf je slapen?'

Mijn vader zat in de tuin en mompelde: 'Directiesecretaresse, niet slecht gezien de omstandigheden.' Hij rookte een sigaartje. Zijn rechterhand trilde nog van de hersenbloeding die hem vier jaar geleden had getroffen. Lopen ging steeds beter en praten deed hij weer als vanouds. 'Vroeger speelde je een dwerg in de Efteling, nu ben je directiesecretaresse.'

'Sneeuwwitje, papa. Ik speelde Sneeuwwitje, geen dwerg.'

Mijn moeder dekte de tafel voor de lunch. 'Roos en Madelief komen ook,' sprak ze opgewonden, 'gezellig met z'n vijven.'

Voor zijn hersenbloeding runde mijn vader een tuincentrum. Bloemen en planten waren zijn lust en zijn leven. Het was dan ook geen verrassing dat hij zijn dochters naar bloemen had vernoemd. Als hij chirurg was geweest, hadden we waarschijnlijk Milt, Aorta en Niertje geheten.

De grootste mislukking van de drie ben ik. Roos en Madelief, die drie en twee jaar ouder zijn, zijn ook mislukt, maar zij trouwden met rijke mannen. Ik trouwde met mezelf en speelde Sneeuwwitje in de Efteling. Ooit zei mijn vader: 'We hadden het bij twee bloedzuigers moeten houden, dat was voor iedereen beter geweest.' Ik was veertien jaar en voor de zevende keer van school getrapt wegens het roken van een joint in de klas. Roos en Madelief rookten ook joints, maar zij staken er geen gordijnen mee in brand. Ook de hersenbloeding kwam door mij, beweerde mijn vader. Het waren de eerste woorden die hij tijdens zijn revalidatieproces kon uitspreken. Mijn moeder huilde omdat hij zo goed vooruitging. Ik huilde later, op weg naar de vierde studie, het zesde baantje en uiteindelijk de Efteling.

'Directiesecretaresse,' zei Roos, die samen met Madelief arriveerde en van mijn moeder het goede nieuws had vernomen, 'schuift dat een beetje?'

'Ik mag niet klagen,' antwoordde ik.

'Jij niet, nee,' zei mijn vader. 'Maar wij, wij hebben geen keus.'

Madelief gaf mij een knuffel. 'Ik vind het fantastisch,' zei ze. 'Nu nog een heerlijke vent en je bent ook geslaagd.' Dat laatste bedoelde ze niet kwaad, voegde ze er verontschuldigend aan toe.

Na de lunch liet ze mij haar nieuwe borsten zien. 'Ze zijn wel wat hard en pijnlijk,' zei ze, 'maar dat trekt vanzelf weg.' We zaten in mijn oude kamer. Alleen het bed stond er nog, de rest had mijn moeder vervangen door haar naaispullen.

'Voel maar even,' zei ze, 'dat vind ik prettig.'

Voorzichtig legde ik een hand op haar linkerborst. Hij was hard en groot, monsterlijk groot. Om Madelief een plezier te doen, legde ik mijn andere hand op haar rechterborst. Toen we nog klein waren kwam Madelief vaak mijn kamer binnen. 'Raak me aan, Iris,' zei ze dan. 'Ik heb heel veel zin om aangeraakt te worden.' Jaren later, toen de puberteit was losgebroken en ik mijn eerste beha had gekocht, wilde ze mij ook aanraken. Maar die behoefte heb ik nooit gehad.

'Casper vond de ingreep nutteloos,' zei Madelief, terwijl ze haar bloesje dichtknoopte. 'Aan mij zou toch niets te verbeteren zijn.'

In de keuken dronken we een wijntje. Mijn vader bleef in de tuin zitten en stak een nieuwe sigaar op. Roos klaagde over haar kinderen die maar niet wilden luisteren. 'Wat ik ook zeg,' zei ze, 'ze lachen me gewoon uit, alsof ik een stoel ben.' Mijn moeder stelde voor een potje Boggle te spelen, voor de gezelligheid. Mijn moeder hield van gezelligheid. In haar beleving stond dat woord voor het vermijden van onaangename gesprekken. Madelief vertelde dat Casper een affaire had met de paardrijlerares van Christina, haar oudste dochter. 'Maar dat duurt niet lang,' zei ze, 'de affaires van Casper duren nooit lang. Als hij een paar keer met haar naar bed is geweest, kruipt hij weer op een ander.'

Ik keek verveeld de tafel rond en luisterde naar de verhalen. Dat was wat ik altijd had gedaan: luisteren naar verhalen van andere mensen. Naar mijn verhalen had nog nooit iemand geluisterd. Zelfs nu niet, nu het mij eindelijk voor de wind ging, nu ik een prachtige baan had gevonden en ook iets had bereikt in het leven, wilde nog niemand naar mij luisteren.

'Wat ben je stil, meisje?' zei mijn moeder. We waren al twee flessen wijn verder en nog steeds had ik geen woord uitgebracht. 'Wat is er toch aan de hand? Ik hoorde van oma dat je haar nooit meer belt. Ze maakt zich zorgen om je. Begrijp je dat, dat oma zich zorgen maakt?'

'Ja, mama,' zei ik, en schoof mijn stoel naar achteren, 'ik begrijp dat oma zich zorgen maakt.'

Ik liep naar buiten en ging naast mijn vader zitten. Zijn sigaar was op. Hij staarde naar de mooie bloemen en planten in de tuin, die elke dinsdag door iemand van het tuincentrum werden verzorgd.

'Ik ga weg, papa,' zei ik.

Hij liet de gedoofde sigaar op de grond vallen. Uit zijn mondhoek liep een druppeltje spuug. 'Natuurlijk,' zei hij, terwijl hij het spuug met een zakdoekje wegveegde, 'ga maar weer weg.'

Ik stond op, gaf hem een vluchtige zoen op zijn voorhoofd en rende door het huis naar de hal.

'Waar ga je heen?' vroeg Roos.

'Blijf je niet slapen?' vroeg mijn moeder.

Madelief holde achter mij aan. Ze pakte haar jasje van de kapstok en zei: 'Ik ga mee. Mag ik mee? Ik word hier gek.'

Gearmd liepen we de straat uit. De bus kon elk moment komen.

Walter kreeg zijn eenvoudige salade met stukjes paprika, dwergtomaatjes, groene olijven en uienringen. Ik had een pizza Hawaï besteld, zonder ham, in de hoop dat Walter ook een puntje zou nemen. De fles koude lambrusco had ik zelf meegebracht. Walter dronk nooit bij het eten. Dat zou beter zijn voor de speekselklieren, beweerde hij, anders worden ze lui en geven ze er na verloop van tijd de brui aan.

'Is dit vieren?' vroeg Walter, nadat hij alle uienringen en dwergtomaatjes op de rand van zijn bord had gelegd.

Ik kauwde op een slappe pizzapunt. 'Ja, dit is vieren,' zei ik. 'Ben je nooit jarig geweest?'

'Ik ben elk jaar jarig.'

'Hoe werd dat gevierd in huize Gom?'

'Met een suikervrije taart.'

'En verder?'

'Niets.'

'Geen cadeautjes?'

'Nee.'

'Visite?'

'Nee.'

'Belachelijk, een klein jongetje hoort zijn verjaardag te vieren.'

'Vieren is zinloos.'

'Vieren is niet zinloos. Een feestje zorgt voor ontspanning en geeft kleur aan het leven.'

Met een servetje veegde Walter een vlekje van een olijf en stopte hem in zijn mond. Bijna alles op zijn bord inspecteerde en reinigde hij eerst voordat het in zijn mond verdween.

'En de volgende dag?' vroeg hij. 'Wat gebeurt er als het feestje voorbij is, als de kleur is verdwenen?'

'Dan gaan we door met het dagelijks leven, tot er een nieuw feestje voor de deur staat.'

Walter prikte een blaadje sla aan zijn vork. Ik dronk mijn glas lambrusco leeg en vulde het bij. De wijn stond al een halfjaar in de koelkast, maar hij smaakte nog best.

'Dus zo leeft de mens,' zei Walter, 'van het ene feestje naar het andere.'

'Daar komt het wel op neer, ja. Kijk maar naar de kalender, die staat vol met feestdagen: Kerstmis, Pasen, Pinksteren, Koninginnedag. Dat zal toch wel een functie hebben, denk je niet?'

'Nee, dat heeft het niet. Het is hooguit een excuus om overdadig te eten en te drinken en jezelf wijs te maken dat het leven een pleziertochtje is.'

Ik veegde mijn lippen af en keek naar Walter. Zijn verjaardag had hij nog nooit gevierd en de reguliere feestdagen waren hem vreemd. Toch maakte hij geen ongelukkige indruk. Een gelukkige indruk maakte hij evenmin, maar dat betekende niets. Er zijn veel mensen die geen gelukkige indruk maken en het toch zijn. Misschien behoorde Walter tot die groep. De groep die wij spottend de buitenbeentjes noemen, de eenlingen, de halvegaren. Mensen die niet in ons benepen denkraam passen en waar we op neerkijken alsof het onwaardige schepsels zijn.

'Ben je gelukkig, Walter?' vroeg ik.

Hij legde het bestek naast zijn bord en leunde achterover. 'Geluk is een relatief begrip. De ene mens is gelukkig met een kopje rijst, de andere met een Rolls-Royce.'

'Tevreden dan, ben je tevreden?'

'Tevreden ben ik. En jij, Iris, ben jij tevreden?' Walter draaide zijn gezicht naar mij toe. Met zijn grote ogen leek hij dwars door mij heen te kijken.

'Ik heb tevreden momenten gekend, gelukkige momenten zelfs. Maar om te zeggen dat ik volkomen tevreden ben, nee.'

'Ondanks al die feesten.'

'Ik zei toch dat feesten voor ontspanning zorgen en een beetje kleur aan het leven geven.'

'Maar gelukkig maken ze je niet.'

'Nee, dat doen ze niet.'

'Wat zou jou dan gelukkig maken, Iris?'

Zijn vragen begonnen mij te irriteren. Ik was er zelf mee begonnen, maar nu Walter de regie had overgenomen voelde ik me in het nauw gedreven.

'Mijn nieuwe baan misschien.'

'Wat nog meer?'

'Als jij een pizzapunt zou eten, dat zou mij heel gelukkig maken.'

Ontstemd wendde Walter zijn gezicht af. Ik had de regie weer in handen en zou die niet meer loslaten.

'Geen sprake van,' zei hij, 'ik eet geen vuilnis.'

'Dus je wilt mij niet gelukkig zien.'

'Chanteer me niet, Iris. Dat deed je maanden geleden ook al, toen je mij uitnodigde voor een kennismakingsborrel.'

'Een half puntje dan.'

Walter draaide zijn gezicht weer naar mij toe. 'En als ik ziek word?'

Ik pakte de opengeslagen pizzadoos van de salontafel en hield hem voor zijn neus. 'Jij wordt niet ziek, jij wordt nooit ziek.'

Met een zucht pakte Walter de kleinste punt uit de doos. Hij keek ernaar alsof het een natte dweil was. Toen nam hij een hap en begon langzaam te kauwen.

'Let op de stukjes ananas,' zei ik, 'die zijn verrukkelijk.'

Walter reageerde niet en nam nog een hap. Even later was de hele punt verdwenen en haastte hij zich naar de keuken. Ik liep met hem mee. Nadat hij zijn handen en armen met desinfecterende zeep had gewassen, reikte ik hem een schone handdoek aan.

'Vond je het lekker?' vroeg ik.

'Nee,' antwoordde Walter narrig. Hij droogde zijn handen af en smeet de handdoek in de wasmand. 'Ben je nu gelukkig?'

Vanaf het Centraal Station liepen we naar het Rembrandtplein. Bij de Febo had Madelief twee blikjes bier gekocht. Het eerste dronk ze in één ruk leeg, het tweede nuttigde ze tijdens de wandeling. Ik had een blikje cola en een ranzige bamischijf genomen. Ik zat nog vol van de lunch, maar ik begreep dat het weer een zware avond zou worden. Bij tijd en wijle kwam Madelief naar de grote stad om zich suf te drinken. Uit piëteit dronk ik met haar mee, omdat ze niemand anders had, en om te voorkomen dat ze met een ongure graaier in bed zou belanden. Haar huwelijk lag al jaren aan stukken, maar voor haar twee kinderen had ik veel over.

'Achttien is ze, de paardrijlerares.' We staken de Dam over. Madelief had haar lege blikje weggegooid. 'Een dikke meid met blonde krullen. Ze woont nog bij haar ouders, daarom neuken ze in de stal. Soms zitten er stukjes stro in zijn haren, heel lief eigenlijk. Ze maakt hem blij, de paardrijlerares. Wat wil een vrouw nog meer, een blije man en twee gloednieuwe borsten. Je moet de balans zien te vinden in het leven, daar gaat het om.'

Ze pakte mijn arm en liep in gelijke tred met mij over het Rokin. Zo liepen we vroeger vaak naar school. Roos hield niet van die gekkigheid. Roos was de serieuze van ons drieën, al rookte ze massa's joints en versleet ze meer jongens dan sokken. Met de laatste jongen trouwde ze. Twintig was ze. Haar bruiloft was een fiasco. Rudolf, haar echtgenoot, was de avond ervoor door zijn rug gegaan en Roos liet haar trouwring in de wc vallen. Er moest een loodgieter aan te pas komen om het ding weer uit het riool te hengelen. Veel beter was het daarna niet meer geworden: drie kinderen die niet wilden luisteren, een man met een zwakke rug en een sherrykuur die een beetje uit de hand was gelopen. Misschien had ze gewoon met ons mee moeten stappen. Levensbepalende veranderingen beginnen vaak met kleine dingen.

'Voor de paardrijlerares neukte hij met vier redactrices, een stagiaire, de zus van de stagiaire, die een week later ook stagiaire werd, een fietskoerier met dikke kuiten, een mondhygiëniste, een stewardess en een Poolse oppas.'

We zaten op een overdekt terras op het Rembrandtplein. Madelief dronk Pisang Ambon. Ze wilde alles proberen, behalve ouzo, daar was ze op een vakantie in Piraeus een week ziek van geweest. Ik dronk kleine biertjes en af en toe een glas lauw water. Ik wilde niet dronken worden. Ik wilde nooit meer dronken worden. Dat had ik mijzelf voorgenomen nadat ik tijdens een voorstelling in de Efteling van het podium was gevallen. Volgens de leidster van de show zou ik ook een dwerg hebben geschopt, maar daar is nooit aangifte van gedaan.

'Maar hij compenseert me,' vervolgde Madelief. 'Eerst vertelt hij met wie hij heeft geneukt en dan compenseert hij me.'

Het regende weer. Mensen met paraplu's liepen mistroostig voorbij. Op het terras staken de obers de straalkachels aan.

'Zijn escapade met de paardrijlerares compenseert hij met een column. Ik mag een column schrijven, Iris. Is dat niet geweldig? Een column in een trendy glossy. Het thema mag ik zelf kiezen, zolang het maar trendy is.'

'Heel mooi, Madelief,' zei ik. 'Je hebt drie dagen journalistiek gestudeerd, schrijven zal het probleem niet zijn.'

Ze dronk gretig haar glas Pisang Ambon leeg en pakte de menukaart om het volgende drankje te kiezen. 'Schrijven is het probleem ook niet,' zei ze, 'het thema, daar zit ik mee in m'n maag. Ik pieker me een ongeluk, maar er komt niets: geen idee, geen thema, noppes. Ik heb een schrijversblok, denk ik. Nog voor ik één woord op papier heb staan, heb ik al een schrijversblok.'

Ik dronk ook snel mijn glas leeg, zodat de ober niet twee keer hoefde te lopen. 'Maak je geen zorgen,' zei ik, 'het thema dient zich vanzelf aan.'

'Nee, het komt niet, Iris,' zei Madelief, terwijl ze naar de barman zwaaide. 'Ik heb geen fantasie, dat is het.'

Vier uur en zeven terrasjes later zaten we in een taxi. De

chauffeur wilde ons eerst niet meenemen, omdat Madelief op de standplaats had gekotst. Maar een briefje van honderd euro bracht hem op andere gedachten.

'Ga je me aanraken?' vroeg Madelief toen ze eindelijk op mijn bed lag en ik haar kleren uittrok. 'Ik ben in geen duizend jaar aangeraakt.'

Haar jas, die nat was geworden van de regen, hing ik aan een hangertje boven de centrale verwarming. Haar pumps zette ik eronder. Terwijl ik haar broek omlaag trok, gleed haar slipje een stukje mee. 'Vooral daar,' zei ze, 'daar is het zo stil de laatste tijd.' Haar broek en bloes, die niet nat waren geworden, vouwde ik op en legde ik in mijn kledingkast. Daarna trok ik het dekbed over haar heen. Voor de zekerheid zette ik een emmer naast haar neer, maar dat was niet nodig. Ze had buiten alles al uitgekotst en viel als een blok in slaap.

In de woonkamer ging ik op de bank zitten en belde Casper.

'Is het erg?' vroeg hij. 'Is ze er erg aan toe?'

Met de afstandsbediening zette ik de tv aan. Er was een film op met Clint Eastwood. Vroeger droomde ik van Clint Eastwood, en van mijn ouders die elkaar de hersens insloegen.

'Ze slaapt,' zei ik. 'Ze heeft een leuke avond gehad.'

Casper bedankte mij, zoals hij mij altijd bedankte wanneer zijn vrouw het op een zuipen had gezet. Ik zei dat ik het met plezier had gedaan en dat hij wat mij betreft in de hel mocht branden. 'Ik begrijp het,' reageerde hij schijnheilig. 'Maar op een dag maak ik het goed, dat beloof ik je.'

De film keek ik niet af. Het was bijna twaalf uur. Ik haalde een deken uit de slaapkamer en bracht de nacht door op de bank.

Walter droeg een pak met een stropdas. Dat deed hij altijd op zondag. Ook op de andere dagen van de week zag hij er keurig uit, maar op zondag trok hij zijn beste pak uit de kast.

'Wat is er mis, Iris? Je kijkt bedrukt.'

Ik had thee gezet en drie plakjes ontbijtkoek met boter besmeerd. Walter had al ontbeten, maar hij at toch een plakje mee.

'Ik heb je hulp nodig,' zei ik.

'Met Madelief?'

'Heb je ons gehoord? Hebben we je wakker gemaakt?'

'Ik hoorde jullie op de trap. Is het weer mis?'

'Verschrikkelijk mis.'

Walter nam een slokje thee. Een gouden manchetknoop glinsterde in het zonlicht dat door het voorraam naar binnen viel.

'Triest,' zei hij, 'zo'n jonge vrouw.'

'Heel triest. Maar ik denk dat ik de oplossing heb.'

'En daar heb je mijn hulp bij nodig.'

'Ik zou het erg op prijs stellen als jij even met haar zou praten.'

Walters gezicht betrok. 'Dat gaat niet, Iris. Je weet dat...'

'Ja, ik weet het, Walter. Maar dit is belangrijk, voor Madelief én voor mij. Ik begin morgen aan mijn nieuwe baan. Daarvoor moet mijn hoofd wel leeg zijn, begrijp je?'

Een zucht, een verontruste blik op het plafond. Walter was niet blij. Maar hij had geen keus. Hij had mij aan een nieuwe baan geholpen, nu moest hij er ook voor zorgen dat ik zorgeloos kon beginnen.

Om halftwee, nadat Madelief uitgebreid had gedoucht en drie aspirines had ingenomen tegen de hoofdpijn, zaten we naast elkaar op Walters bank.

'Een column dus,' zei hij, 'je mag een column schrijven.'

'Elke week,' zei Madelief. Ze schraapte haar keel en veegde een pluisje van haar broek.

'Maar je weet niet waarover.'

'Klopt, ik heb geen fantasie.'

Walter krabde op zijn hoofd. Die avond zou hij zeggen dat Madelief en ik in geen enkel aspect op elkaar leken. Behalve onze polsen, die waren even slank.

'En verstand, heb je ergens verstand van?'

Madelief keek mij aan. 'Heb ik ergens verstand van?'

'Dansen,' zei ik, 'je hebt op dansles gezeten.'

'Ja, dansen, daar heb ik verstand van. En van seks misschien, maar dat heb ik al jaren niet gehad.'

'Interessant,' zei Walter, 'heel interessant.'

Ik had verwacht dat hij ongemakkelijk zou reageren op de onthulling van Madelief. Maar hij bleef opvallend kalm en zakelijk, alsof ze het over haar postzegelverzameling had.

'Dat lijkt me een prima onderwerp,' vervolgde hij. 'Seks, of beter gezegd: het gebrek daaraan.'

'Een sekscolumn?' reageerde Madelief spottend. 'Lekker origineel.'

'Als jij hem schrijft niet, nee. Maar jij gaat hem niet schrijven.'

'Wie gaat hem dan schrijven?'

'Je geslachtsdeel,' zei Walter, die zich nu wel ongemakkelijk voelde.

'Dat hebben we al gehad,' zei Madelief. '*De Vagina Monologen*, daarin praten vrouwen openhartig over hun vagina.'

Walter schudde geïrriteerd zijn hoofd. 'Dat zei ik niet. Ik zei dat je geslachtsdeel over seks gaat praten, niet jij.'

'Hoe kan dat nou? Hoe kan mijn kut...'

'Denk na, Madelief,' onderbrak Walter haar bars. 'Gebruik je verstand en een klein beetje fantasie. Begin bij de puberteit, als het geslachtsdeel zich begint te ontwikkelen. Laat haar klagen over de zachte kriebelhaartjes, de maandelijkse bloedingen, de stroeve tampons die ruw naar binnen worden geduwd en er meestal te laat worden uitgehaald. Verwoord haar ergernis over het feit dat ze altijd in de duisternis leeft, achter strakke slips, broeken en andere kledingstukken. Vertel over de nieuwsgierige vingers die haar 's avonds onder de dekens betasten, op zoek naar genot en ontspanning. Die onderwerpen komen in het eerste seizoen aan bod. In het tweede seizoen zijn het vooral de onbeholpen vriendjes die haar teisteren, met hun smerige nagels, hun stuurloze tongen, hun ongewassen geslachtsdelen die ze keer op keer naar binnen geschoven krijgt. In het derde seizoen is er sprake van een vaste relatie. Maar veel beter wordt het er niet op. Pijnlijke standjes op de keukentafel, het aanrecht, de trap, de motorkap. En weer die duisternis, altijd die duisternis waarachter ze moet leven. Seizoen vier draait geheel en al om de zwangerschap en de geboorte van het eerste kind. In seizoen vijf neemt de seks af en wordt het tweede kind naar buiten geperst, en seizoen zes is het seizoen van de schaarste, de droogte, het verdriet. Eenzaamheid staat centraal in dit seizoen. De trouwe echtgenoot zoekt zijn heil elders en het geteisterde geslachtsdeel verkommert. Schrijf dat op, Madelief. Laat je geslachtsdeel het hele verhaal vertellen. Dat maakt het draaglijk voor jezelf en herkenbaar voor de lezers. De titel van de column luidt: *Door Duisternis Omringd*. Onderteken elk stukje met V en vertel het aan niemand. Zo blijf je uit de publiciteit en kun je rustig doorwerken. Veel succes.'

4

Mijn eerste week als directiesecretaresse was een succes. Het enige wat ik hoefde te doen was meelopen met Amber en goed kijken hoe zij haar werk deed. In de tweede week waren de rollen omgedraaid en was ik degene die het werk deed, onder toeziend oog van Amber. Die week was geen succes. Amber, die al met haar hoofd in Amerika zat, had weinig geduld en kafferde mij voortdurend uit: 'Je bent traag. Je handschrift deugt niet. Hoelang moet ik nog op dat testament wachten?'

Aan het einde van de week was ik gebroken en stond ik op het punt mijn nieuwe baan vaarwel te zeggen.

'Niet doen,' zei Sofie toen we na vijven in een cafeetje zaten. 'Amber test je uit. Ze beult je af om te zien hoe stressbestendig je bent.'

Sofie had gelijk. Op maandag, na weer een dag hakken en zagen, kreeg ik een bos rozen en zei Amber dat ik de test had doorstaan.

Vanaf dat moment stond ik er alleen voor en wist ik dat ik de zware baan aankon. Ook Thijs Willink vond dat ik boven verwachting functioneerde. 'Als we samen zijn mag je me Thijs noemen,' zei hij, 'maar in aanwezigheid van cliënten en collega's is het meneer Willink.'

Het afscheid van Amber vierden we op een partyboot. Alle notarissen en secretaresses waren erbij, en Ambers echtgenoot Bob. Terwijl de boot door de grachten voer, werd er gegeten en gedronken. Amber kreeg cadeautjes en schoot even vol toen ze aan het dankwoord begon. Ze ging ons vreselijk missen, snikte ze, vooral de gezellige gesprekjes bij het kopieerapparaat.

Met de andere secretaresses bleef het contact goed. Ze vonden het niet leuk dat zij niet waren aangenomen, maar daar waren ze gauw overheen. Alleen Annet kon het verlies niet verkroppen. Zij werkte er al tien jaar en ik acht maanden. Daarnaast zat de rode jurk die ik op het sollicitatiegesprek had gedragen haar nog altijd dwars. 'Een hoerenstreek, dat is het,' zei ze op een middag. We stonden voor de koffieautomaat, een uitstekende plek om iemand in mootjes te hakken. Geen mens in de buurt, de koffie die met veel kabaal in de bekertjes vloeit.

Ik dacht erover om haar mijn excuus aan te bieden, haar op de hoogte te brengen van mijn persoonlijke situatie. Ik overwoog zelfs een deel van mijn salaris aan haar af te staan. Maar toen besefte ik opeens dat elk woord, elk gebaar zinloos was. Annet zou altijd verbitterd blijven. Al zou ik onmiddellijk mijn ontslag indienen en haar als mijn opvolgster voordragen, dan nog zou ze de rest van haar leven over mijn jurk en haar vertrapte toekomst blijven zaniken. Sommige mensen worden verbitterd geboren, andere worden het na een traumatische ervaring. Voor Annet was het een heilige missie, een kruistocht zonder bestemming.

'Ik zie je niet zo vaak meer. Vroeger kwam je elke dag.'

In zijn stem weerklonk een lichte weemoed, alsof hij bang was dat onze vriendschap op haar laatste benen liep.

'Ik maak lange dagen, Walter,' zei ik verontschuldigend. 'Als ik thuiskom heb ik nauwelijks puf om eten te maken.'

We zaten aan zijn nieuwe tafel. In een folder van een meubelzaak had ik een leuke tafel gezien die precies in de erker van zijn woonkamer paste. Hij was niet duur en voor ik het wist had ik hem gekocht. Walter moest ook uit het raam kunnen kijken af en toe. Actief deelnemen aan het leven deed hij niet, maar kijken kon geen kwaad. Toen de tafel arriveerde had Walter zich met zijn Monet in de meterkast opgesloten. Hij wilde de bezorgers niet zien. Ze behoorden tot een categorie mensen waarmee hij geen contact wenste. Daartoe behoorden ook alle andere mensen, maar die had hij nog niet over de vloer gehad. Nadat de bezorgers waren vertrokken en ik de Monet weer had opgehangen, bedankte Walter mij voor de tafel. 'Hij is erg mooi,' zei hij, 'misschien kan ik er mijn atlassen en prentenboeken op bekijken.' 'Of naar buiten kijken,' zei ik, 'dat is ook een mogelijkheid.' 'Ja,' antwoordde Walter, 'dat is ook een mogelijkheid.'

Ik keek op mijn horloge. Het was halftien. Ik was moe. De nieuwe baan beviel mij goed, maar het aantal uren en het extra werk begonnen mij op te breken.

'Ik begrijp het,' zei Walter, 'je werk vergt veel van je.'

Op de tafel lag een oud prentenboek. De tekeningen waren prachtig, net als de verhalen die Walter erbij vertelde. 'Kijk, dit is Icarus. Samen met zijn leermeester Daedalus werd hij gevangen gehouden door koning Minos op Kreta. Om te ontsnappen bouwde hij vleugels van hout en veren. De veren werden op het hout vastgelijmd met warme was. Daardoor mocht hij tijdens zijn vlucht niet te dicht bij de zon komen, anders zou de was smelten. Maar Icarus was overmoedig, hij kwam wel te dicht bij de zon en stortte neer in de Egeïsche Zee.'

'Waarom bestaan er geen baantjes met een knap salaris en weinig werk, Walter? Waarom moet je je altijd te pletter werken om een normaal bestaan te kunnen leiden?'

Voorzichtig sloeg Walter de pagina om. Ik wilde naar de nieuwe illustratie kijken, maar ik werd afgeleid door een ambulance die met hoge snelheid de straat in reed. Door een zijraampje in de erker zag ik hem dichterbij komen. De sirene stond uit, de zwaailichten knipperden fel tussen de huizen.

'Dat hoeft niet,' zei Walter, die een vergrootglas uit zijn jas had gepakt en geconcentreerd naar de illustratie keek. 'Er bestaan wel baantjes met een knap salaris en weinig werk. Maar twintig jaar in een Peruaanse cel is ook geen pretje.'

De ambulance stopte voor onze deur. Er stapten twee jonge mannen uit, een magere met een zonnebril op zijn haar en een dikke met een baardje.

'Ze moeten hier zijn,' zei ik.

'Wie?' vroeg Walter. 'Wie moeten hier zijn?'

Ik stond op en wees naar buiten. 'De ziekenbroeders, volgens mij bellen ze bij meneer Van Ravenstein aan.'

Walter legde het vergrootglas op de vensterbank en keek door het raam. De magere broeder stond voor de benedendeur, zijn collega klopte met zijn mollige knokkels op het woonkamerraam.

'Ga maar even poolshoogte nemen,' zei Walter. 'Jij hebt toch een sleutel van meneer Van Ravensteins woning?'

Ik opende het zijraampje en stak mijn hoofd naar buiten. 'Moet u op 18-huis zijn?'

Beide broeders keken verstoord omhoog. '18-huis, ja,' zei de dikzak met een platvloers accent. 'We hebben een melding gekregen voor 18-huis.'

Vanaf de andere kant reed een politieauto zonder zwaailicht de straat in. Op de stoep aan de overkant verzamelde zich een groepje jongeren. Dood en verderf trekt altijd volk.

'Ik heb een sleutel,' riep ik, 'ik kom eraan.'

Toen ik even later de voordeur had geopend, gingen de ziekenbroeders naar binnen. Een van de agenten liep ook mee, de andere agent bleef voor de deur staan en zei: 'Laten we de hulpverleners niet voor de voeten lopen, daar hebben we al genoeg last mee gehad de laatste tijd.'

Ongerust ging ik voor het raam staan en zag meneer Van Ravenstein op de bank zitten. De hele kamer lag vol met lege bier- en jeneverflesjes, zelfs op de ouderwetse televisie stonden drie flessen jonge jenever. De broeders spraken met meneer Van Ravenstein en onderzochten hem kort. Hij zag er wit en uitgemergeld uit. Na het onderzoekje haalde de magere broeder een brancard uit de ambulance, waarop ze meneer Van Ravenstein naar buiten reden. Er lag een wit dekentje over hem heen, en op zijn neus en mond zat een doorzichtig zuurstofmasker.

'Wat is er mis?' vroeg ik aan de dikke broeder. 'Is het ernstig?'

'We gaan uit van een alcoholvergiftiging,' zei hij. 'Dat zie je vaak bij oude alleenstaande mannen. Maar we nemen hem toch even mee. Soms steekt de ene kwaal de andere aan en is het einde zoek.'

Ze schoven de brancard in de ambulance en sloten de achterklep.

'Is hij familie van u?' vroeg de broeder voordat hij in de wagen stapte.

'De huismeester,' antwoordde ik. 'Meneer Van Ravenstein let op ons.'

De broeder grinnikte smalend. 'Misschien moet u vanaf nu maar eens op hem gaan letten, dat lijkt me veel verstandiger.'

Walter zat nog steeds aan tafel. Met het vergrootglas in zijn hand bekeek hij een grote prent. Het leek wel alsof het hele incident aan hem voorbij was gegaan, alsof het een briesje was waar zelfs de duiven niet van schrikken.

'Alcoholvergiftiging,' zei ik. 'Meneer Van Ravenstein heeft zich bijna dood gedronken.'

Ik schoof weer aan tafel. Walter hief langzaam zijn hoofd op en keek mij door het vergrootglas aan. Probeerde hij geforceerd lollig te doen omdat hij niet wist hoe hij met calamiteiten moest omgaan, of liet het lot van meneer Van Ravenstein hem werkelijk koud?'

'Vanwaar je bekommernis, Iris?' vroeg hij. 'Maak je je zorgen om meneer Van Ravenstein?'

'Natuurlijk maak ik me zorgen,' zei ik, 'ik ken die man al jaren. Toen zijn vrouw nog leefde dronk hij ook al, maar na haar dood is het compleet uit de hand gelopen.'

'Goed,' zei Walter, die het vergrootglas in zijn jaszak stopte en het zware prentenboek sloot, 'dan gaan we hem helpen, meneer Van Ravenstein.'

Ik keek naar buiten. De jongeren aan de overkant slenterden richting het pleintje, waar ze meestal zaten 's avonds. De dood hadden ze niet gezien en het verderf had weinig indruk gemaakt.

'Ik ben Icarus,' zei ik. 'Ik ben te dicht bij de zon gekomen en nu stort ik in de Egeïsche Zee.'

Ik zat onderuitgezakt op de zwarte Stressless-stoel in Willinks kantoor en draaide lome rondjes op de draaipoot. Sofie zat op een leren bank. Ze had haar pumps uitgedaan en masseerde haar tenen.

'Eerst viel ik als Sneeuwwitje van het podium, nu lazer ik als Icarus in de Egeïsche Zee. Hoe je het ook wendt of keert, mijn leven schijnt altijd op een valpartij uit te draaien.'

'Stinken mijn sokken?' vroeg Sofie. 'Ze waren in de aanbieding bij Albert Heijn, volgens mij ruiken ze als de pest.'

Ik stopte met draaien en legde mijn voeten op het voetenbankje. 'Luister je nog? Ik stort mijn hart uit en jij praat over je sokken.'

Het was stil op het notariskantoor. Alle notarissen en hun secretaresses waren naar huis. Het busje van de werksters stond al een kwartier voor de deur, maar ik had nog geen stofzuiger gehoord. Ik wilde ook naar huis. Een douche nemen, een glas wijn drinken en slapen, tien jaar slapen.

'Ja, Icarus,' zei Sofie. 'Jij bent Icarus en je valt in de Egyptische Zee.'

Ze trok een sok uit en rook eraan. Haar teennagels waren roodgelakt. Ze droeg roze sokjes en dichte pumps, en toch had ze de moeite genomen haar teennagels te lakken. Mijn moeder had ook zo'n periode gehad. Ik zat in de brugklas en had nog geen gordijnen in brand gestoken, Madelief zat op dansles waar ze de Weense wals en de chachacha leerde, Roos trok de ene na de andere jongen de bosjes in en mijn moeder lakte drie keer per dag haar teennagels. 'Stel je voor dat ik word aangereden,' antwoordde ze toen mijn vader haar had gevraagd waar ze mee bezig was, 'dan zie ik er toch netjes uit als ik op de operatietafel lig.' Ik vermoedde dat Sofie in een soortgelijke periode zat. Na die periode volgt doorgaans een hardnekkige depressie en vervolgens verdwijn je in een wereld waarin het frequent spelen van Boggle een noodzaak wordt.

'De Egeïsche Zee, Icarus stort in de Egeïsche Zee, niet in de Egyptische Zee.'

Sofie trok de sok weer aan en ging languit op de bank liggen. 'Je valt niet in de Egeïsche Zee,' zei ze. 'Je kunt die baan makkelijk aan. Maar je mist je mysterieuze vriendje, dat is het probleem.'

Ik haalde mijn voeten van het voetenbankje en begon weer te draaien. Ik had nog niemand over Walter verteld. Dat was ook niet nodig, want Walter was mijn buurman en over buurmannen valt doorgaans weinig boeiends te melden. Tenzij ze op kussentjes door hun huis lopen en de *Populieren* van Claude Monet boven de bank hebben hangen. Dan zou je wellicht iets over ze kunnen vertellen. Maar dergelijke praatjes leiden vaak tot lastige vragen en dubbelzinnige grapjes. Daarom had ik gezwegen over Walter, omdat die zaken niet op ons van toepassing waren.

'Misschien moet je een saunaatje pakken,' zei Sofie. 'Laten we vanavond een saunaatje pakken, dan zweet je alle zorgen uit je lijf en fladder je weer vrolijk verder.'

De luxe draaistoel begon zachtjes te piepen. In het naastgelegen kantoor werd een stofzuiger aangezet. Ik hield niet van sauna's, maar een uitstapje was geen slecht idee. Sinds mijn aanstelling als directiesecretaresse had ik louter gewerkt en geslapen. Tijd om te genieten van het riante salaris, waar het mij allemaal om te doen was geweest, had ik nog niet gehad. Die tijd had ik nog steeds niet, omdat ik bijna uit mijn stoel viel van de slaap. Maar soms moet je tijd maken. Slapen kan altijd nog, als je in een bejaardenhuis woont of in coma ligt. Ooit had een kennis van mijn vader in coma gelegen, twee maanden. Toen hij ontwaakte moest hij opnieuw leren praten, eten, lopen en biljarten. Maar hij had wel goed geslapen, zei hij achteraf.

'Oké,' zei ik, en klom uit de stoel. 'Bel jij een taxi, dan sluit ik de boel af.'

Meneer Van Ravenstein lag op een zaaltje met drie andere mannen. Ik was te laat voor het bezoekuur, maar van een vriendelijke verpleegster mocht ik toch een paar minuutjes bij hem zitten.

'Er komt niemand langs,' zei meneer Van Ravenstein. 'Dat krijg je als je geen kinderen hebt, dan komt er niemand langs. Emma wilde wel kinderen, maar ik niet. Ik was er bang van. De drukte, de zorgen, de ruzies. Nu denk ik wel eens: hadden we toch maar een paar kinderen genomen, dan komt er tenminste iemand langs als je op sterven ligt.'

De drie andere mannen keken naar een tv'tje boven hun bed. De tv van meneer Van Ravenstein stond uit. Hij had weer wat kleur op zijn gezicht. In zijn linkerhand zat een infuus waar een heldere vloeistof doorheen liep.

'Die anderen hebben wel aanloop. Kinderen, kleinkinderen, je kan het zo gek niet bedenken of het schuift wel voorbij. Vooral die bruine daar met dat enge oog: drie kinderen uit zijn eerste huwelijk en zeven uit zijn derde. Zijn tweede huwelijk duurde een week. Auto-ongeluk. Soms is het leven wreed.'

Ik zette een bos tulpen in een vaas. Walter had gezegd dat ik tulpen mee moest nemen, omdat meneer Van Ravenstein na het weekend naar huis mocht. Tegen die tijd gaan tulpen hangen en kunnen ze de vuilnisbak in. Ik had ook een zakje pepermuntjes meegenomen. 'Dat is tegen de drank,' zei Walter. 'Van pepermunt verdwijnt de lust naar alcohol.'

'Heb je niet iets zoets bij je?' vroeg meneer Van Ravenstein. 'Een ijsje of een lolly, zo'n dikke lolly van de sigarenboer.'

'Dat neem ik morgen mee,' beloofde ik, 'een ijsje en een dikke lolly.'

Meneer Van Ravenstein knikte tevreden. Ik keek naar de bruine man bij het raam. Hij had inderdaad een eng oog. Achter zijn bed hingen tientallen kaartjes aan de muur, en aan de gordijnrail zweefde een gele ballon met de woorden 'Beterschap opa' erop. Toen mijn vader na zijn hersenbloeding in het verpleeghuis lag, hingen er ook veel kaartjes aan de muur. Ballonnen waren verboden. Daar konden de patiënten van schrikken als ze knalden. Begrijpelijk. Een spontane knal kan fataal zijn als je net een hersenbloeding hebt gehad. Later zei mijn vader: 'Had maar een ballon laten knallen, een kanon desnoods, dan was het klaar geweest.'

De verpleegster kwam de kamer binnen en zei dat het nu echt tijd werd. Ik raakte meneer Van Ravensteins hand aan. 'Tot morgen,' zei ik, 'een ijsje en een lolly.'

Meneer Van Ravenstein staarde naar buiten. De zon was net achter de bomen verdwenen. De horizon gloeide alsof er honderd paasvuren waren aangestoken.

Met de verpleegster liep ik door de gang. Ze was nog jong en droeg witte klompjes met zachte zolen. Na mijn mislukte opleiding geneeskunde heb ik even overwogen om verpleegkunde te gaan studeren. Mensen helpen, dat leek mij een nobel streven. Maar ik was ongeschikt om mensen te helpen, ik was niet eens in staat om mijzelf te helpen.

'Hoe staat het ervoor?' vroeg ik aan de verpleegster. 'Zo te zien gaat het weer goed met meneer Van Ravenstein.'

Ze glimlachte en stak haar handen in de zakjes van haar uniform. 'Dat is maar schijn,' zei ze. 'Alcoholisten spelen altijd mooi weer als ze hier zijn. Ze willen naar huis, ze willen drinken, daarom doen ze alsof alles in orde is.'

We kwamen bij een open balie, waar een oudere verpleegster haar neus snoot. Ze zag er moe en onverzorgd uit. Mensen helpen is geen feest, om over de rondvliegende virussen en bacillen nog maar te zwijgen.

'Gaat het niet goed dan?' vroeg ik ongerust. 'Hij mag toch wel naar huis maandag?'

De verpleegster haalde een aangebroken rolletje Mentos uit haar zak en bood mij er eentje aan. 'Jawel,' zei ze, 'meneer Van Ravenstein mag straks gewoon naar huis. Maar zijn lever is zwaar aangetast. De dokter heeft hem uitgelegd dat hij geen druppel meer mag drinken.'

Ik weigerde de Mentos, de verpleegster nam er wel eentje.

'En als hij toch gaat drinken, wat gebeurt er dan?'

Het rolletje Mentos verdween weer in het jasje van de verpleegster. 'Dan gaat hij dood,' zei ze, 'zo eenvoudig is het.'

In de vrouwensauna zaten twee meisjes van een jaar of achttien, een oude dame met een badmuts op haar hoofd en een hoogzwangere vrouw. Op de dame met de badmuts na droeg geen van hen een kledingstuk. Daarom hou ik niet van sauna's: de blote lichamen waarmee je ongevraagd wordt geconfronteerd, de schijnbaar terloopse blikken van de andere gasten, mijn eigen naaktheid waarvoor ik mij plotseling schaam, alles staat mij tegen. En dan is er nog het buitensporige zweten. Waar is dat goed voor? Waarom hebben sommige mensen de behoefte zich in een kippenhok op te sluiten en hun zweetklieren open te zetten? Zijn ze soms te beroerd om een eindje te hollen, een stukje te fietsen? Of denken ze echt dat ze er gezonder van worden? De hele week koffie, bier en kroketten naar binnen stouwen en op vrijdag, na een uurtje in de sauna, weer gezond als een vis naar huis.

'Ontspan je je wel?' vroeg Sofie. 'Je moet je ontspannen, daar gaat het om.'

Met een wit washandje veegde ik wat zweetdruppels van mijn gezicht en keek naar mijn natte handen. 'Ontspannen,' zei ik, 'doe dat eens voor. Laat mij eens zien hoe ontspannen eruitziet.'

Sofie boog haar rug en liet haar armen slap langs haar lichaam hangen. 'Zo ongeveer,' zei ze, 'zo ziet ontspannen eruit.'

Ik boog mij voorover en liet mijn armen bungelen. Ook mijn voeten waren nat, alles was nat. En ik begon te stinken, een zurige zweetlucht die ik voor het laatst had geroken tijdens een gymles op de basisschool.

'En,' vroeg Sofie, 'ontspan je je al?'

'Nee, het lukt niet,' zei ik.

We gingen weer rechtop zitten. De hoogzwangere vrouw waggelde naar de deur, het badmutsvrouwtje liet een wind.

'Kom op,' zei ik tegen Sofie, 'ik heb er genoeg van.'

We verlieten de sauna, zwommen een paar baantjes in het zwembad en douchten ons af. In de loungebar – ook hier lag het accent op ontspannen – dronken we een zoete cocktail. Sofie bladerde een paar tijdschriften door, ik keek verveeld naar de tv, waarop een voetbalwedstrijd werd vertoond.

'Moet je dit zien,' zei Sofie. Ze gaf me een tijdschrift en wees op een stuk boven aan de pagina. 'Dit is grappig.'

Het stuk was een column geschreven door een zekere V. De algemene titel van de column luidde *Door Duisternis Omringd*. Het stukje zelf heette *Prille Ongemakken* en ging over de eerste menstruatie die door de auteur als een 'tsunami van lauwe tomatensoep' werd omschreven.

Nadat ik het hele stuk had gelezen stuurde ik Madelief een sms.

Gefeliciteerd met je column. Erg leuk. Dikke kus, Iris.

'Wie zou dat zijn, die V?' vroeg Sofie. 'Ken jij een schrijver met een V?'

Ik had het tijdschrift in mijn tas gestopt. Mijn cocktail was op. Ik gebaarde naar de barkeeper dat hij twee nieuwe mocht brengen. Sofie had zich in de sauna ontspannen, mijn ontspanning was net begonnen.

'In mijn studiejaren kende ik een schrijver met een V, maar die schreef kookboeken en was een kluns in bed. Ik kan me niet voorstellen dat hij ooit een column over het vrouwelijk geslachtsdeel zou schrijven.'

Op maandag was meneer Van Ravenstein weer thuis. Toen ik mijn fiets op slot zette zag ik hem op de bank zitten. Hij keek tv en dronk een blikje bier. Op de salontafel stonden nog drie blikjes, vermoedelijk leeg.

Ik rende de trappen op en bonsde op Walters deur. De reservesleutel lag op mijn aanrecht, maar daar was geen tijd meer voor.

'We moeten iets doen,' zei ik toen Walter mij eindelijk had binnengelaten en we naar de woonkamer liepen. 'Meneer Van Ravenstein zit weer aan de drank, dat overleeft hij niet.'

Voor de tafel bij het raam stond een oudere man. Hij was keurig gekleed en zag er opvallend vitaal uit.

'Dit is dokter Mathews,' zei Walter.

Ik gaf de man een hand. 'Zeg maar John,' sprak hij amicaal. 'En dokter hoeft ook niet, ik ben gepensioneerd.'

Walter ging op zijn stoel zitten, de dokter en ik namen op de bank plaats.

'John Mathews was vroeger onze huisarts,' zei Walter. 'Nu behandelt hij alleen mijn moeder nog, en mij als het nodig is.'

Mathews lachte. 'Na de bof in 1983 is Walter nooit meer ziek geweest. Een beetje zonlicht zou geen kwaad kunnen, maar daar zijn pillen voor.'

'Daar zijn pillen voor,' beaamde Walter. 'Overal zijn pillen voor.'

Ik lachte stijfjes mee en vroeg me af wat die grijze clown kwam doen.

'Maar nu ter zake,' vervolgde Mathews. 'Uw huismeester is aan de drank verslaafd, heb ik begrepen.'

'Meneer Van Ravenstein,' zei ik. 'Hij heet meneer Van Ravenstein.'

'En u wilt dat hij stopt met drinken.'

'Ja, dat wil ik. Ik wil heel graag dat hij stopt.'

'Dan gaan we dat even regelen, jongedame.' Mathews stond op en liep naar de tafel, waar een plastic tas van Gall & Gall op lag.

Walter en ik stonden ook op. Hij knipoogde naar me, ten teken dat ik me geen zorgen hoefde te maken.

Uit de tas kwamen een witte doktersjas en een zwartleren mapje. De jas trok Mathews aan, het mapje verdween in een jaszak. 'Luister goed,' zei hij tegen mij. 'We gaan nu naar meneer Van Ravenstein. Ik voer het woord en u speelt het spel mee. Is dat duidelijk?'

Ik knikte en volgde Mathews naar de hal. Walter bleef thuis. Hij had geen rol in het spel. Hij was slechts de bedenker, zoals altijd.

Meneer Van Ravenstein liet ons direct binnen. De witte jas van Mathews had de doorslag gegeven. Mensen als meneer Van Ravenstein zijn voor weinig bang, behalve voor volk in witte jassen.

'Mijn naam is Folder,' zei Mathews toen we in de woonkamer zaten, 'van de stichting Discrete Euthanasie. Ik heb begrepen dat u dood wilt.'

Meneer Van Ravenstein keek mij onthutst aan. 'Nee... ja. Ik euh...'

Mathews ritste het zwarte mapje open. In het mapje lagen vier gevulde injectiespuiten. Mathews pakte er een uit en trok het kapje van de naald.

'Volgens de specialist die u in het ziekenhuis heeft behandeld is uw lever ernstig aangetast en mag u geen druppel meer drinken. Toch drinkt u weer als vanouds en slaat u het advies van een bekwaam medicus in de wind. In dat geval rest er nog maar één uitweg: stoppen of spuiten. Wat wordt het, meneer Van Ravenstein? Het woord is aan u.'

Weer keek meneer Van Ravenstein mij aan. De schok van zoeven had plaatsgemaakt voor angst. Mijn gevoelens kwamen er aardig bij in de buurt, maar ik had beloofd het spel mee te spelen en knikte hem ernstig toe.

'Maar wat moet ik dan?' jammerde hij. 'Mijn vrouw is overleden, kinderen heb ik niet, geen mens die naar me omkijkt. Wat heeft het leven dan nog te bieden?'

'Niets,' antwoordde Mathews, die met de nagel van zijn wijsvinger tegen de spuit tikte en een klein straaltje liet ontsnappen. 'Als u de zaak zo bekijkt heeft het leven geen zin. U kunt het ook anders bekijken, maar daar heeft u geen zin in. Vandaar dat ik hier ben om u een handje te helpen. Rolt u de mouw van uw overhemd even op, alstublieft.'

'Nee,' riep meneer Van Ravenstein. Hij stond half op en zakte weer terug op de bank. 'Ik bedoel...'

'Wat bedoelt u?' informeerde Mathews. 'Vertel me wat u bedoelt, man.'

De foltering werd mij te veel. Ik ging naast meneer Van Ravenstein zitten en sloeg een arm om zijn knokige schouders. 'Vertel wat u bedoelt, meneer Van Ravenstein. Vertel het.'

Ik voelde dat hij kalmeerde. Mijn actie hoorde niet bij het spel, maar voor mij was het spel allang afgelopen.

'Stoppen,' zei meneer Van Ravenstein. 'Ik zal wel stoppen.'

De volgende morgen brachten twee meisjes van het asiel hem een hondje. Het was een jonge labrador waar hij goed voor moest zorgen en vier keer per dag mee naar buiten moest.

's Avonds zagen Walter en ik de twee naar het pleintje lopen. Het hondje trok nog aan de riem, maar dat zou hij op de hondentraining, die ook bij het cadeau hoorde, snel afleren.

5

‘Wat kan ik voor je doen, Arthur?’

‘Mijn testament, Willink. Ik wil mijn testament wijzigen.’

‘Geen probleem.’

‘En een baanbrekende uitvinding registreren.’

‘Komt in orde, Arthur.’

De clientèle van Thijs Willink bestond voornamelijk uit rijke veeleisende halfneuroten die minstens twaalf keer per jaar op de stoep stonden om een punt of komma in een officieel document te laten wijzigen. Jonkheer Arthur Gaston la Bretonnière behoorde ook tot die categorie, met het verschil dat Arthur elke week kwam.

Zijn laatste drie bezoekjes had ik alleen afgehandeld, en telkens had ik op het punt gestaan hem te wurgen. Nu was Thijs Willink, die net een lange vakantie op de Seychellen achter de rug had, weer aan de beurt. Thijs had veel ervaring met zijn rijke klantjes. Geduld en een gezonde dosis cynisme, beweerde hij, dat waren de belangrijkste eigenschappen om te overleven.

‘Orfeline krijgt een sigaar,’ begon Arthur. Thijs opende zijn testament, ik notuleerde het gesprek. ‘En de opgezette varkenskop die ik naast haar bed heb gehangen.’

‘Je emoties, Arthur,’ zei Thijs, ‘ze nemen weer een loopje met je.’

Arthur schudde uitdrukkelijk zijn hoofd. ‘Ze scharrelt, Willink. Ik hou niet van scharrelen.’

‘Kippen scharrelen ook, daar hoor ik niemand over.’

‘Een sigaar en een opgezette varkenskop,’ herhaalde Arthur, ‘daar moet ze het mee doen.’

Thijs knikte, ik krabbelde de wijzigingen slordig op een notitieblok. We zaten rond Willinks bureau. Thijs leunde met zijn gebruinde onderarmen op het blad, Arthur stak een toverbal in zijn mond en ik dacht aan de opgezette varkenskop naast het bed van Orfeline. Orfeline was Arthurs achtste vrouw. De vorige zeven had hij binnen een jaar na de huwelijksvoltrekking de deur gewezen. Ook zij hadden gescharreld, dacht Arthur, en kwamen er bekaaid af omdat zijn gefortuneerde familie alleen een verbintenis onder huwelijkse voorwaarden toestond. Met Orfeline had Arthur het vier jaar volgehouden. Kennelijk had hij geleerd van zijn mislukte relaties en gaf hij haar wel de liefde en aandacht die een vrouw nodig heeft. Toch scheen Orfeline net als haar voorgangsters te scharrelen en kon ze binnenkort met een koffer, een sigaar en een opgezette varkenskop het landgoed verlaten.

'François en Ludovic gaan naar het front,' vervolgde Arthur. 'Daar zullen ze sneuvelen en met militaire eer worden begraven.'

'Er is geen front, Arthur. Je zoons zitten niet eens in het leger.'

Uit zijn eerste en derde huwelijk had Arthur een zoon gekregen. Volgens mijn gegevens waren ze achttien en zestien jaar oud. De jongste, François, woonde nog thuis. Ludovic studeerde filosofie aan de Sorbonne in Parijs.

'Dan creëren we een front. Er zijn voldoende brandhaarden in de wereld, los een schot en je hebt een front.'

'Het spijt me, notariskantoor Willink & Partners creëert geen fronten.'

'Onterven dan. Ik onterf ze, allebei.'

'Dat gaat niet, Arthur. François en Ludovic bezitten een royaal trustfonds van de familie. Bovendien kun je je eigen kinderen niet zomaar onterven.'

Arthur keek naar buiten. De fraaie nazomer die ons door de weerman was beloofd had het afgelegd tegen een razende herfst. Mijn zomerkleren lagen al op zolder en op de markt had ik drie goedkope paraplu's gekocht.

'Akkoord,' zei Arthur. Hij keek weer naar voren en rechtte zijn rug. 'Geen front, geen financiële sanctie, ik zal mijn besluit herzien.'

Drie dagen nadat meneer Van Ravenstein zijn hondje had gekregen, belde Roos op. Het was laat, ik lag al in bed.

'Ha die Iris,' riep ze joviaal.

Ze is gek, dacht ik, de stoppen zijn definitief doorgeslagen. Maar ik zei: 'Ha die Roos, wat bel je laat.'

Op de achtergrond hoorde ik mensen lachen. Er ritselde een papiertje en er pingelde een tram voorbij.

'Laat, ja,' zei ze. 'Vier jaar en acht maanden om precies te zijn.'

Ik sloeg het dekbed van mij af en zette mijn voeten op de vloer. Niet haar onverwachte telefoontje maar de achtergrondgeluiden baarden mij zorgen. In ons dorp rijden geen trams, en lachende mensen zijn een zeldzaamheid, zeker om kwart voor twaalf 's nachts.

'Hoe bedoel je?' vroeg ik.

Roos lachte even. Dronken was ze niet. Een beetje stoned misschien, en verder van huis dan mij lief was.

'Toen was ik voor het laatst bij je,' antwoordde ze. 'Je woonde nog in het studentenhuis, met die krakende trappen en dat dikke meisje met eczeem. Dat is vier jaar en acht maanden geleden.'

Ik dacht terug aan het studentenhuis en berekende dat het inderdaad zo lang geleden was dat Roos mij voor het laatst had bezocht.

'Dat dikke meisje is dood,' zei ik. 'Waar ben je?'

Er reed weer een tram voorbij, de lachende mensen waren verdwenen.

'In de buurt. Vind je het erg als ik even langskom?'

'Erg, erg... er zijn ergere dingen.'

'Dan pak ik een taxi naar huis. Ik had eerder moeten bellen.'

Opnieuw hoorde ik een papiertje ritselen. Ze had iets bij zich. Bloemen misschien, of een tasje met kleren.

'Doe niet zo gek, Roos. Je bent welkom, ik zet de benedendeur open.'

Een paar minuten later kwam ze binnen. Ze zag er verwaaid uit. In haar armen droeg ze een grote bos rozen.

'Rozen van Roos,' zei ik, 'wat leuk.' Ik had mijn badjas aangetrokken en op het fornuis stond een volle fluitketel te ruisen.

'Niet van Roos,' zei ze, 'en ook niet voor jou.'

We liepen naar de woonkamer. Roos wipte haar schoenen uit. Ik pakte de bos rozen aan. Ze roken vers. Op het pakpapier stond het logo van het tuincentrum waar mijn vader had gewerkt.

'De bloemen zijn van Madelief,' zei Roos, die met een zucht op de bank was geploft, 'als bedankje voor Walter.'

'Walter? Wat weet jij van Walter? Dat zou een geheim blijven.'

'Dat blijft het ook. Een ouderwets zussengeheim, weet je nog?'

Ik draaide mij om en liep naar de keuken. De ketel op het fornuis begon te fluiten. Ik draaide het gas uit en zette de rozen in een emmer water in de badkamer.

Terwijl ik de theepot volschonk dacht ik aan het zussengeheim. Toen we klein waren hadden we soms zussengeheimen. In het begin gingen ze over onbenullige zaken als koekjes pikken voor het avondeten en stiekem lezen 's nachts. Later werden de geheimen serieuzer: roken, drank, seks, drugs. Ook die geheimen bleven tussen ons drieën. Tot Roos op een zomeravond stomdronken door de politie werd thuisgebracht. Ze zou op de treinrails in een naburig dorp hebben gelegen en geschreeuwd: 'Kom maar, kom maar. Het kan me geen donder meer schelen.' Daarmee kwam er een einde aan ons zussengeheim en mijn vertrouwen in Roos.

We dronken thee. De verwarming stond aan. Roos zat in haar rok en beha op de bank. Ik keek naar het litteken op haar slappe onderbuik. Ava en Mia, haar oudste kinderen, waren met een keizersnede ter wereld gebracht. Het derde mormel, Barbara, kwam via de natuurlijke weg. De ravage die het daarbij had aangericht, had haar seksleven nagenoeg geruïneerd.

'Je woont leuk,' zei ze. 'Eenvoudig maar leuk.'

Sinds haar huwelijk met Rudolf Blinker, een welgestelde bankier met een broze rug, sprak Roos een nieuwe taal. Ze gebruikte nog wel de gangbare woorden en zinnen, maar ze hadden een andere betekenis. Zo stonden de woorden 'leuk' en 'eenvoudig' voor 'triest' en 'armoedig', en 'Eenvoudig maar leuk' voor 'Ik zou er niet dood gevonden willen worden.'

'Hoe bevalt je nieuwe baantje?' vervolgde ze.

Ook de toon waarop ze sprak was veranderd. Voorheen communiceerde ze op dezelfde golflengte als ik. Nu kwamen haar woorden van een andere planeet, een paradijselijke bol vanwaar goddelijke wezens hoofdschuddend neerkijken op de oude gedegenereerde schepping.

'Goed,' zei ik. 'Zou je ook eens moeten proberen, een baan.'

Roos blies in haar theeglas. 'Ik heb een baan, ik voed kinderen op.'

'Met veel succes, heb ik begrepen.'

'Ze zijn gezond, ze gaan naar school...'

'Maar ze luisteren niet.'

'Nee, dat doen ze niet.'

'En daarom ben je hier: omdat je hoopt dat Walter, die Madelief met een origineel idee uit de put heeft getrokken, jou ook kan helpen.'

Roos zette haar theeglas op tafel. Zwarte mascaratranen stroomden over haar wangen. Ze was geland. Een kleine noodshuttle had haar vanmiddag richting mijn dampkring geschoten, en na een turbulente landing was ze op haar bestemming aangekomen.

'Ik heb ook een envelop,' zei ze, nadat ik haar een schone zakdoek had gegeven en ze de zwarte lijntjes van haar wangen had geveegd. 'Eigenlijk wilde Madelief zelf komen, maar Tobias heeft buikgriep.'

Ze pakte een envelop uit haar tasje en gaf hem aan mij. Ik zat naast haar op de bank, in mijn nachtpon en badjas, zoals we vroeger *Scooby Doo* en *Love Letters* keken. 'Voor Walter' stond er op de envelop.

'Heel lief,' zei ik. 'Dat zal hij zeker waarderen.'

De nieuwe uitvinding van Arthur la Bretonnière betrof een klein tafeltje met een ovaal gat erin. Het stond op vier robuuste poten en was niet hoger dan veertig centimeter.

'We beginnen met een vraag,' zei hij. Het tafeltje stond in het midden van Willinks kantoor. Het deed me denken aan een kunstwerk in een museum voor moderne kunst. Iedereen kijkt er bewonderend naar, maar geen mens weet wat het voorstelt.

'Bent u wel eens in Frankrijk geweest, juffrouw Iris?'

'Jawel, jonkheer,' antwoordde ik.

Bij elke demonstratie die Arthur gaf hoorde een toneelstukje. Meespelen was van groot belang, anders kon hij lelijk uit zijn slof schieten.

'Ooit een openbaar toilet bezocht aldaar?'

'Vanzelfsprekend, jonkheer.'

Thijs Willink leunde achterover op zijn bureaustoel. Hij had al honderden demonstraties aan zich voorbij zien trekken, maar vervelen deden ze nooit.

'En hoe ziet zo'n toilet eruit?'

'Een gat in de grond,' zei ik, 'met twee voetstappen ernaast.'

'Juist, juffrouw Iris,' zei Arthur. Hij applaudisseerde en gebaarde dat ik bij hem moest komen. Ik keek naar Thijs, die zich kostelijk vermaakte, en liep met tegenzin naar Arthur en zijn tafeltje.

'Welnu, juffrouw Iris,' vervolgde Arthur toen ik naast hem stond en hij een arm om mij heen had geslagen, 'zo zien de meeste openbare toiletten in de wereld eruit: een gat met twee voetstappen ernaast. Geen lolletje, kan ik u verzekeren, met name voor de verfijnde westerse toeristen. Zij zijn het niet gewend om op hun hurken een vijg of plasje te produceren.'

Ik rook de zoete toverbal in Arthurs mond. Zijn tanden waren rood en zijn tong kleurde langzaam blauw.

'Maar die problemen zijn voorgoed voorbij. Dankzij de Wc-buddy kan elke toerist onbezorgd zijn behoefte doen, waar ter wereld hij zich ook bevindt.'

Dat was het dus: een ordinair poeptafeltje. Geen kunstwerk of een ander ingenieus object, maar een inklapbaar tafeltje waarop je in de krottenwijken van Punjab en São Paulo comfortabel kon kakken.

Arthur nam zijn arm van mijn schouders en keek mij onderzoekend aan. 'Wat weegt u, juffrouw Iris? Vijftig, tweeënvijftig kilo?'

'Vierenvijftig, ik heb zware botten.'

'Perfect,' zei Arthur. 'Dan mag u de broek laten zakken.'

'Stop,' riep Thijs. Hij sprong uit zijn stoel en haastte zich naar ons toe. 'Er mag veel in dit kantoor, Arthur, maar juffrouw Iris gaat niet uit de kleren.'

'Geen nood, Willink, de Wc-buddy is voor iedereen. Zo is er de Kid-buddy voor kinderen tot veertig kilo, de Honey-buddy voor dames tot zestig kilo, de Lady-buddy voor dames tot tachtig kilo, een drietal Comfort-buddy's voor zowel dames als heren van tachtig tot honderdtwintig kilo, en tot slot de Kingkong-buddy voor zwaarlijvigen tot maar liefst honderdvijftig kilo. Dit model is een Honey-buddy, waar juffrouw Iris heel even in haar ondergoed op had mogen plaatsnemen. Maar ik begrijp je bezwaar, Willink. Juffrouw Iris is een dame, dat moeten we respecteren. Daarom zal de uitvinder zelf een buddy testen om aan te tonen dat hij geen rommel verkoopt.'

Arthur liep naar een grote doos en pakte er een zwaarder model uit. 'Dit is de Comfort-buddy tot honderd kilo,' zei hij, terwijl hij het tafeltje neerzette en zijn pantalon begon te openen.

'Stop,' riep Thijs weer. 'Ook op jouw ondergoed zit niemand te wachten, Arthur. Kan het niet gekleed?'

Met een narrige blik knoopte Arthur zijn broek weer dicht. 'Goed, Willink, een demonstratie met broek is ook mogelijk. De mooie sfeerimpressie gaat hierdoor verloren, maar het is niet anders.'

Arthur voltooide twee diepe kniebuigingen en maakte zich gereed om op de Comfort-buddy plaats te nemen. Thijs en ik vouwden onze armen over elkaar en gingen op gepaste afstand staan. Het zou niet de eerste keer zijn dat een demonstratie van Arthur la Bretonnière op een bedrijfsongeval zou uitdraaien.

'Opgelet,' riep Arthur, die zijn armen uitspreidde en met zijn kuiten tegen de rand van de Comfort-buddy ging staan. 'Stap een: neem de juiste positie in. Stap twee: neem de hurkhouding aan. Stap drie: neem plaats.'

Arthur ging zitten. De buddy kraakte even en bezweek vervolgens onder het forse gewicht van de jonkheer. Onthutst lag hij tussen de brokstukken. 'Ze zijn er in zes hippe kleuren,' verklaarde hij: 'rood, blauw, groen, oranje, geel en roze.'

Thijs en ik liepen terug naar het bureau.

'Doe mij maar een blauwe,' besloot Thijs.

'Ik denk er nog even over na,' zei ik.

Toen Walter mij de volgende morgen met de bos rozen en de envelop zijn woonkamer zag binnenkomen, wist hij al hoe laat het was. Uit fatsoen nam hij de envelop in ontvangst, de rozen mocht ik zelf houden. Daarna zei hij: 'Ben ik een wensput? Een speeldoos waar je een muntje in gooit en een deuntje naar keuze op afspeelt?'

Zijn boze gezicht paste niet bij het mooie overhemd dat hij droeg. Hij had zich verheugd op een fijne dag. Een paar uurtjes tv-kijken, een middagdutje tot halftwee, een atlas of prentenboek bestuderen, avondmaaltijd nuttigen, weer een paar uurtjes tv-kijken en ten slotte naar bed. Zo zagen alle dagen van

Walter Gom eruit. Meestal bezocht ik hem in de namiddag om een glas thee te drinken en een praatje te maken, maar nooit in de ochtend, en al helemaal niet met het verzoek om de volgende patiënt te helpen.

'Het is Roos,' zei ik, 'ze zit er helemaal doorheen.'

'Waar doorheen?'

'Overal doorheen.'

Walter opende de envelop. Er zat een wenskaart in met Madeliefs eerste column en een cadeaubon van honderd euro. De column en de cadeaubon gaf hij aan mij, de tekst op de wenskaart las hij vluchtig door.

'Wat schrijft ze?' vroeg ik.

'Wenskaartdingen.'

'Wenskaartdingen zijn aardig.'

'Bijzonder aardig,' zei Walter, en hij schoof de kaart terug in de envelop.

Hij keek weer naar de tv. Er was een snookerpartij op. Walter keek graag naar rustgevende sporten: schaken, biljarten, bridge, snooker. Alle andere sporten waren tijdverspilling, vond hij, voor zowel de sporters als de kijkers. Aanvankelijk was ik het niet met hem eens, omdat ik zelf jarenlang met veel plezier had gesport. Later, nadat hij zijn stelling had uitgelegd, zag ik in dat hij gelijk had. Sporten doet een mens om te ontspannen. Maar de meeste sporten leiden slechts tot vermoeidheid, niet tot de ontspanning waarop je had gehoopt. De rustgevende sporten daarentegen, sporten waarbij je hart niet als een dravend renpaard tekeergaat, brengen wel enige ontspanning teweeg. Voor de toeschouwers geldt hetzelfde principe. Van het kijken naar inspannende sporten word je opgewonden, bloednerveus en uiteindelijk hondsmoe. Van het kijken naar rustgevende sporten kom je vanzelf tot rust en ervaar je de ontspanning waar je al die tijd naar op zoek was. Het enige nadeel van die laatste sporten is dat ze verpletterend saai zijn. En je wordt er moddervet van. Niet als je Walter Gom heet en alleen op vitaminepillen, druiven en een gezonde avondmaaltijd leeft, maar wel als je je uit verveling volpropt met chips, pinda's en kersenbonbons. Daarom keek ik er niet meer naar, omdat ik de connectie tussen verveling en verantwoord eten nog niet had gevonden.

'Tien minuutjes, Walter,' drong ik aan, 'praat tien minuutjes met Roos. Ze zit in zak en as.'

De envelop met de wenskaart lag op de salontafel. Walter bleef naar de tv staren en nam een slokje thee. 'Je praat raar, Iris. Tien minuutjes duren even lang als tien minuten. En wat is zak en as? Zit Roos in een vuilniszak op een gedoofd kampvuur?'

'Doe niet zo flauw. Wil je haar helpen of niet?'

'Nee, dat wil ik niet. Maar als ik jou er een plezier mee doe, wil ik wel tien minuutjes met je zuster praten.'

Even later zaten we met z'n drieën in de kamer. Ik had de schoenen met de kussentjes opgeborgen. Dat had ik ook gedaan toen Madelief op bezoek was. Ik wilde niet dat Walter voor schut zou staan en dat ze later over hem zouden roddelen. Ik moest hem beschermen, dat was mijn taak, zoals het zijn taak was om mij te beschermen.

'Mijn kinderen luisteren niet,' zei Roos. Ze had zich langdurig opgemaakt en sprak overdreven deftig, alsof ze de troonrede voorlas. 'Ik heb werkelijk alles geprobeerd, maar ze luisteren niet.'

'Zijn ze doof?' vroeg Walter.

'Nee, ze zijn niet doof, ze luisteren niet.'

'Naar wie?'

'Naar mij, alleen naar mij.'

'Dan ligt het probleem niet bij uw kinderen maar bij u.'

'Hoezo, bij mij?'

'Wat wilde u worden toen u klein was?'

'Pardon?'

'Veel kinderen weten al vroeg wat ze later willen worden: brandweerman, piloot, politieagent, verpleegster, goochelaar.

Wat wilde u worden?'

'Archeoloog,' zei Roos met een lichte blos op haar wangen. 'Ik heb altijd archeoloog willen worden.'

'Een mooi vak. Verdwenen piramides opgraven, Incaschatten ontdekken, een mammoetskelet in Siberië blootleggen. Wel een beetje ver van huis.'

'Vaak wel, ja.'

'Telde dat ook mee, dat het een beroep ver van huis was?'

'Voor een deel.'

'Ver weg van papa en mama die de hele dag tegen elkaar schreeuwen?'

Roos werd lijkbleek en keek mij woedend aan. 'Wat heb jij hem over ons verleden verteld?'

'Niets, ik heb Walter niets verteld.'

'Hoe weet hij dan dat pap en mam altijd tegen elkaar schreeuwden?'

'Omdat u dat ook deed toen uw kinderen klein waren,' zei Walter.

Roos draaide haar gezicht weer naar hem toe. 'Wie zegt dat?'

'De meeste kinderen die niet naar hun ouders luisteren, doen dat omdat hun ouders te vaak tegen hen hebben geschreeuwd. Ze zijn er als het ware immuun voor geworden. De ouders op hun beurt doen het omdat hun eigen ouders te vaak tegen hén hebben geschreeuwd. Zo gaat het van generatie op generatie, een eindeloze maalstroom van geschreeuw.'

Met een diepe zucht liet Roos haar hoofd vooroverzakken. Ik stopte een papieren zakdoekje in haar hand en nam er zelf ook eentje. Het was lang geleden dat ik aan het vreselijke geschreeuw van mijn ouders had gedacht, maar op dat moment kwam het in alle hevigheid naar boven.

'En nu?' vroeg Roos. Ze zat weer rechtop en had de tranen uit haar ogen gedept. 'Wat moet ik nu doen?'

'Archeologie studeren,' zei Walter.

'Ik ben bijna dertig.'

'Vorig jaar studeerde er een vrouw van tachtig af aan de universiteit.'

'Ik heb een gezin.'

'Huur een nanny. Uw man heeft een goede baan, heb ik begrepen. Geld zal het probleem niet zijn.'

'Maar ik heb al zo lang niet geleerd, meneer.'

'Is het uw jeugddroom?'

'Absoluut.'

'Vervul hem dan of word een oude verbitterde vrouw.'

Roos keek nogmaals naar mij. Ze glimlachte, verlegen bijna, alsof er een wonder was gebeurd dat ze amper kon bevatten.

'En mijn kinderen,' vroeg ze aan Walter, 'hoe zorg ik ervoor dat zij weer naar mij gaan luisteren?'

'Zwijg ze dood.'

'Zwijg ze dood?'

'Negeer ze, doe alsof ze niet bestaan.'

'Wat heeft dat voor zin?'

'Ze luisteren toch niet. Waarom zou u dan nog tegen ze praten?'

'Goed, ik zal het proberen.'

'Proberen?'

'Ik zal het doen, ik zal ze negeren.'

'Dat klinkt al beter.'

'Hoelang?'

'Een week, een maand, een jaar. Net zo lang tot ze zich realiseren dat ze hun moeder nodig hebben en ze u smeken weer met hen te praten.'

Jonkheer Arthur la Bretonnière had zijn Wc-buddy's ingepakt en zat op een stoel voor het bureau. Thijs Willink nam de technische bouwtekeningen en de gedetailleerde beschrijving van de uitvinding door.

'Alles in orde, Willink?'

Thijs schoof de paperassen bij elkaar en stopte ze in een bruine envelop. 'Tot in de puntjes, Arthur. Morgen ga ik naar de octrooiraad en laat de Wc-buddy registreren. Mocht er al een soortgelijk product bestaan, dan laat ik het je direct weten. De naam laat ik ook even controleren. Volgens mij wordt het een hit, maar we gaan niet over één nacht ijs.'

Arthur en Thijs stonden op en schudden elkaar de hand.

'Hartelijk dank, Willink,' zei Arthur.

'Graag gedaan, vriend. Volgende week, zelfde tijd?'

'Vaste prik, Willink.'

Arthur pakte de doos van de vloer en liep naar de deur. Ik liep met hem mee en hield de deur voor hem open.

'Een genoeglijke dag nog, juffrouw Iris,' fluisterde hij, 'en vergeef mij mijn impertinente vraag van daarnet.'

'Ik was hem al bijna vergeten, jonkheer.'

Tegen vijven dronken Thijs en ik een glas wijn in de woonkamerhoek. Ik had mijn laarzen uitgedaan. Thijs trok zijn stropdas los en kwakte zijn grote voeten op de salontafel.

'Toch sneu voor Orfeline,' zei ik, 'een sigaar en een varkenskop.'

'Dat loopt zo'n vaart niet, Iris. Orfeline is zo trouw als een hond, dat weet Arthur ook wel. Laat zijn testament nog maar even intact. Volgende week is alles uitgesproken en draait hij de boel terug.'

'En de rekening, brengen we de testamentwijziging wel in rekening?'

'Uiteraard.'

'Maar Arthur is uw vriend.'

'Op werkdagen tussen negen en vijf.'

We dronken nog een glas. Thijs belde Cecile en zei dat hij over een uur thuis zou zijn, ik at een zout koekje om de opkomende honger te stillen.

'Hoe werkt dat eigenlijk, een uitvinding registreren?' vroeg ik.

Thijs legde zijn iPhone op tafel en stak een olijf in zijn mond. 'Dat kan op twee manieren: of je gaat naar de octrooiraad en laat de uitvinding testen en exclusief op jouw naam zetten, of je laat de uitvinding bij een notaris op datum zetten. Dat laatste is niet verstandig, omdat een datumregistratie te weinig juridisch houvast biedt en tot langdurige rechtszaken kan leiden.'

Ik pakte nog een zout koekje. Buiten regende het weer. Af en toe sloeg een windvlaag de regendruppels tegen het raam. Ik overwoog met de tram naar huis te gaan.

'En ideeën, kun je die ook laten registreren?'

'Wat voor ideeën?'

'Creatieve ideeën, opvoedkundige ideeën.'

'Die vallen in de categorie intellectuele eigendommen en kunnen worden vastgelegd in een zogenaamde depotakte.'

'Is dat duur?'

'Een notaris is altijd duur, dat weet je. Maar als het een goed idee is, kun je er bakken met geld mee verdienen.'

6

Ik kon niet slapen. Ik kon al drie nachten niet slapen. Ik had het overal geprobeerd: in mijn bed, naast mijn bed, onder mijn bed, op de bank, op de keukentafel, onder de keukentafel, op het balkon. Maar de slaap wilde niet komen. Ik wist dat hij er was, ergens in mijn huis. Ik kon hem voelen, ik kon hem ruiken, ik had hem zelfs even gehoord, grinnikend achter de gordijnen, maar hij vertikte het om te komen. Zesentwintig jaar had ik hem als een vod behandeld, zoals ik zoveel dingen in mijn leven als een vod had behandeld: vrienden, vriendinnen, minnaars, studies, baantjes, mijzelf, zeven dwergen in de Efteling, waarvan één dwerg in het bijzonder, en de slaap, ook hem had ik als een vod behandeld. Voor die laatste zonde werd ik nu zwaar gestraft. 'Je kunt veel dingen als een vod behandelen,' zei hij, 'maar het houdt een keer op.' Hoelang het zou ophouden vertelde hij er niet bij. Van sommige mensen had ik gehoord dat het wel drie jaar kon ophouden. Ooit had ik een vrouw ontmoet bij wie het voorgoed was opgehouden. 'Hoe weet u dat zo zeker?' vroeg ik haar. 'Misschien komt het over vier weken wel terug, of op tweede kerstdag.' 'Nee,' sprak ze bedroefd, 'het komt niet meer terug, het is voorbij.'

Om de tijd te doden las ik kranten, tijdschriften, de IKEA-gids en het boek dat Walter mij voor mijn vakantie had meegegeven. Ik kwam er nog steeds niet doorheen. Ik werd gek van al die puntjes. Waarom stonden er zoveel puntjes in dat boek? Waarom moest ik mijzelf door al die ellendige puntjes heen worstelen om een boek te kunnen lezen?

Naast het lezen dacht ik ook veel na. Het geschreeuw van mijn ouders, de blik van Helena Svenson-Gom, de bakken met geld die je kon verdienen met het registreren van goede ideeën, alles passeerde de revue.

Uiteindelijk belde ik Sofie. Het was de vierde slapeloze nacht, de wekker stond op tien voor drie, buiten reed een scooter voorbij.

'Ik kan niet slapen.'

'Ik ben ziek.'

'Ik lig maar te piekeren en te piekeren.'

'Ik heb verzorging nodig, veel verzorging.'

'Daarom kan ik niet slapen.'

'Kom je me verzorgen, Iris?'

'Goed,' zei ik, 'ik kom je verzorgen.'

Volgens onze buren begonnen mijn ouders te schreeuwen toen Roos was geboren. Daarvoor hadden ze ook wel eens een grom of een gil gehoord, maar na de geboorte van Roos gingen ze helemaal los.

Meestal was het mijn vader die de schreeuwsessies op gang bracht. 'Zet dat kind buiten, het krijst.'

'Er ligt een halve meter sneeuw.'

'En het stinkt, het stinkt en het krijst.'

'Alle baby's stinken en krijsen.'

'Breng het dan op z'n minst naar een plaats waar ik er geen last van heb: een pleeggezin, een weeshuis, een inrichting.'

'Wij zijn een weeshuis en een inrichting.'

'Maar wij lopen nog vrij rond. Wij leven door en worden geteisterd door het gekrijs van een mager speenvarken.'

'Dat speenvarken is jouw dochter. Jij wilde toch een dochter? Dat heb je toch gezegd?'

'Desnoods, ja, dat heb ik gezegd. Als er dan toch een kind moet komen, laat het een dochter zijn. Een zoon geeft de familienaam door, een dochter niet. Bij een dochter houdt alles op.'

'Bij jou houdt ook alles op.'

‘Waarom ben je dan met me getrouwd? Als bij mij alles ophoudt, waarom moest er dan zo nodig worden getrouwd?’

‘Omdat ik zekerheid nodig heb. Geluk biedt geen zekerheid. Geluk is een slap koord waar je elk moment vanaf kunt vallen. Daarom ben ik met jou getrouwd, omdat ik mij bij jou geen zorgen hoef te maken dat er op een dag iets zal vallen.’

Als kind speelde ik vaak bij onze buren. Hun jongste dochter Naomi was mijn beste vriendin. We zaten op dezelfde school in dezelfde klas. Overdag speelden we met poppen, beren en de soldaatjes van haar broer. ’s Nachts gaven we briefjes aan elkaar door. Tussen onze slaapkamerramen hadden we twee touwtjes gespannen waarmee we briefjes aan paperclips konden versturen. De boodschappen op de briefjes waren zo klein geschreven dat ze alleen met een vergrootglas leesbaar waren. Daarna aten we de briefjes op, zodat niemand onze geheime boodschappen kon onderscheppen.

Toen we een jaar of acht waren en geen briefjes aan touwtjes meer heen en weer stuurden, vertelde Naomi mij hoe het geschreeuw van mijn ouders was begonnen. Haar moeder had de meeste ruzies letterlijk opgeschreven in dagboeken. Naomi’s moeder hield dagboeken bij van alles wat ze zag en hoorde. Uit ons huis hoorde ze overwegend geschreeuw.

‘Kijk dan, kijk dan wat je hebt gedaan. Verminkt ben ik, omdat ik jouw dochter heb gebaard, de dochter waarmee alles zal ophouden.’

‘Stel je niet aan, over een paar weken zie je er niets meer van.’

‘Twintig hechtingen, zei de dokter. Toen mijn moeder aan haar galblaas was geopereerd had ze acht hechtingen. Ik heb er twintig. Weet je wat dat betekent, twintig hechtingen?’

‘Twintig is een mooi getal. Er zijn vrouwen met negentien hechtingen, die zijn er een stuk slechter aan toe.’

‘Dat ik verminkt ben, dat betekent het. Normale vrouwen baren een kind zonder hechtingen, in het slechtste geval moeten er drie of vier hechtinkjes in. Maar twintig, dat is abnormaal.’

'Jouw hele leven is abnormaal. Eerst trouwde je met mij omdat je niet van een slap koord wilde vallen. Toen moest er een kind komen omdat je toch een uurtje op dat slappe koord wilde lopen. En nu heb je het wereldrecord postnatale hechtingen veroverd. Dat kun je gerust abnormaal noemen.'

'Twintig is barbaars. Een man die zijn vrouw zoiets aandoet moet zwaar worden gestraft.'

'Had je al iets in gedachten? Mijn ouders opgraven? Minirokjes dragen? In hetzelfde bed slapen?'

'Een kind nemen. Als deze schotwond is hersteld, neem ik nog een kind, en daarna nog een en nog een. Ik donder het hele huis vol met kinderen, stinkende, krijsende kinderen.'

Die kinderen zijn er inderdaad gekomen: Madelief, twee miskramen, ik en Dahlia. Dahlia heeft twee uur geleefd. Ze is begraven in een klein kistje met veel bloemen van het tuincentrum. 'Ze had blauwe ogen, net als jij,' zei mijn moeder toen ze na jaren zwijgen eindelijk openbarstte. 'En ze lachte, ze lachte naar me. Toen ging ze slapen, heel lang slapen.'

Sofie had koorts. Ze lag met drie truien, een sjaal, een schaatsmuts en een paar wollen sokken in bed. De truien, de sjaal en de sokken droeg ze om warm te blijven, de schaatsmuts had ze altijd op als ze ging slapen. Sofie had springerig haar. Het groeide niet met de zwaartekracht mee zoals mijn haar, maar alle kanten op. Daarom droeg ze die schaatsmuts. De muts was van haar grootvader geweest, zei ze. Hij had er de Elfstedentocht van 1963 mee gereden, de historische tocht die werd gewonnen door Reinier Paping. Haar grootvader struikelde als laatste over de finish en verloor zeven tenen door bevriezing. Op zijn sterfbed schonk hij Sofie het Elfstedenkruisje, zijn kunstgebit en de schaatsmuts. Het kruisje had ze laten inlijsten en hing in haar woonkamer boven de gaskachel. In het kunstgebit zaten vijf gouden tanden en kiezen. Die had ze er met een waterpomptang uitgetrokken en voor een mooi bedrag verkocht. De muts gebruikte ze om haar springerige haar te steilen. Voordat ze naar bed ging maakte ze haar haar nat, daarna zette ze de muts op en de volgende ochtend was alles plat. Geen gel, geen haarlak, maar een blauwe schaatsmuts uit 1963 was voor Sofie het ideale haarproduct.

'En, wat heb ik?' vroeg ze. Haar stem klonk diep en hees, alsof ze zich bewusteloos had gezongen bij een popconcert.

Ik had de digitale thermometer uit haar gat getrokken en keek onder het leeslampje op het kleine scherm. '38,6.'

Sofie ging weer op haar rug liggen. 'Dat ding is kapot,' zei ze. 'Ik voel me zieker dan 38,6.'

Ik legde een hand op haar voorhoofd. De temperatuur klopte, maar door de verkoudheid dacht ze dat ze er slechter aan toe was.

'Wat heb je in huis?' vroeg ik. 'Heb je medicijnen in huis?'

'Asperges,' bromde ze, 'ik heb asperges in huis.'

In de keuken vond ik drie verschrompelde sinaasappelen op een schaal, het medicijnkastje in de badkamer was leeg. Ik dacht erover een huisarts te bellen, maar voor een zere keel en een verkoudheid komen huisartsen hun bed niet uit. Klaplongen, bloedpissers en hartinfarcten, daarvoor willen ze nog wel een uitzondering maken, alle andere kwalen worden met een flauw smoesje afgeserveerd.

Ik wilde door niemand worden afgeserveerd en belde Walter. Ooit had hij gezegd dat ik hem altijd mocht bellen, ongeacht hoe laat het was. Van dat aanbod had ik nog nooit gebruikgemaakt, maar die nacht was het zover. Sofie lag in de lappenmand en ik verlangde naar Walters stem. Dat verlangen had ik de laatste weken voortdurend gehad, en nu had ik een geldig excuus.

'Luister,' zei hij nadat ik hem had uitgelegd wat Sofie mankeerde, 'om te beginnen moet ze tweeduizend milligram vitamine C nemen. Vier uur later weer tweeduizend milligram en vier uur later weer.'

'Is dat niet te veel?'

'Ik gebruik tienduizend milligram per dag, heb je mij ooit horen hoesten?'

'Goed,' zei ik. 'Wat nog meer?'

'Een hooggedoseerde vitamine B-kuur, spirulina, magnesium en duizend milligram paracetamol-codeïne, driemaal daags.'

'Heel leuk, Walter, maar waar haal ik die spullen op dit uur vandaan?'

'Van mij. Ik zal alles in een zakje stoppen, plus een gebruiksaanwijzing. Over een halfuur staat er een taxi voor de deur om het af te leveren.'

'Je bent een schat.'

Niet lang na de begrafenis van Dahlia begonnen mijn ouders met spullen te gooien. Schreeuwen alleen was niet meer genoeg, voortaan moesten hun woorden worden bekrachtigd met het vernielen van huisraad. Bloempotten, schilderijen, fotolijstjes, broodroosters, theemutsen, keukenstoelen, borden, glazen, mokken, volle braadpannen, lege braadpannen, alles wat ze in hun driftbuien in handen konden krijgen, smeten ze door het huis.

'Jouw zaad is dood. Daarom hebben we drie kinderen begraven, omdat jouw zaad dood is.'

'Nee, jouw baarmoeder is een gezellige jeugdherberg. Als kinderen zich eenmaal realiseren dat ze zich in jouw baarmoeder bevinden, vluchten ze gillend naar buiten.'

Tijdens de eerste verwijten werd er meestal met groente en fruit gegooid. Mijn ouders zorgden ervoor dat er altijd voldoende groente en fruit in huis was, zodat ze nooit met lege handen zouden staan.

'Drie van de zes kinderen heb je afgeslacht, dat is vijftig procent. Slacht vijftig procent van het land af en je wordt aangeklaagd voor genocide. Knal vijftig procent van een schoolklas overhoop en je krijgt twintig jaar en tbs. Maar vijftig procent van je gezin uitroeien, dat is geen probleem. Daarvoor krijg je zelfs bloemen, zoenen en kaartjes, alsof je een gouden plak op de Olympische Spelen hebt gewonnen.'

'Over gouden plakken gesproken, voor de schaamteloze scène die jij op de begrafenis hebt gemaakt, had je er minstens vijf moeten krijgen.'

'Ik had verdriet. Een moeder die haar pasgeboren kindje moet begraven heeft verdriet, onbeschrijfelijk veel verdriet.'

'En ik, wat had ik? Heb je er ooit wel eens bij stilgestaan wat ik had?'

'Ja, dat heb ik. Maar daar ben ik jaren geleden mee gestopt. Misschien was het verstandig geweest als jij er ook mee was gestopt. Misschien hadden we dan niet met z'n allen in de hel gewoond.'

Op die momenten, wanneer mijn moeder over de hel begon, werd het tijd voor het zware werk. Geen pruimen, preien en suikermeloenen meer, maar stoelen, krukken, wijnrekken en elektrische apparaten. Op een avond vloog zelfs de combimagnetron door de lucht. Razend en tierend had mijn vader hem uit de inbouwkeuken getrokken. Mijn moeder had zich intussen achter de bank verschanst. Toen mijn vader met een woeste kreet de magnetron lanceerde, gilde ze zo hard dat ze de klap door de voorruit niet eens hoorde.

Roos en Madelief hoorden hem wel. Ze hadden mij uit mijn bedje gepakt en met z'n drieën lagen we onder het logeerbed op zolder. Een paar dagen daarvoor had mijn oma nog in dat bed gelegen. Ze was een nachtje blijven slapen om mijn moeder te troosten na de dood van Dahlia. Nu was het bed leeg en lagen haar drie kleindochters eronder: Roos en Madelief bibberend van angst, ik vredig slapend op een dekentje.

Over de gebroken voorruit zou mijn vader later zeggen: 'Dat kwam door een bal die kwajongens door het raam hebben geschopt.' Dat verhaal heeft hij heel lang volgehouden, tot ik na jaren een foto van de ruit zag. Naomi's moeder hield niet alleen dagboeken bij van dingen die ze zag en hoorde, ze maakte er ook foto's van om aan te tonen dat alles wat ze had gezien en gehoord echt was gebeurd.

Verderop in het dagboek zaten nog meer foto's van gesneuvelde ruiten, deuren, tuinmeubelen en fietsen. Als mijn ouders niets meer konden vinden om stuk te gooien, vervolgden ze hun veldslagen in de schuur. Bij een van die veldslagen brak mijn vader zijn pols. Ook daar is een foto van. Maar die heb ik uit het dagboek van Naomi's moeder gescheurd, omdat er een paars hartje op het witte gips staat met de tekst *Iris hout van pappa* eronder.

'Hoe kom je aan die spullen?' vroeg Sofie.

Ze zat rechtop in bed. Met kleine slokjes venkelthee slikte ze de ene pil na de andere door. Naast de pillen had Walter ook een doosje venkelthee in het zakje gestopt, en een neusspray van Otrivin. *De venkelthee kalmeert het maag-darmkanaal*, stond er met sierlijke letters op het briefje, *de spray opent de luchtwegen, zodat de patiënt ongehinderd kan slapen.*

'Van een vriend,' antwoordde ik.

'Een dokter?'

'Een vriend.'

Sofie slikte de laatste pil door. Het was een grote groene capsule uit het potje spirulina. Op de bijsluiter las ik dat het een bijzondere wonderpil was, gemaakt van blauwgroene algen uit het Texcocomeer in Mexico. Hij zat vol met vitaminen en mineralen en rook naar een bevuilde olifantenkooi.

'Heeft die vriend ook een naam, of gaat hij de geschiedenisboeken in als de naamloze vriend van Iris Hauser?'

'Walter,' zei ik, 'hij heet Walter. En hij is niet mijn *vriend*.'

'Wat is hij dan, een geest? Een engel met een gigantische verzameling vitaminepillen?'

'Walter is mijn bovenbuurman.'

'Een bovenbuurman die je zes keer per dag aan de telefoon hebt.'

Sofie pakte de neusspray, spoot een pufje in elk neusgat en ging op haar hoofd staan.

'Wat doe je,' vroeg ik, terwijl ik de spray uit haar hand pakte, 'ga je bij het circus?'

'De vloeistof moet in de holtes zakken, anders werkt het niet.'

Ik zette de neusspray bij de vitaminepotjes op het nachtkastje. Er stond een knappe verzameling. Het was nog geen fractie van wat Walter elke dag naar binnen werkte, maar volgens de instructies op zijn briefje was het ruim voldoende om Sofie binnen vierentwintig uur van de griep te verlossen.

'Hoeveel vriendinnen heb jij eigenlijk, Iris?'

Haar stem klonk zo nasaal dat ik haar nauwelijks kon verstaan.

'Geen idee. Vroeger had ik er veel, maar sinds ik niet meer uitga zijn ze bijna allemaal verdwenen.'

'Bijna?'

'Alleen jij bent nog over.'

'Dus je hebt één vriendin?'

'Als je het zo stelt heb ik één vriendin.'

'En is dat een goede vriendin, die ene?'

'De beste. De enige en de beste.'

Sofie ging weer rechtop in bed zitten. Ik trok het dekbed tot aan haar kin omhoog en schoof de schaatsmuts recht.

'Wordt het dan niet eens tijd dat je die enige en beste vriendin iets vertelt over Walter, de buurman die zes keer per dag aan je oor hangt en midden in de nacht een halve vitaminefabriek laat aanrukken? Dat is toch wat beste vriendinnen doen, belangrijke dingen met elkaar delen?'

Belangrijke dingen, in die categorie bevond Walter zich dus, tussen mijn rijbewijs en de inlegkruisjes. Geen compliment voor een mens van vlees en bloed, maar in het geval van Sofie het hoogst haalbare. In haar ogen waren mensen dingen. Aardige, vriendelijke, gezellige dingen, zoals ik. Bruikbare, beschikbare, opwindende dingen, zoals de onstuimige Portugees op Texel. En nuttige, noodzakelijke, blijkbaar belangrijke dingen, zoals Walter.

'Walter is geen ding,' zei ik, 'Walter is een man.'

'Zo bedoelde ik het niet.'

'Een lieve, integere man die ik kan bellen wanneer ik hem nodig heb. Een onbaatzuchtige man die om drie uur 's nachts een zak vol vitaminepillen en medicijnen heeft laten bezorgen. Voor jou, Sofie, een grieperig trutje dat hij nog nooit heeft ontmoet, maar waarvoor hij onmiddellijk uit zijn bed springt omdat hij om mensen geeft.'

'Wind je niet zo op, Iris.'

'Een man die denkt dat hij niets kan, die zichzelf de grootste onbenul op aarde vindt, maar die inmiddels al vijf mensen met een briljante oplossing uit een uitzichtloze situatie heeft geholpen. Die man is geen ding, Sofie, die man is een mens. Een zachtmoedig, intelligent, fascinerend mens, maar ook een eenzaam en kwetsbaar mens, net als jij, ik en de rest van de wereld.'

'Oké oké, het spijt me.'

'Heel goed.'

'Hoe kan ik het weer in orde maken? Wat wil je dat ik doe?'

'Slapen.'

'Slapen?'

'Vier uur. Dat staat op het briefje van Walter, dat je vier uur moet slapen en vervolgens weer een lading pillen moet innemen.'

De oorlog tussen mijn ouders duurde acht jaar. De eerste vier jaar vochten ze met woorden, de tweede vier met woorden en spullen. Als uitsmijter was er een nucleaire explosie waar vier politieagenten en een herdershond een einde aan moesten maken.

Nadat ze mijn ouders in aparte wagens hadden afgevoerd, werden Roos en Madelief naar tante Norma gebracht. Tante Norma is de zuster van mijn moeder. Ze woonde in hetzelfde dorp en had twee bedden beschikbaar. Ik werd ondergebracht bij mijn oma, die een kwartier verderop woonde.

In het dagboek van Naomi's moeder stond:

Maandag, 23.37: buurvrouw slaat buurman met fles whisky op zijn hoofd. Buurman tilt buurvrouw op en gooit haar door het achterraam. Buurvrouw krijst: 'Dit is de dag waarop je sterft, de dag waar de mensheid naar heeft uitgekeken.' Buurman zegt: 'Als ik sterf, sterf jij ook.' Buurvrouw pakt hark en valt buurman aan. Buurman verdedigt zich met bezem. 23.41: alarmnummer gebeld. 23.48: politie dringt woning binnen. Hond blaft, luid geschreeuw, klappen en schoppen over en weer. Kleurenfoto's gemaakt van arrestatie. 00.24: buurman en buurvrouw in twee politiewagens afgevoerd. 01.05: kinderen bij familie gestald.

De versie van mijn vader luidde: 'Je moeder is gek geboren.'

Mijn moeder verklaarde: 'Er zijn mensen en er zijn zwijnen, ik had eerder naar de oogarts moeten gaan.'

Van mijn oma hoorde ik: 'De ouders van papa zijn slecht teruggekomen, dat is funest voor een kind.'

Tante Norma trok haar schouders op en begon aardappelen te schillen.

Bij mijn oma heb ik vier maanden gewoond. Er was een fijne school in de buurt en elke avond mocht ik in het bubbelbad. Mijn oma had reuma en een bubbelbad. Ik liet zachte windjes in het bubbelbad. Voor het slapengaan las oma sprookjes voor: Het meisje met de zwavelstokjes, Vrouw Holle, Jaap en de bonenstaak, Het koekemannetje, oom Oscar die door de moffen in de duinen bij Bloemendaal was gefusilleerd.

Van Roos en Madelief kreeg ik kaartjes, en om de twee weken kwamen ze langs. Ze vonden het vreselijk bij tante Norma. 'Ze ruikt naar spruitjes en ze smakt,' zei Roos. 'Mogen we bij jou wonen?'

'Vast wel,' zei ik. 'Er is een school vlakbij.'

'En oma heeft een bubbeltjesbad,' zei Madelief.

Maar om vier uur gingen ze altijd weer met tante Norma mee. Oma had maar één logeerkamer, en drie kinderen vond ze te druk.

Mijn ouders stuurden ook kaartjes. Ze zaten in een kliniek in Santpoort. De kaartjes van mijn moeder stonden vol met spijtbetuigingen en woorden die ik nog niet kende. Op de kaartjes van mijn vader stond alleen: *Groeten, je vader*. Toen ik zes werd schreef hij: *De Iris is een plant met opvallende violetblauwe bloemen die vooral in kalkgraslanden groeit. De naam komt van de Griekse boodschapper van de goden, maar daar hoef jij je niets van aan te trekken.*

Aan het einde van de zomervakantie gingen we weer naar huis. Van mijn oma mocht ik ook bij haar blijven wonen, maar ik wilde liever naar huis. Het geschreeuw was voorbij, hadden mijn ouders beloofd, en er werd niet meer met spullen gegooid.

Als vervangende bezigheid begon mijn vader bierviltjes te verzamelen en lakte mijn moeder drie keer per dag haar teennagels. Op het laatst had mijn vader bijna achthonderd bierviltjes uit zesenveertig verschillende landen en verzonk mijn moeder in een langdurige depressie.

Toen ze eindelijk was opgekrabbeld begon ze fanatiek Boggle te spelen. Soms met Roos, die al drie keer tegen een naderende trein had gesproken, soms met Madelief, tussen twee aanrakingen door, en soms met mij, als ik weer een gordijn in de fik had gestoken.

Met mijn vader heeft ze één keer Boggle gespeeld. Wij waren het huis al uit en hij was de enige met wie ze nog kon spelen. Tijdens het tweede potje knapte er iets in zijn hoofd en veranderde hij tijdelijk in een plant. Je kunt ze verkopen, dacht ik toen ik hem de volgende dag in het ziekenhuis bezocht, je kunt er ook een worden.

'Wist je dat je daar bakken met geld mee kan verdienen?'

'Waarmee?'

'Met die oplossingen van Walter.'

'Dat zei Willink ook al.'

'Heb je met Willink over Walter gesproken?'

'Ik spreek met niemand over Walter.'

Ik lag naast Sofie op haar bed. De zon scheen door de smalle luxaflex naar binnen. Sofie had twee dutjes gedaan en drie keer de voorgeschreven dosis pillen ingenomen. Ze zag er weer gezond uit. De koorts was geweken en de verkoudheid verdwenen. Haar stem klonk nog wel een beetje schor, maar daar had ze zuurtjes voor. Ook die zaten in het zakje van Walter.

'Dat zou ik maar eens gaan doen dan,' zei ze. 'Vorig jaar had ik een klant die zeven ideeën voor tv-programma's had bedacht. Die ideeën hebben we voor hem geregistreerd en inmiddels is een van de ideeën aangenomen bij een productiebedrijf. Ik dacht dat het een spelletjesprogramma was, of iets met kippen.'

'Walter bedenkt geen spelletjes en met kippen heeft hij ook niets.'

'Daar gaat het niet om, je kunt ook iets anders bedenken.'

'Zoals een columnserie voor een tijdschrift.'

'Of een razendsnelle oplossing tegen de griep.'

Ik ging op mijn linkerzij liggen. Sofie had haar schaatsmuts afgedaan. De sjaal had ze nog om, de wollen truien lagen opgevouwen naast het bed. Ik vertelde haar over de andere adviezen van Walter en dat ik zelfs mijn baan aan hem te danken had. Sofie moest zo hard lachen dat ze een bulderende hoestbui kreeg. Toen ze klaar was met blaffen en een nieuw zuurtje in haar mond had gestopt zei ze: 'Een adviesbureau, dat moet hij beginnen.'

'Daar heeft Walter geen talent voor.'

'Begin jij dan een adviesbureau.'

'Alleen als jij meedoet.'

'Mij best, een adviesbureau is zo opgericht.'

We keken elkaar aan. Het was een dwaas plan, een gestoord plan. Maar alle plannen zijn dwaas en alle mensen zijn gestoord.

'Dan moeten we wel een naam hebben. Zonder naam begin je niets.'

'Briljante Adviezen Bureau,' zei Sofie, 'kortweg BAB.'

'BAB klinkt raar.'

'Of BOB, Briljante Oplossingen Bureau.'

'Ik ben ooit met een Bob naar bed geweest, daar word ik liever niet meer aan herinnerd.'

'BIB dan, Briljante Ideeën Bureau.'

'BIB?'

'Ja, BIB.'

Ik dacht na over BIB, over een gloednieuw kantoor met de naam BIB op de gevel en een wachtkamer vol radeloze klanten. Vervolgens dacht ik na over Walter en hoe ik hem het beste kon overtuigen. Ten slotte dacht ik na over mijzelf en de komende veertig jaar die ik op het notariskantoor moest doorbrengen. Op dat moment zei ik: 'BIB.'

'Wat, BIB? Gaan we voor BIB?'

'We gaan voor BIB.'

7

'Walter, we moeten praten.'

'Nieuwe prenten, Iris, ik heb nieuwe prenten.'

Hij zat aan de tafel bij het raam. Hij klonk opgewonden als een kind dat net zijn mooiste kerstcadeautje heeft ontvangen.

Ik ging tegenover hem zitten. Aan het tafelblad was een witte verstelbare leeslamp bevestigd met een vergrootglas erin.

'Hoe kom je aan die lamp?' vroeg ik.

'Van Quist.'

'Quist?'

'Onze butler.'

Walter trok de leeslamp wat dichter naar het geopende prentenboek toe. Mijn vader had ook zo'n lamp. Door de hersenbloeding waren zijn ogen erg slecht geworden en moest hij de krant lezen met die lamp. Volgens zijn arts kon het probleem met een eenvoudige ingreep worden opgelost. Maar daar wilde mijn vader niets van weten. 'De mensen zijn verdwenen in een dichte mist,' zei hij, 'laat ze daar alsjeblieft zitten.'

'Is Quist zijn voornaam of zijn achternaam?'

'Kalle Blomquist, dat is zijn volledige naam. Maar wij noemen hem Quist.'

'Net als Kuifje en Plato.'

'Zoiets, ja.'

Ik keek door het vergrootglas naar een duistere prent van een jongeman bij een open raam en een zwarte vogel die naar binnen vliegt.

'Wie is die man?' vroeg ik.

Walter duwde de leeslamp opzij en draaide het boek om. 'Die

man is de hoofdpersoon in het beroemde gedicht “De Raaf” van Edgar Allan Poe. Hij zit alleen thuis en treurt om zijn geliefde Lenore, die is gestorven. Buiten stormt het, binnen is het warm en stil. Dan wordt er plotseling geklopt. Eerst denkt de man dat het de geest van zijn gestorven Lenore is, maar als hij het raam opent vliegt er een raaf naar binnen.’

Onder de prent stond de naam Gustave Doré. Van hem had Walter nog meer boeken die we ook samen hadden bekeken, maar zo enthousiast als bij dit boek had ik hem nog nooit gezien.

‘De raaf gaat op het beeld van Pallas Athena zitten en voert een gesprek met de man. Aan het einde van het gedicht maakt de raaf hem duidelijk dat hij zijn geliefde Lenore nooit meer in een andere wereld zal zien. Zo staat de raaf symbool voor de trieste en nooit eindigende herinnering.’

Walter sloot het boek en draaide het weer naar zich toe.

‘Wat een somber verhaal,’ zei ik.

‘Het is niet somber,’ zei Walter. Hij had de leeslamp uitgezet, zijn gezicht straalde nog altijd. ‘Het is een mooi en troostrijk gedicht over liefde, verlies en verdriet. Zaken die ieder mens vroeg of laat in het leven ervaart.’

Of een leven lang, dacht ik, terwijl ik met mijn nagels op de kaft van het boek trommelde.

‘Maar goed,’ zei Walter, ‘waarover moeten we praten?’

Ik stopte met trommelen. Het verhaal van de raaf had mijn plan overhoopgegooid. ‘Ik weet niet waar ik moet beginnen,’ zei ik.

‘Begin maar bij het einde, Iris, dan komt de rest vanzelf.’

Ik zuchtte en legde mijn handen op tafel. ‘Oké, ik heb er heel lang over nagedacht en ik wilde voorstellen om samen met jou een ideeënbureau te beginnen. Wat vind je ervan?’

‘Ik vind het fantastisch,’ antwoordde Walter, ‘maar zonder mij.’

Sofie en ik zaten in een taxi. Het was zondagmiddag, halftwaalf. We waren op weg naar het huis van Thijs Willink. Ik had hem verteld over ons plan om een ideeënbureau op te richten. Hij was meteen geïnteresseerd en zei dat zijn vrouw Cecile ons misschien wel kon helpen. Cecile bezat vijf bedrijven, waarvan ze er inmiddels vier had verkocht. Vanwege haar huwelijk wilde ze meer tijd doorbrengen met Thijs en zijn kinderen. Het liefst had ze het vijfde bedrijf, een tassenwinkel, ook verkocht, maar dat vond Thijs niet goed. Hij wilde voorkomen dat ze met een glas sherry achter de geraniums kwam te zitten, zoals veel vrouwen in zijn omgeving. Ze moest in de running blijven, had hij gezegd, anders zou ze wegkwijnen. Dat laatste konden ze altijd nog doen, als hij met vervroegd pensioen was gegaan en ze hun zomerhuisje in Grasse hadden betrokken. Wegkwijnen doet men doorgaans toch prettiger aan de Côte d'Azur dan in de Hollandse druilbossen.

'Hoe ver is het nog?' fluisterde Sofie. 'Er staat al zestig euro op de meter. Volgens mij rijdt die rotzak om, dat flikken ze wel vaker als ze een vrouw in de auto hebben.'

'We zijn er zo,' zei ik. 'Willink woont nogal afgelegen, dat duurt altijd wat langer.'

Sofie keek nog een keer naar de meter. 'Maar we vragen straks wel een bonnetje, dan kunnen we het van de belasting aftrekken.'

Het huis van Willink was een verbouwde boerderij. Waar vroeger het vee op stal had gestaan, bevonden zich nu drie slaapkamers voor de kinderen, een moderne woonkamer en een kantoor. Op de eerste verdieping, onder het rieten dak, lagen de droomslaapkamer van Thijs en Cecile en een luxe badkamer met jacuzzi en zonnebank.

Na de uitgebreide rondleiding gingen we in de tuin zitten. Cecile had een heerlijke lunch geserveerd. De kinderen van Thijs aten niet mee. Zijn zoon reed op een grasmaaier door de grote tuin, zijn jongste dochter logeerde bij een vriendin en zijn oudste dochter trok baantjes in het zwembad.

'Ze zit bij de Nederlandse jeugdselectie,' zei Willink trots. 'Over twee jaar hoort ze bij de wereldtop.'

'Niet overdrijven, Thijs,' zei Cecile, die een fles witte wijn opentrok. 'Met een scheve rug is de wereldtop nog een eind weg.'

Thijs schoof zijn glas naar voren. 'Vier jaar dan,' zei hij. 'Consuela heeft meer power in haar pink dan die andere meiden in hun hele lijf. Dan red je het altijd, met of zonder scheve rug.'

Cecile schonk zijn glas vol. Daarna schonk ze onze glazen vol. Zelf nam ze een flesje Corona uit een koelbox en kwam bij ons aan tafel zitten.

In de verte zagen we Peer op de grasmaaier rijden. Peer was een dikke, schuwe jongen. Volgens sommige secretaresses op het notariskantoor was hij geestelijk gestoord, andere drukten zich wat genuanceerder uit.

'Voor hem is de wereldtop in elk geval onbereikbaar,' zei Thijs terwijl hij uitbundig naar de jongen zwaaide. 'Maar grasmaaien, daar hoeft niemand zich voor te schamen.'

Walter zette het prentenboek in de kast. Hij waste zijn handen in de keuken en kwam weer aan tafel zitten.

'Hoezo, zonder jou? Hoe kan ik nou een ideeënbureau beginnen zonder de man die de ideeën voortbrengt?'

'Over welke ideeën heb je het, Iris?'

Ik keek naar Walters handen. Ze waren nog vochtig van het wassen. Zijn rituelen begonnen weeffoutjes te vertonen. Hij liep geregeld op zijn sokken door het huis, af en toe hoorde ik een toilet doorspoelen, een enkele keer stond het geluid van de tv zachtjes aan en nu had hij zijn handen niet goed afgedroogd.

'Laten we opnieuw beginnen,' zei ik. 'Een gesprek begin je bij het begin, niet bij het einde.'

'Juist,' beaamde Walter, 'laten we opnieuw beginnen.'

Aan de overkant van de straat zag ik meneer Van Ravenstein lopen. Zijn hondje, dat hij Rambam had genoemd, was flink gegroeid en trok niet meer aan de riem. De uitlaattijden van het asiel had hij in de wind geslagen. Vier keer per dag vond meneer Van Ravenstein een aanfluiting. 'Een hond moet zo vaak mogelijk naar buiten,' zei hij toen ik hem een week daarvoor voor mijn benedendeur ontmoette, 'net als ik, ik moet ook zo vaak mogelijk naar buiten, anders gebeuren er gekke dingen.'

'Zie je die man daar?' zei ik, en wees naar meneer Van Ravenstein.

Walter keek naar buiten. Hij knikte. 'Ja, ik zie hem.'

'Weet je waar die man op dit moment zou zijn als jij dokter Mathews niet had ingeschakeld?'

'Geen idee.'

'In zijn graf, Walter. Zonder jouw idee had meneer Van Ravenstein nu in zijn graf gelegen.'

Walter draaide zijn gezicht weer naar voren. Hij wilde iets zeggen, maar ik sneed hem de pas af.

'En dat kaartje,' zei ik, wijzend naar een wenskaart in zijn boekenkast, 'van wie heb je dat kaartje ontvangen?'

'Van je zus Madelief.'

'Van een vrouw die zwaar depressief was en die nu, door jouw idee, een nieuw leven heeft gekregen. Gisteravond belde ze me op. Haar column is een groot succes, haar man heeft zijn slippertjes afgezworen en volgende week gaan ze samen een weekendje naar Praag.'

'Wat leuk...'

'En Roos, mijn oudste zus, zit sinds maandag weer in de collegebanken. Archeologie, meneer Gom. Haar stokdove kinderen, die ze op jouw advies heeft doodgezwegen, kwamen al na een dag hun excuus aanbieden, en de laatste keer dat ze heeft geschreeuwd was afgelopen maandag, toen ze op weg naar de universiteit in haar broek plaste van blijdschap.'

'Dat laatste verzin je.'

'Ben ik een leugenaar, Walter? Sta ik bekend als een leugenaar?'

'Grapjes zijn gelegitimeerde leugens.'

'Dat was mijn sollicitatiegesprek ook, een gelegitimeerde leugen. Maar ik heb de baan gekregen, Walter. Door jouw advies is een geboren miskleun, die vorig jaar nog een dwerg molesteerde, nu directiesecretaresse bij een gerenommeerd notariskantoor. En door jouw pillenadvies was Sofie binnen twaalf uur van een razende verkoudheid verlost. Alleen Jezus van Nazareth doet dat sneller. Maar jij bent niet Jezus van Nazareth, jij bent Walter Gom, een man zonder talent, een man die veertig jaar door zijn bazige moeder is gekleineerd met de overtuiging dat hij niets kan, maar die ondertussen al vijf mensen met een paar geniale adviezen uit de put heeft getrokken. Wat heb je daarop te zeggen, Walter? Wat heeft de man zonder talent daarop te zeggen?'

'Niets,' reageerde hij korzelig. 'Die vijf gevallen berusten op louter toeval. Het enige wat ik heb gedaan is een paar simpele adviesjes uitdelen, de rest hebben ze zelf gedaan.'

'Toeval. Vijf adviezen, vijf klinkende successen, dat noem jij toeval.'

'Dat *noem* ik geen toeval, dat *is* toeval.'

In een opwelling pakte ik Walters handen vast. Ik had hem nog nooit op die manier aangeraakt. Hij schrok ervan en wilde zijn handen terugtrekken, maar ik hield ze stevig vast.

'Laten we dan een toevalbureau beginnen, Walter. Een toevalbureau kan ook heel gezellig zijn.'

'Dat denk ik ook,' zei Walter, die zijn kleine handen toch uit de mijne wist te wurmen, 'maar zonder mij.'

We hadden lang gegeten. Sofie had iets te veel wijntjes gedronken, maar ze hield het goed verborgen. Om te voorkomen dat ze in het zonnetje zou wegdommelen, hielp ze Cecile met het afruimen van de tafel.

Thijs en ik gingen in het prieeltje zitten, dat verderop in de tuin stond. 'Dit was vroeger een schuurtje waar de boer zijn verse worsten en slachtvlees bewaarde, maar ik heb er een prieel van laten maken. Als het heel warm is kun je de geur van het vlees nog ruiken, alsof de geesten van de gestorven beesten niet willen vertrekken.' Ik dacht aan mijn vader, hij had het ook wel eens over geesten van gestorven beesten. Maar de geesten van mijn vader waren ooit mensen geweest, mensen die ik later op oude foto's had gezien en er minder beestachtig uitzagen dan hij ons had voorgespiegeld.

Toen de tafel was afgeruimd en de vaatwasser zoemde, kwamen Sofie en Cecile bij ons zitten. Cecile zette een dienblad met koffie en thee op een tafeltje. Sofie zag er weer fris en helder uit, de beweging had haar blijkbaar goedgedaan.

'Nou, dames,' begon Cecile, die ook iets te veel had gedronken, 'vertel nu maar eens over die wilde plannen van jullie.'

'Zo wild zijn ze niet, hoor,' zei ik.

'Wel een beetje,' zei Sofie, 'maar het kan wilder.'

Cecile en Sofie grinnikten. Mannen sluiten vriendschappen in kroegen en voetbalkantines, vrouwen doen het tijdens het vullen van vaatwassers.

'Ze willen een ideeënbureau oprichten,' zei Thijs. Hij stoorde zich aan het gegiechel en schonk een kop koffie voor zichzelf in.

Cecile had zijn kwade blik gezien. Ze nam de koffiekan van hem over en schonk nog twee kopjes vol. Ik kreeg een glas thee. Suiker en melk konden we zelf pakken.

'Interessant,' zei Cecile. 'Aan wat voor ideeën moet ik denken? Zakelijke ideeën, creatieve ideeën, politieke ideeën?'

Ik pakte mijn theeglas van het blad en hield het met beide handen vast.

'Alle soorten ideeën,' zei ik. 'Voor alle problemen in de wereld heeft ons ideeënbureau een briljante oplossing. Soms zijn de oplossingen een beetje rigoureus, soms zelfs choquerend, maar dat is nodig om de mensen op het juiste spoor te zetten.

Velen zitten vastgeroest in bekrompen denkpatronen, een klein duwtje kan ze wakker schudden en het probleem van een andere kant laten bekijken. Dat is wat we willen bereiken met ons ideeënbureau.'

Sofie knikte instemmend. Ze had een suikerklontje in haar koffie gedaan en een scheutje melk. De giechelstemming was verdwenen. Ze realiseerde zich weer waarvoor we waren gekomen en wilde dat niet ondermijnen door aan de lopende band te giechelen.

'Ik wil niet vervelend zijn,' zei Thijs, die zijn koffie zwart dronk, 'maar hoe komen jullie aan die briljante ideeën? Ik weet dat je intelligent bent, Iris, en aan doorzettingsvermogen ontbreekt het je niet. Maar de wereld redden is andere koek.'

Dit was het moment om over Walter te beginnen. Ik zag er als een berg tegen op. Ik sprak niet graag over hem, zeker niet zonder zijn medeweten. Maar ik had geen keus meer. Zonder Walter was er geen ideeënbureau, en zonder ideeënbureau hadden we de reis voor niets gemaakt.

'We doen het met z'n drieën,' antwoordde ik, 'Sofie, ik en Walter. Walter is mijn bovenbuurman, hij is de man van de ideeën.'

Thijs en Cecile keken elkaar bedenkelijk aan. Ook tegen dit moment had ik opgezien. Praten over Walter beschouwde ik als verraad en bedenkelijke blikken als hoongelach. Ik was te ver gegaan, ik had hier nooit aan moeten beginnen.

'Hoe oud is Walter?' vroeg Cecile.

'Veertig,' zei ik, 'Walter is veertig jaar oud.'

'Woont hij alleen?'

'Hij woont alleen.'

'Kijkt hij veel tv?'

'De hele dag.'

'Leest hij veel?'

'Enorm veel.'

'Dan zou het kunnen,' zei Cecile. 'Ideeënmakers zijn meestal kluizenaars die de hele dag tv-kijken en zich suf lezen. Toen ik mijn reclamebureau nog had en we vastliepen met een groot project, raadpleegde ik soms een man, een soort Walter. Hij was een beetje vreemd, maar hij hielp ons altijd uit de brand met een geweldig idee.'

'Dat klopt,' beaamde Thijs. 'Banken en grote bedrijven hebben ook vaak dat soort mannetjes achter de hand.'

'En presidenten en ministers,' zei Cecile, 'die bestaan niet eens zonder die mannetjes.'

Ik merkte dat de uitdrukking 'mannetje' mij ergerde. Walter was een man, geen mannetje. Maar ik besloot mijn ergernis te negeren en zei: 'Betekent dat dat je ons wilt helpen?'

'Uiteraard,' zei Cecile. 'Als die Walter echt zo briljant is als jullie beweren, dan wil ik jullie graag helpen.'

In de keuken waste Walter nogmaals zijn handen. Deze keer droogde hij ze wel zorgvuldig af. De plotselinge spanning had zijn rituelen weer op scherp gezet.

'Het spijt me van je moeder,' zei ik, 'dat had ik niet moeten zeggen.'

Met een puntje van de handdoek boende Walter zijn nagelriemen droog. 'Onzin. Ik mag alles zeggen en jij mag alles zeggen. Mijn moeder heeft mij gekleineerd, maar ze is mijn moeder en ik hou van haar.'

'Ik begrijp het.'

Walter vouwde de handdoek netjes op en legde hem boven op de andere natte handdoeken in de wasmand. 'Nee, dat doe je niet,' zei hij. 'Niemand begrijpt het. Heb niet de illusie dat jij een uitzondering bent.'

Ik volgde hem naar de woonkamer. Walter ging weer aan tafel zitten, ik bleef voor de boekenkast staan en vroeg of ik de prent van de jongeman en de raaf nog eens mocht zien.

'Ga je gang,' zei Walter. 'Als je je handen maar wast, mijn mooie boeken zijn geen flutblaadjes bij de kapper.'

Ik waste haastig mijn handen en even later zat ik weer tegenover Walter aan tafel. Het geopende prentenboek lag tussen ons in. De man en de raaf waren mijn laatste strohalm. Als zij Walter niet konden overtuigen, was het ideeënbureau van de baan.

'Heb je jezelf wel eens in die man verplaatst?' vroeg ik. 'Heb je je wel eens afgevraagd hoe het is om die man op de prent te zijn?'

'Natuurlijk. Dat is de essentie van kunst, dat de mensen zich erin kunnen herkennen en verplaatsen.'

'Wat zou je dan tegen die raaf zeggen? De raaf die volgens meneer Poe symbool staat voor de trieste en nooit eindigende herinnering?'

'Dat hij gelijk heeft, verlies en verdriet horen bij het leven. Zodra we ons dat realiseren, zullen we rust en vrede vinden.'

'Verlies en verdriet. Daarnet zei je nog dat het gedicht over liefde, verlies en verdriet gaat, nu spreek je alleen over verlies en verdriet.'

Walter keek mij aan. 'Waar wil je heen, Iris?'

'Heb je verlies ervaren in je leven?'

'Dat weet je best; mijn vader stierf toen ik twee weken oud was.'

'Heb je verdriet ervaren?'

'Jaren later, toen ik begreep dat hij dood was.'

'En liefde, hoe zit het met liefde? Heb je die ook ervaren in je leven?'

Het begon donker te worden. Walter zuchtte en keek stuurs naar buiten. 'Liefde,' mompelde hij cynisch, 'heb jij liefde ervaren?'

'Ja, dat heb ik, vorige week, toen ik meneer Van Ravenstein tegenkwam en hij naar mij lachte. In al die jaren heb ik die man nooit zien lachen, maar vorige week wel. Dat was liefde, Walter, liefde voor het nieuwe leven dat hij heeft gekregen en liefde voor degene die hem daarbij heeft geholpen.'

'Dat nieuwe leven heeft hij zichzelf gegeven.'

'Nadat jij dokter Mathews op hem af had gestuurd.'

'Je draaft maar door, hè?' Walter keek weer naar voren en vouwde zijn armen over elkaar. 'Je moet en je zult dat ideeënbureau erdoor drukken.'

'Dit gaat niet om ideeën en ideeënbureaus, Walter, dit gaat over wat die ideeën van jou teweegbrengen.'

'Een lachende huismeester?'

'Leven en liefde, *dat* is wat ze teweegbrengen.'

Met een klap sloeg Walter het prentenboek dicht en zette het terug in de kast. 'Ga weg, Iris. Ga naar huis en vergeet dat ik besta.'

'Is dat wat je wilt, Walter? Is dat echt wat je wilt?'

'Ja,' zei hij, terwijl hij zijn handen op een hoge plank van de boekenkast legde en zijn hoofd vooroverboog, 'dat is wat ik wil.'

Consuela was klaar met baantjes trekken. Ze klom uit het zwembad, sloeg een handdoek om en liep bibberend naar binnen. Peer had de grasmaaier onder een boom geparkeerd. Hij liet de motor draaien en at een broodje.

'Allereerst moeten we de formele vorm voor het ideeënbureau bepalen.'

'De formele vorm?'

'Wordt het een bv, een nv, een vof of een eenmanszaak?'

Cecile had een grijze map uit haar kantoor gehaald en wees ons op een pagina. 'Hier staan de vier meest voorkomende bedrijfsvormen. We moeten de juiste vorm kiezen, de vorm die bij jullie bedrijf past.'

'Een eenmanszaak valt al af,' zei Sofie. 'Met z'n drieën pas je niet in een eenmanszaak.'

Cecile schudde haar hoofd. 'Een eenmanszaak betekent niet dat er maar één persoon werkt. Er kunnen wel tachtig mensen werken, maar de leiding en verantwoording zijn in handen van één persoon.'

'En een vof?' vroeg ik. 'Wat is een vof?'

'Dat is een zaak die door twee of meerdere personen wordt gerund. Een soort partnerschap, zeg maar.'

'Een vof zou ideaal zijn,' zei Thijs. 'Jullie doen het toch met z'n drieën?'

Ik keek naar Sofie. Ze knikte enthousiast, maar dat deed ze al sinds we hier waren. 'Nee,' zei ik, 'een vof is niets voor ons. Walter vertrouwt alleen mij en hij mag geen enkele verantwoording dragen.'

'Heel verstandig,' zei Cecile. 'De ideeënman moet geen zakelijke zorgen aan zijn hoofd hebben. Hij moet zich volledig kunnen richten op de ideeën.'

'Dan wordt het dus een eenmanszaak op jouw naam,' besloot Thijs. 'Dat is de beste en goedkoopste bedrijfsvorm in jullie geval.'

Sofie was gestopt met enthousiast knikken. 'En ik dan?' vroeg ze. 'Ik zou toch ook meedoen?'

'Natuurlijk doe jij mee,' zei Cecile. 'Jullie runnen de zaak met z'n drieën, of met z'n tweeën als Walter verder geen taken heeft, maar wettelijk gezien staat hij op naam van Iris.'

'Mooi zo,' zei Sofie, 'dan plukken ze alleen Iris kaal als we failliet gaan.'

Thijs en Cecile schoten in de lach. Ik glimlachte braaf mee en zag mezelf al in een kartonnen doos onder een viaduct liggen, een bestemming waar ik vroeg of laat toch zou eindigen. Misschien was ik daarom aan dat bezopen project begonnen, om zo hoog mogelijk te klimmen en zo diep mogelijk te vallen. Ik was al vaker gevallen, over valse hoop, onbeantwoorde liefdes, nooit vervulde toekomstplannen. Maar dat waren kleine valpartijen zonder drastische gevolgen. Een uitglijder van de BIB-toren zou wel het verwachte resultaat opleveren, al bleef ik ernstig rekening houden met de mogelijkheid dat ik op de top niet zou vallen, dat mijn voorbestemde onheil op het laatste moment zou worden afgewend. In dat geval kon ik altijd nog zelf springen. Geluk is fijn en zoet, maar je moet het uitspugen voordat het jou uitspuugt.

'Dat is dan geregeld,' zei Cecile. Ze sloot de map en pakte een blocnote en een pen. 'Nu moeten we het nog hebben over de taakverdeling binnen het bedrijf, de locatie van het bedrijf, een goede boekhouder, de kosten van een consult, een aansprekende website, advertenties in kranten en bladen, verzekeringen, meubilair, telefoon- en internetaansluiting...'

'Wacht even,' zei ik, 'voor we verdergaan moet ik eerst iets rechtzetten.'

Cecile sloeg haar lange, slanke benen over elkaar, Thijs nam een koekje, Sofie stopte een half suikerklontje in haar mond en Peer knetterde weer op zijn grasmaaier door de tuin.

'Wat moet je rechtzetten, Iris?' vroeg Thijs.

'Dat Walter nog van niets weet. Ik moet het hem nog vertellen, en dan is het ook maar de vraag of hij meedoet.'

Sofie keek mij stomverbaasd aan. 'Dus voor hetzelfde geld zitten we hier voor niks te kletsen.'

'Ja,' zei ik, 'die kans is vrij groot.'

Ik lag al in bed toen er zachtjes op de deur werd geklopt. Na de stampij met Walter had ik een douche genomen, een oude aflevering van *Gilmore Girls* gekeken, vijf glazen wijn gedronken en een zak suikerpinda's leeggegeten. Het had me een halfuur gekost om de velletjes van de suikerpinda's tussen mijn tanden en kiezen weg te poetsen, en een kwartier om een goede plek in bed te vinden. Toen ik die eindelijk had gevonden werd er geklopt.

'Het is laat,' zei Walter, 'ik had niet moeten komen.'

Hij had zijn schoenen met de kussentjes weer aan. Ik droeg een satijnen topje en een bijpassende slip. Omdat het tochtte op de gang vroeg ik hem binnen te komen. Maar Walter bleef staan en overhandigde mij een kaart. Het was de wenskaart die Madelief hem weken geleden had gestuurd. Ik had hem nog niet gelezen en vouwde hem open.

Lieve Walter,

Duizendmaal dank voor je bijzondere advies. Ik kan je niet uitleggen wat het voor mij betekent. Mijn leven zat op een dood spoor, maar sinds mijn ontmoeting met jou zit er weer vaart in. Ik hoop dat je nog veel adviezen mag geven in de toekomst. De wereld snakt naar mensen zoals jij.

Veel liefs en een dikke zoen,
Madelief Hauser

Ik sloot de kaart en gaf hem terug aan Walter.

'Leuk,' zei ik. 'Anders nog iets?'

'Ja, dat ideeënbureau,' zei hij, 'laten we dat maar proberen.'

'Proberen?'

'Een week, ik wil het een week proberen.'

'Een week is belachelijk.'

'Twee weken dan.'

'Een maand, als het bevalt drie maanden en daarna voorgoed.'

Walter keek naar de vloer. 'Voorgoed is erg lang.'

'Daarom beginnen we met een maand, om te wennen aan voorgoed.'

Langzaam ging Walters gezicht omhoog. Zijn timide blik gleed langs mijn benen, slip, buik en topje.

'Goed dan,' zei hij, 'een maand, om te wennen aan voorgoed.'

8

Binnen een week hadden Cecile en ik alle formaliteiten geregeld.

Van een oplettende jongeman bij de Kamer van Koophandel hoorden we dat de bedrijfsnaam BIB al bestond. Ook varianten als BIB-CO, BIB Consult, BIB International en BIB Advice waren al bezet. 'Weet je zeker dat het BIB moet worden?' vroeg Cecile aan mij. 'Ja, BIB staat vast,' benadrukte ik. We overwogen enkele alternatieven, zoals BIB for Life, BIB Agency en Global BIB, maar geen van de namen sprak mij aan. Uiteindelijk zei de jongeman: 'Maak er toch "BIB Hauser" van. Het ideeënbureau heet BIB en uw naam is Hauser, waarom moeilijk doen als het makkelijk kan?'

Zo werd BIB Hauser geboren, mijn bedrijf.

De inschrijfkosten waren laag en het verzekeringsbedrag dat ik elke maand moest ophoesten viel ruim binnen mijn budget.

Een prijzige boekhouder hadden we voorlopig niet nodig. Sofie had een avondcursus boekhouden gevolgd en Cecile overzag de situatie. Daarmee was meteen de taakverdeling bekend: ik was de directeur, Sofie regelde de administratie en Cecile zorgde ervoor dat alles goed verliep.

Walter was de ideeënman, het ongebonden anonieme centrum van het BIB-gebeuren. Zijn naam mocht nergens worden genoemd of vermeld, dat was de enige voorwaarde die hij stelde. Hij wilde iedereen te woord staan, eindeloos adviezen rondstrooien, maar zijn naam mocht onder geen beding naar buiten komen. Later zwakte hij die eis wat af: 'Walter mag, maar Gom is onbespreekbaar.'

Een broer van Cecile ontwierp de website. Het moest een attractieve site worden, attractief en toch zakelijk. Daarnaast moest de website vertrouwen uitstralen, een gevoel van hoop en optimisme opwekken.

'De achtergrondkleur is cruciaal,' stelde Cecile. 'Kleuren wekken diverse emoties op en zetten mensen aan tot uiteenlopende daden.

'Rood is mooi,' zei Sofie, 'rood en roze.'

We zaten in de lunchroom van de HEMA. Het was zondagmiddag, onze eerste officiële vergadering was een feit.

Cecile schudde haar hoofd. 'Roze is kinderachtig en rood zendt agressie uit, dat is wel het laatste waarop we zitten te wachten.'

'Geel symboliseert de zon,' opperde ik, 'van de zon wordt iedereen blij.'

'Niet iedereen,' zei Cecile. 'Bovendien moeten de kijkers niet blij worden van de website maar van Walters ideeën.'

'En groen? Gras is groen, bomen zijn groen, plantjes zijn groen. Groen is milieuvriendelijk, verfrissend, vredelievend.'

'De Hulk is ook groen,' zei Sofie, terwijl ze met kleine schepjes de berg slagroom van haar beker warme chocolademelk lepelde.

Cecile belde haar broer. Ze spraken over paars, oranje, groen en blauw. Over blauw spraken ze het langst.

'Volgens mij wordt het blauw,' zei Sofie.

Het werd blauw. 'Blauw staat voor waarheid en helderheid,' zei Cecile na het telefoongesprek, 'dat is precies wat we nodig hebben.'

'Uitstekend,' zei ik. 'Nu nog een knappe praktijkruimte vinden en de BIB-shop kan worden geopend.'

Mijn werk op het notariskantoor ging gewoon door. Thijs wilde graag dat ik bleef en ik had geen behoefte om te vertrekken. We hadden afgesproken dat we onze klanten in de avonduren zouden ontvangen, zodat Sofie en ik verzekerd bleven van een vast inkomen. Over de toekomst hadden we nog niet nagedacht. De eerste klant moest nog binnenwandelen en Walter bleef een onzekere factor.

Een paar dagen na de vergadering bracht de receptioniste mij een brief. 'Een fietskoerier heeft hem zojuist afgeleverd,' zei ze, 'het zal wel belangrijk zijn.'

Ik bedankte haar en sneed de envelop open. De brief was met de hand geschreven, een sierlijk ouderwets handschrift dat mij aan mijn oma deed denken.

Juffrouw Hauser,

Laat ik u allereerst mijn welgemeende verontschuldigingen aanbieden voor de boosaardige blik die ik u enige tijd geleden, toen we elkaar in uw straat terloops ontmoetten, toewierp. Ik ben geen boosaardig mens en ik weet inmiddels dat u dat ook niet bent. Niettemin moet ik u met klem verzoeken de omgang met mijn zoon Walter per direct te beëindigen. Walter is een stille, kwetsbare jongen, die gebaat is bij rust en regelmaat. Een frequent contact met een jong, aantrekkelijk buurmeisje – hoe goed en oprecht uw intenties ook zijn – ontregelt zijn gemoedstoestand dusdanig dat hij op den duur niet langer in staat zal zijn zelfstandig te functioneren. Het opzetten van een ideeënbureau, met Walter als adviseur, zou zelfs rampzalig voor hem kunnen zijn. Daarom doe ik een dringend beroep op uw integriteit en vraag ik u andermaal het contact met mijn geliefde zoon onmiddellijk stop te zetten.

Gegroet,
Mw. Svenson-Gom

Ik legde de brief op mijn bureau en belde Walter.

'Ik heb net een brief van je moeder ontvangen.'

'Mijn moeder stuurt veel brieven.'

'Ze wil dat ik het contact met jou verbreek en het ideeënbureau stopzet.'

'Iets dergelijks zei ze ook tegen mij.'

'En wat zei jij toen?'

'Dat ik haar advies zou opvolgen.'

'Dus het is over: onze vriendschap, theedrinken, prenten kijken, plaatjes draaien, BIB?'

'Nee, dat gaat gewoon door.'

'Wat gaat gewoon door?'

'Theedrinken, prenten kijken, plaatjes draaien, BIB.'

'Doe niet zo idioot, Walter. Na het laatste bezoek van je moeder was je uren van slag.'

'Dat was ik vanochtend ook, toen ze uitvoerig op mij had ingepraat. Maar de uren zijn verstreken en ik zit weer heerlijk te lezen. *De pest* van Camus, Iris, een echte oppepper.'

'En je moeder? Wat gaat zij doen als ze hoort dat je haar wens niet hebt ingewilligd?'

'Nog een brief sturen. Mijn moeder stuurt veel brieven.'

We sloten het gesprek af. Walter ging verder met *De pest* van Camus, ik pakte een vel papier en schreef het volgende:

Geachte mevrouw Svenson-Gom,

Met belangstelling heb ik uw brief gelezen. Ik waardeer het zeer dat u in mij geen boosaardig mens ziet. Mijn indruk van u is dezelfde. Uw zorgen om uw zoon Walter zijn gemeend en ontroerend. Geheel terecht zijn ze echter niet. Walter is inderdaad een stil en kwetsbaar mens, maar hij is geen jongen, zoals u hem in uw brief noemt. Walter is een volwassen man van veertig jaar, die uitstekend functioneert en door zijn omgang met mij is opgebloeid tot een warme, levenslustige persoonlijkheid. Zijn deelname aan het ideeënbureau is geheel en al zijn eigen beslissing. Zodra het hem niet meer bevalt of zijn gemoedstoestand eronder gaat lijden, kan hij er direct uitstappen. Mede door uw bezorgde brief zal ik hier nauwlettend op toezien en, indien nodig, tijdig en discreet ingrijpen.

Met vriendelijke groet,
Iris Hauser

Tevreden vouwde ik de brief dubbel, schoof hem in een envelop en schreef de naam en het adres van mevrouw Svenson-Gom erop. Vervolgens liep ik naar de receptie, waar een ander meisje dan gewoonlijk zat, en legde de brief op de balie.

‘Waar is Denise?’ vroeg ik.

‘Effe plassen,’ antwoordde het meisje. ‘Kan ik u misschien helpen?’

Ik wees op de brief en vroeg of ze die vandaag nog per koerier kon laten bezorgen.

‘Tuurlijk,’ zei ze joviaal, ‘komt voor de bakker.’

De praktijkruimte was een presentje van meneer Van Ravenstein. De etage beneden mij, waar meneer Watanabe twee jaar had gewoond, was onlangs vrijgekomen en op verzoek van meneer Van Ravenstein door de makelaar aan mij aangeboden. Ik kon de woning, die tevens als praktijkruimte mocht worden gebruikt, voor een billijk bedrag per maand huren. Na een jaar zou de woning te koop worden gezet en was ik de eerste gegadigde.

‘Wat een mazzel,’ reageerde Sofie toen ik haar het nieuws had verteld, ‘straks kun je in je pyjama naar je werk.’

We stonden in mijn halletje. Sofie trok haar regenjas uit en hing hem aan de kapstok. We zouden poffertjes bakken. Sofie had trek in poffertjes, maar ze had geen poffertjespan. Ik had wel een poffertjespan, maar ik had geen trek in poffertjes.

‘Kunnen we geen pizza bestellen?’ zei ik, terwijl ik de druppels van haar jas klopte. ‘Ik haat poffertjes.’

‘Waarom heb je dan zo’n pan?’

‘Gekregen van mijn moeder, die lust ook geen poffertjes.’

‘Oké,’ zei Sofie, ‘doe mij maar een pizza funghi met veel champignons.’

Ik belde de pizzaboer en bestelde twee pizza’s. Over een halfuur zouden ze worden bezorgd, had de telefonist gezegd. In die tijd bezochten Sofie en ik de lege woning op de eerste etage. Ik moest het contract nog tekenen, maar meneer Van Ravenstein had mij de sleutel al gegeven.

‘Perfect,’ zei Sofie nadat ze alle ruimtes had bewonderd. ‘Geen vlekje op de muren, parket door het hele huis, nieuwe lichtbollen aan de plafonds, als het moet kunnen we er morgen in.’

Ik liep door de woonkamer. ‘Morgen is te vroeg. Ik moet het huurcontract nog tekenen en ik wil een kleurtje op de muren.’

‘Wat is er mis met wit?’

‘Wit wordt geassocieerd met dokters en tandartsen. Dat gevoel willen wij onze klanten niet geven. Beige of een licht zalmtintje in de wachtkamer en iets warmers in de spreekkamer.’

‘En mijn kantoortje, waar is mijn kantoortje?’ vroeg Sofie. ‘Ik kan toch niet in de badkamer werken.’

We gingen op de vensterbank zitten. De woning had twee kamers, maar de woonkamer was te groot voor een spreekkamer. Er moest een intiem en vertrouwd sfeertje worden gecreëerd, dat was in deze ruimte onmogelijk.

‘We delen de woonkamer in tweeën,’ zei ik. ‘De ene helft wordt Walters spreekkamer, de andere helft jouw kantoor.’

‘Hoe wou je dat doen?’

‘Met een gipswandje,’ zei ik, ‘een gipswandje met een deur erin.’

Een dag na de eerste brief arriveerde de tweede. Ik was benieuwd naar het antwoord van mevrouw Svenson-Gom. Rijke mensen zijn het niet gewend om nul op het rekest te krijgen en draaien bij hun volgende poging meestal volledig door. Dat was ook het geval met mevrouw Svenson-Gom.

Juffrouw Hauser,

Opnieuw moet ik u mijn welgemeende verontschuldigingen aanbieden. Niet voor het feit dat ik u onheus zou hebben bejegend, maar omdat ik zo naïef ben geweest door een beroep te doen op uw integriteit. Ik had moeten weten dat mensen zoals u slechts een masker van oprechtheid dragen. Onder dat masker schuilt de muil van een wolf. Een bloeddorstige wolf op jacht naar geld, macht en status. Over de slachtoffers die u tijdens uw rooftocht maakt, denkt u niet na. Normaliter zou ik aan dergelijke praktijken, waar de wereld maar geen genoeg van schijnt te krijgen, geen aandacht besteden. Maar aangezien mijn zoon Walter ditmaal het slachtoffer dreigt te worden, rest mij niets anders dan mijn advocaten in te schakelen en uw walgelijke onderneming in de kiem te smoren.

Mw. Helena Svenson-Gom

Enigszins ontdaan liep ik naar Thijs, die druk bezig was het testament van Arthur la Bretonnière te wijzigen – Orfeline kreeg nu een sigaar, vijfduizend Nepalese roepies en een Honey-buddy – en gaf hem de brief.

'Mevrouw Gom weer?'

'Ja,' zei ik, 'brief nummer twee.'

Thijs las hem rustig door. De dag ervoor had ik hem de eerste brief ook laten lezen. 'Mooi handschrift,' had hij gezegd, 'zo zie je er niet veel meer.' Over de inhoud zei hij niets. Ditmaal reageerde hij wel.

'Ben je bang?' vroeg hij.

Ik had de brief weer in mijn hand en staarde naar de vloer. 'Een beetje,' zei ik. 'Ze gaat advocaten op mij afsturen.'

Thijs grinnikte. Hij stond op en sloeg een arm om mijn schouders. 'Maak je geen zorgen, directeurtje,' sprak hij vaderlijk. 'Als alle klanten die mij met een proces hebben bedreigd hun beloften hadden waargemaakt, had ik de afgelopen twintig jaar in de rechtszaal doorgebracht.'

Ik lachte voor de goede orde mee en liep terug naar mijn bureau.

'Moet ik mevrouw Gom nog een reactie sturen?' vroeg ik, terwijl ik de brief in de envelop schoof.

'Geen sprake van,' antwoordde Thijs. 'Iemand die mijn secretaresse voor rotte vis uitmaakt, kan de boom in.'

Die avond liepen Sofie en ik op de meubelboulevard. Sofie wilde eerst naar IKEA, maar dat voorstel keurde ik af. 'BIB moet klasse en niveau uitstralen,' zei ik, 'dat bereik je nooit met een gammel IKEA-hoekje.'

Sofie trok een zuur gezicht. 'Jouw huis staat anders vol met IKEA-spullen.'

Ik glimlachte en gaf haar een arm. 'Dat is waar, maar ik heb ook geen klasse en niveau.'

In een razend tempo bezochten we alle winkels. Sofie had een lijstje met de benodigde artikelen gemaakt. Telkens als we iets moois zagen, kruiste ze het aan en schreef de naam van de winkel en de prijs erachter.

Na twee uur ploften we bij de Beddenprins op een waterbed. Sofie wipte de pumps van haar voeten en ging languit liggen, ik bleef op de rand zitten.

'Hebben we alles?' vroeg ik.

Sofie bestudeerde het lijstje. 'Ja, alles,' zei ze. 'Banken, stoelen, kasten, tafels, bureaus, vloerkleden, lampen, schilderijen, kussens, planten, vazen, kaarsen en een kunstkerstboom met slingers, lichtjes, ballen en een piek.'

'Kosten?'

'Zeventienduizend zevenhonderdvierenzestig euro en achtendertig cent.'

Er zijn mensen die subliem kunnen hoofdrekenen, er zijn er ook die het bedrag in één oogopslag zien, zoals Pythagoras, Albert Einstein en Sofie.

'Goedenavond, dames. Waarmee kan ik u helpen?'

Naast het bed stond een man in een geel pak met een rode stropdas.

'Bent u de beddenprins?' vroeg Sofie.

'Nee,' zei de man, 'ik werk voor de Beddenprins.'

'Ga hem dan halen, sufferd. Met hofnarren doe ik geen zaken.'

De man liep weg en Sofie kwam naast me zitten.

'Zou hij komen, denk je, de beddenprins?' Met een zucht legde ze haar hoofd op mijn schouder. 'Ik verlang zo naar de beddenprins.'

'En ik verlang naar zeventienduizend zevenhonderdvierenzestig euro en achtendertig cent.'

'Mijn hele leven verlang ik al naar de beddenprins.'

'Waar haal ik in vredesnaam zoveel geld vandaan?'

'Maar hij houdt zich schuil, de beddenprins.'

Ik pakte mijn mobiele telefoon uit mijn tas en belde Cecile.

'Soms denk ik: dat is hem, dat is de beddenprins. Maar dan komt de zon op en blijkt het een stratenmaker te zijn.'

'Hoi, Cecile. Weet jij waar ik goedkoop geld kan lenen?'

'Geld waarvoor?'

'Meubelen, vloerkleden, kussens, spullen voor de zaak.'

'Die worden morgen afgeleverd, Iris. Ik had nog een opslagplaats vol met luxe kantoormeubelen, die kunnen we goed gebruiken.'

'O,' reageerde ik beduusd. 'Zijn de schilders al klaar dan?'

'Die zijn net weg. De muren zijn af en de tussenwand is geplaatst.'

We bespraken nog wat details, daarna bedankte ik Cecile en hing op.

'Was dat de beddenprins?' vroeg Sofie.

Ze zat weer rechtop en keek mij met grote, smachtende ogen aan.

Ik nam haar hoofd in mijn handen en zei: 'Ja, dat was hem. Zijn koets is door de bliksem getroffen, bereid je voor op het ergste.'

Toen ik op vrijdagmiddag van mijn werk kwam, stond de zwarte Mercedes weer in de straat. Vanwege een lekke voorband had ik een halfuur door de regen gelopen en was mijn goede humeur naar de knoppen.

'Loopt u even mee?' vroeg Quist, die mij bij de benedendeur tegenhield en een paraplu boven mijn hoofd hield. 'Mevrouw Gom verwacht u.'

Ik keek naar de Mercedes. Het achterportier stond open. Op de bank zag ik het silhouet van een kleine vrouw met een pluizige bontmuts op.

'Ga weg, Quist,' zei ik, 'ik ben niet in de stemming.'

Naast mij ging de deur van meneer Van Ravenstein open. Hij bleef op de drempel staan en riep: 'Wat moet die patser? Moet ik hem grijpen?'

Om te voorkomen dat hij zich in de nesten ging werken zei ik: 'Niet doen, meneer Van Ravenstein. Alles is in orde. U gaat naar binnen, ik maak even een ommetje met mevrouw Gom.'

In de kamer hoorde ik Rambam blaffen. Meneer Van Ravenstein wierp de butler een dreigende blik toe. 'Tien minuten,' zei hij. 'Als Iris dan nog niet terug is, maak ik gehakt van je.'

'Tien minuten,' beloofde Quist, 'geen seconde meer.'

Meneer Van Ravenstein ging weer naar binnen en ik liep met Quist naar de auto. Even later reden we de straat uit.

Mevrouw Svenson-Gom keek stug door het bedruppelde raam. Ze had mij niet begroet en gunde mij geen blik waardig.

'Noem uw prijs,' sprak ze op ijzige toon.

'Prijs?'

'Voor welk bedrag laat u mijn zoon met rust?'

In de achteruitkijkspiegel zag ik de donkere ogen van Quist. Hij reed een rondje om het huizenblok en hield ons scherp in de gaten.

'U beledigt mij, mevrouw Svenson-Gom. Ik ben niet te koop.'

Traag draaide ze haar gezicht naar mij toe. Ik bekeek haar wangen, haar lippen, haar neus, haar ogen. Het beantwoordde niet aan het beeld dat ik me in gedachten van haar had gevormd. Mevrouw Gom was geen monster, geen draak, geen boze heks. Ze was bedroefd, oud en moe.

'Houdt u van Walter, juffrouw Hauser?'

'Als een vriend, een dierbare vriend.'

Mevrouw Svenson-Gom grijnsde, alsof mijn antwoord geen waarde voor haar had. 'Ik hou ook van Walter,' zei ze, 'als een moeder. De moeder die hem heeft gedragen, gebaard, gevoed en gekoesterd. Niemand kent hem beter dan ik. Niemand weet dat Walter broos is, broos als kristal. Een klein tikje en het kristal barst of breekt. Hetzelfde zal Walter overkomen wanneer u hem blijft bezoeken.'

Ik kuchte en schraapte omzichtig mijn keel. 'Ik vrees dat we dat station al zijn gepasseerd. Onze vriendschap is zo hecht dat Walter onmiddellijk zal breken wanneer ik uit zijn leven verdwijn.'

In de spiegel zag ik Quist knikken, mevrouw Gom had het ook gezien.

'Mijn ergste nachtmerrie is dus uitgekomen,' zei ze, 'er is geen weg meer terug. In dat geval blikken wij vooruit. U bent een dierbare vriend van mijn Walter. Dierbare vrienden kwetsen niet, verraden niet, liegen niet en laten de ander nooit vallen. Bent u zo'n vriend, juffrouw Hauser?'

'Jazeker. Ik kan Walter geen pijn doen en ik zal hem nooit laten vallen.'

Ze zuchtte en keek mij opnieuw aan. 'Ik ben een oude vrouw, ik kan niet meer voor Walter zorgen. Daarom heb ik die woning gekocht, om hem mijn laatste aftakeling te besparen en hem een zekere mate van zelfstandigheid te geven. Als ik er straks niet meer ben, zal Quist hem zijn boodschappen en warme maaltijden blijven bezorgen. Indien Walter een kalm en geregeld leven blijft leiden, zal hij het wellicht redden en niet in een instelling worden geplaatst. Uw aandeel daarin is groot. Beseft u dat, juffrouw Hauser?'

Ze legde een kille hand op mijn arm, haar ogen glinsterden.

'Dat besef ik, mevrouw,' zei ik, 'dat besef ik terdege.'

Er verscheen een moeizame glimlach op haar gezicht. 'Doe me dan nog één plezier, juffrouw Hauser, zorg ervoor dat Walters naam uit de publiciteit blijft. Ik heb begrepen dat hij wil meewerken aan het ideeënbureau, dat zal ik niet langer bestrijden, maar bescherm zijn naam met uw leven.'

Ik voelde dat ze kort en krachteloos in mijn arm kneep.

'Daar kunt u op rekenen,' zei ik. 'Walter vroeg mij onlangs hetzelfde, ook hem heb ik beloofd zijn naam geheim te houden. Ik weet niet waarom en ik zal niet vragen waarom, ik zal doen wat Walter en u van mij verlangen.'

Zondag waren alle voorbereidingen afgerond. De woning was omgetoverd tot een nette praktijkruimte, de website was online, de advertenties zouden maandag in de dagbladen en later in de weekbladen verschijnen, en in het kantoortje van Sofie stonden een nieuwe computer met een printer en een telefoonbeantwoorder waarop de eerste klanten zich konden melden.

'Zijn we nog iets vergeten?' vroeg Cecile.

We zaten met z'n drieën in de wachtkamer. Sofie sneed drie punten uit een slagroomtaart en Cecile had een fles champagne geopend.

'Proefdraaien,' zei ik. 'We zouden toch een proefsessie draaien voordat we Walter voor de leeuwen gooien?'

Cecile schonk de champagne in. 'Laten we dat nu maar doen,' zei ze.

'Dan speel ik de klant wel,' opperde Sofie, 'ik heb problemen zat.'

Ik stopte een kers van de taart in mijn mond en ging Walter halen. Hij zat in zijn donkerblauwe pak voor de tv. Er was een snookerwedstrijd op, maar hij wilde graag een proefsessie komen draaien.

Bij binnenkomst stelde ik hem voor aan Sofie. Met Cecile had hij de dag daarvoor al kennisgemaakt, nadat de meubelen waren bezorgd en we bij mij thuis een kopje thee dronken.

'Waarmee kan ik je van dienst zijn, Sofie?'

Walter had in een leren fauteuil plaatsgenomen. Sofie en ik zaten op de bank, Cecile zat op een houten stoel in de hoek van de kamer.

'Ik kom niet aan de man,' zei Sofie.

'Waarom niet?'

'Ze gaan steeds weg. Vaak blijven ze een nacht, soms een paar dagen, een enkeling houdt het een week vol, maar uiteindelijk gaat iedereen weg.'

'Hoe zou dat komen?'

'Te veel seks, denk ik. Als ik eenmaal begin, kan ik niet meer stoppen.'

'Masturbeer je veel?'

Ik keek op van Walters vrijmoedigheid. Tijdens het gesprek met Madelief had hij nog moeite met seksgerelateerde woorden, nu sprak hij ze uit alsof hij nooit anders had gedaan.

'Dag en nacht,' zei Sofie.

'Hoelang al?'

'Vanaf m'n achtste, toen is het begonnen.'

'En nu ben je verslaafd.'

'Is tien keer per dag verslaafd?' vroeg Sofie aan mij. Ik knikte, waarop ze weer naar Walter keek en zei: 'Ja, ik ben verslaafd.'

'Daarom gaan alle mannen bij je weg.'

'Allemaal.'

'Heb je wel eens aan die mannen gedacht, hoe zij zich voelen nadat ze als een afgedankt gebruiksvoorwerp zijn vertrokken?'

'Die is gek, wat kan mij die klootzakken schelen.'

'Een seksverslaafde egocentrische leugenaar dus.'

'Hoezo, leugenaar? Tegen wie lieg ik dan?'

'Tegen mij en tegen jezelf.'

Opnieuw keek Sofie mij aan, ze begon onrustig te worden.

'Wat bedoel je, Walter?' vroeg ik. 'Over welke leugens heb je het?'

'Dat het haar niets kan schelen hoe die klootzakken zich voelen, dat liegt ze. Daarom noemt ze die mannen klootzakken, omdat ze had gehoopt dat ze zouden blijven maar ze haar telkens weer verlaten.'

Sofie griste een tissue uit een doos op de salontafel. 'Walter heeft gelijk,' zei ze, 'het kan me wel wat schelen hoe die mannen zich voelen. Ik wil dat ze me aardig vinden, niet dat ze boos of teleurgesteld zijn.'

Het gesprek stokte. Sofie snoot haar neus, Walter keek naar de muur.

'En de leugens tegen mezelf?' zei Sofie. 'Waarover lieg ik tegen mezelf?'

'Dat je seks nodig hebt,' antwoordde Walter, 'dat is de grootste leugen in je leven. Je hebt helemaal geen seks nodig, je hebt een zachtmoedige man nodig, een man met wie je kunt praten en lachen, met wie je uitstapjes kunt maken en cadeautjes kunt kopen. Een man die je vasthoudt als je het moeilijk hebt, een man die je troost als je verdrietig bent, een man...'

'Hou op,' krijste Sofie. Ze stond op en rende huilend de kamer uit. Cecile liep achter haar aan. In de wachtkamer hoorden we Sofie hartverscheurend snikken en Cecile lieve woordjes tegen haar fluisteren.

'Wat doe je nou, Walter?' vroeg ik.

'Ik heb Sofie een beschrijving gegeven van haar vader.'

'Haar vader? Wat weet jij van Sofies vader?'

'Niets. Behalve dat hij waarschijnlijk is overleden toen Sofie acht jaar oud was, en dat ze nu alle mannen onbewust afstoot omdat ze bang is om weer verlaten te worden. Dat gebeurt vaak wanneer een meisje op jonge leeftijd haar vader verliest.'

Ik trok ook een tissue uit de doos en depte mijn ogen.

'Ja,' zei ik, 'of wanneer hij jarenlang vleestomaten, suikermeloenen en combimagnetrons door het huis gooit.'

9

De volgende dag stonden er acht boodschappen op het antwoordapparaat en zaten er twaalf in de mailbox.

'Twintig klanten,' riep Sofie verrukt, 'BIB is een hit.'

Ze zag er weer fris en opgewekt uit. Na de huilbui van gisteren had ze de proefsessie afgemaakt. Walter had herhaaldelijk zijn excuses aangeboden voor zijn tactloze aanpak, maar dat vond Sofie niet nodig. Ze was dolblij dat de waarheid eindelijk aan het licht was gekomen en na afloop bedankte ze hem met een omhelzing en drie zoenen. 'Je bent geweldig, Walter,' zei ze. 'Je bent een beetje raar, maar ik vind je geweldig.' Walter nam haar reactie schuchter in ontvangst. 'Ik ben niet geweldig,' zei hij later tegen mij, 'en dat rare valt wel mee.'

Sofie beantwoordde de twaalf mailtjes, ik belde de acht insprekers terug. Op elke doordeweekse avond planden we twee sessies van een halfuur. Ik wilde Walter niet te zwaar belasten en wij hadden ook wat vrije tijd nodig.

De kosten van de sessies liepen uiteen. Klanten met persoonlijke vragen betaalden het basistarief. Voor literaire en kunstzinnige adviezen werd een hoger tarief gerekend. Daarnaast sloten we met schrijvers en kunstenaars een contract af waarin vermeld stond dat BIB Hauser een zeker percentage van de eventuele inkomsten zou ontvangen. Ideeën voor speelfilms en tv-programma's vielen in tariefgroep drie. Ook hiervoor sloten we een contract af met de desbetreffende producenten, met dat verschil dat BIB Hauser de eigenaar bleef van het idee en er een aanzienlijk hoger percentage van de inkomsten kon worden ontvangen. In tariefgroep vier zaten alle klanten met zakelijke, economische en financiële vragen. Zij werden niet door Walter te woord gestaan, omdat hij die materie niet beheerste, maar door Cecile. Met haar ervaring kon ze de klanten uitstekend van dienst zijn en indien nodig doorverwijzen naar een gespecialiseerde collega binnen haar netwerk. De vijfde en duurste tariefgroep was bestemd voor speciale gevallen.

'Mijn broer is een speciaal geval,' zei Sofie. 'Hij denkt dat hij voor de CIA werkt, maar hij staat gewoon in een rijdende snackbar.'

'Dat soort gevallen bedoel ik niet,' zei Cecile.

'Soms stopt hij microfoontjes in de kroketten, of zo'n gpsding in een bal gehakt, zodat hij de klant op zijn computer kan volgen.'

'Ministers, leden van het Koninklijk Huis, dat zijn speciale gevallen.'

'Maar het gaat altijd mis. Zo'n klant neemt een hap van die gehaktbal en breekt een kies. Dan kan mijn broer de tandartsrekening weer betalen.'

'Of de paus, die is ook welkom.'

'Toch ontslaat de baas van de rijdende snackbar hem nooit. Mijn broer is een uitstekende frietbakker en de klanten zijn dol op hem.'

De reacties op ons ideeënbureau waren overwegend positief.

Van de secretaresses op het notariskantoor kregen we een bos bloemen en twee vlaaien van De Vlaaibaai.

'Hoe is dat zo gekomen,' vroeg Melissa, 'dat ideeënbureau van jullie?'

We zaten aan een ronde tafel in de kantine. Het was lunchpauze, maar iedereen nam een flinke vlaaipunt met een dot slagroom erop.

'Ik had de griep,' zei Sofie, 'en Iris kwam mij verzorgen. Toen hebben we het bedacht.'

Ik was blij dat ze de vitaminepillen van Walter niet ter sprake bracht. Heel lang zouden we zijn deelname niet meer geheim kunnen houden, omdat hij de meeste gesprekken voerde, maar we hadden afgesproken dat we het er voorlopig met niemand over zouden hebben.

'Eigenlijk heb jij het bedacht,' corrigeerde ik Sofie. 'Jij kwam met het idee en daarna met de naam.'

'BIB, dat bekt goed,' zei Laura. Ze nam een grote hap van haar vlaaipunt en begon geconcentreerd te kauwen.

'Eerst dacht ik aan BAB,' zei Sofie.

'BAB bekt ook goed,' zei Moniek, terwijl ze een lading slagroom op haar punt spoot.

'Daarna werd het BOB.'

'BOB is een vent,' zei Carmen met volle mond.

'En toen kwam BIB.'

'BIB is het beste,' zei Melissa. 'Je had ook BEB kunnen nemen of BUB, maar BIB blijft je bij. Dat is zo'n woord dat in je hoofd blijft hangen, net als "losbol", "vlaflip" en "trappelzak".'

Annet at een vlaaipunt zonder slagroom. Ze had ons niet gefeliciteerd en keek narrig voor zich uit. Pas toen Carmen mij vroeg of ik nog voor Willink bleef werken als BIB uit z'n jasje zou groeien, draaide ze haar gezicht naar ons toe.

'Daar heb ik nog niet over nagedacht,' antwoordde ik. 'Het liefst blijf ik de twee banen combineren, maar je weet nooit wat de toekomst brengt.'

'Misschien wordt BIB wel een gigantisch bedrijf,' zei Laura.

'Een multinational met aandelen en alles,' zei Moniek.

'Neem je ons dan in dienst als secretaresses?' vroeg Melissa.

'Meteen,' zei ik. 'Als BIB gaat knallen, koop ik het hele notariskantoor en krijgen jullie een limousine met chauffeur.'

We giechelden als schoolmeiden. Buiten begon het te hagelen, Carmen sneed nog een puntje uit een vlaai, Walter deed zijn middagdutje en in mijn hoofd was het woord 'losbol' blijven hangen.

Aan het eind van de middag, nadat ik wat brieven naar de receptie had gebracht, trof ik Annet bij de koffieautomaat. Ze roerde in haar koffiemok en bleef langer staan dan gewoonlijk.

Ik vulde een bekertje met heet water, doopte er een theezakje in en ging op de verwarming zitten.

'Hagelt het nog?' vroeg ik om de ongemakkelijke stilte te doorbreken.

Annet roerde door. In haar hoofd zat blijkbaar ook een woord, maar het was geen 'losbol', 'vlaflip' of 'trappelzak'.

'Met wie runnen jullie dat ideeënbureau eigenlijk?' vroeg ze toen ze klaar was met roeren.

'Met Cecile, de vrouw van Willink.'

'En wie nog meer?'

'Een kennis.'

'Een kennis?'

'Iemand met ideeën.'

Annet nipte van haar koffiemok. Ze wilde doorvragen, desnoods met een mes op mijn keel, maar ze zei niets meer en liep terug naar haar kantoor.

Walter stond voor de spiegel in zijn slaapkamer. Hij had een peperduur pak aangetrokken en klikte twee gouden manchetknopen vast.

'Heb ik roos? Kijk eens of ik roos heb.'

Ik liep naar hem toe en veegde wat witte schilfertjes van zijn schouders en kraag. 'Ben je nerveus?'

'Nee,' zei Walter, die zich omdraaide, 'ik ben niet nerveus.'

'Hoe kom je dan aan die roos? Roos is vaak een teken van nervositeit.'

Ik veegde ook wat schilfers van de revers en fatsoeneerde zijn stropdas.

'Roos heeft niets met nervositeit te maken,' zei hij. 'De oorzaak van roos is tot dusver onbekend. We weten alleen dat het zich manifesteert wanneer de hoofdhuid zich sneller deelt dan normaal.'

‘Waarom deelt jouw hoofdhuid zich sneller dan normaal?’

Walter sloeg mijn hand weg. ‘Omdat de jaargetijden veranderen. Dat heb ik altijd al gehad. In de herfst en lente vinden er grote veranderingen plaats in de luchtdruk en de temperatuur. Daar is mijn hoofdhuid niet op ingesteld, vandaar de roos. De aandoening wordt beschouwd als een milde vorm van seborroïsch eczeem en...’

‘En neemt toe bij spanning en nervositeit.’

‘Ik ben niet nerveus.’

‘Dan zal ik het wel zijn,’ zei ik, en gaf hem een arm.

Walter keek mij aan. Zijn lippen waren droog, er zaten ook wat schilfers in zijn wenkbrauwen, zag ik.

‘De eerste klant, Iris,’ zei hij.

‘Ja, Walter,’ zei ik, terwijl we naar de voordeur liepen, ‘de eerste klant.’

De sessie begon om acht uur. De klant heette Bert Bunder. Hij was dertig jaar oud, getrouwd, vader van twee jonge dochters en figurant in tv-series, speelfilms en reclamespotjes.

‘In *Zwartboek* speelde ik een verzetsman,’ vertelde hij trots, ‘in *Komt een vrouw bij de dokter* was ik een nachtclubbezoeker, in *Sint* een piet en in *Dokter Tinus* een patiënt in de wachtkamer.’

‘U bent een bevoorrecht mens,’ zei Walter. ‘Maar nu zit u hier en speelt u Bert Bunder, klant van BIB. Wat kan ik voor u betekenen?’

‘Ik sta op een kruispunt in mijn carrière.’

‘Omschrijf het kruispunt.’

De trots gleed van het gezicht van Bert Bunder. Hij had in talloze films en series gespeeld, maar de hoofdrol in zijn eigen leven viel hem zwaar.

‘Tien jaar heb ik met veel passie en plezier gefigureerd, maar ik merk dat ik het figureren ben ontgroeid. Ik wil meer, ik kan meer, ik weet alleen niet wat. Moet ik mij richten op tv, film, toneel of Hollywood? Dat is het kruispunt waarop ik sta.’

Ik zat naast Bert Bunder en maakte notities. Cecile zat op het stoeltje in de hoek en Sofie wachtte in de keuken op de volgende klant.

'Wat is uw specialiteit, meneer Bunder?'

'Hoe bedoelt u?'

'Waar bent u goed in?'

'Ik ben grappig, zeggen ze.'

'Dat klopt,' zei Walter, 'u bent bijzonder grappig. En verder?'

Bert Bunder bloosde. 'Ik ben charmant, ik heb een getraind lichaam en ik kan goed pannenkoeken bakken, volgens mijn kinderen.'

'Aha,' riep Walter, en stak zijn wijsvinger omhoog, 'de oplossing is nabij.'

'Meent u dat?'

'Jazeker, meneer Bunder. Hoe is uw Engels?'

'Mijn Engels?'

'Uw Engels, spreekt u vloeiend Engels?'

'Mijn moeder komt uit Hull, ik ben tweetalig opgevoed.'

'Fantastisch, Bunder, ronduit fantastisch.'

Bert Bunder keek mij verheugd aan.

'Luister, Bunder,' vervolgde Walter. Hij boog zich bedachtzaam voorover en trok een ernstig gezicht. 'U vertrekt naar Hollywood, daar gaat u werken bij een I-HOP.'

'Wat is een I-HOP?'

'Een pannenkoekenrestaurant.'

'Maar...'

Opnieuw stak Walter zijn vinger op. Bert Bunder zweeg en luisterde naar de rest van Walters betoog.

'In uw vrije tijd, als u even geen pannenkoeken hoeft te bakken, schrijft u zich in bij castingbureaus en bezoekt u zo veel mogelijk audities voor films en tv-series. Daarmee gaat u net zo lang door tot het raak is. En ik voorspel u, Bunder, op een dag zal het raak zijn. U bent grappig, charmant, getraind en vastberaden, dat is precies wat producenten zoeken.'

'En als het niet lukt?'

'Dan blijft u glorieus figureren als chauffeur in *Penoza*, dokter in *Charlie*, ober in *SpangaS*, lantaarnpaal in *Sesamstraat* en het verdachte haarstukje van Ivo Niehe. Wellicht schopt u het op een dag zelfs tot blauwe bal in de Lingo-bak. Daarna kunt u vredig inslapen en zal er op uw grafsteen prijken: HIER RUST BERT BUNDER, DE GRAPPIGSTE BLAUWE BAL UIT DE LINGO-BAK.'

Mijn vader wilde het nieuws eerst niet geloven.

'Jij, directeur?' zei hij. 'Directeur van een vlooiencircus zeker.'

Het was sinterklaasmiddag. Aan cadeaus deden we al jaren niet meer, maar we kwamen nog altijd samen om iets te vieren wat nooit vierbaar was geweest.

'Nee, papa,' zei Roos, 'Iris is directeur van een ideeënbureau.'

Mijn vader sloeg een glaasje jenever achterover. Van de dokter mocht hij onder geen beding alcohol drinken. De kans op een nieuwe hersenbloeding werd er aanmerkelijk door vergroot, en in combinatie met de medicijnen die hij gebruikte kon het zelfs fataal zijn. Maar op feestdagen dronk hij alsof zijn kist al in de gang stond.

'Ideeën, wat voor ideeën?'

'Alle soorten ideeën. Voor alle problemen heeft het ideeënbureau van Iris een idee.'

'Gebakken lucht zul je bedoelen,' zei hij, terwijl hij zijn glaasje nogmaals volschonk, 'mijn dochter handelt in gebakken lucht.'

'Doe niet zo flauw, Dirk,' zei mijn moeder. 'Is het zo moeilijk om één keer blij te zijn met wat Iris doet?'

'Maar ik bén blij,' reageerde hij verontwaardigd. 'Mijn meisje is handelaar in gebakken lucht. Daar zit het grote geld, in gebakken lucht. Mensen willen niet zelf nadenken, ze rennen liever naar astrologen, psychologen, goeroes en stompzinnige ideeënbureaus. Zo zit de wereld in elkaar: een verdwaalde kudde op zoek naar een herder, een handelaar in gebakken lucht.

Daarom ben ik blij en zeg ik: bravo, Iris. Bravo voor de miskleun die niet de kant van de kudde maar de kant van de zakkenvullers heeft gekozen.'

Hij sloeg zijn zevende borrel achterover en gooide het lege glaasje in de open haard. 'Waar blijft de cognac? Is er nog cognac in huis? We hebben iets te vieren, moeder, daar hoort cognac bij, dure cognac.'

Mijn moeder haastte zich naar de keuken, Madelief liep achter haar aan. We hoorden wat glaswerk op de tegels kletteren, een zwaar voorwerp door het ruitje van de tuindeur knallen.

Ik trok een zak pepernoten open. Mijn vader tilde zijn rechterbil op en liet een doffe wind. 'Gebakken lucht,' mompelde hij, 'van een vreemde heb je het in ieder geval niet.'

In de draaistoel naast mij stak mijn oma een sigaretje op. Vanwege haar kwakkelende gezondheid kwam ze alleen nog op officiële feestdagen. Veel woorden had ze niet meer. Wanneer grootouders een respectabele leeftijd bereiken, fungeren ze meestal als bijzettafeltjes op familiefuifjes. Ze zitten verloren in een hoekje, ze eten en drinken weinig, en als het feest voorbij is worden ze door de minst bezopen oom naar huis gebracht.

Toen de storm in de keuken was geluwd zei ik: 'Het spijt me dat ik niets meer van me laat horen, oma.' Al maanden nam ik mij voor haar te bellen, maar telkens als ik eraan dacht was ik te moe of zat ik bij Walter.

'Je hoeft niets te zeggen,' sprak ze begrijpend, 'ik heb het allang gezien.'

Ik glimlachte en schudde een paar pepernoten in mijn hand.

Mijn oma boog zich naar mij toe. 'Hoe heet hij?' fluisterde ze.

'Wie? Hoe heet wie?'

'De man die de lichtjes in je ogen weer laat schijnen.'

Mijn vader liet nog een wind en ik kauwde op een pepernoot. Hij was erg lekker. Vroeger bakte mijn moeder zelf speculaasjes en pepernoten. Maar die moest mijn vader altijd met een hamer en een schroevendraaier van de bakplaat hakken.

In de taxi die ons om halfzes naar het station bracht vertelde ik mijn oma dat ze haar maandelijkse gift kon stopzetten. Ik verdiende een goed salaris en vond het ongepast nog langer op haar pensioentje te teren.

'Een mooi gebaar, meisje,' zei ze, waarop ze haar tas opende en mij een envelop overhandigde, 'maar oorlogskindjes hebben recht op een uitkering, ik op de mijne en jij op de jouwe.'

Sofie had zich niet vergist, BIB was een hit. Vanaf de eerste dag stroomden de aanvragen binnen, niet alleen door de website en de advertenties, ook de mond-tot-mondreclame genereerde veel belangstelling.

Al snel gingen we van twee naar drie klanten per avond, en op zaterdag, na Walters middagdutje, ontvingen we er nog eens vier of vijf. Zondag was een verplichte rustdag. Het liefst zou Walter zeven dagen per week op zijn praatstoel zitten, maar zes BIB-dagen vond ik meer dan genoeg.

Financieel ging het ons ook voor de wind. Van twintig klanten per week konden we met gemak de huur en andere vaste lasten betalen. Daarnaast keerde ik elke twee weken een riante bonus uit aan Cecile, Sofie en mijzelf. Walter had geen bonus nodig, zei hij. 'Steek mijn geld maar in de zaak. Als BIB straks gaat groeien kun je het goed gebruiken.' Om mijn schuldgevoel te sussen overlaadde ik hem met doosjes bonbons, klassieke cd's en twee concertbonnen.

'Wat moet ik met concertbonnen?' vroeg hij.

'Bewaren,' antwoordde ik. 'Bewaren tot we naar een concert gaan.'

'En wanneer vindt dat plaats, dat concert?'

'Als jij zegt: "Het is zover, Iris, we gaan naar een concert."'

'Dat gebeurt nooit.'

'Dan gaan we nooit.'

De eerste beroemde BIB-klant was een schrijver. Hij kwam vermomd als zwerver binnen, compleet met baard en een opgerolde slaapzak.

'Ik mag niet herkend worden,' zei hij, nadat hij zijn vieze jas en slaapzak in de gang had achtergelaten en naast mij op de bank had plaatsgenomen, 'anders denken de lezers dat ik een writer's block heb.'

'Wat is dan de reden van uw komst?' informeerde Walter.

'Ik heb een writer's block.'

Hij was de laatste klant van de avond. Voor hij binnenkwam had ik hem in zijn auto gebeld en verzekerd dat er geen klanten meer aanwezig waren.

Walter en de schrijver voerden een inleidend gesprek, vervolgens kwam Walter ter zake: 'Ik ken uw boeken, meneer. Ik heb er een paar gelezen en het zijn stuk voor stuk degelijke literaire werken. Maar er is één probleem.'

'En dat is?'

'Ze zijn allemaal hetzelfde.'

'Allemaal?'

'Allemaal.'

De schrijver zuchtte en boog het hoofd. 'Ik wist het wel,' zei hij bedroefd. 'Mijn eerste boek was origineel, een regelrechte sensatie. Eigenlijk wilde ik het daarbij laten; ik had mijn verhaal verteld en stond op het punt mijn werk als fietsenmaker weer op te pakken. Maar de uitgever bleef zeuren om een nieuw boek, lezers stuurden lieve kaartjes, lovende brieven, smeekbedes. Daar was ik niet tegen bestand. Ik begon stilaan te geloven dat schrijven mijn roeping was. Dus kwam er nog een boek, en nog een en nog een en nog een. Tot een maand geleden, toen ik twee dagen en nachten naar een leeg computerscherm zat te staren en volledig ben ingestort.'

Ik gaf hem een tissue. Hij snikte zachtjes. Zijn grijze baard zakte half van zijn kin.

'Wat moet ik nou?' jammerde hij. 'Wat moet ik nou doen?'

'*De loden bal*,' luidde Walters antwoord.

De schrijver hief zijn hoofd op. 'Wat is *de loden bal?*'

'De titel van uw afscheidsboek.'

Er verscheen een stroef lachje op zijn gezicht. Het woord 'afscheidsboek' had de schrijver hoop gegeven, maar de gevolgen waren groot.

'Waarom heet het boek *De loden bal?*' vroeg hij.

Walter nam een slokje thee. 'Kent u die oude gevangenisfilms? Die films waarin de gevangenen een loden bal aan een lange ketting om hun enkel meeslepen om te voorkomen dat ze zullen ontsnappen?'

'Ja, die films ken ik. Wilt u soms beweren dat ik zo'n gevangene ben?'

'Dat wil ik inderdaad: u bent zo'n gevangene, de loden bal is uw succes. Schrijf daar een openhartig boek over, in een andere stijl dan de lezers van u gewend zijn, en u bent vrij.'

De schrijver snoot zijn neus. Hij leek te twijfelen. 'En als het een succes wordt, *De loden bal*, wat dan?'

'Dan zullen veel schrijvers, die ook al jaren dezelfde rotzooi schrijven, uw voorbeeld volgen. De literaire wereld zal drastisch worden opgeschoond en u zult de geschiedenis ingaan als een held, de grote bevrijder, de man die als eerste de loodzware succesbal van zijn enkel hakte.'

Ik keek naar de schrijver. Het stroeve lachje had plaatsgemaakt voor een brede grijns. 'U bent een genie,' zei hij. 'Hoe kan ik u bedanken?'

'Door mijn naam te vergeten,' antwoordde Walter, 'en na *De loden bal* geen woord meer op papier te zetten.'

Een week voor kerst kwamen Roos en mijn moeder op bezoek. Roos wilde maandag een gastcollege aan de universiteit bijwonen, mijn moeder snakte naar een gezellig uitje.

'Waar is papa?' vroeg ik. 'Wie zorgt er voor papa?'

'De ratten,' zei mijn moeder, 'de ratten zorgen voor papa.'

Roos hielp mijn moeder uit haar jas en zei: 'Papa is bij Madelief. Morgen gaan we weer naar huis, maak je geen zorgen.'

In de woonkamer dronken we koffie en aten we gebak. Daarna liepen we in het zonnetje naar de binnenstad. Het was zondagmiddag, ik was te moe om uren door de stad te zwalken. Maar op aandringen van Roos zette ik mij over mijn vermoeidheid heen en bezorgde mijn moeder het gezelligste uitje dat ze in jaren had gehad.

De volgende dag gingen Roos en ik gelijktijdig de deur uit. Mijn moeder bleef thuis. Ze moest een broek verstellen, zei ze, en misschien zou ze nog een wandeling maken. Voor de zekerheid had ik mijn laptop meegenomen en mijn bureaulades afgesloten. Toen ik nog thuis woonde doorzocht mijn moeder geregeld mijn kamer en las ze mijn dagboek. De heftige ruzies die daardoor ontstonden wilde ik liever niet herhalen.

Na het avondeten – mijn moeder had boerenkool met worst gemaakt, zodat ik eindelijk eens iets gezonds zou binnenkrijgen – nam ik afscheid van haar en Roos. Ik ging naar beneden voor het BIB-spreekuur, zij zouden de afwas doen en naar huis rijden.

'Wie is de eerste klant?' vroeg ik aan Sofie.

Ze zat in haar kantoortje en verwerkte nieuwe klantgegevens in haar pc. 'Mevrouw Witsel,' riep ze, 'relatieproblemen.'

Walter zat al in zijn leunstoel, Cecile zette koffie en thee in de keuken. Ik wilde nog even bijpraten met Walter toen de bel ging. Gehaast liep ik naar de hal, drukte op de deurzoemer en zag mijn moeder de trap op lopen.

'Wat is er, mama? Ben je iets vergeten?'

'Ik ben mevrouw Witsel,' zei ze, 'ik heb een afspraak om half-acht.'

Verbaasd en ongerust stelde ik haar voor aan de anderen, waarna we op de bank plaatsnamen en Walter de sessie opende.

'Mevrouw Witsel, wat kan ik voor u doen?'

'Ik wil mijn man vermoorden.'

'Maar u weet niet hoe.'

'Precies.'

'Moet het een pijnlijke of een zachte dood worden?'

‘Een zachte snelle dood.’

‘Drie slaaptabletten door een glas warme melk roeren, vervolgens 5 cc insuline in de bilspier spuiten als hij slaapt.’

‘Kom ik daarmee weg?’

‘Is uw man gezond?’

‘Mijn man is een wrak, hij slikt een halve apotheek per dag.’

‘Dan is er geen vuiltje aan de lucht.’

‘Uitstekend.’

‘Tenzij ik de opname van dit gesprek aan de politie overhandig.’

De blik van mijn moeder verstrakte. ‘Wordt dit gesprek opgenomen?’

‘Al onze gesprekken worden opgenomen, mevrouw. Voor onze veiligheid en die van de klanten.’

Mijn moeder viel stil. Ze bloosde en keek vertwijfeld om zich heen.

‘Maar u hoeft de opname toch niet aan de politie te geven?’

‘Het spijt me, mevrouw Witsel. Of u uw man nu wel of niet vermoordt, de opname van dit gesprek gaat naar de politie.’

‘Ook moordplannen zijn strafbaar in dit land,’ zei Cecile, die een dienblad met twee thermoskannen en vier glazen op de salontafel had gezet.

‘Dus ik zit in de val,’ zei mijn moeder. ‘Wat ik ook doe, ik ga sowieso naar de gevangenis.’

Walter glimlachte en schonk een glas thee voor zichzelf in. ‘Waarom wilt u uw man eigenlijk vermoorden?’

‘Ik wil weer gelukkig worden, ik verlang naar liefde in mijn leven.’

‘En dat lukt niet met uw man?’

‘Uitgesloten. Mijn man is nors, cynisch en liefdeloos.’

‘Geen wonder met een vrouw als u.’

‘Pardon?’

‘Kijkt u wel eens in de spiegel, mevrouw? U bent twintig kilo te zwaar, uw haar lijkt wel een kraaiennest en de bitterheid straalt van uw gezicht.'

'Dat komt door mijn man,' zei mijn moeder. 'Als hij...'

'Nee, mevrouw Witsel,' onderbrak Walter haar bars, 'dat komt doordat u emotioneel afhankelijk bent van uw man. U bent met hem getrouwd omdat u dacht dat hij u gelukkig zou maken en de liefde ging geven waar u naar verlangde. Maar dat gebeurde niet omdat u zelf niets deed. U wilde liefde, maar u gaf geen liefde. U wilde geluk ervaren, maar u maakte uw man niet gelukkig. Zo werkt het niet in een huwelijk. Als u iets wilt ontvangen, zult u het eerst moeten geven. Zaaien en oogsten heet dat.'

'Maar ik *heb* gezaaid, ik heb mijn man liefde gegeven, ik heb...'

'Te kort, mevrouw Witsel. Te kort en voorwaardelijk. Zaai aanhoudende, onvoorwaardelijke liefde en op een dag zult u het ontvangen, ook van een norse, cynische man.'

'Ik weet niet of ik dat nog kan opbrengen.'

'Als u uw man kunt vermoorden en een relatie met een andere man durft aan te gaan, dan kunt u ook uw huidige man liefhebben.'

Langzaam draaide mijn moeder haar gezicht naar mij toe. Haar wangen glommen van de tranen. 'Wat denk jij?' vroeg ze.

'Ik denk dat je een bijl moet nemen,' zei ik, 'dat past beter bij je karakter.'

Met een furieuze blik stond mijn moeder op en vertrok. Twee dagen later belde Madelief mij op. 'Wat is er met mama aan de hand? Ze rent drie keer per dag in een roze trainingspak door het dorp en traint zich een ongeluk in de sportschool. Ik schaam me rot voor dat mens.'

Ik zei dat ik geen idee had wat er met haar aan de hand was, en dat ze mij voortaan niet meer met die onzin moest lastigvallen.

10

'Hoe zit het met Aruba? We zouden toch naar Aruba?'

'Ga maar alleen.'

'Wat moet ik nou alleen op Aruba?'

'Neem je moeder mee, ik heb de tickets en het hotel al geregeld.'

Sofie en ik stonden bij het raam. De kantine van het notariskantoor was versierd met kerststukjes, slingers, ballen en lichtjes. Alle medewerkers en de meeste partners waren aanwezig. De mannen droegen een smoking, de vrouwen een frivool jurkje, alsof ze na de kerstborrel nog een paar uurtjes moesten tippelen om de dure kerstcadeautjes te kunnen aflossen.

'Waarom ga je niet mee? Ben je ziek?'

'Ik ben moe.'

'Dan moet je juist op vakantie. Een weekje in de zon zal je goeddoen.'

'Hou op, Sofie. Ga met je moeder en zeur niet aan m'n kop.'

Thijs Willink hield een toespraak. Ik keek naar zijn gezicht, zijn ogen, zijn lippen, maar ik hoorde niets. Pas toen hij klaar was en iedereen begon te klappen, keerde ik terug in de realiteit.

'Heb ik je gekwetst? Ik heb je gekwetst.'

'Je hebt me niet gekwetst, je bent moe en je hebt gelijk.'

'Gelijk?'

'Ik moet niet aan je kop zeuren.'

'Een beetje zeuren kan geen kwaad.'

'En mijn moeder is al een eeuwigheid niet op vakantie geweest.'

De kerstborrel eindigde zoals alle kerstborrels eindigen: mensen wensen elkaar een zalige kerst, kussen net iets te lang de partner van een ander en struikelen laveloos in een taxi.

Sofie en ik fietsten naar een cafeetje. Het was er rustig en we bestelden twee Irish coffee. Aan de bar zaten wat stamgasten, uit een jukebox klonk een meezinger waar niemand naar luisterde.

'Ik heb mijn moeder gebeld,' zei Sofie, die op witte gymschoenen van het damestoilet kwam, 'ze moest huilen.'

Ze zette een plastic tasje met haar nieuwe pumps op de grond. Ik zag dat er ook twee gebruikte kousen en een rode string in zaten.

'Goed zo,' zei ik. 'Moeders moeten huilen, huilen van plezier, huilen van verdriet, huilen omdat ze moeders zijn en er geen weg meer terug is.'

Sofie legde een hand op mijn hand. 'Je bent moe, je hebt hard gewerkt. Neem tijd om te rusten, Iris. Beloof me dat je gaat rusten, anders kan ik niet naar Aruba.'

Ik legde mijn andere hand op haar hand. 'Ik beloof het, ik zal rusten.'

Een jonge barkeeper zette twee glazen Irish coffee op ons tafeltje en zei dat de keuken tot zeven uur geopend was.

We dronken onze Irish coffee op. De jukebox jengelde vrolijk door en de stamgasten begonnen steeds luider te praten.

'Wat gaat Walter eigenlijk doen met de feestdagen?' vroeg Sofie. Ze had een sigaret opgestoken en gaf mij een trekje.

'Niets,' antwoordde ik. 'Voor Walter bestaan er geen feestdagen.'

Sofie nam nog een trekje. Ze blies de rook uit haar mondhoek en legde de sigaret op de asbak. 'Best zielig eigenlijk,' zei ze.

'Walter is niet zielig, wij zijn zielig. Wij moeten van alles doen tijdens de feestdagen, anders denken we dat we ongelukkig zijn. Walter hoeft niets te doen om te weten dat hij ongelukkig is.'

In de Boggle-jaren van mijn moeder begon ik een dagboek bij te houden. Ik dacht dat het goed was om mijn leven vast te leggen, zoals de moeder van Naomi ons leven had vastgelegd. Maar de levens van anderen vastleggen is iets anders dan je eigen leven vastleggen. Levens van anderen zijn films, soapseries, toneelstukken waar je geamuseerd naar kunt kijken. Mijn leven was ook een film, een soap, een toneelstuk, maar de amusementswaarde was ver te zoeken. Daarom besloot ik het vanuit een ander perspectief te bekijken, het perspectief van Dahlia, de enige dochter die het geschreeuw en de rondvliegende inboedel had gemist, maar door het schrijven van een dagboek toch deel kon uitmaken van het gezin waartoe ze behoorde.

Zaterdag 16 mei 1998

Snikhete dag. Mama maakt andijvie. Roos heeft drie zuigzoenen in haar nek. Madelief draait de hele tijd 'My Heart Will Go On'. Iris ligt onder haar bed te dromen. Papa drinkt biertjes en zegt: 'Hij is dood, Frank is dood.' Dat zegt hij al twee dagen. 'Woensdag wordt hij begraven, Dahlia. Woensdag nemen we voorgoed afscheid van The Voice.' Mama zegt: 'Laat dat kind met rust. Ze schrijft een dagboek. Straks wordt ze beroemd en weet geen hond meer wie The Voice was.' Papa laat een boer. Hij gooit zijn lege blikje over de schutting. We horen de buurman vloeken. Papa grinnikt en fluistert: 'Buurman Put kan niet poepen. De dokter heeft een zakje op zijn buik geplakt, daar vallen alle keutels in. Een poepzakje heet dat. Schijf dat maar in je dagboek: buurman Put heeft een poepzakje.' Ik schrijf het gelijk op en laat het hem zien. 'Heel mooi,' zegt papa. 'Op een dag word je beroemd en zeg je tegen de mensen: buurman Put had een poepzakje.' Madelief gaat keihard meezingen met 'My Heart Will Go On'. Haar raam staat open. De hele buurt kan het horen. Roos wordt er knettergek van. Ze vindt 'My Heart Will Go On' niks aan. Ik wel. Maar ik heb geen stereospul, alleen boeken, stiften, acht poppen, twaalf knuffels, drie gekke zussen, een moeder die andijvie maakt en een vader die al twee dagen zegt: 'Hij is dood, Frank is dood.' Nu moet ik stoppen. Na het eten gaan we fietsen, zegt mama. Papa zal wel thuisblijven. Roos gaat weer zuigzoenen verzamelen in de disco. Madelief is verliefd op Casper. Iris mag bij Naomi slapen. Slaap lekker, lieve Iris.

Tot morgen.

'Wat ga je doen met de feestdagen?'

Walter stond voor het aanrecht. Hij had een appel gegeten en waste zijn handen. 'Hetzelfde als wat ik op alle andere dagen van het jaar doe.'

Ik stond slaperig tegen de deurpost geleund. Mijn pumps bungelden aan mijn vingers. Het was kwart voor tien. Walter droogde zijn handen af.

'Behalve op tweede kerstdag,' zei hij. 'Op tweede kerstdag dineer ik bij mijn moeder.'

'Dan dineer je op eerste kerstdag bij mij,' zei ik.

'Ga je niet naar je ouders?'

'Ik ga niet naar mijn ouders.'

Walter trok zijn wenkbrauwen op. 'Zoals je wilt,' zei hij. 'Als je maar geen biefstuk, varkensvlees, schaaldieren, zuurkool en rabarber maakt. En cadeautjes wil ik ook niet.'

'Ik zal kip maken. Kip met sperzieboontjes, aardappelpuree en vruchtjes na. Geen biefstuk, geen zuurkool, geen rabarber en geen cadeautjes.'

Twee dagen later zou ik alle beloften inlossen, alleen aan de laatste kon ik niet voldoen.

'Wat is dit?' vroeg Walter toen hij het pakje naast zijn bord zag staan.

'Een verrassing.'

'Je zou geen cadeautjes kopen.'

'Het is geen cadeautje, het is een verrassing.'

Walter ging aan tafel zitten. Hij rook naar vanilleshampoo en een vleugje Old Spice. Zijn haar was nog vochtig van de langdurige douche die hij voor zijn komst had genomen.

Ik schonk twee glazen druivensap in. De tafel was feestelijk gedekt. In de hoek van de woonkamer stond de opgetuigde kerstboom uit het kantoor.

'Op BIB,' zei ik, en hief mijn glas.

'En Bella Bunder,' zei Walter, die zijn glas zachtjes tegen het mijne tikte.

'Wie is Bella Bunder?'

Walter nam een slokje druivensap, zette zijn glas op tafel en haalde een ansichtkaart uit zijn binnenzak. 'Toen jij naar de kerstborrel was, vond Quist deze kaart in de gang.'

Nieuwsgierig pakte ik de kaart en las hem voor: 'Beste vrienden van BIB. Samen met Bert en onze meiden logeren we in een motelletje in LA. Bert bakt pannenkoeken bij de IHOP. In zijn vrije tijd gaan we naar audities en de eerste klus is al binnen. Tijdens een auditie voor de nieuwe Batman-film kreeg ik een rolletje aangeboden als gillende stewardess. Reuze spannend allemaal. Veel liefs, Bella Bunder.'

Ik zette de kaart tegen de pan met sperzieboontjes. 'Niet te geloven: Bert Bunder gaat naar Hollywood en zijn vrouw wordt beroemd.'

'Ze worden allebei beroemd,' zei Walter, 'Bert met zijn pannenkoeken en Bella als gillende stewardess.'

We begonnen aan het kerstmaal. Walter nam kleine hapjes en zei dat ik voortreffelijk had gekookt. Ik schrokte mijn bord binnen vijf minuten leeg en keek naar Walter, die nog niet halverwege was. Zijn haar was droog, maar het moest opnieuw worden gekamd. Er lagen wat roosvlokjes op de kraag van zijn zwarte jasje. Zijn wenkbrauwen zagen er schoon uit. Ze waren wel wat lang geworden en groeiden steeds dichter naar elkaar toe. Heel even bekroop mij de behoefte om Walter te helpen, om hem te verzorgen zoals zijn moeder hem veertig jaar had verzorgd. Maar ik bleef zitten en besloot het na de feestdagen te doen, als hij weer nieuwe klanten ging ontmoeten.

Met het uitpakken van het cadeautje wachtte Walter tot ik de tafel had afgeruimd en hij het niet langer kon uitstellen.

'Is het duur?' vroeg hij. 'Heb je veel geld uitgegeven?'

'Ik geef nooit veel geld uit, zeker niet aan jou.'

Walter glimlachte en scheurde voorzichtig het rode kerstpapiertje van het doosje. Op het deksel stond de merknaam van het horloge dat erin zat.

'Nee, Iris,' reageerde hij vastbesloten, 'dit kan ik niet aannemen.'

Ik had hem in verlegenheid gebracht. Cadeautjes ontvangen was niet zijn sterkste punt, en met dure cadeautjes wist hij zich helemaal geen raad.

'Het spijt me,' zei ik, 'ik breng het na de kerst wel terug.'

We keken elkaar aan. De gezellige avond dreigde in het water te vallen. Ik had nog toastjes met zalm, kaasblokjes en mini-augurkjes in de koelkast staan, en in de dvd-speler zat een documentaire over een hondenshow met een spectaculaire hindernisbaan.

'Wil je niet toch even in het doosje kijken?' vroeg ik. 'Om mij een plezier te doen?'

'Vooruit,' zei Walter. 'Maar na de kerst gaat het terug.'

Ik knikte, waarna Walter het deksel optilde en het horloge uit het doosje haalde. Het was een smal, gouden horloge dat mooi om zijn dunne pols zou passen. Aan zijn ogen zag ik dat hij het prachtig vond.

'Kijk eens op de achterkant,' zei ik.

Onder de lamp draaide Walter het klokje om en las de gegraveerde tekst op het afdekplaatje.

Het bleef lang stil. Ik dacht weer aan de kaasblokjes en de hondenshow met de spectaculaire hindernisbaan. De avond ervoor had ik een stukje van de show bekeken, de hindernisbaan was inderdaad spectaculair.

Uiteindelijk vroeg ik: 'Moet ik het nog terugbrengen?'

Walter legde het horloge weer in het doosje. 'Het spijt me, Iris,' zei hij. 'Ik vind het bijzonder attent van je, maar het is beter zo.'

Na vier maanden ontdekte ik dat er iemand in mijn kamer was geweest. De pluchen beesten stonden niet meer in de juiste volgorde op de verwarming, de pennen en kleurstiften op mijn bureau lagen scheef en er zaten kruimels tussen de pagina's van mijn dagboek.

De indringer was snel gevonden. Mijn vader kon het niet zijn, omdat mijn leven hem geen fluit interesseerde, Roos was te druk met haar vriendjes en Madelief had de heilzame effecten van marihuana ontdekt.

Op een zaterdagavond, nadat Roos en Madelief op de fiets naar de stad waren gegaan, besloot ik mijn moeder met haar gesnuffel te confronteren. Ze reageerde verbolgen, alsof niet zij maar ik de schuldige was.

'Pervers, dat is het juiste woord, pervers en morbide.'

'Wat is pervers?'

'Jij bent pervers.'

'En Elvis,' zei mijn vader, die met een flesje bier voor de tv zat, 'Elvis was ook pervers.'

'Hoe haal je het in je zieke hoofd om de naam van je overleden zusje te misbruiken voor een walgelijk dagboek?'

'Priscilla was veertien toen ze wat kregen,' vervolgde mijn vader, 'dat is pas pervers, om over die dubieuze heupbewegingen nog maar te zwijgen.'

'Je moet uit mijn kamer blijven, mama,' zei ik. 'Ik kijk toch ook niet in jullie slaapkamer?'

'Waarom niet?' zei mijn vader. 'In mijn nachtkastje liggen vieze blaadjes en condooms met sinaasappelsmaak. In het nachtkastje van je moeder ligt een zoemend ei, dat stopt ze tussen haar benen als ik lig te slapen.'

'Kun je even je kop houden misschien?' snauwde mijn moeder.

'Natuurlijk, liefje,' reageerde mijn vader laconiek. 'Maar dat zoemende ei, dat is een waar verhaal.'

Mijn moeder en ik ruzieden nog even door. Toen liep ik stampvoetend de trap op, gooide al mijn pluchen beesten van de verwarming en schreef een nieuwe passage in het dagboek.

Zaterdag 12 september 1998

Mama en Iris hebben bonje. Mama is boos omdat ik een dagboek maak en Iris krijgt de schuld. Totaal maf dus. Papa kijkt voetbal. Sparta heeft gewonnen, dan is hij altijd in een goeie bui. Roos en Madelief fietsen naar de stad. Er is een feestavond in de disco. Madelief rookt zoete sigaretjes. Daar wordt ze blij van, zegt ze. Roos rookt ook zoete sigaretjes, maar zij wordt er niet blij van. Roos wordt al heel lang niet meer blij. Eigenlijk wordt niemand van ons meer blij, ook Madelief niet. Soms hoor ik haar giechelen van de zoete sigaretjes, maar later moet ze heel hard snikken. Ik ben nog wel blij. Ik ben zoooo blij dat ik er gewoon blij van word. Haha.
Woensdag gaan papa en mama met de bus naar de tandarts. Dan ga ik op zoek naar het zoemende ei. Ik heb een Suske en Wiske die Het Zoemende Ei *heet. Maar dat ei is heel groot en past nooit tussen mama's benen.*
Iris heeft alle knuffels op de grond gesmeten. Ze is nog steeds boos. Als ze straks niet meer boos is, zal ik de knuffels terugzetten. Ik weet precies waar ze moeten staan. Mama niet. Daarom wist Iris meteen dat ze in haar kamer was geweest.
Zo, dat was het alweer. Iris gaat in bad. Op school zegt de meester dat het dinsdag Prinsjesdag is. Dat is zogenaamd heel belangrijk. Maar ik vind er niks belangrijks aan. Ik wil dat Roos, Madelief en Iris weer prinsjes worden. Of prinsesjes eigenlijk, want prinsjes zijn altijd jongens. En ik wil dat papa en mama weer lief tegen elkaar doen. Dan is het pas echt Prinsjesdag.
Tot morgen.

Op tweede kerstdag sneeuwde het. Ik kleedde mij aan en wandelde naar het Vondelpark. Dikke vlokken vielen op mijn neus en wimpers. De sneeuw knarste onder mijn laarzen.

In het park rolden kinderen grote bollen voor een sneeuwpop. Andere gooiden sneeuwballen naar vloekende fietsers of werden door hun vaders op sleetjes voortgetrokken.

Bij een hotdogkarretje kocht ik een hotdog met ketchup en mosterd. Ik at hem op een schoongeveegd bankje op en keek naar de spelende kinderen. Hun plezier werkte aanstekelijk. Als ik geen zesentwintig was geweest, had ik ook graag een sneeuwpop gemaakt en dikke sneeuwballen gegooid naar vloekende fietsers.

Om halftwaalf stond ik op en liep terug naar huis. Ik rilde van de kou en verlangde naar een warme douche en een glas wijn. Terwijl ik mijn sleutel in de benedendeur stak, ging de deur van meneer Van Ravenstein open.

'Daar hebben we Iris,' zei hij. 'Kom je even binnen?'

Meneer Van Ravenstein glimlachte vreemd. Ik was bang dat hij weer aan de drank zat, dus ik zei: 'Graag,' en liep achter hem aan zijn huis binnen.

In de woonkamer zat een vrouw op de bank. Het was de vrouw die ik op die warme zomeravond vanaf Walters balkon had begluurd. De vrouw met het moestuintje en de gecastreerde kat.

'Dit is Babette,' zei meneer Van Ravenstein. 'Ze woont een paar deuren verderop, je hebt haar vast wel eens gezien.'

'Natuurlijk,' zei ik, en gaf haar een hand.

'Jij woont toch onder die rijke meneer?' informeerde ze.

Ik ging op een stoel bij het raam zitten en ritste mijn jas open. 'Ik zou het niet weten,' antwoordde ik, 'ik zie nooit iemand.'

Meneer Van Ravenstein kwam uit de keuken. Hij droeg een dienblad met drie glazen thee en een halve banketstaaf. Rambam lag in zijn mand, op de bank naast Babette lag haar bruine kat te slapen.

‘Babette is lid van de Dierenbescherming,’ zei meneer Van Ravenstein. Hij zette het dienblad op de salontafel en ging in de leunstoel tegenover mij zitten. ‘Ik ben ook lid geworden van de Dierenbescherming. Het is niet duur en ze doen veel goede dingen voor arme dieren.’

Babette brak de halve banketstaaf in drie stukken. Ze had slanke handen en roodgelakte nagels. Ik schatte haar rond de vijftig, al deed haar strakke uitdagende jurk een jongere leeftijd vermoeden.

‘Wil je ook lid worden van de Dierenbescherming?’ vroeg ze aan mij.

‘Nee, bedankt,’ zei ik. ‘Je kunt niet overal lid van zijn.’

‘Dat is waar,’ beaamde ze, nadat ze haar vingers aan een zakdoekje had afgeveegd. ‘Maar u heeft een hart voor dieren, anders had u Rambam niet aan meneer Van Ravenstein gegeven.’

Meneer Van Ravenstein knikte. ‘Rambam heeft mijn leven gered,’ zei hij. ‘Zonder Rambam had ik nu onder de groene zoden gelegen.’

Rambam keek op. Hij had zijn naam gehoord en rook de banketstaaf. Hij was groot geworden, groot en braaf. Op de hondentraining had hij kennelijk ook geleerd niet te bedelen als er eten op tafel stond.

Na de thee en een gezapig praatje maakte ik aanstalten te vertrekken. Opnieuw gaf ik Babette een hand. Ik wenste haar een gezellige avond en liep naar de voordeur. Meneer Van Ravenstein was met mij meegelopen.

‘Denk je dat het wat wordt?’ fluisterde hij geheimzinnig.

‘Wat?’ fluisterde ik terug.

‘Met Babette. We zien elkaar elke dag. Ze vindt me heel lief, zegt ze. We zijn al twee keer naar de film geweest.’

Ik glimlachte en ritste mijn jas dicht. ‘Ik denk niet dat het wat wordt,’ zei ik, ‘ik denk dat het al wat is.’

De ruzies met mijn moeder werden heviger. Telkens wanneer ze een nieuw stukje in het dagboek had gelezen, vlogen we elkaar in de haren.

'Waarom maak je me kapot? Moet ik m'n graf in, is dat wat je wilt?'

'Je hoeft je graf niet in, je moet uit mijn kamer blijven.'

'Jouw kamer? Sinds wanneer betaal jij hier de huur? Sinds wanneer doe jij hier de was? Sinds wanneer kook jij hier het eten?'

'Ik ben bijna twaalf, mama, ik kan de huur niet betalen. Ik kan wel de was doen en macaroni met rooie saus maken. Is dat niet genoeg?'

'Niets is genoeg,' schreeuwde mijn moeder. 'Niets zal ooit genoeg zijn voor wat je mij hebt aangedaan.'

'Ik heb je niets aangedaan. Ik ben alleen maar geboren omdat jij gek was en wraak wilde nemen op papa.'

'Waar haal je die onzin vandaan?'

'Ik heb jullie toch gehoord.'

'Je hebt helemaal niets gehoord.'

'Dan heb ik het gevoeld. Kinderen kunnen ook voelen, hoor.'

'Voelen, wat weet jij van voelen?'

'Ik weet alles van voelen. Ik weet meer van voelen dan jij.'

Woedend smeet mijn moeder haar kookschort op de grond en ging aan tafel zitten. Mijn vader was vissen, Roos en Madelief zwierven door de stad en rookten stickies omdat ze genoeg hadden van voelen.

'Wat wil je toch van me, Iris?' Mijn moeder was gestopt met schreeuwen. In haar stem hoorde ik iets wat ik nog nooit eerder had gehoord, iets wat ze al die jaren zorgvuldig verborgen had gehouden en na onze ruzie voorgoed in een kluisje zou verdwijnen.

Ik ging tegenover haar zitten en pakte haar bevende handen vast. 'Ik wil dat je me over Dahlia vertelt.'

Mijn moeder zuchtte. Haar hoofd zakte langzaam voorover.

'Dahlia was mooi,' zei ze. 'Ze had blauwe ogen, net als jij. En ze lachte, ze lachte naar me. Toen ging ze slapen, heel lang slapen.'
Die avond schreef ik de laatste passage in mijn dagboek.

Zondag 22 november 1998

Mama en Iris hadden weer bonje. Het ging over mij. Altijd als mama en Iris bonje hebben gaat het over mij. Ik wou dat het niet zo was. Ik wou dat alles anders was. Maar het is niet anders. Het is allemaal mijn schuld. Als ik niet wakker was geworden in het ziekenhuis, hadden mama en Iris geen bonje gehad. Daarom ga ik weer slapen. Slapen is goed. Goed voor iedereen.
Over dertien dagen is het Sinterklaas. Ik had gehoopt dat ik erbij zou zijn. Sinterklaas met pakjes, rijmpjes, liedjes en heel veel snoep. Het hoeft niet meer. Het is beter zo. Ik moet slapen. Mama en Iris sluiten vrede. Dat is beter dan duizend Sinterklazen bij elkaar.
Boven zal ik naar ze kijken. Ik zal op ze letten, samen met mijn grote broers die nooit beneden zijn geweest. Zo zal het toch een beetje Sinterklaas zijn. Wij met z'n drietjes boven, de anderen met de pakjes beneden.
Nu moet ik gaan. Dag lieve Iris. Het leven is fijn. Dat zul je wel merken als je groot bent. En dat is nog maar het begin.
Dikke zoen van je zusje Dahlia.

De volgende dag verbrandde ik het dagboek in de schuur en een gordijn in mijn klas. Voor het brandje in de schuur kreeg ik een dreun van mijn vader. Het gordijn moest ik van mijn zakgeld terugbetalen. Het liefst had ik de hele wereld in brand gestoken, maar zoveel geld had ik niet.

Quist had oliebollen en appelflappen gebracht. Walter lustte geen oliebollen en appelflappen, maar hij had er toch twaalf besteld voor als ik trek kreeg.

'En jij, wat neem jij?'

'Ananas,' zei hij. 'Ik heb stukjes ananas in een bakje gekregen, die eet ik op voor het twaalf uur is.'

Het was pas kwart voor tien. Buiten staken kinderen vuurwerk af. Walter zat voor de tv. De zwarte gordijnen in de woonkamer waren dicht. Ik lag op de bank en keek naar de hondenshow met de spectaculaire hindernisbaan.

'Hoe vaak moet ik die show nog zien?'

'Hoe vaak heb je hem gezien?'

'Veertien keer.'

'Veertien is te veel,' zei Walter. 'Dertien is acceptabel, maar veertien gaat alle perken te buiten.'

Met de afstandsbediening zette hij de dvd uit. De tv floepte vanzelf op de BBC, waarop ook een hondenshow met hindernisbaan werd vertoond.

Ik gooide een kussentje naar de tv en Walter zapte snel langs de andere zenders, maar er was niets leuks op.

'Wat deden de mensen vroeger op oudejaarsavond, toen er nog geen tv en radio waren?'

Walter schakelde de tv uit. 'Eten, drinken, praten, spelletjes...'

'Laten we een spelletje doen, en eten, drinken en praten.'

Ik stond op en pakte de scrabbledoos uit de boekenkast. Walter zette de theekan en onze glazen op tafel. De oliebollen, die ik een halfuur eerder op de centrale verwarming had gelegd, waren net op tijd klaar.

Nadat we twintig minuten hadden gespeeld en ik mijn tweede oliebol had weggewerkt, vroeg ik Walter waarom hij mijn moeder had geadviseerd mijn vader te vermoorden.

'Je moeder? Ik heb je moeder nog nooit gezien.'

'Mevrouw Witsel was mijn moeder.'

'Mevrouw Witsel was mevrouw Witsel,' zei Walter, terwijl hij vijftig punten scoorde met een achterlijk woord. 'En ik heb haar geadviseerd haar man te vermoorden, omdat dat de enige kans is om zichzelf van haar emotionele afhankelijkheid te bevrijden.'

Ik legde het woord 'knekel' neer en scoorde achttien punten. 'Wat weet jij nou van emotionele afhankelijkheid? Je hebt nog nooit een relatie gehad.'

'Mijn moeder had een relatie met mijn vader. Dertig jaar was ze ziekelijk afhankelijk van hem. Toen hij op 30 april 1972 overleed, verlegde ze haar afhankelijkheid naar mij. Sindsdien rust haar levenslust op mijn schouders.'

'Ben je daarom alleen gaan wonen?'

'Ik woon mijn hele leven al alleen, net als jij.'

We speelden nog twee potjes scrabble. Ik verloor ze allebei, zoals ik alle bordspelletjes, tv-spelletjes en weddenschappen van Walter verloor.

Om twaalf uur schoof ik de gordijnen een stukje open en keken we naar het vuurwerk. In de straat werden voornamelijk rotjes en lange knalmatten afgestoken, boven de daken ploften vuurpijlen in allerlei kleuren uit elkaar.

'Moet je je ouders niet bellen?' vroeg Walter.

'Welke ouders?'

'Meneer en mevrouw Witsel.'

Vanuit mijn ooghoeken keek ik naar Walter. Hij staarde uitdrukkingsloos naar het vuurwerk. Ik had hem verteld dat mijn moeder na het gesprek als een bezetene was gaan sporten en er alles aan deed om haar huwelijk te redden. Dat zal de reden van zijn vraag zijn geweest.

Aarzelend pakte ik zijn hand en keek weer naar buiten. 'Mijn hele leven wacht ik op een wonder. Nu dat wonder zich eindelijk aandient spuug ik het uit, omdat ik gewend ben aan het wachten.'

Walter bleef naar buiten staren. In de weerspiegeling van het raam zag ik zijn gezicht rood en groen worden van een uiteenspattende vuurpijl.

'Wachten op een wonder biedt zekerheid,' zei hij. 'Het ontvangen brengt angst en verwarring teweeg, daar zit geen mens op te wachten.'

'Nee, daar zit geen mens op te wachten,' zei ik, en drukte een kus op zijn wang. 'Gelukkig nieuwjaar, Walter Gom.'

'Insgelijks, Iris,' sprak hij onbewogen. 'Insgelijks.'

11

Het nieuwe BIB-jaar begon met een probleem. Door de vele afspraken was er een wachtlijst ontstaan van drie maanden. Gemiddeld kwamen er dertig nieuwe afspraken per week bij en we konden maximaal twintig klanten per week ontvangen. Als we in dat tempo zouden doorwerken, zouden we over een jaar tegen een wachtlijst van tien maanden aankijken.

'Er zit maar één ding op,' concludeerde Sofie, 'we moeten onze baantjes bij Willink opzeggen, dan kunnen we ook overdag klanten ontvangen.'

Ik zuchtte en krabde op mijn hoofd. Het was donderdagavond. We zaten met Cecile in het kantoortje. Sofie had ons de wachtlijst laten zien en wat er momenteel aan omzet werd gedraaid.

'Financieel zou het kunnen,' zei Cecile. 'Als jullie hetzelfde salaris nemen als wat jullie bij Thijs verdienen, dan redden we het net.'

'Op basis van twintig klanten per week, ja,' zei Sofie. 'Als we straks naar veertig of vijftig klanten gaan, worden we slapend rijk.'

Haar gezicht was flink verkleurd. Op haar neus zaten wat velletjes waar ze voortdurend aan zat te pulken. De eerste dag op Aruba waren Sofie en haar moeder vreselijk verbrand. Door de koele zeewind hadden ze zich niet voldoende ingesmeerd en ze mochten van de hoteldokter drie dagen niet in de zon. Toen de ergste zonnebrand was weggetrokken, hadden ze nog vier dagen met beschermingsfactor 50 op het strand gelegen.

'Wat kijk je bezorgd, Iris,' zei Cecile. 'Ben je bang dat het mislukt?'

'Ik weet het niet,' zei ik, 'het is een grote stap.'

'Dat is de charme van het zakenleven, meid. Grote stappen zetten, risico's nemen, alleen op die manier kun je groeien.'

'En als het niet lukt? Als de aanmeldingen plotseling teruglopen en we in de rode cijfers belanden, wat dan?'

Cecile zag dat ik mij echt zorgen maakte en nam wat gas terug. 'Maak je niet druk, Iris. Voorlopig staan er nog tweehonderdveertig klanten op de wachtlijst en komen er dagelijks nieuwe bij. Bovendien zetten we alle winst op de bank, voor als het eventueel wat minder zou gaan.'

Sofie trok een velletje van haar neus en blies het van haar vinger. 'En als de boel toch in elkaar stort, vinden we heus wel een baantje. Desnoods ga ik bij de Aldi werken, en jij kunt zo terug naar de Efteling.'

'Ik kan niet terug naar de Efteling. Ik ben veel te oud om Sneeuwwitje te spelen en de dwergen accepteren me niet meer.'

'Wist je dat mannelijke dwergen een gewone piemel hebben?' zei Cecile. 'Alles aan ze is klein, behalve hun hoofd en hun piemel.'

Terwijl Sofie een sigaret opstak schopte ik de prullenmand omver.

'Wat zitten jullie toch te kwaken over slapend rijk worden en piemels van dwergen? Is er er dan niemand die aan Walter denkt? Hebben jullie je al eens afgevraagd of hij wel vijftig klanten per week aankan?'

Sofie legde haar sigaret op de asbak. 'Je hebt gelijk,' zei ze.

'Neem me niet kwalijk,' zei Cecile. 'Soms ben ik zo druk met het zakelijke aspect dat ik de mens uit het oog verlies.'

'De mens, de mens… we hebben het over Walter, niet over *de mens*.'

Cecile keek bedrukt naar de vloer. 'Goed,' zei ze. 'We maken pas op de plaats en vragen eerst wat Walter denkt. Akkoord?'

'Akkoord,' zei Sofie, die haar sigaret weer oppakte.

Ik knikte en beloofde dat ik binnenkort met hem zou praten.

De laatste klant op zaterdagavond heette Eddie Bliss. Zijn echte naam was Eppo Klootwijk, maar hij trad op onder de naam Eddie Bliss.

'Meneer Bliss,' begon Walter hartelijk, 'zegt u het eens.'

'Ik ben komiek,' zei Eddie, 'ik maak grapjes en liedjes.'

'Uitstekend, meneer Bliss. De mensheid is in nood, laat ze lachen en hun zorgen verdwijnen als sneeuw voor de zon.'

'Maar de mensen lachen niet.'

'Waarom niet?'

'Ik zou het niet weten.'

'Kunt u een demonstratie geven?'

'Nu?'

'Per direct, graag.'

Eddie bloosde en keek weifelend de kamer rond. Uiteindelijk stond hij op en vertelde een zouteloze mop van drie minuten.

'Hartelijk dank, meneer Bliss,' zei Walter, 'u kunt gaan.'

'Wat?'

'U kunt vertrekken, wegwezen, opkrassen, de plaat poetsen.'

'Maar ik heb voor een halfuur betaald.'

'Dit is geen bordeel, meneer Bliss. De groeten.'

Opnieuw keek Eddie om zich heen. Hij hoopte blijkbaar op steun van mij of Cecile. Maar hij kreeg geen steun en sjokte mistroostig de spreekkamer uit. Toen hij in de gang zijn jas had aangetrokken en de deur had geopend riep Walter: 'Bliss.'

'Ja, meneer,' zei Eddie.

'Kom hier.'

Als een bedremmeld jongetje keerde Eddie terug in de spreekkamer. Hij hield zijn jas aan en ging weer naast mij op de bank zitten.

'Hoe voelt u zich?' vroeg Walter.

'Afgewezen,' antwoordde Eddie. 'Afgewezen, vernederd en verdrietig.'

'Voelt u zich vaker zo?'

'Elke dag.'

'Waarom hangt u op het podium dan de clown uit?'

'Om de mensen aan het lachen te maken.'

'Nee, meneer Bliss, u hangt de clown uit om geaccepteerd te worden. U maakt grapjes om uw diepgewortelde gevoel van schaamte en verdriet te verbergen. Maar u bent een slechte clown en uw grapjes zijn om te janken.'

Tranen welden op in Eddies ogen. Ik gaf hem twee tissues. Daar was ik erg bedreven in geworden, in het uitdelen van tissues. Mocht BIB op de fles gaan, kon ik altijd nog als tissuedame aan de slag.

'Moet ik dan stoppen met optreden?' vroeg Eddie.

'U moet uw vrolijke masker afzetten.'

'En dan?'

'Dan gaat u het podium op en vertelt u uw levensverhaal.'

'Mijn levensverhaal is niet grappig.'

Walter boog zich voorover. 'Wedden van wel?'

Eddie schudde zijn hoofd en veegde de tranen uit zijn ogen. 'Mijn moeder zat aan de drank, mijn vader was een rokkenjager, van mei tot september runden we een pension aan huis, ik ben opgevoed door twee bazige zussen, in de winter woonde mijn blinde oma bij ons...'

'Bingo, Bliss,' riep Walter uit.

'Bingo?'

'Uw carrière zit weer in de lift.'

'Hoe bedoelt u?'

'U heeft een stem als een depressieve doodgraver, het uiterlijk van een aandoenlijke druiloor en uw levensverhaal is een tragikomedie van de bovenste plank.'

'En daar gaan de mensen om lachen?'

In een flits greep Walter Eddies hand en keek hem indringend aan. 'Stop met jammeren, Bliss. Maak van uw nood een deugd. De bron van humor is verdriet. Uw verdriet is groot, maar u verbergt het achter een vrolijk masker van flauwe grappen en slappe moppen. Daar trapt het publiek niet in. Wees eerlijk en laat zien wie u werkelijk bent.'

'Een aandoenlijke druiloor.'

'Een mens, Bliss. Een mens met een missie.'

Er verscheen een sprankje hoop op Eddies gezicht. 'Welke missie dan?'

Walter liet zijn hand los en ging op de rand van zijn leunstoel zitten. 'De missie Eppo Klootwijk. Vanaf nu treedt u op onder uw eigen naam met het programma *Hoe mijn moeder mijn blinde oma de krant voorlas*. De formule is simpel: ga voor de microfoon staan en vertel uw levensverhaal. Begin bij het begin: "Mijn naam is Eppo Klootwijk, ik ben geboren bla bla bla", en de rest volgt vanzelf.'

'Zou dat werken, denkt u?'

Walter pakte zijn portefeuille uit zijn binnenzak en legde vijf briefjes van duizend euro op tafel. 'Dit is mijn antwoord,' zei hij, 'ik investeer vijfduizend euro in uw nieuwe show. Laat posters drukken, zet advertenties in kranten en bladen, boek een zaal en ga aan de slag.'

Zondagmiddag besprak ik mijn ontslag met Thijs Willink. Cecile had hem al voorbereid op het nieuws, maar de teleurstelling was er niet minder om.

'Eerst Amber en nu jij, dat overleef ik niet.'

De koude houtblokken in de open haard sisten en knapten. We dronken een likeurtje. In de keuken bereidden Cecile en Sofie het avondmaal. Peer reed op een sneeuwschuiver door de tuin. Consuela en Priscilla waren met vriendinnen naar de bioscoop.

'Het is nog niet zover, Thijs. Ik moet de kwestie eerst met Walter bespreken. Als hij niet overdag wil werken, verandert er niets.'

Thijs pakte een pook en porde in de rokende houtblokken.

'Hoe gaat het eigenlijk met Walter? Helpen zijn adviezen een beetje?'

‘Wat denk je zelf? We zijn nog geen maand bezig, we ontvangen twintig klanten per week en er ligt een wachtlijst van drie maanden.’

‘Is die Walter zo briljant?’

‘Tot dusver hebben we alleen maar tevreden klanten en komen er steeds meer berichten binnen dat zijn adviezen hebben geholpen.’

Thijs legde de pook naast de haard. Hij blies de as van zijn hand en nam een slok van zijn likeurtje. ‘Heeft hij jou wel eens geadviseerd?’

Ik keek naar Thijs, die grijnzend zijn benen op een poef legde.

‘Dat weet je best,’ zei ik.

‘Wat weet ik best?’

‘Het sollicitatiegesprek, de rode jurk, mijn overmoedige praatje...’

‘O, dat,’ zei Thijs. ‘Was dat een idee van Walter?’

‘Nee, van m’n schoonmoeder.’

‘Je hebt geen schoonmoeder.’

‘En jij geen secretaresse.’

We aten lamsbout met biologische tuinboontjes, gebakken aardappelen en zoete stoofpeertjes. Cecile, Thijs en Sofie dronken rode wijn, ik een glas water. Peer raasde nog steeds op zijn sneeuwschuiver door de tuin.

‘Moet je zoon niet eten?’ vroeg ik. ‘Het is al zeven uur.’

‘Peer eet als hij honger heeft,’ zei Thijs.

Sofie en ik keken naar buiten. In de verte zagen we hem rijden. Hij droeg een rood skipak, witte handschoenen en roze oorwarmers. Als Peer inderdaad geestelijk gestoord was, dan was het in ieder geval geen kwaaie. En gevaarlijk kon hij ook niet zijn, anders liet Thijs hem niet op grasmaaiers en sneeuwschuivers rijden.

Tijdens de koffie, die we voor de open haard dronken, vroeg Thijs: ‘Stel dat Walter *wel* overdag wil werken en jij je ontslag indient, wie zal ik dan als jouw opvolgster aanstellen?’

'Annet Mosterd,' antwoordde ik.

Thijs en Sofie keken mij stomverbaasd aan.

'Annet is een haaibaai,' zei Sofie.

'Een arrogante haaibaai,' zei Thijs.

Ik nam een slokje koffie en warmde mijn voeten aan het haardvuur.

'Vrijwel al je klanten zijn arrogante haaibaaien, Thijs. Alleen iemand met dezelfde eigenschappen kan die baan aan.'

'Die eigenschappen heb jij toch ook niet?'

'Jawel,' zei ik, 'maar daar ben jij nooit bij.'

Walter had een nieuwe atlas verworven.

'Op een veiling in Antwerpen,' zei hij trots. 'Quist vond hem op internet. Hij heeft net zo lang geboden tot hij hem had.'

Ik zat naast hem aan tafel. Het was een dik boekwerk met fraaie kaarten en sierlijke onderschriften. De land- en plaatsnamen op de kaarten moest je met de vergrootlamp lezen.

'Deze atlas stamt uit 1815,' zei Walter. 'Nederland, België en Luxemburg waren één land, en Duitsland bestond nog uit kleine staten, zoals Pruisen, Beieren, Hannover en Lippe.'

'Grappig,' zei ik, terwijl ik door de vergrootlamp naar een kaart van West-Europa tuurde, 'nu is Duitsland een groot land en zijn wij een nietig vlekje.'

'Laten we blij zijn dat dat nietige vlekje bestaat. Als Hitler de oorlog had gewonnen, zouden we vandaag in de provincie Unterwasser wonen.'

Voorzichtig sloeg Walter een pagina om. Hij droeg witte handschoentjes, die droeg hij altijd wanneer hij een kostbaar boek bestudeerde.

'Dit is Nederland in 1815,' zei hij. 'Geen afsluitdijk, geen Flevoland.'

'Geen Almere, geen files.'

'Geen AOW, geen chemotherapie... geen BIB.'

'Ik heb spritsen gekocht, hou je van spritsen?'

'Is de hongerwinter aangebroken?'
'Nee.'
'Dan hou ik niet van spritsen.'
We dronken thee aan de salontafel. Ik at twee spritsen, Walter pelde een mandarijntje.
'Hoe was het bij Thijs en Cecile?'
'Gezellig.'
'Wat zei Thijs?'
'Waarover?'
'Over wat je me nu gaat vertellen.'
Walter legde de schil van het mandarijntje op het dienblad en stak twee partjes in zijn mond.
'Ik wil je niets vertellen, ik wil je iets vragen.'
'Waarom België in 1830 onafhankelijk werd?'
'Wat zou je ervan vinden om overdag klanten te ontvangen in plaats van 's avonds en in het weekend?'
'De Vlamingen en Walen vonden koning Willem de Eerste te autoritair en waren ondervertegenwoordigd in bestuur en leger.'
'We beginnen met vijf klanten per dag.'
'Na een opera-uitvoering van *La Muette de Portici*, op 25 augustus 1830, brak er een opstand uit onder de Franstalige burgerij.'
'Als dat bevalt, kun je naar zes, zeven of acht klanten.'
'De burgeroorlog die daaruit voortvloeide, leidde tot een afscheiding van de Zuidelijke Nederlanden op 4 oktober 1830.'
'Heb je me gehoord, Walter?'
'Drie klanten voor mijn middagdutje en vier erna.'
'Dat is zeven gesprekken per dag, kun je dat aan?'
'Als jij met je vette spritsvingers uit mijn dure atlas blijft, kan ik alles aan.'

Op dinsdag dienden Sofie en ik ons ontslag in. Thijs, die zich inmiddels bij de situatie had neergelegd, dateerde de ontslagbrieven op 31 december en gaf ons vijf snipperdagen cadeau. Sofie had er nog vier staan en moest tot half januari doorwerken, ik had er tien en kon donderdagmiddag al weg.

Jasper Loman, de notaris voor wie Sofie werkte, vond het jammer dat ze vertrok. Als doekje voor het bloeden mocht hij voortaan alle notariële zaken van BIB behandelen. Tot dan toe had Thijs dat gedaan, maar die wilde wat meer tijd met zijn kinderen doorbrengen en gaf het BIB-dossier met plezier door aan Jasper.

Hoewel ik blij was met het succes van BIB, viel het aanstaande afscheid mij zwaar. Een baan als directiesecretaresse is voor sommigen misschien geen bevredigend eindstation, voor mij was het dat wel. Zowel het werk als het salaris stelde mij in staat een leven te leiden dat ik altijd voor ogen had gehad. Het runnen van een eigen bedrijf had ik nooit geambieerd. Het was mij simpelweg overkomen, zoals de ontmoeting en vriendschap met Walter mij waren overkomen. Maar de voortdurende verantwoordelijkheid, de stress en de lange, slapeloze nachten die ermee gepaard gingen, waren niet aan mij besteed. Ik was niet geschikt voor het leiden van een bedrijf. Een leuke baan, een goed salaris, een betaalbare woning, dat was alles wat ik nodig had. En dat gaf ik die dag allemaal op voor een leven vol kopzorgen en gebakken lucht. Daarom viel het afscheid mij zwaar, en omdat ik het goed kon vinden met Thijs, de eerste werkgever die mij niet afblafte, die zijn frustraties niet op anderen botvierde en iedereen respectvol behandelde. Als ik iets van mijn tijd bij Willink & Partners ging missen, dan was het dat.

Het feit dat we onze notariële zaken door Jasper Loman lieten doen, was een geruststellende bijkomstigheid. Als dat niet het geval was geweest en Cecile had geen deel uitgemaakt van ons team, dan had BIB waarschijnlijk nooit bestaan en had ik tot aan mijn pensioen de uitvindingen van jonkheer Arthur Gaston la Bretonnière geregistreerd.

Pinky Fox was een opvallende verschijning. Zowel op het internet als in de escortbranche trok ze veel aandacht met haar roze getoupeerde haardos, haar extravagante outfits en indrukwekkende boezem. Maar in de gedaante van Nienke Vos, zoals ze bij de burgerlijke stand te boek stond, was ze een alledaags verlegen meisje in een lange rok en een slobbertrui waar geen mens naar omkeek.

'Ik wil eruit,' zei ze, nadat ze zich keurig aan iedereen had voorgesteld en naast mij op de bank had plaatsgenomen, 'ik wil de bisnis uit.'

'De bisnis?' zei Walter, alsof hij van niets wist.

'Het vak, u weet wel.'

'Welk vak bedoelt u, juffrouw Vos?'

'Zeg maar Nienke, en het vak is de prostitutie.' Ze kreeg een kleur en staarde naar haar handen.

'Juist, Nienke,' zei Walter. 'Bij BIB houden we van duidelijkheid, pas dan kan de trein gaan rijden.'

'De trein?'

'De BIB-trein, de ideeëntrein, de intercity waarin de oplossing voor jouw probleem zit.'

'Oké,' zei Nienke. Ze kleurde weer, ditmaal met haar blik vooruit.

'Hoe ben je tot dit besluit gekomen?' vervolgde Walter.

'De laatste weken voel ik me zo vies als ik van mijn werk kom. Ik neem een bad, ik douche me drie keer af, maar het gevoel gaat niet weg.'

'Waarom stap je er dan niet uit? Als het werk je zo'n slecht gevoel geeft, kun je er toch gewoon mee stoppen?'

'En het geld dan? Ik verdien tienduizend euro in de maand, ik koop dure kleren, parfums, sieraden...'

'Onzin. Je rok kost vijf tientjes, je trui acht, je laarzen zes, je luchtje komt van de Etos en je horloge van de Kijkshop.'

Nienke zuchtte. 'U heeft gelijk,' zei ze, 'dure spullen interesseren me niet. Ik heb al mijn geld op de bank gezet, daar wil ik straks een huis van kopen en een nieuw leven beginnen.'

'Straks?'

'Als ik ben gestopt.'

'Maar dat kun je niet.'

'Nee, dat kan ik niet.'

'Ben je seksverslaafd?'

'Niet dat ik weet.'

'Is het de aandacht van mannen die je niet kunt missen?'

Nienke trok haar schouders op. 'Dat speelt wel mee.'

'Heb je een fijne jeugd gehad?'

'Heel fijn.'

'Vertel eens.'

'Ik heb leuke ouders, drie toffe zussen, een grappig broertje, acht kippen, zes katten, een geit, een ezel en een kameel met twee slappe bulten.'

'En liefde, was er liefde?'

'Massa's liefde.'

'Van je vader?'

'Van mijn vader, mijn moeder, van iedereen.'

'Heeft je vader je misbruikt?'

'Natuurlijk niet.'

'Heeft iemand anders je misbruikt?'

'Niemand heeft mij misbruikt. Ik heb een warme, liefdevolle jeugd gehad en ik ben door niemand misbruikt.'

'Waar komt dat verlangen naar mannelijke aandacht dan vandaan?'

Nienke keek op haar horloge. Heel even had ze gestraald toen het over haar gelukkige jeugd ging, tot Walter haar terug smeet in de realiteit en ze een vraag moest beantwoorden die ze liever had vermeden.

'Ik haat ze,' sprak ze bitter. 'Ik haat die walgelijke kerels die ik elke avond moet kussen, masseren en pijpen, en die doodleuk hun gore vrachtjes lozen zonder... zonder...'

'Zonder dat je zelf aan je gerief komt,' zei Walter.

Ik wilde Nienke een tissue geven, maar ze pakte er zelf een en drukte hem op haar ogen. 'Dat is het,' zei ze, 'daarom kan ik niet weg.'

'Omdat je nog nooit een orgasme hebt gehad en je denkt dat het zonder die mannen niet lukt.'

'Ja,' snotterde Nienke, 'ik ben niet normaal, ik weet het.'

Walter wachtte tot ze haar neus had gesnoten en zei: 'Volgens mij ben jij heel normaal. Je hebt alleen een fysiek probleem, daar kunnen we iets aan doen.'

'Wat dan?' vroeg Nienke. 'Moet ik op klaarkomles of zo?'

Cecile en ik schoten in de lach. Nienke lachte ook mee. Walter vond het niet zo grappig en keek ons verwijtend aan, waarop we onmiddellijk stopten met lachen.

'Begrijp me niet verkeerd, Nienke,' zei hij, 'het doet me plezier dat je door je tranen heen nog kunt lachen. Maar dit is niet het moment om te lachen. Je hebt verdriet en je zit gevangen in een patroon waar je zelf niet uitkomt.'

'Sorry,' zei Nienke, die de tissue in de mouw van haar trui stopte. 'Ik ben nerveus, ik heb nog nooit met iemand over dit onderwerp gesproken.'

'Geen probleem,' zei Walter. 'Ik zal een afspraak voor je regelen met een gynaecoloog en een betrouwbare therapeut.'

'Als het maar geen mannen zijn, ik wil geen mannen meer aan mijn lijf.'

'Het zijn vrouwen: dokter Mette Klumpen en Irene Smits.'

Nienke glimlachte. 'Dank u wel, meneer,' zei ze. 'Ik ben toch blij dat ik ben gekomen.' Ze stond op en gaf Walter een hand. Nadat ze mij en Cecile ook een hand had gegeven, vroeg Cecile of ze al een nieuwe baan op het oog had.

'Nee,' zei Nienke, 'dat zal wel lastig worden met mijn verleden.'

Cecile keek naar mij, ik begreep wat ze bedoelde en knikte.

'Ik kan je nog niets beloven,' zei ze, 'maar we gaan binnenkort uitbreiden en moeten waarschijnlijk een tweede secretaresse aannemen.'

'Meent u dat?' reageerde Nienke opgetogen. 'Is het geen probleem dat ik in de bisnis heb gezeten?'

'Wat mij betreft niet,' zei ik. 'Als je die roze suikerspin en je malle pakjes thuislaat, wil ik je graag een kans geven.'

Nienke gaf me een spontane knuffel. 'Ik ga ze gelijk weggooien,' zei ze.

'Welke maat heb je?' riep Sofie vanuit haar kantoortje.

'Vierendertig,' zei Nienke, die verbaasd om zich heen keek.

'Laat dat rode glitterjurkje dan nog even hangen, en die gele latexbroek wil ik ook graag passen.'

Ons afscheidsfeestje vierden we niet op een partyboot. Ik had geen zin om uren in een krap schuitje door de grachten te tuffen, en Sofie was de vorige keer zeeziek geweest. We wilden vaste grond onder de voeten, zodat Sofie haar eten kon binnenhouden en we konden vertrekken wanneer we wilden.

'Ik heb nog nooit Portugees gegeten,' zei Moniek. 'Wel Grieks, Argentijns en Koreaans, maar nooit Portugees.'

'Het is hetzelfde als Spaans,' zei ik, 'maar dan zonder zenuwenmuziek.'

'Het is maar wat je onder zenuwenmuziek verstaat,' zei Laura. Ze wees naar een zangeres die achter in het restaurant een klagerig fadoliedje zong.

'Fado is geen zenuwenmuziek,' zei Carmen. 'Fado vertolkt de gevoelens van het leven: verdriet, melancholie, blijdschap. Daarom zijn we hier, omdat Sofie en Iris hun eigen weg gaan en we al die gevoelens tegelijk ervaren.'

Ik keek weer naar de zangeres en voelde niets dan verdriet. Sofie was er nog slechter aan toe, voor haar gevoel schoot zelfs de fado tekort.

'Denk aan BIB,' had ik nog gezegd toen we in de taxi naar het restaurant zaten. 'BIB is toch mooi?'

'Ja, BIB is mooi,' zei ze, 'maar ik ben niet goed in afscheid nemen.'

Ik was ook geen goede afscheidnemer. Zelfs het afscheid van de zeven dwergen, die ik het liefst allemaal het ziekenhuis in had getrapt, liep uit op een tranendal.

Het afscheid van Willink & Partners werd grondig verdoofd met gezellige gesprekjes, lekker eten en veel wijn. Vooral dat laatste zorgde ervoor dat ik de avond goed doorkwam en bij het vertrek geen zakdoekje nodig had.

Toen we om halfelf met een groepje aangeschoten secretaresses naar de taxistandplaats liepen, gaf Annet mij een arm en vroeg: 'Waarom heb je mij eigenlijk voorgedragen om jouw functie over te nemen? Zo aardig ben ik niet tegen je geweest.'

'Juist daarom,' zei ik.

'Hoe bedoel je?'

'Jij was de enige die mij destijds die baan niet gunde. Dat betekent dat jij degene bent die hem het meest verdient.'

Annet schopte tegen een blikje, ik stak een snoepje van het restaurant in mijn mond. We zeiden niets meer. Annet wist dat ik had gelogen en ik wist dat Annet allesbehalve dankbaar was. Maar we besloten ons doorzichtige toneelstukje niet te verstoren. Annet had wat ze wilde en ik was voorgoed van haar verlost.

12

Met de komst van Nienke keerde het plezier weer terug bij BIB. Tot dan toe hadden we hard gewerkt, maar waren we gaandeweg vergeten dat we met iets moois bezig waren. Door haar aanstekelijke enthousiasme herinnerde Nienke ons eraan dat BIB een cadeau was, een kans om mensen te helpen en ondertussen een bedrijf op te bouwen waar we trots op mochten zijn.

Elke ochtend als ze binnenkwam, omhelsde ze ons en liep ze meteen door naar de keuken om koffie en thee te zetten. Ze ontving de klanten, maakte een praatje met ze en begeleidde ze na het gesprek vriendelijk naar buiten. Tussen de gesprekken door hield ze de spreekkamer schoon, verzamelde tissues en zorgde ervoor dat Cecile, Walter en ik er netjes uitzagen.

Ook het kantoorwerk, waarvoor ze aanvankelijk was aangenomen, deed ze vol overgave. Ze kon typen als een specht, wist alles van computers en luisterde aandachtig naar Sofie, met wie ze het goed kon vinden.

Omdat Nienke gezien haar turbulente achtergrond een onzekere factor was, had Cecile haar medisch laten onderzoeken en informatie opgevraagd bij de politie. Daaruit bleek dat ze kerngezond was, geen alcohol, drugs of medicijnen gebruikte, geen strafblad had en drie jaar geleden een vrouw op straat met succes had gereanimeerd.

Een betere BIB-kracht hadden we ons niet kunnen wensen. De enige die niet zo blij was met Nienkes komst was Walter.

'Ze moet me niet omhelzen,' zei hij, 'daar hou ik niet van.'

'Ik zal het doorgeven,' beloofde ik.

'En ze is te vrolijk. Veel klanten hebben ernstige problemen, daar moeten we op gepaste wijze mee omgaan en geen polka's mee dansen.'

'Komt in orde, Walter. Nienke bedoelt het niet kwaad, maar ze moet zich nog aanpassen aan haar nieuwe werksituatie.'

Nienke paste zich aan. Ze gaf Walter voortaan een hand, trad de klanten professioneel tegemoet en uitte haar enthousiasme alleen wanneer er geen klanten in het kantoor aanwezig waren.

Het onderzoek bij dokter Klumpen wees uit dat er geen fysieke oorzaak was voor haar probleem. Wel raadde dokter Klumpen haar aan voorlopig alle seksuele prikkels te vermijden, omdat ze de afgelopen jaren te veel van haar lichaam had gevergd.

Tijdens de sessies bij Irene Smits vloeiden veel tranen. Soms ging ik met haar mee. Dat was niet gebruikelijk, maar Irene stond het toe omdat Nienke zwaarder beschadigd bleek te zijn dan ze had gedacht. Om de therapie wat draaglijker te maken, schreef Irene haar een mild antidepressivum voor. De bijwerkingen waren gering en het zou haar helpen de warboel in haar hoofd op orde te brengen. Maar daar wilde Nienke niets van weten. Ze praatte en huilde tijdens de sessies, het ordenen van de warboel deed ze zelf. Nienke was sterk genoeg, meende ze, en ze wilde niet versuft op haar werk rondlopen.

Op een dag, nadat ze de spreekkamer voor de zoveelste keer van onder tot boven had schoongeboend, vroeg Walter: 'Kunnen we geen pilletje door haar koffie roeren? Ze verstoort mijn concentratie.'

Cecile en Sofie steunden het plan, op voorwaarde dat er een lage dosis werd gebruikt, maar ik keurde het af. 'Laat haar maar uitrazen,' zei ik. 'Over een tijdje komt ze vanzelf tot rust.'

Mijn voorspelling, die op niets was gebaseerd, kwam uit. Na vier weken draven en poetsen kwam Nienke langzaam maar zeker tot rust. Walter kon zich weer concentreren, en Sofie, Cecile en ik gingen een weekendje naar een kuuroord. Een psychiatrische inrichting was ook goed geweest, maar in het kuuroord hadden ze een verwarmd zwembad en een uitstekende kok.

Na enkele acteurs, schrijvers en cabaretiers meldde zich de eerste zanger. Het was een gezette volkszanger met de toepasselijke naam Bolle Bob. Hij gaf Walter een stevige hand, zakte diep in de bank en stak van wal.

'Ik heb een dip, een burn-out, een inzinking vanjewelste.'

'Hoe komt dat?'

'Ik zing al jarenlang elke avond dezelfde liedjes.'

'Kies dan een paar andere liedjes.'

'Dat pikken m'n fans niet.'

'Waarom niet?'

'In het verleden heb ik hits gehad, grote hits, die hits willen ze horen, m'n fans. Waar ik ook kom, overal willen ze de hits horen.'

'En nu bent u het zat.'

'Ik trek het niet meer, meneer.'

'Wat verdient u, als ik zo vrij mag zijn?'

'Twee, drie tonnetjes per jaar.'

'Een vuilnisman verdient dertigduizend euro per jaar en gooit jarenlang elke dag dezelfde vuilniszakken in de vuilniswagen. Maak een foto van zo'n vuilnisman, hang vijftig vergrotingen op in uw huis en binnen een week bent u van uw dip verlost.'

Bolle Bob lachte. Bolle Bob stonk naar zweet en hij lachte.

'Dat is toevallig,' zei hij, 'dat zei mijn vader laatst ook.'

'Is uw vader ook zanger?'

'Mijn vader was stratenmaker. Nu zit hij met twee versleten knieën achter de geraniums.'

'In een dip?'

Weer lachte Bolle Bob. Hoe vaker hij lachte, hoe erger hij ging stinken.

'Welnee,' zei hij, 'mijn vader weet niet eens wat een dip is.'

‘Hoe zou dat komen, denkt u?’

‘Die man komt uit een andere tijd, een tijd waarin je hard moest werken en tevreden was met weinig.’

‘Maar de tijden zijn veranderd.’

‘Gelukkig wel.’

‘Tegenwoordig kunnen we zelf kiezen wat we worden.’

‘Zo is het.’

‘U werd zanger.’

‘Juist.’

‘U verdient goed.’

‘Absoluut.’

‘Veel meer dan uw vader ooit heeft verdiend.’

‘Dat kun je wel stellen.’

‘En toch is hij niet trots op u.’

Bolle Bobs onderlip begon te trillen. Volkszangers zijn gevoelsmensen; raak de juiste snaar en de sluizen gaan open.

‘Nee,’ bekende Bolle Bob, ‘mijn vader is niet trots.’

Walter gaf hem twee tissues, waarop Bob erbarmelijk begon te snikken.

Ik dacht aan de hits van Bolle Bob. Het waren inderdaad grote hits, maar wanneer ik ze op de radio hoorde zette ik direct het apparaat uit. Ik wilde niet ongevraagd geconfronteerd worden met mijn banale verdriet. Alleen als ik ladderzat was kon ik ze verdragen. Dan liet ik mijn tranen de vrije loop en zong ik uit volle borst mee. Maar het hielp niets. De volgende morgen was mijn verdriet nog even groot en na verloop van tijd vermeed ik de hits van Bolle Bob onder alle omstandigheden.

‘Waar denkt u aan?’ vroeg Walter, nadat de hoosbui was geweken.

‘Aan mijn vader,’ zei Bolle Bob. ‘Jarenlang legde hij dezelfde steentjes in dezelfde gaten, voor een hongerloon, een paar rotcenten waar hij een heel gezin van moest onderhouden.’

‘Toen dacht u: dat zal mij niet gebeuren, ik zal ervoor zorgen dat ik goed verdien, zodat mijn vader trots op mij zal zijn en zal

weten dat zijn geploeter niet voor niets is geweest.'
'Dat klopt,' zei Bolle Bob, 'dat was de bedoeling.'
'Maar die bedoeling is mislukt en nu zit u in een dip.'
'Voor niks.'
'Dus wat gaat Bolle Bob doen?'
'Bolle Bob gaat zijn excuus aanbieden aan zijn vader.'
'Heel goed.'
'Bolle Bob gaat er een jaartje tussenuit.'
'Uitstekend.'
'Daarna gaat Bolle Bob liedjes zingen die hij zelf leuk vindt.'
'Hoera voor Bolle Bob.'
Walter glimlachte en Bolle Bob schaterde het uit. De stank was niet meer te harden. Om mijn lunch binnen te houden kneep ik mijn neus dicht. Na zijn vertrek schrobte Nienke de hele bank. De laatste klant ontvingen we in de wachtkamer, waar de lucht nog schoon en fris was.

'Wat heb jij nou aan?'
'Nienkes latexbroek,' zei Sofie.
Ik bewonderde de knalgele broek en aaide over haar strakke billen.
'Niet doen,' reageerde ze giechelig, 'dat voelt raar.'
We liepen naar de woonkamer. Sofie liet zich stijfjes op de bank zakken. Het leek wel of ze een zware hernia had.
'Zit hij niet te strak?'
'Veel te strak.'
'Waarom heb je hem dan gekocht?'
'Voor de winter. Ik had gehoord dat een latexbroek lekker warm is als het sneeuwt en vriest.'
'En, is hij warm?'
'Dat rotding is bloedheet.'
'Trek hem dan uit, je kunt wel een spijkerbroek van me lenen.'
Sofie schudde haar hoofd. 'Ik trek hem niet uit, ik vind hem leuk en sexy.'

Ik vond hem ook sexy, maar zonder seks in het verschiet had het weinig zin om er sexy uit te zien.

'Wil je nog thee,' vroeg ik, 'of zullen we meteen naar het theater gaan?'

'Laten we maar gaan, anders komen we te laat.'

We hadden vier vrijkaartjes ontvangen voor de show van Eppo Klootwijk. Volgens de critici was Eppo de theatersensatie van het jaar. Zijn show *Hoe mijn moeder mijn blinde oma de krant voorlas* trok dagelijks volle zalen en was tot aan de zomer uitverkocht. Een recensent omschreef Eppo's show als een meesterwerk van vertelkunst en hartverscheurende humor.

'Zou hij echt zo goed zijn?' vroeg Sofie in de foyer van het theater.

'Ik denk het wel,' zei ik, 'moet je al die mensen zien.'

Een suppoost controleerde de kaartjes en we liepen naar onze plaatsen. In de taxi had Sofie languit op de achterbank gelegen. Haar broek zat zo strak dat ze alleen op die manier kon worden vervoerd.

Thijs en Cecile zaten al op hun plaatsen. Eigenlijk waren de andere twee kaartjes voor Walter en Nienke bestemd, maar Walter was moe en Nienke had geen zin. Nadat we de Willinks hadden begroet, gingen we zitten. Sofie zat op de eerste stoel van de rij, waardoor ze haar benen kon strekken.

De voorstelling begon precies zoals Walter had gezegd: Eppo kwam op, ging voor de microfoon staan en zei: 'Mijn naam is Eppo Klootwijk...' Het publiek lachte en bleef lachen om het tragische absurde bestaan van een man die van zijn nood een deugd had gemaakt.

Na een halfuur fluisterde Sofie: 'Ik word gek.'

'Gek waarvan?'

'Die broek, hij staat in de fik.' Ze pakte mijn hand en legde hem op haar linkerbeen. 'Voel maar, nog even en je kan er een ei op bakken.'

Ik liet mijn hand op haar been liggen en voelde een abnormale hitte door mijn handpalm omhoogtrekken.

'Ga dan naar de wc en laat je benen afkoelen,' stelde ik voor.

'Dat heeft geen zin,' zei Sofie, 'als ik hem weer aantrek is hij binnen twee minuten net zo heet.'

We luisterden weer naar Eppo. Hij had het over de luiers van zijn oma en de diarree die geregeld in haar panty liep. De zaal bulderde het uit en Sofie raakte in paniek. 'Het wordt steeds erger, Iris. Wat moet ik nou doen?'

Het publiek schaterde door, ik rommelde in mijn handtas en gaf Sofie een nagelschaartje. 'Hier, knip de pijpen eraf.'

'Weet je wat die broek kost?'

'Kan me niet schelen, Sofie.'

Sofie zuchtte, prikte een klein gaatje in haar lies en begon voorzichtig de pijp eraf te knippen. Toen ze de beide pijpen had losgemaakt van de broek, ging ze gestrekt in het gangpad liggen en sjorde ik ze met veel moeite van haar bezwete benen. Het publiek had geen oog voor ons. Ze bleven maar lachen en brullen om Eppo's bizarre verhalen.

Na de voorstelling zaten we met z'n allen in Eppo's kleedkamer. Hij was vereerd dat we waren gekomen en gaf mij een envelop mee voor Walter. Over Sofies broekje zei hij niets. Iemand die is opgegroeid met omaluiers en panty's vol diarree, maalt ook niet om een verknipte latexbroek.

In de envelop van Eppo zaten vijf gloednieuwe briefjes van duizend euro en een kaartje met een persoonlijk dankwoord. Het kaartje zette Walter tussen de kaartjes van Madelief en Bella Bunder, het geld moest ik op de rekening van het dierenasiel storten.

'Wil je niet weten hoe de show was?' vroeg ik.

Walter zat in zijn leunstoel en zapte naar CNN. 'Liever niet,' zei hij.

'Interesseert het je niet?'

'Het interesseert me bijzonder, maar ik wil er niets over horen.'

Ik keek naar de tv. Een verslaggever deed melding van een bomaanslag in Tel Aviv. Onder in het beeld stond te lezen dat er tot dusver zes doden en achttien gewonden waren gemeld.

'Waarom wil je er niets over horen?'

Met een stugge blik zette Walter de tv uit. 'Omdat de show over een jaar op tv wordt uitgezonden en ik er met een frisse blik naar wil kijken.'

Ik keek weer naar Walter en strekte mijn benen onder de salontafel. 'Ben je wel eens naar een theater geweest?'

'Nee,' zei Walter, die naar het zwarte tv-scherm bleef staren.

'Of een bioscoop, ben je wel eens naar een film geweest?'

'Ook niet.'

'Ben je überhaupt wel eens ergens geweest?'

Walter schudde traag zijn hoofd. Ik wist dat het zinloze vragen waren. In zekere zin waren het zelfs kwetsende vragen, al had Walter altijd eerlijk en zonder schroom over zijn isolement gesproken.

'En een meisje,' vroeg ik, 'heb je wel eens een meisje gehad?'

'In welke zin?'

'Een speciaal meisje. Een meisje aan wie je dacht als je in bed lag, een meisje met wie je naar de film zou gaan, als je naar de film zou gaan. Een meisje met mooie ogen en een glimlach waar je blij van werd.'

'Zo'n meisje is er geweest,' zei Walter. 'Judith. Toen ik negentien was is mijn moeder een tijdje ziek geweest en heeft Judith haar thuis verpleegd. Ik zag haar niet zo vaak, een enkele keer op de gang of in de keuken. Op een middag kwam ze mijn kamer binnen. Ze keek naar me zoals jij vaak naar mij kijkt. Toen liep ze naar me toe, streelde mijn wang en zei: "Arme jongen." Ik bleef aan mijn bureautje zitten, Judith streelde mijn hals, mijn kin, mijn neus, mijn lippen. Het voelde fijn. Heel even hebben we gekust en schoof ze mijn hand onder haar wollen vest. Daarna heb ik Judith nooit meer gezien. Naar de film zijn we niet geweest en in bed was ik haar snel vergeten, maar haar glimlach en haar mooie ogen zijn mij altijd bijgebleven.'

Walter keek nog altijd naar de tv. Ik wilde mijn arm naar hem uitstrekken, zijn hand aanraken en vragen wat er met Judith was gebeurd, maar ik deed niets. Uiteindelijk stond Walter op. 'Quist heeft vers kiwisap gemaakt. Lust je een glaasje kiwisap?'

'Nee,' zei ik, 'ik heb geen dorst.'

Ik schrok wakker van glasgerinkel. De wekker stond op kwart voor twee. Ik dacht dat ik had gedroomd, tot ik iemand hoorde roepen: 'Pinky, waar ben je, Pinky?'

Haastig trok ik mijn badjas aan en liep naar het raam in de woonkamer. Tussen twee geparkeerde auto's zag ik een jongeman staan. Hij maakte een beschonken indruk en schreeuwde: 'Pinky, ik wil mijn Pinky.'

Terwijl ik mijn telefoon pakte en 112 belde, wierp de man een steen door het raam op de eerste verdieping. Ik verstijfde van schrik.

Een geduldige dame van de alarmcentrale trachtte mij gerust te stellen. Ze had al meerdere meldingen van het voorval ontvangen en er waren drie politiewagens onderweg.

Ik verbrak de verbinding en belde Sofie.

'Geen paniek, Iris,' zei ze, 'alles komt goed.'

'Die vent sloopt ons kantoor, Sofie. BIB is in gevaar.'

'Moet ik bij je komen?'

'Straks gooit hij een brandbom naar binnen, of een handgranaat.'

'Ik kom eraan.'

Van beide kanten raasden politiewagens met sirenes en zwaailichten de straat in. De man smeet nog een steen door het raam. 'Laat me niet alleen, Pinky.'

Mijn telefoon viel op de vloer. Ik stond te trillen op mijn benen. Ik moest iets doen, BIB was mijn zaak, Pinky was Nienke en over een paar minuten zou de politie voor de deur staan.

De man werd door vier agenten tegen de grond gewerkt. Hij schreeuwde nog één keer: 'Pinky, ik wil mijn Pinky,' en verdween vervolgens geboeid in een politiewagen.

Even later werd er aangebeld. Ik had intussen een joggingbroek en een dikke trui aangetrokken en opende de benedendeur. Twee agenten sjokten met logge passen de trappen op en kwamen binnen.

'Bent u Iris Hauser, de eigenaar van het bedrijf op de eerste verdieping?' vroeg een van hen. Hij was groot en dik, te dik voor een agent.

'Ja, dat ben ik,' zei ik. 'Ik ben Iris Hauser van BIB Hauser.'

We bleven in de hal staan. Ik wilde de agenten niet in mijn huis hebben. Op dat moment vertrouwde ik zelfs hen niet meer.

'U weet dat het raam van uw bedrijfspand is ingegooid?' vroeg de andere agent.

'Ja, dat weet ik,' zei ik, 'ik heb alles gezien.'

De dikke agent bladerde door een verfrommeld notitieboekje. 'De dader heet Axel P. Hij heeft het voortdurend over een zekere Pinky, zegt die naam u iets?'

'Pinky werkt bij mij. Ze heet Nienke Vos, maar vroeger heette ze Pinky.'

De agent stak het boekje in zijn borstzak. 'We nemen de man mee naar het hoofdbureau, daar mag hij een nachtje zijn roes uitslapen. Morgen kunt u aangifte tegen hem doen, we verwachten u tussen tien en twaalf.'

'Goed,' zei ik, 'ik zal er...'

'Een ogenblikje, heren,' sprak een stem vanuit het trappenhuis.

De agenten draaiden zich om en zagen Walter op de drempel staan. Hij droeg zijn beste donkerblauwe pak met stropdas en gouden dasspeld.

'Wie bent u?' vroeg de dikke agent.

'Walter Gom, de bovenbuurman van juffrouw Hauser. Ook ik was getuige van het incident en heb een beter voorstel.'

‘Een beter voorstel?’ reageerde de dikke agent spottend. ‘We staan hier niet op de markt.’

‘Als de heer Axel P. morgen zijn roes heeft uitgeslapen,’ vervolgde Walter onverstoorbaar, ‘wil ik hem eerst persoonlijk spreken. Pas dan besluiten we of er aangifte tegen hem wordt gedaan. Dat scheelt u een hoop papierwerk en ons een eventuele vervolgactie van de dader.’

De dikke agent schudde meewarig het hoofd. ‘Dat is uitgesloten, meneer Gum. De verdachte heeft strafbare feiten begaan en zal daarvoor worden berecht, zo werkt het in dit land.’

Walter bleef opvallend kalm en gaf de agent zijn mobiele telefoon, die hij al die tijd achter zijn rug had gehouden. ‘In dat geval heeft de advocaat van de heer Axel P., meester Pieter Lunshof, u iets te zeggen.’

Verbouwereerd pakte de agent de telefoon aan en voerde een gesprekje met de advocaat. We hoorden hem ‘Jawel, jazeker, uiteraard, komt in orde’ zeggen, waarna hij de telefoon teruggaf aan Walter.

‘Mijn oprechte excuses voor mijn starre handelwijze, meneer Bom,’ zei hij. ‘Uw voorstel is geaccepteerd.’

Het gesprek met Axel P. vond niet plaats op het politiebureau maar in onze spreekkamer. Meneer Van Ravenstein had het gebroken raam met houten platen dichtgespijkerd. Maandag zou de glasman komen en een nieuwe ruit plaatsen.

Sofie, die de nacht bij mij had doorgebracht, amuseerde twee agenten in de wachtkamer. Walter, Pieter Lunshof, Axel en ik zaten rond de salontafel.

‘Hoe gaat het met je, Axel?’ vroeg Walter.

Axel zag er beroerd uit. Hij zat voorovergebogen op de bank, zijn gezicht was asgrauw en zijn kleren zaten onder de vlekken.

‘Ik ben een dwaas,’ zei hij. ‘Over drie maanden studeer ik af, in juli zou ik gaan trouwen, mijn toekomst zag er rooskleurig uit en nu is alles kapot.’

'Wat studeer je?'

'Rechten, ik studeer rechten.'

'O jee,' zei Walter, 'een advocaat met een strafblad, dat is niet best. Hoe luidt de aanklacht precies, meester Lunshof?'

Pieter Lunshof zette zijn leesbril op en las de aanklacht voor: 'Openbare dronkenschap, vandalisme en verstoring van de openbare orde.'

'Daarmee zul je nooit als advocaat aan de slag kunnen, Axel,' zei Walter, 'en je obsessie voor een ex-prostituee zal je je huwelijk kosten.'

'Een ex-prostituee? Dus Pinky is echt gestopt?'

'Pinky heeft nooit bestaan, jongen, net als Superman, Pippi Langkous en Indiana Jones. Het zijn rollen, fictieve karakters om ons te vermaken. Pinky is jouw favoriete karakter. Het staat je vrij om de rest van je leven aan haar te denken, over haar te dromen en te fantaseren, maar zien zul je haar niet meer. Kun je dat accepteren, Axel?'

'Moeilijk,' zei Axel. 'Ik hou van Pinky, ze is mijn lust en mijn leven.'

Walter liet een korte stilte vallen. Pieter Lunshof legde zijn leesbril op het politierapport, ik dacht aan Nienke en Axel nam een slokje water.

'Mag ik je een persoonlijke vraag stellen?' vroeg Walter.

'Jawel, meneer.'

'Met wie had je je eerste seksuele ervaring?'

'Met een prostituee,' antwoordde Axel bedrukt, 'ik was vijftien.'

Opnieuw viel er een stilte. Ik beet op mijn duim en keek naar de muur.

'Je hoeft je niet te schamen, Axel,' zei Walter, 'veel jongens hebben hun eerste seksuele ervaring met een prostituee. Het enige probleem is dat die ervaring bepalend is voor de rest van hun leven. Het onderhouden van een duurzame relatie wordt erdoor bemoeilijkt, de seksualiteit zal vaak gehaast en liefdeloos zijn en de kans op een prostitutieverslaving is groot. Zo is het jou ook vergaan, Axel. Daardoor ben je verliefd geworden op Pinky en denk je dat ze je lust en je leven is. De eerste gedachte is juist: Pinky is je lust, maar ze is niet je leven. Je leven is je studie, je carrière als advocaat en je aanstaande huwelijk.'

Axel wreef met zijn handen over zijn gezicht. 'Maar dat is allemaal weg. Mijn studie, mijn carrière, mijn aanstaande huwelijk, alles is verwoest door één onbezonnen daad.'

'Tenzij wij geen aangifte doen en meester Lunshof ervoor zorgt dat alle aanklachten komen te vervallen.'

'Kan dat dan?' vroeg Axel aan de advocaat.

'Ja, dat kan,' sprak Pieter Lunshof deftig. 'Als u een contract ondertekent waarin staat dat u juffrouw Fox nooit meer zult lastigvallen en een intensief programma gaat volgen om van uw vulgaire hobby af te komen, zal die ene onbezonnen daad uit de boeken verdwijnen.'

Axel keek naar Walter. Zijn gezicht kreeg weer wat kleur en er kwam een verlegen glimlachje tevoorschijn. 'Ik weet niet wat ik moet zeggen,' zei hij.

'Ik wel,' zei Walter, terwijl Pieter Lunshof een contract en een vulpen op de salontafel legde. 'Jij tekent het contract en doet precies wat erin staat. Indien je je verplichtingen niet nakomt en opnieuw in de fout gaat, zullen wij onmiddellijk aangifte doen en kun je alsnog naar je rooskleurige toekomst fluiten.'

Axel tekende snel het contract en gaf de pen aan mij.

'Dank u wel, meneer,' zei hij. 'U bent... u bent...'

'Barmhartig en knettergek,' zei Walter. 'En nou wegwezen, Axel P.'

Later die dag kwamen Cecile, Thijs en Nienke langs. We hadden ze pas na het gesprek met Axel op de hoogte gesteld. Walter was thuis, hij was moe en hoopte wat verloren slaapuurtjes in te halen.

'We moeten hier weg,' besloot Cecile, 'BIB moet verhuizen.'

‘Nee, *ik* moet weg,’ zei Nienke. ‘Als ik hier niet had gewerkt was dit nooit gebeurd.’

‘Nonsens,’ zei Thijs. ‘Ook als jij hier niet had gewerkt, was er op een dag een steen door het raam gevlogen, en dat zal in de toekomst nog wel vaker gebeuren. Hoe meer klanten je ontvangt, hoe groter de kans op incidenten. Boze klanten, ontevreden klanten, krankzinnige klanten, ze zullen stuk voor stuk hun onvrede willen uiten, met of zonder geweld.’

‘Daarom is het noodzakelijk dat BIB verhuist,’ zei Cecile. ‘Werk en privé moet je gescheiden houden, anders hou je het niet vol.’

We zaten aan de grote tafel in de wachtkamer. Ik had thee gezet en een pak lange vingers op een bordje geschud.

‘Ik hou het nu al niet vol,’ zei ik, ‘ik heb geen oog dichtgedaan vannacht.’

‘Dat komt door de chocola,’ zei Sofie. ‘We hebben zes repen opgegeten, daar slaap je altijd slecht van.’

‘Zes kleine repen?’ vroeg Nienke.

‘Nee, grote,’ antwoordde Sofie.

‘Melk of puur?’

‘Melk, puur, wit, met hazelnootjes en...’

‘Hallo,’ riep ik, ‘kunnen we terug naar het onderwerp?’

‘De verhuizing,’ zei Cecile, die een lange vinger van het bordje pakte.

Sofie had er ook een gepakt en beet er een stuk af. ‘Ik stem voor.’

Cecile en Nienke stemden ook voor. Thijs had geen stemrecht, maar hij stak toch zijn hand op.

‘En als ik tegenstem?’ zei ik. ‘Ik ben tenslotte de directeur.’

Sofie pakte mijn hand en trok hem omhoog. ‘Te laat,’ brabbelde ze met volle mond. ‘Hierbij is het plan voor de BIB-verhuizing unaniem aangenomen.’

13

Cecile had drie interessante pandjes gevonden. We bekeken de foto's op de pc in het kantoor. Het raam was inmiddels vervangen en de schade aan het meubilair was gering: een deukje in de tussenmuur, wat krassen op het bureaublad en een barst in de printer. Axel had aangeboden de schade te vergoeden, maar daar hadden we geen gebruik van gemaakt.

De eerste optie was een statig grachtenpand waarvan we de tweede en derde etage voor een redelijk bedrag konden huren. Het pand voldeed aan onze wensen: twee royale en twee kleinere kamers, een keukentje en een receptie. De muren waren met hout bekleed, aan de plafonds zaten nog de originele ornamenten en in alle kamers lag bordeauxrode vloerbedekking.

'Wie heeft daar gewoond,' vroeg Sofie, 'Willem van Oranje?'

Cecile klikte langs de foto's. 'De tweede etage heeft een balkon,' zei ze, 'de derde alleen een Frans balkon.'

Nienke tuurde naar de bewuste foto en vroeg wat een Frans balkon was.

'Twee klapdeuren met een hekje erachter,' antwoordde Cecile.

'Dat is geen balkon,' zei Sofie, 'dat is niks.'

'Ik vind het sowieso niks,' zei ik. 'Het is een schitterend pand, maar het is veel te chic voor een ideeënbureau.'

'En parkeren in het centrum is een ramp,' zei Nienke. 'Bijna alle klanten komen met de auto, die kunnen ze niet in hun zak steken.'

De tweede optie was een vrijstaande villa aan het Vondelpark.

'Wat een kast van een huis,' zei Sofie. 'Hoeveel kamers heeft dat ding?'

Cecile klikte naar de woongegevens. 'Acht in het bovenhuis en vijf in het souterrain. Verder zijn er twee keukens, twee badkamers, een dakterras en een grote tuin met een saunahuisje en een dubbele garage.'

'Zit dat allemaal bij de prijs inbegrepen?' vroeg ik.

'Ja,' zei Cecile, 'alles is inclusief.'

'Dan klopt er iets niet. Voor hetzelfde geld hadden we net vier kamers en een Frans balkon.'

'Het is een spookvilla,' zei Sofie, 'dat voelde ik gelijk toen ik de foto zag.'

Nienke deelde Engelse dropjes uit. 'Spoken zijn eng, ik wil niet tussen de spoken werken.'

'Ga een weekendje naar mijn ouders,' zei ik, 'dan ben je nooit meer bang voor spoken.'

'Iris heeft wel een punt,' zei Cecile, 'zoveel kamers voor die prijs is niet gebruikelijk in die buurt.'

De derde optie was een kleurloze bedrijventoren van acht etages in Zuid. Vanwege de recessie stonden zes van de acht etages leeg. De prijs van een volledige etage was een lachertje, en de ruimtes waren kaal en steriel. Maar toen de foto van de hele toren op het beeldscherm floepte, riep ik: 'Dit is hem, dit is de BIB-flat.'

'De BIB-flat?' herhaalde Sofie.

Cecile en Nienke keken mij ongerust aan.

'Ja, de BIB-flat,' zei ik. 'In dit gebouw gaan grote dingen gebeuren, maak maar een afspraak.'

Terwijl Cecile een bezichtiging regelde, ging het werk gewoon door. Walter, die als enige geen last scheen te hebben van de nachtelijke aanslag, stond de klanten geïnteresseerd te woord en voorzag ze van bruikbare adviezen.

Op woensdagmiddag zaten er twee tv-producenten op de bank: Vladimir Drooglever en Martha Lont. Van collega's hadden ze gehoord dat Walter twee spelshows, een dramaserie en een nieuwe talentenjacht had bedacht. De ideeën waren zo goed en origineel dat Vladimir en Martha ook een visje uit Walters ideeënvijver hoopten te hengelen.

'We zoeken een comedyserie,' zei Martha.

'Een heerlijke eigentijdse comedyserie,' zei Vladimir.

'Een serie waar miljoenen mensen naar kijken.'

'Een serie die we aan vijftig landen kunnen verkopen.'

'Een serie die over twintig jaar nog wordt herhaald.'

'Een serie...'

Walter stak zijn wijsvingers in zijn oren, Vladimir onderbrak zijn zin.

Ik zat op een houten krukje naast Walter, Sofie had de plaats van Cecile ingenomen. Ze had de standaardcontracten al klaargelegd, zodat ze direct na het gesprek konden worden getekend.

Walter haalde de wijsvingers uit zijn oren en veegde ze zorgvuldig af aan een tissue. 'Een comedyserie dus,' zei hij. 'Waarom?'

'We willen de kijkers weer laten lachen,' antwoordde Vladimir.

Walter knikte en gooide de tissue in de prullenmand. 'Vertier schenken in barre tijden.'

'Zo zou u het kunnen noemen,' zei Martha.

'Maar zo noemen we het niet,' zei Walter.

'Hoe noemen we het dan?' vroeg Vladimir.

'Oplichterij, smeerlapperij, huichelarij.'

'We begrijpen niet wat u bedoelt, meneer,' zei Martha.

'U begrijpt precies wat ik bedoel. U bent er niet op uit om de kijkers te laten lachen of vertier te schenken in barre tijden, het enige wat u interesseert is geld verdienen over de ruggen van eenvoudige, hardwerkende mensen.'

Martha wilde een woest pleidooi afsteken, maar Vladimir legde een hand op haar knie, waarop ze kalmeerde.

'Oké, we willen geld verdienen,' zei hij. 'Het interesseert ons geen fluit of het volk lacht of vertier vindt in barre tijden, we willen geld zien, veel geld.'

'Dan is *Paparazzi* de comedyserie die u zoekt,' zei Walter.

'*Paparazzi?*'

'De hoofdpersoon van de serie heet Gianni Salvatore, een fotograaf van het glamourblad *Hot Shot*. Samen met zijn vrouwelijke collega Cindy Bont kruipt hij in bomen, bosjes, vuilnisbakken, baggersloten en schapenvachten om een paar pikante, gênante of scandaleuze celebrityshots te scoren. Dit leidt steevast tot absurde en hilarische taferelen. Naast het werk probeert Gianni zijn knappe tienerdochters Judy en Liza, die de ene schlemiel na de andere mee naar huis nemen, op het rechte pad te houden. De titel van de serie *Paparazzi* verwijst op subtiele wijze naar het feit dat de hoofdpersoon tevens papa is, maar dat terzijde. *Paparazzi* moet een comedyserie worden met verbale en non-verbale humor. Aangezien de tweede humorvorm een beetje uit de moderne comedy is verdwenen, raad ik u aan oude films van Charlie Chaplin, Buster Keaton en The Marx Brothers te bekijken. Daarin zult u voldoende inspiratie vinden voor tien seizoenen *Paparazzi*. Tot slot moet er nog een rode draad door de serie worden geweven: de bloeiende liefde tussen Gianni en Cindy. Hoewel de twee elkaar bij tijd en wijle niet kunnen uitstaan, groeit hun liefde en vinden ze elkaar in de laatste aflevering. Wilt u deze serie of moet ik er nog eentje ophoesten?'

'Nee, deze,' zei Martha.

'*Paparazzi* is briljant,' zei Vladimir, 'daar zullen ze blij mee zijn bij RTL.'

'RTL?' reageerde Walter verbolgen. 'Komt er een reclameblok tussen?'

'Natuurlijk,' zei Vladimir, 'RTL is een commerciële zender.'

'Dan gaat het feest niet door, ik wens u een goede middag.' Walter stond op en verliet de kamer, Vladimir en Martha keken elkaar ontredderd aan.

'Ik bel Harrie wel even,' zei Martha. 'We moeten die serie hebben, met of zonder reclame.' Ze stond ook op en ging in de wachtkamer staan. Walter was naar de keuken gelopen, Sofie en Vladimir spraken over het weer, ik dacht aan draaiende neonletters op het dak van de BIB-flat.

'Harrie gaat akkoord,' riep Martha verheugd, '*Paparazzi* zonder reclame.' Ze huppelde de spreekkamer binnen en viel Vladimir in de armen.

Walter kwam ook weer binnen. 'Maak daar een aparte clausule voor,' zei hij tegen Sofie, 'die tv-muizen zijn niet te vertrouwen.'

De bedrijfstoren heette Atlantis, de schuifdeuren knarsten en de portier was doof.

'Weet je zeker dat we hier moeten zijn?' vroeg Cecile.

'Laat je niet afleiden door de gebreken,' zei ik, 'richt je op de droom. Zie je de droom al?'

Cecile zag geen droom, haar makelaar Joachim van Wezel zag hem wel. Makelaars zien dromen waar wij ze niet zien, in loopgraven, kippenhokken, schoenendozen, zelfs in lucht zien makelaars dromen. Atlantis was beslist geen lucht, maar een opgeblazen schoenendoos kwam aardig in de buurt.

Met de lift suisden we naar de zevende etage. Het uitzicht was prachtig en de lege kantoren leken wel sporthallen. Alle ruimtes waren voorzien van vloerbedekking, voldoende contactdozen en tl-verlichting in de plafonds.

'Om hoeveel units gaat het?' vroeg Joachim.

Cecile stond voor het raam en keek uit over de stad. Ze begon de droom te zien. Neerkijkend op de nietige huizen, bomen, auto's en mensen zag ze de BIB-droom uit de mist opdoemen.

'De hele etage,' antwoordde ik, 'we nemen de hele etage.'

'Dat zijn vijftien kantoorunits,' zei Joachim, 'plus twee keukenunits en vier toiletruimtes.'

Cecile draaide zich om en liep naar ons toe. 'Hoeveel stofzuigers hebben we daarvoor nodig? En wc-papier, heb je aan wc-papier gedacht?'

Ik pakte haar hand en leidde haar terug naar het raam. Ze protesteerde niet, ze wist dat ze nog langer moest kijken.

'Wat zit er op de bovenste etage?' vroeg ik aan Joachim.

Hij bladerde gehaast door zijn map. Hij was nerveus. De huizenmarkt lag al jaren op z'n gat, het lot van Joachim hing aan een zijden draadje.

'Een importeur van vliegers en frisbees.'

'Hebben ze daar een hele etage voor nodig?'

'Vroeger wel,' zei Joachim, die mij een plattegrond van de achtste etage overhandigde. 'Inmiddels zijn er zeven kantoorunits ontruimd en hebben ze een huurachterstand van vier maanden.'

Ik bekeek de plattegrond. De kantoorruimtes waren iets kleiner, omdat er rondom de etage een breed balkon was gecreëerd met een klein zwembad op de zuidhoek.

'Perfect,' zei ik, en gaf de plattegrond terug aan Joachim. 'Doe die zeven leegstaande units er ook maar bij en een optie op de overige units. De tijd van vliegers en frisbees is voorbij; heldere adviezen en briljante ideeën, dat heeft de mensheid nodig om uit de mondiale malaise te kruipen.'

Cecile kwam weer bij ons staan. 'Juffrouw Hauser heeft gesproken,' zei ze, 'we huren de zevende en de helft van de achtste etage. Maar de prijs moet omlaag.'

'Daar valt over te praten,' zei Joachim.

'De schuifdeuren worden morgen gerepareerd of vervangen.'

'Geen punt.'

'De dove portier gaat eruit.'

'Komt in orde.'

'De naam Atlantis kan de vuilnisbak in.'

'Juist.'

'En tien gratis parkeerplaatsen in de parkeergarage.'

Joachim noteerde de eisen, zijn lot hing weer aan een solide kabel.

'Over de naam moet ik wel contact opnemen met de gemeente,' zei hij.

We liepen naar de lift. 'Dat is uw probleem,' zei Cecile. 'Die lelijke letters zijn er over een week af, anders gaat de deal niet door.'

Buiten keken we nog een keer naar het gebouw. Joachim reed al op zijn scooter naar het makelaarskantoor.

'Heb je de BIB-droom gezien?' vroeg ik.

'Nee,' zei Cecile, 'ik heb de sloopplannen voor het gebouw gezien. Als we binnen een halfjaar drie etages huren, gaat de sloop niet door en zitten we voor een spotprijsje op een toplocatie.'

Walter lag in zijn pyjama en zijden kamerjas op bed. Zijn blauwe pak hing keurig gevouwen over de rug van een stoel. Het was zaterdagmiddag, tien voor drie. We zouden plaatjes draaien en backgammon spelen, ik had twee glazen kersenthee en een pak rijstwafels meegenomen. Maar ik had Walter opgewekt in de woonkamer verwacht, niet lusteloos in de slaapkamer.

'Wat krijgen we nou, Walter? Ben je ziek?'

Ik zette het dienblad op de vloer en ging op de rand van het bed zitten.

'Ik ben ontregeld,' zei hij.

'Ontregeld?'

Walter vouwde zijn handen op zijn buik in elkaar. Ik dacht aan mijn opa die twaalf jaar geleden in zijn pyjama en kamerjas werd begraven. Iedereen sprak er schande van, maar mijn vader zei: 'Nog één woord over papa en ik schop jullie ernaast.' Sindsdien werd er alleen nog over de pyjama van mijn opa gesproken als mijn vader er niet bij was.

'Mijn bioritme,' zei Walter, 'Axel heeft mijn bioritme ontregeld.'

'Ik begrijp het,' zei ik, en legde een hand op zijn arm, 'bij mij zit de schrik er ook nog steeds in.'

Walter duwde mijn hand weg. 'Ik heb geen schrik, ik heb nog nooit schrik gehad. Ik ben alleen moe omdat mijn slaappatroon overhoopligt.'

Ik keek beteuterd naar mijn handen. Walter had een pestbui, ik moest op zijn schuldgevoel inspelen, anders kon ik de verhuizing naar de BIB-flat niet bespreken.

'Het spijt me, Iris,' zei hij, 'het is niet jouw schuld.'

'Het is wel mijn schuld. Ik had ons privéleven van BIB moeten scheiden, dan was jouw bioritme niet ontregeld.'

'Gaan we daarom naar de Atlantistoren?'

'Hoe weet je dat?'

'Wat denk je zelf?'

Ik zuchtte en keek hem aan. 'Mama Gom?'

Met een flauwe grijns pakte Walter zijn huistelefoon van het nachtkastje, toetste een nummer in en gaf hem aan mij.

'Luister goed,' zei Helena, die kennelijk op het telefoontje had zitten wachten, 'ik had u uitdrukkelijk verzocht voor Walter te zorgen en zijn naam buiten de publiciteit te houden. Dat heeft u naar behoren gedaan, al had dat voorval met die dronken stenengooier ook verkeerd kunnen aflopen. Daarom zal ik u permissie geven het adviesbureau naar de Atlantistoren te verplaatsen.'

'Dank u wel, mevrouw,' zei ik om de bewuste stilte die ze liet vallen op te vullen, 'dat is geweldig nieuws.'

'U zult echter begrijpen dat Walter hier niet zomaar aan kan deelnemen,' vervolgde ze. 'Sinds hij op zijn zestiende van school kwam is hij niet meer op straat geweest, en dat zal ook nooit meer gebeuren.'

Weer liet ze een stilte vallen. Ditmaal hield ik angstvallig mijn mond.

'Maar omdat Walter het werk erg leuk vindt, zal Quist hem elke morgen in mijn geblindeerde auto komen halen en aan het eind van de middag naar huis brengen. In de parkeergarage van de toren bevindt zich een lift waarin hij ongestoord naar de zevende etage kan worden vervoerd. Tijdens deze dagelijkse ritjes zal hij door u worden vergezeld. Let wel: alleen u reist met hem mee, niemand anders, en als u ziek bent, blijft Walter thuis. Dat zijn de voorwaarden, juffrouw Hauser, kunt u daaraan voldoen?'

'Zonder twijfel, mevrouw,' zei ik. 'Ik zal Walter met plezier vergezellen en geen moment van zijn zijde wijken.'

'Dan wens ik u veel succes,' besloot Helena Svenson-Gom. 'De firma op de achtste etage heeft gistermiddag de huur opgezegd, ook die ruimte kunt u binnenkort gebruiken.'

Zonder gedag te zeggen verbrak ze de verbinding. Ik legde de telefoon op mijn schoot en keek naar Walter. 'Dit wordt eng,' zei ik. 'Heeft je moeder soms connecties bij de geheime dienst?'

De grijns was van Walters gezicht verdwenen. 'Ze is mijn moeder,' zei hij, 'en noem haar nooit meer mama Gom.'

Ik verontschuldigde me. We dronken een glas kersenthee en knabbelden zwijgend twee rijstwafels weg. Daarna ging ik naar huis. Walter zou nog een uurtje slapen en weldra zijn bioritme terugvinden.

'Ik heb mijn eerste orgasme gehad.'

'Wanneer?'

'Vannacht.'

'Met een man?'

'Nee, alleen.'

'Was het fijn?'

'Heel fijn.'

Het was lunchpauze. Nienke, Sofie en ik reden op rolschaatsen naar de Atlantistoren. De zon scheen en de straten waren eindelijk droog.

'Hoe heb je het gedaan?'

'Met een vibrator.'

'Welke vibrator?'

'Zo'n roze met een draaiende kop en een opzetstukje voor je weet wel.'

'Daar kan geen man tegenop.'

Ik trok een sprintje en kwam tussen Nienke en Sofie in rijden. Ik vond het niet erg dat ze goed bevriend waren geraakt, maar een leuk gesprekje over orgasmen en vibrators ging me net even te ver.

'Kijk,' zei ik, en wees recht voor mij uit, 'het nieuwe BIB-paleis.'

'BIB-paleis?' zei Sofie. 'Het was toch de BIB-flat?'

'BIB-flat, BIB-paleis, BIB-kasteel, wat maakt het uit?'

'BIB-doos kan ook,' zei Nienke.

'Of BIB-joekel,' zei Sofie.

We lachten en reden het terrein van de Atlantistoren op. De letters boven de ingang waren verwijderd, de schuifdeuren schoven geruisloos open en de dove portier was vervangen door een schele portier.

Op de zevende etage reden we rustig door de lange gang. In elke ruimte werden muren geschilderd, luxaflex opgehangen en tl-buizen vernieuwd. De bureaus, draaistoelen en plantenbakken stonden al onder afdekfolie op hun plaats.

'Je had toch gelijk,' zei Sofie, 'het is een paleis.'

Ze sloeg een arm om mijn schouders en drukte een zoen op mijn wang, Nienke deed hetzelfde aan de andere kant. Gearmd reden we verder en kwamen in een grote ruimte, waar Cecile met de aannemer stond te praten.

'Dit wordt de vergaderzaal,' zei Cecile, nadat ze ons aan de groezelige man had voorgesteld, 'de tafel met twaalf leren stoelen wordt in de loop van de middag bezorgd.'

Nienke reed naar het raam en bewonderde het uitzicht. Sofie bleef bij mij en Cecile staan, de aannemer liet een boer en ging weer aan het werk.

'Heeft Walter het al gezien?' vroeg Sofie.

'Op de laptop, het eindresultaat ziet hij volgende week.'

'Over Walter gesproken,' zei Cecile, 'zijn woonruimte is klaar.'

Sofie keek ons verwonderd aan. 'Woonruimte? Gaat hij hier wonen dan?'

Samen met Nienke, die het gesprek ook had gehoord, volgden we Cecile naar de achtste etage. In een stille hoek, ver weg van de failliete vlieger- en frisbeefirma, bevond zich een exacte replica van Walters woning. Op basis van de foto's die ik Cecile had gegeven, hadden de klusmannen een waar kunstwerkje afgeleverd. Aan elk detail was gedacht, van de grote tv met de hondenshow-dvd's tot de vijfenvijftig vitaminepotjes op de keukentafel.

'Sodeju,' zei Nienke toen we alles hadden bekeken en in het halletje van de woning stonden. 'Krijgen wij straks ook een eigen huisje?'

Cecile glimlachte. 'Nee, Nienke,' antwoordde ze, 'alleen Walter krijgt een woning om te kunnen ontspannen en zijn middagdutje te doen.'

'Anders functioneert hij niet,' zei ik, 'en als Walter niet functioneert, staan wij morgen met een draaiorgel op de Dam.'

De laatste klant in het oude BIB-kantoor was een jonge, charmante vrouw.

'Orfeline la Bretonnière,' zei ze, terwijl ze Walter een koket handje gaf en lichtjes door de knieën ging.

Ze sprak Nederlands met een zwaar Frans accent. Van Thijs Willink had ik gehoord dat Orfeline een uitzonderlijk knappe vrouw was, maar dat ze zo verpletterend mooi zou zijn had ik niet verwacht.

'Aangenaam, mevrouw,' zei Walter, 'neemt u plaats.'

Walter wachtte tot Orfeline naast mij zat en ging toen zelf zitten.

'Het betreft mijn man, jonkheer Arthur la Bretonnière,' begon Orfeline, 'hij beticht mij van overspel.'

'Een ernstige zaak, mevrouw. Hoelang is dit al gaande?'

'Sinds de dag dat we zijn getrouwd, vier jaar en vijf maanden geleden.'

'Met wie zou u overspel hebben gepleegd?'

'De tuinman, de butler, de chauffeur, de kok, de hulpkok, de kleermaker, de boswachter, de zoon van de boswachter, een vriend van de boswachter, de golfinstructeur, vier caddies en de golfballenwasser.'

'Is er reden tot verdenking?'

'Geenszins, meneer. Ik heb Arthur lief, ik zal hem nooit bedriegen.'

Orfeline zat kaarsrecht op de bank. Ze droeg een zwart jurkje met korte laarsjes en een rode strik in haar opgestoken haar. Haar gezicht kon zo op de cover van *Vogue*, haar postuur zou op de catwalk van Viktor & Rolf niet misstaan en Botticelli zou zijn *Venus* direct in stukken scheuren om haar te mogen portretteren.

'Is uw man eerder getrouwd geweest?'

'Zeven keer,' antwoordde Orfeline, 'ik ben zijn achtste vrouw.'

'Hoe zagen die andere zeven eruit?'

'Bekoorlijk, gracieus, delicaat.'

'Net als u.'

'Daar heb ik nog nooit bij stilgestaan.'

'Doe dat nu eens,' zei Walter, 'ik wacht wel even.'

Het werd stil in de spreekkamer. Orfeline sloot haar ogen, Walter veegde geruisloos een stofje van zijn broek, ik durfde nauwelijks te ademen.

'Voilà,' zei Orfeline, die haar fonkelende ogen weer had geopend, 'ik heb bij uw veronderstelling stilgestaan.'

'Resultaat?'

'U heeft gelijk.'

'Conclusie?'

'Arthur trouwt louter met attractieve dames om zijn gevoelens van angst en jaloezie in stand te houden.'

'Remedie?'

'Moet ik mij soms als een slons gaan kleden?'

'Precies,' zei Walter.

'Mag ik geen make-up meer gebruiken?'

'Onder geen beding.'
'Mijn haar niet meer wassen en kammen?'
'Absoluut.'
'Maar dat is ridicuul, meneer.'
'Heeft u uw echtgenoot lief?'
'Boven alles.'
'Heeft hij u lief?'
'Zeer zeker.'
'Wilt u uw huwelijk redden?'
'Daarvoor ben ik hier.'
'Doe dan wat ik zeg.'
'Hoelang?'
'Een maand.'
Orfeline zuchtte en kromde haar rug, een zorgelijke blik overschaduwde haar gezicht. 'U bent hard, meneer,' sprak ze bedroefd.
'Het is maar tijdelijk,' zei Walter. 'Zodra Arthur beseft dat de boswachter, de kleermaker, de butler en de golfballenwasser niet meer naar u omkijken, zal zijn jaloezie verdwijnen en is uw huwelijk gered.'
'Of hij stuurt mij alsnog weg, omdat hij van mij walgt.'
'Dat doet hij niet.'
'Waarom niet?'
'Hij heeft u lief.'
'Ook als ik er als een zwerver uitzie?'
'Mevrouw La Bretonnière,' zei Walter nadrukkelijk, 'al draagt u een jutezak en woont u in een grot, dan nog zult u er als een prinses uitzien.'

Na het vertrek van Orfeline opende Cecile een fles champagne en toostten we op het nieuwe BIB-hoofdstuk. Walter kreeg een kopje appelsap. Hoewel hij vrolijk mee toostte, zag ik dat hij allesbehalve blij was. Ik merkte dat ook mijn blijdschap het liet afweten, deels omdat Walters triestheid mij raakte, maar vooral omdat ik opeens besefte dat het oude hoofdstuk nog niet was afgesloten.

'Heb ik dwaas gehandeld, Walter?'

De anderen waren naar huis gegaan. De champagne was op, ik had een glas water gepakt, Walter zat nog aan zijn eerste kopje appelsap.

'Je hebt gehandeld,' zei hij, 'of het dwaas is zal de toekomst uitwijzen.'

Met een brok in mijn keel keek ik de spreekkamer rond en dacht aan Bert Bunder, Eppo Klootwijk, Bolle Bob, Pinky Fox en alle andere vreemde, grappige, treurige en wanhopige klanten die we de afgelopen vier maanden hadden geholpen. Hier had de BIB-formule gewerkt, hier waren alle klanten opgelucht en tevreden vertrokken. Of dat in een kille kantorenflat ook zou gebeuren, was nog maar de vraag. Een kantoor is geen huiskamer, en een warme vertrouwde sfeer kun je niet in je zak steken en meenemen.

Walter had mijn tranen gezien. Hij gaf mij een tissue, boog zich voorover en stak zijn linkerhand geopend naar voren.

Aarzelend legde ik mijn hand in de zijne. Ik had zijn hand vaker gevoeld, maar nu leek hij sterker en veiliger dan voorheen.

'Misschien heb je dwaas gehandeld,' zei hij, 'misschien voelen we ons in de nieuwe omgeving niet thuis en spat je droom uiteen. Troost jezelf dan met de gedachte dat je het leven van ten minste één persoon voorgoed heb veranderd.'

'Van wie dan?'

'Bert Bunder, hij is onlangs benoemd tot de beste pannenkoekenbakker van de staat Californië.'

'Hoe weet je dat? Heeft Bella weer een kaartje gestuurd?'

'Nee, ik heb het verzonnen.'

'Waarom?'

'Ik wil dat je hier met een glimlach vertrekt, niet met dikke tranen.'

14

Naast de toenemende inkomsten van de gesprekken met Walter en Cecile, begonnen ook de intellectuele eigendomsrechten en de provisiecontracten hun vruchten af te werpen. De spelshows *Letterbet* en *Dubbeldol* werden al uitgezonden en waren aan zestien landen verkocht, de dramaserie *Bumper* zou in oktober op het scherm verschijnen en was tot dusver aan zes landen verkocht, en de talentenjacht *Sukkelster* (die door een Belgische producent werd gemaakt) ging in mei van start en was inmiddels door veertien landen opgepikt. Van de comedy *Paparazzi* hadden we officieel nog niets gehoord, maar een vriendin van Cecile, die bij RTL werkte, wist ons te vertellen dat de eerste zes afleveringen waren geschreven en dat de cast bijna rond was.

Verder werden er eenmalige en voorlopige bedragen overgemaakt door kunstenaars, muzikanten, acteurs, ondernemers, reclamebureaus, musea en uitgeverijen. De schrijver van *De loden bal* had zijn volledige voorschot aan ons gedoneerd, Eppo Klootwijk stortte tweewekelijks zijn commissie en Bolle Bob had ons een hartelijke brief met een foto uit Egypte gestuurd. Op de foto stond een kameel te bezwijken onder het gewicht van Bolle Bob.

Door de vele inkomsten en administratieve handelingen, kwamen Nienke en Sofie handen tekort. Binnen een dag regelde Cecile twee extra krachten (Gina en Dorien) en een receptioniste (Kim) die de klanten ontving, naar de wachtkamer bracht en een drankje serveerde.

De financiële zaken werden voortaan door een boekhouder

(Bart) en zijn secretaresse (Isolde) gedaan. Ook zij waren aangetrokken door Cecile, die de beschikking had over een breed personeelsnetwerk. Daardoor waren er geen advertenties en eindeloze selectieprocedures nodig. Het enige wat ze deed was de juiste persoon bellen, een gesprekje met mij en Sofie voeren, en het kersverse BIB-lid kon aan de slag.

Alle nieuwe personeelsleden kregen een jaarcontract met uitzicht op een vast dienstverband. Daarnaast moesten ze een geheimhoudingsverklaring en een gedragscode ondertekenen. Het eerste om de privégegevens van de klanten te beschermen, het tweede om gênante scènes te voorkomen als er een beroemde artiest op gesprek kwam.

Zo groeide BIB van vijf naar tien fulltime medewerkers, en het einde was nog niet in zicht.

'We hebben er een, we hebben er een,' riep Sofie.

Met een rood hoofd stormde ze de spreekkamer binnen. De laatste klant voor de middagpauze was net vertrokken en Walter maakte aanstalten om naar zijn woning op de achtste etage te gaan.

'Wat hebben we?' vroeg ik.

Walter ging weer zitten. Gewoonlijk wilde hij niet weten welke klanten er op bezoek kwamen, maar nu was zijn nieuwsgierigheid toch gewekt.

'Een klant uit de vijfde categorie,' zei Sofie.

Even flakkerde mijn nieuwsgierigheid ook op, tot ze vertelde dat het een minister betrof. 'Een minister,' reageerde ik teleurgesteld. 'Welke minister?'

'Dat zei hij er niet bij, alleen dat hij een minister is en aan het eind van de middag met Walter wil spreken. Kan dat?'

Ik keek naar Walter. Hij trok zijn schouders op en zei: 'Geen probleem, ik zal Quist bellen dat het wat later wordt.'

Om halfvijf stapte de minister de spreekkamer binnen. Hij was met de lift vanuit de parkeergarage gekomen. Uit veiligheidsoverwegingen, verklaarde hij. Gezichtsverlies was een beter voorwendsel geweest, maar de waarheid spreken en een politieke functie bekleden gaan slecht samen.

'Waarmee kan ik u van dienst zijn, excellentie?' ving Walter plechtig aan.

'Zeg maar Frits.'

'Betreft het een staatszaak of een privézaak?'

'Een staatszaak.'

'Dan blijft het excellentie, met alle respect.'

'Goed,' zei de minister. 'Ik hoor het niet vaak, maar formeel gezien heeft u gelijk.'

'Voor de draad ermee, excellentie.'

'Ik zit in de knel.'

'Welke knel?'

'Volgens het nieuwe regeerakkoord moet er drastisch worden bezuinigd op defensie, maar het defensiepersoneel komt in opstand.'

'En nu zit u in de knel.'

'Ik doe geen oog meer dicht.'

'Neem ontslag.'

'Waarom?'

'U bent ongeschikt.'

'In hoeverre ongeschikt?'

'U bent een zachtmoedige, onzekere man. Door een baan als minister te accepteren dacht u uw onzekerheid te overwinnen. Maar het tegendeel is het geval, uw onzekerheid laait op en de knel is het gevolg.'

'Nee,' sprak de minister ferm. 'Ik ben aan die rotklus begonnen, nu zal ik hem afmaken ook.'

'Zachtmoedig, onzeker en koppig, een rampzalige combinatie.'

De minister trok zijn strakke stropdas een stukje los en legde zijn arm op de leuning van de bank. Op mijn verzoek hadden de klusmeesters ook de spreekkamer exact nagebouwd, waardoor de warme, vertrouwde sfeer was behouden en Walter onveranderd zijn werk kon blijven doen.

'Kunnen we terug naar het probleem, alstublieft?' vroeg de minister.

'Daarvoor moeten we naar de bron.'

'De bron?'

'Het woord minister, wat betekent dat, excellentie?'

'Regeringsleider, iemand die het beleid van de regering uitvoert.'

'Fout.'

'Fout?'

'Het woord minister is afkomstig van het Latijnse *ministrum*, wat dienaar of helper betekent. Niet van de regering, maar van het volk.'

'Het volk? Ben ik een dienaar van het volk?'

'Dat is juist, een minister is een dienaar van het volk.'

'Maar dat zet de zaak in een heel ander licht.'

'Ga door.'

'Als ik braaf de huidige bezuinigingen uitvoer, dien ik het volk niet. Ik breng het zelfs in gevaar, omdat een kleine krijgsmacht niet is opgewassen tegen een revolutie of een staatsgreep.'

'Om over een oorlog nog maar te zwijgen.'

De minister keek naar zijn lijfwacht, die roerloos voor de deur stond. Hij hoopte op een signaal, een begrijpende blik, maar de beul gaf geen krimp.

'Bent u al uit de knel, excellentie?'

'Nee,' verzuchtte de minister. 'Als ik de bezuinigingen afblaas, krijg ik de premier op m'n dak en staat mijn baan op de tocht.'

'Is er geen alternatief? Een oplossing waar zowel het defensiepersoneel als de premier mee kan leven?'

'Ik zou de krentenbollen en de appelmoes van het menu kunnen halen.'

‘Wat dacht u van een oorlogje overslaan?’

‘Welk oorlogje?’

‘Bosnië, Irak, Afghanistan, vijfendertig doden, twee miljard euro.’

‘Dat waren vredesmissies.’

‘In landen waar Nederland niets te zoeken had, net als die piratenmissie voor de kust van Somalië. We kunnen niet eeuwig het schoothondje van de VS blijven, excellentie. We kunnen niet alle brandjes in de wereld blussen.’

‘Daar komt gedonder van.’

‘Geef ze dan gedonder, man. Sla met de vuist op tafel en roep: “Nu is het genoeg, vanaf nu worden er geen miljoenen meer over de balk gesmeten en mensenlevens opgeofferd om de kont van Amerika te kussen. Het volk heeft mij gekozen en het volk zal ik dienen.”’

‘Dat is het,’ riep de minister bevlogen, ‘ik ga de strijd aan.’

Walter glimlachte, de lijfwacht knikte instemmend en de minister trok zijn stropdas nog verder los.

‘Wat kost dit consult eigenlijk?’ vroeg hij, nadat hij met een roze pochetje het zweet van zijn voorhoofd had geveegd.

‘Als u het van onze belastingcenten declareert, niets.’

‘En als ik het zelf betaal?’

‘Een mud krentenbollen en tien blikken appelmoes.’

De kantine was een plaatje: zes grenen tafels met bijpassende stoelen, een modern keukenblok met een inbouwkoelkast, een magnetron en een koffie- en theepercolator, een draaiautomaat met snoeprepen en chipszakjes, een comfortabele zithoek om na de lunch heerlijk uit te buiken, en een originele Wurlitzer-jukebox met relaxplaatjes voor de nodige ontspanning.

‘Volgende week is Walter jarig,’ zei ik.

‘O, wat leuk,’ zei Nienke. ‘Hoe oud wordt hij?’

‘Eenenveertig.’

‘Walter is grappig,’ zei Dorien. ‘Hij zegt altijd: “Dag, juffrouw

Dorien", als ik hem op de gang tegenkom.'

We zaten met z'n allen aan een lange tafel. Bart en Isolde, die meestal in hun eigen kantoor lunchten, waren er ook en Kim had de receptie voor even verlaten.

'Komt er een knalfeest?' vroeg Kim. 'Ik ben dol op knalfeesten.'

'En cadeautjes,' zei Gina, 'massa's cadeautjes.'

Cecile en Sofie hielden zich op de vlakte. Feesten en cadeautjes pasten niet bij Walter. Zijn verjaardag vergeten, daar zouden we hem een geweldig plezier mee doen. Maar dat stadium waren we intussen gepasseerd. Ik had mijn mond voorbijgepraat en moest op zoek naar een passende oplossing, anders zouden ze de hele etage versieren en Walter met twintig liedjes een gesticht in zingen.

'Wat vindt Walter leuk,' informeerde Dorien, 'paintballen, bowlen?'

'Paintballen is supergaaf,' zei Kim. 'Lekker een uurtje schieten op elkaar, daar knap je echt van op.'

Bart had zijn koffiebeker bijgevuld en kwam weer aan tafel zitten. 'Ik kan me vergissen,' zei hij, 'maar volgens mij is Walter geen feestmens.'

'Walter houdt van rust,' zei Sofie.

'Laten we dan een rustig feestje houden,' stelde Isolde voor.

'Wat is een rustig feestje?' vroeg Cecile.

'Een feestje zonder muziek, liedjes, slingers, drank, taart, chips...'

'Dat is geen feestje, dat is een begrafenis,' zei Dorien.

'Een taart kan wel,' zei ik. 'Walter lust geen taart, maar een taart is in elk geval rustig.'

'En cadeautjes,' zei Gina, 'cadeautjes zijn ook rustig.'

'Waar houdt Walter van?' vroeg Bart. Bart was tweeëndertig jaar. Hij leek een beetje op Walter: hij zei niet veel, droeg dure pakken en had een hekel aan kabaal, vandaar dat hij tijdens de pauzes vaak in zijn kantoor bleef.

‘Kaartjes,’ zei ik.

‘Bioscoopkaartjes, theaterkaartjes?’

‘Wenskaartjes, Walter houdt van wenskaartjes.’

‘Leuke verjaardag,’ zei Kim beteuterd, ‘negen kaartjes en een taart.’

‘Vierhonderd kaartjes en een taart.’

‘Vierhonderd?’

‘Ik snap het al,’ zei Cecile, ‘we mailen al onze klanten dat Walter jarig is en vragen of ze hem een kaartje willen sturen.’

‘Dat zal hij fijn vinden,’ zei Nienke, ‘ik regel de mailtjes wel.’

‘Dan bestel ik drie taarten,’ zei Sofie, ‘slagroom, mokka en frambozen.’

‘En een slingertje?’ vroeg Kim, die haar voorhoofd met een bons op de tafel had gelegd. ‘Een slingertje kan toch geen kwaad?’

Iedereen lachte. Kim was achttien jaar en zo spontaan als een stuiterbal. Na het kennismakingsgesprek wilde ik haar eerst niet aannemen, omdat ze te vrolijk en ongeremd was. Maar toen ze een middagje had proefgedraaid en de klanten verrassend correct en discreet had ontvangen, moest ik mijn mening herzien. Er bestonden blijkbaar twee Kims: de keurige receptioniste van BIB, en de uitbundige tiener waar zelfs Bart af en toe om kon lachen.

Ik legde een hand op haar rug. ‘Hang maar een slingertje op, Kim. En na sluitingstijd gaan we met z’n allen uit eten.’

Kim ging weer rechtop zitten. Haar sluike sneeuwwitte haren hingen voor haar rossige gezicht. ‘Ik weet een supergoeie Chinees,’ zei ze. ‘De ober is onbeschoft, maar het eten is erg lekker.’

‘Mag mijn moeder mee?’ vroeg Gina. ‘Ze is volgende week ook jarig en ze heeft verder niemand.’

‘Neem je moeder maar mee,’ zei ik.

‘En Walter?’ vroeg Dorien.

‘Walter gaat naar zijn eigen moeder, zij heeft verder ook niemand.’

Van alle klanten sprak Walter het liefst met kunstenaars. Acteurs, schilders, schrijvers, beeldhouwers, cineasten, iedereen die in staat was iets moois te creëren uit niets, kon op Walters volle aandacht rekenen. Ook als de artiest in kwestie een talentloze onbenul was, zoals Guus Muizelaar.

'Waarom wilt u kunst maken, meneer Muizelaar?'

'Ik hou van kunst, ik ben bezeten van kunst, dag en nacht denk ik aan kunst. Waar ik ook kom, wat ik ook doe, overal zie ik kunst.'

'Maar u bakt er niets van.'

'Klopt,' zei Guus, 'ik bak er niets van.'

'Kunt u tekenen?'

'Huisjes, boompjes.'

'Schilderen?'

'Als een blinde aap.'

'Beeldhouwen?'

'Tot er niets overblijft.'

'Fotograferen?'

'In de mist.'

'Zingen?'

'Voor doven en slechthorenden.'

'Dansen?'

'Na dertig biertjes.'

Ik begon medelijden te krijgen met Guus. Toen hij binnenkwam zag hij er nog hoopvol en opgewekt uit, maar naarmate Walter zijn vragen als kogels op hem afvuurde, veranderde hij in een lusteloos wrak.

'U kunt dus niets,' concludeerde Walter.

'Niets,' zei Guus. Hij keek naar zijn tengere handen, waar gele en paarse verfspatjes op zaten. 'Ik heb alles geprobeerd, maar ik kan niets.'

'Dan mag ik u feliciteren.'

'Feliciteren?'

'Vijfennegentig procent van de kunststudenten is ervan overtuigd dat ze geniaal zijn, maar na hun opleiding verkopen ze rookworsten bij de HEMA. U bent ervan overtuigd dat u niets kunt, en uw werk hangt over een jaar in het Stedelijk, het Prado en het Guggenheim Museum.'

'Neemt u mij in de maling?'

'Allerminst, meneer Muizelaar.'

'Waarom zegt u dan dat ik over een jaar beroemd ben?'

'Omdat ware kunst uit zelfkennis en gebrokenheid voortkomt.'

'Ja,' beaamde Guus gelaten, 'gebroken ben ik wel.'

Walter haalde een schrijfblok, een potlood en een schaar uit mijn kantoor en ging weer zitten. 'Gebrokenheid, Muizelaar, dat wordt uw thema. Let op.' Met het potlood krabbelde hij haastig een grote boterham op het schrijfblok. Vervolgens nam hij de schaar en knipte de boterham in vier gelijke stukken. De vier stukken legde hij op de salontafel, een halve centimeter uit elkaar, en draaide het geheel diagonaal.

'Wat ziet u, Muizelaar?'

'Een scheve boterham in vier stukken.'

'Beter kijken. U ziet toch overal kunst, zei u?'

Guus bekeek de stukken opnieuw. Hij tuitte zijn lippen en begon hardop te associëren: 'Brood, voedsel, eten, lunch, gebroken... *lunch break*?'

'Vervang de boterham door een koffiepot, wat ziet u?'

'*Coffee Break*.'

'Een hart.'

'*Heartbreak*.'

'Een pakje sigaretten.'

'*Cigarette Break*.'

'Maak die collages, Muizelaar. Zaag de vormen uit verschillende stukken hout, schilder ze in alle denkbare kleuren en plak ze op vierkante panelen. Als de werken klaar zijn belt u Silvester Bol.' Walter pakte een visitekaartje uit zijn binnenzak en gaf het aan Guus. 'Silvester is galeriehouder en heeft contacten met musea en vooraanstaande galeries in de hele wereld, hij zal uw werken groots in de markt zetten. Ondertussen maakt u kopieën van de collages in andere kleuren en kleursamenstellingen. Schilder met een kwast, niet met een roller of een spuitbus, dat versterkt de originaliteit en verhoogt de waarde van de werken. Lever vakwerk af, Muizelaar, desnoods met hulp van een timmerman, en signeer alle collages met de naam Trentino.'

'Trentino?'

'Gustavo Trentino, het kunstgenie van de eenentwintigste eeuw.'

Guus keek naar het visitekaartje. 'Ben ik echt een genie?'

'U bent een kluns, Muizelaar. Maar de mensheid wil genieën zien. Stel ze niet teleur, geef de schaapjes wat ze willen en geniet ervan.'

Na zijn dagelijkse middagdutje bezocht ik Walter in zijn surrogaatwoning op de achtste etage. Sinds het vertrek van de vlieger- en frisbeefirma was het er muisstil geworden. De kantoorruimtes waren nog leeg en zouden bij een volgende uitbreiding alleen voor geluidsarme activiteiten worden gebruikt.

'Gefeliciteerd met je verjaardag,' zei ik.

Walter stond voor de spiegel in de slaapkamer. Hij had een grijs pak aan en schoof een zilveren dasspeld over zijn zwarte stropdas.

'Dat heb je al drie keer gezegd vandaag, Iris.'

'Ik weet het,' zei ik, 'maar ik ben gek op feliciteren.'

'Je bent gek van de zenuwen.'

'Waarom zou ik zenuwachtig zijn?'

Walter draaide zich om. Met een zachte borstel veegde ik wat stofjes van zijn schouders en mouwen.

'Omdat je bang bent dat ik je verrassingsfeestje niet leuk zal vinden.'

Ik gooide de borstel op het opgemaakte bed. 'Hoe weet je dat nou weer? Heeft je moeder soms ook al contacten binnen BIB?'

'Mijn moeder heeft veel contacten.'

'Dat heb ik gemerkt, ja. Dokter Mathews, Pieter Lunshof, Mette Klumpen, Irene Smits, Silvester Bol. Zit de koningin ook in haar kaartenbak?'

'Via via,' zei Walter.

Ik zuchtte en pikte een roosschilfertje uit zijn linkerwenkbrauw. Ik merkte dat mijn hand trilde. Walter had het ook gezien en pakte mijn pols vast.

'Wie ben ik, Iris? Wie ben ik voor jou?'

We keken elkaar recht in de ogen, mijn hart bonsde in mijn keel.

'Een vriend, een goede vriend. De beste vriend die ik ooit...'

Hij liet mijn pols los en legde heel even zijn wijsvinger op mijn lippen.

'Zou een vriend jou teleurstellen? Zou een goede vriend jouw verrassing om zeep helpen? Zou de beste vriend die je ooit hebt gehad jou voor schut zetten in het bijzijn van je collega's?'

'Het is een feestje, Walter. Jij houdt niet van feestjes.'

'Ik hou van mijn beste vriendin, beantwoordt dat je vraag?'

'Nee,' zei ik, en gaf hem een onstuimige zoen op zijn wang.

In de lift veegde ik de lippenstift van zijn gezicht en klopte een roosvlokje van zijn schouder. De seizoenen waren weer volop aan het veranderen, ik besloot een goede antiroosshampoo voor hem te kopen.

Het feestje verliep zonder problemen. In de kantine werd Walter met een kort verjaardagsliedje onthaald, hij kreeg handen, zoenen en felicitaties van iedereen en nam plaats op een versierde stoel. De eenenveertig kaarsjes op de slagroomtaart blies hij in twee pogingen uit. Uit beleefdheid at hij een stukje frambozentaart mee. Pas toen hij zijn taartpuntje op had, zag hij dat Roos, Madelief en mijn moeder ook waren aangeschoven. Hij knikte naar ze, verrast en verlegen.

Het verjaardagscadeau was een houten bolderkar vol met

wenskaarten, pakjes en bloemen. 'Van alle klanten,' zei Cecile, die samen met Nienke de zware kar naar binnen had getrokken.

'Vierhonderdvierendertig stuks,' zei Kim, 'ik heb ze geteld.'

Voor de foto opende Walter één pakje. Er zat een kleine piramide in. Op het bijgevoegde kaartje stond: *Gefeliciteerd, ouwe reus, je bent een kanjer. Veel liefs van Bob, Jenny en de kids.*

Walter zette de piramide naast zijn gebaksbordje en bedankte iedereen. Hij kwam nauwelijks uit zijn woorden. De drukte was zo overweldigend dat hij een hoestbui simuleerde om zijn schaamte te verbloemen.

Naderhand, toen Gina, Sofie en Kim de tafel afruimden en Walter met de miniatuurpiramide in zijn hand voor het raam stond, realiseerde ik mij dat hij niet alleen dit lastige verrassingsfeestje voor mij had doorstaan, maar alles wat er tot dan toe was gebeurd. Walter was een tevreden mens toen ik hem voor het eerst ontmoette. Hij verafschuwde kabaal, diepzinnige gesprekken met wildvreemde mensen en zinloze cadeautjes. Toch had hij het gedaan, voor mij, de vrouw die hij zijn beste vriendin noemde, de vrouw van wie hij hield, maar met wie hij nooit een stap verder zou kunnen gaan.

Die middag ontving Walter drie klanten: Roos, Madelief en mijn moeder. De namen stonden al twee maanden op het planbord en de gesprekken waren een vervolg op hun eerdere ontmoetingen.

'Mijn column is een waanzinnig succes,' zei Madelief. 'De oplage van het tijdschrift is met veertig procent gestegen en mijn man trekt alleen thuis nog zijn onderbroek uit.'

'Heel fijn, Madelief,' zei Walter, 'vooral dat van die onderbroek.'

Madelief giechelde. Ze zag er gelukkig uit. Haar versplinterde leven was volkomen hersteld door het schrijven van verhaaltjes over een mopperende vagina.

'Maar ik heb een nieuw probleem.'

'Vertel.'

'Er zitten uitgevers achter mij aan, acht uitgevers. Ik ben er heel blij mee, daar niet van, maar ik weet niet welke ik moet kiezen.'

'Hoeveel columns zijn er tot dusver verschenen?'

'Zeventien, morgen verschijnt de achttiende.'

'Dat is te weinig voor een boek. Wacht tot er veertig zijn gepubliceerd en maak dan een keuze. En laat bij elke column een leuke tekening plaatsen, dat maakt het boek aantrekkelijker.'

'Veertig tekeningen van een vagina?'

'Van de situatie, Madelief. Laat die vagina alsjeblieft met rust.'

Roos stond voor een dilemma. Voor haar studie moest ze twee maanden naar Peru om deel te nemen aan een opgravingsproject. De kosten voor de reis waren geen probleem, maar haar gezin kon haar niet zo lang missen.

'Hoe oud ben je, Roos?'

'Dertig.'

'Heb je veel kansen laten liggen toen je achttien en vrijgezel was?'

'Heel veel.'

'Daarvan zul je nu de consequenties moeten dragen.'

'Maar dat is niet eerlijk. Door mijn gestoorde ouders heb ik een rotjeugd gehad en de verkeerde keuzes gemaakt.'

'En daar moeten jouw kinderen nu voor boeten?'

Roos slikte. Ze trok een tissue uit de doos en depte haar ogen.

'Het is maar voor twee maandjes,' drong ze aan.

'Begrijp me niet verkeerd, Roos,' zei Walter, 'ik vind het fantastisch dat je op je dertigste alsnog je droomwens gaat vervullen. Maar je bent niet meer alleen. Je hebt een echtgenoot die van je houdt, je hebt drie jonge kinderen die hun mama al missen als ze een hele dag op de universiteit is geweest, en je hoeft niet helemaal naar Peru om een goede archeoloog te worden.'

‘Waar moet ik dan heen?’

‘Als je wilt kun je in de zomervakantie met je gezin naar Florence. Zoals je weet zijn daar opgravingen gaande en zouden ze het geraamte hebben gevonden van het meisje dat model heeft gestaan voor de *Mona Lisa*.’

‘Daar mag een studentje uit Holland toch niet zomaar aan meedoen?’

‘Dat is waar,’ zei Walter, ‘maar bij BIB is alles mogelijk.’

Mijn moeder heette weer mevrouw Hauser. Ze was vijftien kilo afgevallen en had een fortuin besteed aan cosmetische ingrepen. Het resultaat mocht er zijn, maar mijn vader werd er niet warm of koud van.

‘Bent u verstandelijk gehandicapt?’ vroeg Walter.

‘Nee,’ zei mijn moeder.

‘Dement?’

‘Ook niet.’

‘Dan weet u nog precies wat ik u vier maanden geleden heb verteld.’

Mijn moeder boog haar hoofd. ‘Hoelang moet ik nog wachten, Walter? Waarom reageert mijn man niet?’

‘Hoelang heeft u hem als een stuk vuil behandeld?’

‘Sinds de geboorte van Roos, dertig jaar ongeveer.’

‘En nu verwacht u na vier maanden een wonder?’

Walter reikte haar een tissue aan. Ze erkende dat ze ongeduldig was en nog steeds wanhopig naar liefde en aandacht snakte. Walter toonde begrip voor haar situatie. Hij beloofde dat het allemaal goed zou komen en raadde haar aan de metamorfose ook in de slaapkamer gestalte te geven. Blozend als een bakvis stond mijn moeder op. Ze bedankte ons hartelijk, waarna ze er snel vandoor ging.

In de parkeergarage nam ik afscheid van Walter. Ik feliciteerde hem voor de vijfde keer en gaf hem een envelop mee met een felicitatiekaart voor zijn moeder. ‘Dank je wel, Iris,’ zei hij, ‘dat zal ze waarderen.’

Toen Walter in de auto was gestapt en ik hem had uitgezwaaid, fietste ik met Sofie naar het Chinese restaurant. De ober was inderdaad onbeschoft en mijn eten lag al voor het toetje in de wc.

15

Zes maanden na de lancering van BIB Hauser zaten Cecile en ik weer bij de Kamer van Koophandel. In overleg met Thijs hadden we besloten mijn eenmanszaak om te zetten in een bv. Vanwege de toenemende inkomsten zou het fiscaal aantrekkelijker zijn, en bij een eventueel faillissement werd er geen beslag gelegd op mijn huis en privérekening.

Opnieuw zaten we te goochelen met de naam.

'BIB BV klinkt goed,' zei Cecile.

'En BV BIB?' stelde ik voor. 'BV BIB klinkt ook goed.'

'BIB Hauser BV is de volledige naam,' zei Cecile, 'maar dat is te lang.'

'Moet Hauser eraf?'

De juffrouw van de Kamer van Koophandel had minder geduld dan haar mannelijke collega die ons de vorige keer had geholpen. 'Welke naam u op bruiloften en partijen gebruikt zal mij worst wezen,' zei ze, 'bij ons staat uw bedrijf te boek als BIB Hauser BV. Moet ik de verandering registreren of wilt u er nog een nachtje over slapen?'

'Doe maar BIB Hauser BV,' zei ik.

'En ga naar de slijter,' zei Cecile, 'met een flesje Smirnoff kom je de eenzame nachten een stuk prettiger door.'

Tijdens de lunchpauze in mijn kantoor bespraken we de verandering met Sofie en Nienke. Nu we een bv waren geworden moest er ook een heldere organisatiestructuur komen. Tot dan toe hadden we alles samen gedaan en was er geen sprake geweest van een onderlinge rangorde. Die zou er in de praktijk ook niet komen, maar voor de huidige en nieuwe personeelsleden moest er wel een duidelijke hiërarchie worden gecreëerd, zodat ze wisten bij wie ze met hun vragen en problemen terechtkonden.

'Iris wordt de CEO,' zei Sofie.

'De wat?' vroeg Nienke.

'De *chief executive officer*, de baas, de chef, het opperhoofd van BIB.'

Ik pakte een broodje kaas uit een doos. Op de terugweg had Cecile een doos broodjes en een fles kinderchampagne gekocht. 'We hebben toch wat te vieren,' verklaarde ze, 'en zuipen tussen de middag zit er niet in.'

'Directeur lijkt me voldoende,' zei ik, 'maar alleen als er anderen bij zijn, anders kun je vertrekken.'

Cecile deelde printjes uit waarop een simpel grafiekje van de nieuwe BIB-structuur was getekend. Ik stond bovenaan, Cecile stond net onder mij als adjunct-directeur, Sofie werd benoemd tot hoofd Secretariaat en Nienke was haar eerste assistent en waarnemer.

Onder Cecile stonden zeven pijltjes naar afdelingen die we de komende weken moesten uitbreiden of invullen: boekhouding, personeelszaken, pr, systeembeheer, archief, bewaking en kantine.

'Bart wordt hoofd Boekhouding,' zei Cecile, 'voor de andere jobs heb ik wat mensen gepolst, daar horen we binnenkort meer van.'

'Hebben we ook iemand nodig voor de kantine?' vroeg Nienke.

'In principe niet,' zei ik, 'maar met zoveel personeel is het wel zo leuk om verse broodjes, soep en andere lekkere dingen te verkopen. Daarbij is een gezellige kantinejuffrouw altijd goed voor de sfeer.'

'En een bewaker,' zei Sofie, 'dat geeft een veilig gevoel. Je weet nooit of er weer zo'n mafkees met een steen of een bijl komt opdagen.'

'Voor die twee functies heb ik nog niemand gevraagd,' zei Cecile. 'Zal ik dat morgen bij het uitzendbureau doen?'
'Wacht nog maar even,' zei ik, 'ik heb al twee kandidaten op het oog.'

Eind april waren Sofie en ik een paar dagen in Londen geweest. Cecile vond dat we er afgemat uitzagen en had ons op een luxe tripje getrakteerd. Sinds de jaarwisseling hadden we non-stop gewerkt. Ik voelde me nog lang niet afgemat, maar ik accepteerde het reisje voor Sofie.
We verbleven in het chique Berkeley-hotel, tegenover Hyde Park. De suite was groter dan mijn woning, de slaapkamer had twee *queensize* bedden en op het dak van het hotel bevond zich een verwarmd zwembad.
Sofie zette haar koffer neer en liet zich voorover op een bed vallen. Haar linkerpump viel van haar voet, in de hak van haar kous zat een gat.
Ik zette mijn koffer naast het andere bed, trok mijn jas en laarzen uit en ging ruggelings op het bed liggen. De vliegreis had amper een uur geduurd, maar van deur tot deur waren we vijf uur onderweg geweest.
'Ik heb dorst,' mummelde Sofie in het kussen.
Ik sloot mijn ogen. In mijn hoofd stond een hoefsmid aanhoudend op een gloeiend hoefijzer te bonken, ik moest al uren plassen en ik had ook dorst.
Uiteindelijk stond Sofie op. Ze pakte twee blikjes cola uit de minibar, gaf er eentje aan mij en ging op de rand van haar bed zitten. De bedden waren zo hoog dat haar voeten boven de vloer bungelden.
'Ga je weer een Portugees versieren?' vroeg ik. Ik zat inmiddels rechtop tegen de achterwand van het bed. De cola was lauw, buiten begon het te schemeren, in de verte hoorde ik vogeltjes kwetteren.
'Het Portugezentijdperk is voorbij,' antwoordde Sofie. 'Sinds

het gesprek met Walter en twintig taaie therapiesessies, heb ik geen behoefte meer aan Portugezen of andere mannen.'

'Heb je nu behoefte aan vrouwen?'

'Vrouwen heb ik geprobeerd: een blonde fysiotherapeute uit Noorwegen en een halfbloedje met lange harsnagels. Je moet alles twee keer proberen voordat je een oordeel kunt vellen. De fysiotherapeute had grote borsten en zachte lippen. Ze was teder, zo teder dat ik bijna moest grienen. Met het halfbloedje heb ik gedoucht. Haar borsten waren op vakantie en de krassen van haar nagels hebben weken op mijn rug gestaan. Vanaf die dag wist ik dat ook vrouwen mijn behoefte niet konden vervullen.'

'Dat kon alleen je vader.'

Sofie knikte. Ze stond op en slofte naar het raam. 'Een vader is de enige die de innerlijke behoefte van een kind kan vervullen. Die vervulling heb ik acht jaar gehad, toen ging mijn vader dood en probeerde ik mijn behoefte te vervullen met orgasmen, veel orgasmen. Maar mijn behoefte werd nooit vervuld, omdat seks geen vervanger is voor liefde. Seks is een vervanger voor verveling, eenzaamheid, waanzin. De liefde laat zich alleen vervangen door liefde, en die liefde had ik allang ontvangen van mijn vader. Al die tijd dat ik met Portugezen en andere malloten door bedden zakte, woonde zijn liefde in mij. Pas toen ik dat besefte, viel het verlangen naar seks weg.'

Ik dronk mijn blikje cola leeg, liep gehaast naar de badkamer en plaste in het donker. Terwijl ik langzaam leegliep, kwam Sofie op het bidet naast mij zitten. Ze plaste ook, haar colablikje zette ze op de koude tegelvloer.

'Zou mijn vader trots zijn, denk je?'

'Trots waarop?'

'Op wie ik ben geworden, wat ik met mijn leven heb gedaan.'

'Het maakt niet uit wie je wordt of wat je met je leven doet, elke vader is trots op zijn kind.'

'Jouw vader ook?'

'Mijn vader is één keer trots op mij geweest, toen ik achttien was en ging studeren in de grote stad. Hij bleef in zijn stoel zitten en zei: "Daar gaat mijn jongste dochter. Ze heeft mijn leven vergald, maar nu gaat ze eindelijk weg. Veel succes, kleintje. Ga andere levens vergallen, maak je vader trots." Dat eerste heb ik gedaan, ik heb talloze levens vergald, waaronder dat van mij, maar trots is hij nooit meer geweest.'

Meneer Van Ravenstein stond voor het aanrecht. Hij droeg een witte schort en draaide kleine gehaktballetjes. Op het fornuis stonden twee ouderwetse pannen. In een pan werden aardappelen gekookt, in de andere snijboontjes. De koekenpan voor de gehaktballetjes stond nog op het aanrecht.

'Het is aan, Iris,' zei hij, 'we hebben wat.'

'Met Babette?'

'Met Babs, ze wil dat ik haar Babs noem, dan voelt ze zich jonger.'

Gedurende de afgelopen maanden had ik ze vaak zien wandelen, arm in arm, als een stel dat elkaar al veertig jaar kent. Soms gaf hij haar een zoen en legde ze even haar hoofd op zijn schouder. Een enkele keer stonden ze in haar portiekje te knuffelen. Dan liep ik gauw naar de overkant en telde de stoeptegels tot ik thuis was.

'Je blijft toch wel eten, Iris? Er is genoeg voor drie.'

'Graag,' zei ik, 'ik blijf graag eten.'

De maaltijd werd in stilte genuttigd. Rambam lag in een nieuwe mand. Af en toe sprongen zijn wenkbrauwen omhoog. Op de hondentraining had hij geleerd niet te bedelen, maar de hoop op een verdwaald gehaktballetje kon hij nog niet opgeven. De bruine kat van Babette lag op een kussentje op de centrale verwarming. Zijn wenkbrauwen bewogen niet, alleen het topje van zijn staart krulde voortdurend op en neer, alsof hij droomde van een wereld vol gehaktballetjes.

Na het eten dronken we koffie. Babette had de tafel afgeruimd en sneed drie plakjes van een chocoladecake.

'Hoe gaat het met je bedrijf?' vroeg ze. 'Je hebt toch een bedrijf?'

'Ik heb een adviesbureau,' zei ik, 'en het gaat goed, heel goed zelfs.'

'Dat dacht ik al,' zei meneer Van Ravenstein. 'Elke morgen zie ik je met meneer Walter in een auto stappen, en tegen vijven komen jullie weer thuis.'

Babette legde de plakjes op schoteltjes en zette ze voor ons neer. Ik zag dat ze plezier had in het serveren van eten, het werd tijd om te vragen of ze haar kunsten ook bij BIB wilde vertonen.

'Kantinejuffrouw?' reageerde ze blij verrast. 'Dat lijkt me geweldig.'

'We zoeken ook een bewaker,' zei ik, 'het liefst iemand met een hond.'

Meneer Van Ravenstein had wat zorgelijk gekeken toen ik Babette een baan had aangeboden, maar nu kikkerde hij weer op. 'Ik heb een hond,' zei hij, 'en ik heb dertig jaar bij de marechaussee gewerkt.'

Ik wist dat meneer Van Ravenstein bij de marechaussee had gewerkt en wegens overmatig drankgebruik met vervroegd pensioen was gestuurd. In een uitdraai van zijn medisch dossier, dat ik via dokter Mathews in handen had gekregen, stond ook dat zijn bloeddruk aan de lage kant was en dat hij sinds het wegvallen van de alcohol een licht slaapmiddel gebruikte.

'Om hoeveel uren gaat het?' vroeg Babette.

'We willen ook nog een beetje van onze vrije tijd genieten, begrijp je?' zei meneer Van Ravenstein.

'Het aantal uren laat ik aan jullie over. Misschien kunnen jullie dezelfde uren gaan draaien, dan hoef je elkaar nooit te missen.'

Rambam hief zijn kop op. Hij had geen idee waarover we spraken, maar instinctief voelde hij dat er nieuwe dingen stonden te gebeuren.

'Laten we met twee dagen beginnen,' stelde Babette voor.

'Is dat niet te weinig?' vroeg meneer Van Ravenstein.

'Nee hoor,' zei ik, terwijl ik mijn plakje cake pakte. 'Er komen nog meer kantinedames en bewakers bij, en jullie mogen de dagen zelf bepalen.'

Meneer Van Ravenstein pakte Babettes hand. Ze overlegden even met elkaar en besloten dat maandag en woensdag de beste dagen waren. Op dinsdag gingen ze altijd naar de bioscoop en vrijdag was hun wandeldag. Wat ze op donderdag uitspookten vroeg ik niet.

'Zullen we gaan zwemmen? Ik heb zin om te zwemmen.'

'Ga maar vast, ik kom straks.'

Sofie stond in haar slip en beha naast mijn bed. Onder haar rechterarm zat een opgerolde hotelhanddoek, onder haar linkerarm de *Daily Mail*.

'Sinds wanneer lees jij de *Daily Mail*?'

'Ik kon niets anders vinden.'

We hadden de hele dag geshopt, eerst in Soho en Bond Street, waar het wemelde van de leuke boetiekjes en trendy modewinkels. Daarna reden we met een taxi naar het hotel, lieten onze tassen door een aardige bediende naar onze hotelkamer brengen en wandelden richting Harrods, dat zich op loopafstand van het hotel bevond. Het beroemde warenhuis viel tegen. Het zag er wonderschoon uit, precies zoals ik het mij had voorgesteld, maar de verkopers waren kil en de artikelen veel te duur. We hadden geld genoeg om te kopen wat we wilden, maar bij het zien van de prijskaartjes verdween het plezier en we liepen na een halfuurtje rondkijken terug naar het hotel.

'Heb je geen bikini?'

'Ik wist niet dat er een zwembad bij het hotel zat.'

'Wil je mijn bikini lenen?'

'Die heb jij nodig, als je komt tenminste.'

'Ik kom wel. Bestel maar vast een rood wijntje en een broodje brie.'

Sofie knikte en liep naar de deur. Ze droeg geen slip maar een string. Op haar bleke billen stonden de striemen van haar nieuwe spijkerbroek.

Toen ze de kamerdeur achter zich had dichtgetrokken belde ik Walter.

'Zet de tv eens aan,' zei hij, 'op CNN. Kun je CNN ontvangen?'

Ik pakte de afstandsbediening van Sofies bed, zette de tv aan en zapte langs wat zenders naar CNN. Onder in het beeld stond een tekstbalk met de woorden: *Breaking News. Dutch Minister of Defense pulls Netherlands out of NATO.*

'Heb je CNN gevonden?' vroeg Walter ongeduldig.

'Ja ja,' zei ik, 'ik zet het geluid wat harder.'

Met de telefoon aan mijn oor luisterde ik naar de presentator: 'Tijdens de NAVO-top in Brussel heeft de Nederlandse minister van Defensie zijn land teruggetrokken uit de NAVO. Tegenover de pers verklaarde hij dat hij geen mensenlevens meer wil opofferen en miljarden verspillen om de Verenigde Staten tevreden te stellen.'

'Dat heb ik niet gezegd, Iris,' zei Walter. 'Die man slaat door.'

'We moesten toch stoppen met die vredesmissies?'

'Maar niet uit de NAVO stappen, dat is gekkenwerk.'

Walter klonk boos. Hij hield een vurig betoog over zinloze vredesmissies, wankelende economieën en het belang van de NAVO.

Ik beaamde elke zin die hij uitsprak, maar zijn woorden drongen niet tot mij door. Het was zijn stem, zijn opgewonden stem die mijn aandacht trok. Sinds we elkaar kenden was Walters stem een kalmerende factor geweest, een aangename bevestiging dat ik leefde en er niet alleen voor stond. Maar diezelfde stem, waar ik gaandeweg aan gewend en verknocht was geraakt, bracht mij nu in vervoering en gaf mij heel even de illusie dat Walter toch meer voor mij kon zijn dan een goede vriend.

De presentator ontving een briefje. Hij las het vluchtig door en vervolgde zijn verslag: 'Zojuist bereikte ons het bericht dat de minister niet namens de Nederlandse regering heeft gesproken en met onmiddellijke ingang op non-actief is gesteld.'

'Heb je het gehoord, Iris? Heb je gehoord wat hij zei?'

Ik zette de tv uit en ging op de rand van mijn bed zitten.

'Ik heb het gehoord, Walter,' zei ik, 'ik heb alles gehoord.'

In het grafiekje van Cecile stond ook een pijltje naar een notaris. Het liefst zouden we Jasper Loman, die vrijwel al zijn tijd aan onze zaken besteedde, per direct overnemen. Maar Cecile wilde Thijs niet onnodig in de problemen brengen. Daarom hadden we een afspraak met hem en Jasper gemaakt, in de hoop dat we de zaak in goed overleg konden afhandelen.

De meeting vond plaats in het kantoor van Jasper. Annet was er niet bij, wel Jaspers secretaresse Melissa, die ook in de deal was opgenomen.

'Willen jullie koffie, thee, iets fris?' vroeg ze.

We hadden elkaar hartelijk begroet. Melissa was al op de hoogte van het plan en fluisterde in mijn oor dat ze niet kon wachten om te verkassen. Van Sofie had ik vernomen dat de sfeer op het kantoor flink was verziekt. Annet, die in theorie boven de andere secretaresses stond, snauwde iedereen af, en de opvolgster van Sofie beweerde dat ze van adel was en niet met het gepeupel wenste te spreken.

'Ga je me kaalplukken, Iris?' vroeg Thijs. 'Eerst jij en Sofie, nu Jasper en Melissa, nog even en ik kan de tent sluiten.'

'Stel je niet aan,' zei Cecile. 'Wees blij dat het goed met haar gaat.'

'Excuseer,' reageerde hij nukkig, 'jonkheer Arthur was weer op bezoek vandaag. Hij had een Wc-buddy met armleuningen en een automatische billenborstel ontworpen, en Orfeline schijnt zich al weken niet te wassen.'

Melissa had iedereen een drankje geserveerd. Ze ging naast mij aan de conferentietafel zitten, pakte een notitieblok en zei dat de meeting wat haar betreft kon beginnen.

Jasper opende het bal met de mededeling dat hij het uitstekend naar zijn zin had bij Willink & Partners, maar dat hij een overgang naar BIB ook wel zag zitten. Melissa beaamde zijn standpunt en zei dat ze toe was aan een nieuwe uitdaging.

We keken naar Thijs. Hij moest beslissen of de overstap kon doorgaan. Jasper Loman was een volwaardig partner van het notariskantoor en kon niet met een simpel ontslagbriefje vertrekken.

'Ik heb er geen bezwaar tegen,' zei hij, 'maar ik wil er wel wat voor terug.'

'Hoezo, terug?' vroeg Cecile. 'Wat wil je ervoor terug?'

'Tien procent van BIB, een facelift en Jasper neemt Arthur la Bretonnière mee.'

In de auto had Cecile mij uitgelegd dat Jasper zich moest uitkopen bij het notariskantoor en dat Thijs het bedrag mogelijk wilde investeren in de bv.

'Ik geloof in BIB,' benadrukte Thijs, 'BIB is een goudmijn.'

'Ik geloof ook in BIB,' zei ik, 'maar Arthur la Bretonnière mag je houden.'

'En de facelift, wie betaalt mijn facelift?'

'Arthur la Bretonnière,' zei Cecile.

Na wat gemopper ging Thijs akkoord. Hij schudde Jasper joviaal de hand en wenste hem veel succes. Melissa kreeg drie zoenen en Cecile opende een fles champagne.

We toostten op BIB, Jasper, Melissa en de Wc-buddy met armleuningen en ingebouwde billenborstel.

'Heb je er weer een gekocht?' vroeg Cecile.

'Twee,' zei Thijs, 'met extra borstels en geparfumeerde doekjes.'

Sofie wilde naar een musical. Ik wilde in het reuzenrad. Ze twijfelde tussen *Aladdin* en *Mamma Mia*. Ik wilde de lichtjes van Londen zien, niet janken om een paar afgezaagde liedjes. Het werd *Mamma Mia*.

'Ga je meezingen? Als je gaat meezingen ben ik weg.'

'Ik ga niet meezingen.'

We zaten in een taxi naar het theater. Ik droeg een paarse strapless jurk die ik in een boetiekje in Soho had gekocht. Sofie droeg dezelfde jurk, maar een meter korter.

'Hij kruipt op.'

'Wie kruipt op?'

'Je jurk, ik kan je onderbroek zien.'

Sofie trok haar jurk omlaag. De onderbroek verdween en haar linkerborst viel over de rand.

'Waarom heb jij altijd iets achterlijks aan als we naar het theater gaan?'

'Mijn jurk is niet achterlijk. Die latexbroek, die was achterlijk. Met die jurk is niets mis. Heb je een sjaaltje bij je?'

Ik opende mijn tas en gaf haar een sjaaltje. Sofie stopte de borst terug in de jurk, drapeerde het sjaaltje over haar schouders en hield de punten voor haar buik bij elkaar.

'Wou je de hele avond zo blijven zitten?'

'Tot het licht uitgaat, dan laat ik de punten los.'

Mamma Mia duurde lang. De muziek stond hard en er zongen toch wat mensen mee. Ik keek op mijn horloge, ik wilde Walter bellen.

In de pauze rookte Sofie een sigaret. Haar beide borsten hingen over de rand van haar jurk, maar werden volledig bedekt door het sjaaltje waarvan ze de punten met een haarspeld had vastgezet. Ik at een Mars en bleef op mijn horloge kijken. Die middag had ik Walter tien keer tevergeefs gebeld. Als ik hem na de pauze weer niet te pakken zou krijgen, zou ik meneer Van Ravenstein naar boven sturen.

Toen de gasten eindelijk in de zaal zaten en de tweede helft van *Mamma Mia* losbarstte, nam Walter direct de telefoon op. Ik stond in een hoekje van de foyer, waar het nagenoeg stil was.

'Waar zat je nou?'

'Bij mijn moeder.'

'Bij je moeder?'

'Het is kroningsdag, 30 april.'

Op dat moment schoot het me weer te binnen, ik kon wel door de grond zakken van schaamte. 'Het spijt me, Walter. Het spijt me oprecht.'

'Geeft niets, Iris.'

Walter reageerde luchtig, maar aan zijn stem hoorde ik dat hij een zware dag had gehad.

'Hoe ging het met je moeder? Wil je erover praten?'

'Ik wil overal over praten, maar niet over 30 april.'

Ik dacht aan zijn vader die hij nooit had gekend, de vader van wie ik niets wist, behalve dat hij twee weken na Walters geboorte was overleden en als een donkere wolk boven het gezin was blijven hangen.

'Laten we dan over de kroning praten, hoe was de kroning?'

'Onwerkelijk.'

'Is er iets geks gebeurd, een aanslag?'

'Massale demonstraties, overal in het land.'

'Demonstraties tijdens de troonswisseling?'

'Honderdduizenden mensen zijn met grote spandoeken en Nederlandse vlaggen de straat op gegaan om de ontslagen minister te steunen.'

'Wat willen ze daarmee bereiken?'

'Dat de regering opstapt.'

Ik lachte en dacht dat Walter mij in de maling nam. Maar Walter had mij nog nooit in de maling genomen.

'Dat heeft toch geen zin,' zei ik.

'Blijkbaar wel.'

'Hoezo?'

'Sinds vier uur vanmiddag is het kabinet voor spoedberaad bijeen. Op de tv meldde een verslaggever dat het elk moment gebeurd kan zijn.'

In de zaal werd luidkeels 'Dancing Queen' meegezongen. Ik liep naar een bankje en ging zitten. Een meisje van het theater verzamelde lege glazen op een dienblad.

'Waar ben je? Ik hoor muziek.'

'Bij een musical, Sofie wilde naar een musical.'

'*Mamma Mia?*'

'*Mamma Mia.*'

Ik keek naar het meisje. Ze had rossig haar, een gezicht vol sproeten en stevige enkels. Ze glimlachte verlegen toen we elkaar aankeken.

'Wanneer kom je thuis?'

'Morgenavond.'

'Fijn.'

'Dancing Queen' was afgelopen, de toeschouwers klapten en floten alsof ze bij een voetbalwedstrijd zaten. Ik liep terug naar de foyer.

'Heb je me gemist?'

'Ja,' zei Walter, 'we moeten weer werken.'

De eerste grote BIB-vergadering was een feit. Alle vacatures in Ceciles grafiekje waren ingevuld en alle stoelen aan de vergadertafel waren bezet. Ik zat aan het hoofd. Links van mij zat Sofie, zij notuleerde de vergadering. Aan mijn rechterhand zat Cecile, die mij vooraf uitgebreid had geïnstrueerd hoe je een vergadering leidt. Ik was nerveus. Ik had Cecile gevraagd of zij de vergadering wilde leiden, maar dat weigerde ze. 'Jij moet het doen,' had ze gezegd, 'anders verlies je je gezag als directeur.' Van die uitspraak was ik niet kalmer geworden.

Ik begon met een informeel voorstelrondje en liet iedereen iets leuks over zichzelf vertellen. Dat was een prettige ijsbreker, volgens Cecile. De meeste mensen kende ik al, zoals Bart, Kim, Jasper, Babette en meneer Van Ravenstein, de andere kende ik alleen van het sollicitatiegesprek. Ze hadden niets opzienbarends te melden, behalve Linda Vink, die het archief beheerde. 'In het weekend ben ik een trol,' zei ze, 'een groene trol.'

'Is dat eng?' vroeg Kim.

'Welnee,' antwoordde Linda, 'trol zijn is een way of life.'

Kim haalde opgelucht adem. Bij het zien van een muis sprong ze al in de lamp, en als iemand een griezelig verhaal vertelde stopte ze stukjes brood in haar oren.

Na het voorstelrondje kreeg iedereen een kopie van het grafiekje en vertelde ik dat Kim, meneer Van Ravenstein en Babette voortaan alleen bij de jaarvergadering aanwezig zouden zijn, tenzij er dringende zaken aan de orde waren. Hetzelfde gold voor Linda Vink en Michiel Berg, die belast was met het beheer en onderhoud van het nieuwe computernetwerk.

'Zijn er vragen tot dusver?' vroeg ik.

Julia Overmars, een pittige pr-dame van honderd kilo, stak haar hand op. 'Er komen de laatste tijd veel aanvragen voor interviews binnen. De meeste journalisten willen u persoonlijk spreken. Ik weet dat u geen tijd heeft, maar ik kan ze niet allemaal het bos in sturen.'

'Ik kom zo wel even langs,' zei ik, 'dan pikken we de belangrijkste bladen en kranten eruit. De rest mag jij afhandelen.'

Julia knikte. Ik wist dat ze mondig genoeg was om alle interviews zelf te doen, maar als directeur moest ik ook af en toe mijn neus laten zien, al was het alleen maar om Walter uit de wind te houden.

Ik vervolgde de vergadering met de mededeling dat er tussen halftwaalf en halftwee 's middags geen kabaal mocht worden gemaakt op de achtste etage, en dat alle medewerkers een zomerbonus van duizend euro op hun bankrekening gestort zouden krijgen.

Tot slot vroeg Linda Vink of personeelsleden van BIB ook een afspraak met meneer Walter konden maken.

Cecile zei dat dat mogelijk was, mits het een serieuze zaak betrof.

Daarop sloot ik de vergadering, wenste iedereen die nog niet op vakantie was geweest een fijne tijd toe en gaf Sofie een stomp omdat ze een groene trol op haar notitieblok had getekend.

16

'Wanneer zijn de verkiezingen?'

'Volgende week, 10 september,' zei Walter.

'Weet je al op wie je gaat stemmen?'

'Nee.'

'Zweef je?'

'Ik ben nog nooit geland.'

We zaten op Walters achterbalkon. Het was een warme dag geweest. In de verte naderden donkere regenwolken. Walter droeg zijn korte bontjasje, leren handschoenen en blauwe pet met oorkleppen. In de binnentuinen en op de balkons was het rumoerig. De vakantie was allang voorbij, maar de meeste bewoners waren het vakantiegevoel nog niet kwijt.

'Hoe laat komt die minister morgen?'

'Na de laatste klant, net als de vorige keer.'

Walter keek op mijn horloge. Het horloge dat ik hem op eerste kerstdag wilde geven lag nog altijd in mijn nachtkastje, maar intussen had hij wel vier horloges voor mij gekocht.

'Heb je Quist gebeld?' vroeg hij.

'Quist is op de hoogte.'

Loom draaide Walter zijn gezicht naar mij toe. Onder zijn pet liepen twee zweetdruppeltjes over zijn voorhoofd.

'Je zorgt voor me, Iris.'

Ik pakte een schoon zakdoekje en veegde de druppels weg.

'Dat heb ik je moeder beloofd,' zei ik.

Walter glimlachte en draaide zijn gezicht weer naar voren.

Het meisje aan de overkant had een vriend gevonden. Hij liep ook naakt en sprak met planten. Weldra zouden er kindjes rondkruipen die eveneens naakt met planten gingen spreken. Een nieuwe trend hing in de lucht.

De afgelopen maanden waren er nog meer klanten uit de vijfde categorie verschenen. Blijkbaar was het geheime bezoek van de minister uitgelekt en nu zaten er elke week minstens drie op de bank. Burgemeesters, Kamerleden, senatoren, fractieleiders en ministers van andere departementen, allemaal waren ze bereid hun trots opzij te zetten en te luisteren naar een man die liever prentenboeken en hondenshows met spectaculaire hindernisbanen bestudeerde.

Naarmate de verkiezingen dichterbij kwamen was het aantal prominente politici toegenomen. De ongekende populariteit van de minister baarde de concurrenten grote zorgen, en zijn plannen om uit de NAVO te stappen en wellicht ook de EU te verlaten, leidden tot heftige discussies. Walter liet alle ophef van zich af glijden. Hij adviseerde de politici vooral kalm te blijven en hun status ondergeschikt te maken aan het lot van zwoegende verplegers, overspannen agenten en gezinnen die zonder hulp van de voedselbank in een boomhut zouden wonen. Het waren oude, uitgekauwde agendapunten waar ze normaliter niet naar zouden luisteren, maar nu hun prestigieuze baantjes op het spel stonden, restte hen niets anders dan te gehoorzamen en vol goede moed te vertrekken.

'We hebben kaartjes gekregen van Trentino.'

'Mooi.'

'Hij exposeert tot 30 november in het Stedelijk Museum.'

'Gebroken boterhammen en koffiepotten.'

'Zullen we gaan?'

'Ik zal het aan mijn moeder vragen.'

'Moet je alles aan je moeder vragen?'

'Alles,' zei Walter, 'zolang het nog kan.'

Na een maand aan de Côte d'Azur te hebben vertoefd, kwam Cecile terug met een lumineus plan, een plan waarmee de BIB-grenzen werden verlegd.

'We gaan de hele markt pakken,' zei ze toen we op haar eerste werkdag in mijn kantoor lunchten.

'De hele markt?'

'Alle hoeken en gaten van de maatschappij worden binnenkort door BIB bediend. Het BIB-monopolie is aanstaande.'

Ik trok een blikje Fristi open en stak er een rietje in.

'Sorry, ik kan je even niet volgen.'

Cecile stond op, liep naar het flip-overbord en tekende met een blauwe stift een nieuwe grafiek. Boven aan de grafiek stond BIB, daaronder wezen pijltjes naar gespecialiseerde vakgebieden; zoals beleggen, beroepskeuze, communicatie en social media, lichamelijke en psychische gezondheidszorg, mental coaching, spiritualiteit en maatschappelijk werk.

'Wat heeft dit te betekenen, Cecile? Moeten we ook klanten gaan helpen met problemen op die gebieden?'

'Inderdaad,' antwoordde Cecile. Ze legde de viltstift neer en ging weer op haar stoel voor het bureau zitten.

'Maar daar heeft Walter weinig of geen verstand van.'

'Precies.'

'Hoe wou je dat dan oplossen?'

Cecile blies in haar kom kippensoep. Babette maakte elke maandag een pan verse soep en een surprisebroodje. Vandaag was het surprisebroodje twee bitterballen en een gebakken ei op een wit kadetje. Ook daarvan had Cecile er een genomen.

'We trekken ze aan,' zei ze.

'Wie?'

'Een beleggingsspecialist, een loopbaanadviseur, een communicatie- en multimediadeskundige, een huisarts, een internist, een fysiotherapeut, een psychiater, een mental coach enzovoort.'

Ik zoog wat Fristi naar binnen en keek naar het bord. Naast

zonnen, wijn proeven, slakken kauwen en jeu-de-boules spelen, had Cecile ook nog een strategie ontwikkeld om de wereld te veroveren.

'Daar heb ik toch helemaal geen tijd voor, Cecile. Ik kan de zaken die we nu behandelen al nauwelijks aan.'

'Jij hoeft het ook niet te doen, Iris.'

'Wie gaat het dan doen, Bolle Bob?'

Cecile lachte. Haar gebleekte tanden staken af bij haar toffeebruine huid.

'Jij houdt je gewoon bezig met Walter en alle activiteiten op de zevende en achtste etage. Ik trek de specialisten aan, regel de benodigde etages en laat ze als semifreelancer onder de BIB-paraplu hun werk doen.'

Het hele idee stond me niet aan. BIB functioneerde prima, er kwam meer geld binnen dan eruit ging en de slapeloze nachten die ik in het begin had gehad waren eindelijk voorbij.

Maar ik wilde Cecile niet teleurstellen. Ze had zoveel voor mij gedaan en verdiende een kans om zelf iets op te zetten. Daarom stemde ik in met het voorstel. Om de dreigende sloop af te wenden moesten we binnenkort toch een derde etage huren, en met meer gespecialiseerde adviseurs zou de wachtlijst voor Walter een stuk korter worden.

De minister had zes bewakers meegenomen. Twee hielden de wacht bij de auto in de parkeergarage, twee stonden bij de lift op de zevende etage, een vijfde houthakker had zich voor de deur van de spreekkamer geposteerd en nummer zes stond net als de vorige keer in de spreekkamer.

'Ik zit in de knel,' ving de minister mistroostig aan.

'Alweer?'

'Nog steeds.'

'Voor de draad ermee.'

'Het volk scandeert mijn naam, ze willen dat ik het land red, maar ik kan het land niet redden.'

'U bent bang.'

De minister knikte.

'U bent onzeker.'

De minister knikte.

'U bent niet goed snik.'

'Pardon?'

'Tijdens ons eerste onderhoud kwamen we tot de conclusie dat een baan als minister niet bij u past. Een verstandig mens zou in dat geval zeggen: ik neem de zak en ga iets doen wat *wel* bij mij past. Maar u dacht: ik werk me nog verder in de nesten en doe een gooi naar het premierschap.'

'Het spijt me, ik had beter moeten weten.'

'Daarvoor is het nu te laat.'

'En ik heb u ook een hoop overlast bezorgd. Mijn geheime bezoek aan u is uitgelekt en nu lopen mijn concurrenten de deur bij u plat.'

'Dat laatste is niet zo'n ramp. BIB verdient er goed aan en ik heb ervoor gezorgd dat u morgenavond in een zetel naar het torentje kunt.'

De minister keek verbaasd op. 'Hoe bedoelt u?'

'Eerst die aap weg,' zei Walter, wijzend naar de bewaker.

'Mijn lijfwacht is discreet, meneer.'

'Uw lijfwacht heeft uw eerste bezoek gelekt.'

'Is dat waar, Blotto?' vroeg de minister.

De lijfwacht slikte. 'Mijn vrouw wilde volle borsten, ik had het geld nodig.'

'Heeft je vrouw haar borsten?'

'Ja, meneer.'

'Dan ben je ontslagen, scheer je weg.'

Blotto verliet de kamer en Walter vervolgde het gesprek. 'Vanavond vindt het slotdebat plaats, nietwaar?'

'Live op Nederland 1,' beaamde de minister.

Walter knikte. Voor de minister was het bezoek bittere ernst, voor Walter was het een geraffineerd spel waarvan hij zichtbaar genoot.

‘Dankzij uw discrete lijfwacht zijn uw concurrenten allemaal hier geweest en heb ik hen opgedragen hun pijlen te richten op de problemen in de zorg, de openbare veiligheid en de schrijnende armoede in ons land.’

‘Daar was ik al bang voor.’

‘Maar u zult ze stuk voor stuk de mond snoeren.’

‘Waarmee?’

Walter pakte een bruine envelop achter zijn stoel vandaan en smeet hem op tafel. ‘Hiermee, excellentie.’

Verbouwereerd keek de minister naar de envelop. ‘Wat zit daarin?’

‘Alle bedragen die de politieke partijen in de afgelopen dertig jaar aan de zojuist genoemde thema’s hebben besteed, de beschamende resultaten die ze daarmee hebben geboekt en de ontluisterende prognoses van de resultaten die ze op basis van hun huidige verkiezingsprogramma’s zullen gaan boeken.’

‘Zit mijn partij daar ook bij?’

‘Uiteraard.’

‘Dan ben ik toch kansloos?’

‘Dat bent u ook,’ zei Walter, ‘tenzij u uw concurrenten met deze cijfers te kijk zet en er een briljant alternatief tegenoverstelt.’

‘Welk alternatief ?’

Walter ging op de rand van zijn stoel zitten en keek de minister strak aan.

‘Dat u alle problemen binnen een jaar zult oplossen met de miljarden die nu aan vredesmissies, EU-toelages en noodlijdende landen worden vergooid.’

De minister kneep peinzend in zijn neus. ‘Dat was ik ook van plan, maar een jaar is wel erg kort om die problemen op te lossen.’

‘Niet als uw partij de verkiezingen met een Kamermeerderheid wint en er geen eindeloze formatiegesprekken nodig zijn.’

‘Hoe krijg ik dat in vredesnaam voor elkaar?’

‘Door het volk te beloven dat u uw woord zult houden. Door

in de NAVO te blijven, maar geen cent meer aan vredesmissies te besteden. Door in de EU te blijven, maar de astronomische toelages en zinloze leningen stop te zetten. Door de moed en de vastberadenheid die u in Brussel toonde ook vanavond en in de toekomst te tonen.'

'Goed,' verzuchtte de minister, 'ik zal het proberen.'

'Nee,' zei Walter, die een tweede envelop op de salontafel legde, 'u gaat het doen.'

'Wat zit er in deze envelop?' vroeg de minister.

'De garantie dat u het gaat doen.'

De minister wilde de envelop pakken, maar Walter sloeg zijn hand er met een harde klap op. 'De inhoud van deze envelop mag u in de auto bekijken. Veel sterkte en succes, excellentie.'

Vrijwel alle specialisten had Cecile gedurende haar vakantie benaderd. Ze werkten al jaren als zelfstandig ondernemer, maar hadden door de recessie veel klanten verloren. Daardoor stonden ze zeer welwillend tegenover een doorstart bij BIB, omdat onze naamsbekendheid inmiddels zo groot was dat het simpelweg niet kon mislukken.

Cecile en ik waren op weg naar een mental coach. Haar naam was Lola Rozijn. In het verleden had ze een grote klantenkring en werkte ze veel met bekende artiesten, bewindslieden en topsporters. Nu leefde ze in een tentje en motiveerde ze vogels en konijnen.

'Weet je zeker dat we deze vrouw moeten hebben?' vroeg ik.

'Denk je dat ze gek is?'

'Ik denk dat ze stapelgek is.'

Cecile lachte, lang en hard. Cecile was een heerlijk mens, maar af en toe werkte ze op mijn zenuwen. 'Maak je geen zorgen, Iris,' zei ze, 'Lola Rozijn is de kers op de BIB-taart.'

Diep in de Veluwse bossen vonden we Lola's tentje. Het was een groene wigwam met een houten kakhuisje ernaast. Lola zat op een skippybal voor de tent. Ze hield een kromme vishengel vast, waarvan de dobber treurig op een plas regenwater lag.

'Dag Lo,' zei Cecile.

We gingen op twee vieze colakratjes zitten en keken naar de dobber.

'Dag Siel,' reageerde Lola onbewogen.

Cecile pakte een appel uit haar tas en nam een hap. Ik keek nog steeds naar de dobber, alsof hij elk moment onder water kon schieten.

'Hoe staat het met de beesten?'

'Uit de kunst,' zei Lola. 'De mollen graven vrolijk rond, de hazen zijn topfit en de zwijnen wroeten dartel in de modder. Alleen de jonge hertjes zijn nog wat schichtig, maar dat zit in hun aard.'

'En de vogels?'

'Ze zingen weer, vooral de wielewaal.'

'Hoe zingt de wielewaal?'

'Dudeljo, dudeljo.'

Ik moest aan mijn vader denken. Toen ik een jaar of zes was nam hij me mee naar een bos. Het was koud en regenachtig weer. Na een lange tocht gingen we op een vochtige boomstam zitten. Ik was bang. Mijn vader legde een hand op mijn knie. 'In het bos wonen rare mensen,' zei hij, 'mensen die niet in de gewone wereld thuishoren. Over een tijdje zul jij hier ook wonen, dat is beter voor iedereen, meisje.' Op de terugweg zong hij: 'Dudeljo klinkt zijn lied, dudeljo klinkt zijn lied, dudeljo en anders niet.'

'Dan is de missie volbracht,' zei Cecile.

'Geheel en al,' zei Lola.

'Tijd voor een nieuwe uitdaging.'

'De mensenkinderen?'

Cecile nam nog een hap van haar appel en gooide hem in de struiken. Ik durfde eindelijk naar Lola te kijken. Ze droeg een gerafeld mantelpakje van Chanel, haar gezicht en handen waren nagenoeg zwart, tussen de tenen van haar gore voeten kronkelden regenwormen omhoog.

'Het is weer mis, Lo.'

'Ze leren het nooit, Ciel.'

Lola trok de dobber uit de plas. Aan het haakje hing een slijmerige pump. Ze pakte de pump van het haakje en schoof hem aan haar rechtervoet.

Gedrieën liepen we naar de auto. Lola Rozijn ging in de kofferbak liggen, Cecile en ik namen voorin plaats.

'Heeft die kers op de BIB-taart ook een huis?' vroeg ik toen we stapvoets het bos uit reden.

'Vier,' zei Cecile. 'Een kasteel in de Provence, een chalet in Gstaad, een penthouse in New York en een voormalig VOC-pand aan de Herengracht. Daar zal ze voorlopig haar intrek nemen.'

Walter had een nieuw pak. De broek en het jasje waren donkerblauw, zoals de meeste van zijn pakken, het overhemd was zachtroze.

'Wat is dat voor pak?' vroeg ik.

'Mijn verkiezingspak,' zei hij. 'Ik heb het speciaal laten maken.'

Het pak gaf hem iets onweerstaanbaars. De kraag van het overhemd viel over de kraag van het jasje, de stropdas ontbrak en de bovenste knoopjes stonden open, waardoor ik voor het eerst een deel van zijn borst kon zien.

'Mooi, Walter,' zei ik, terwijl ik een zak chips op de salontafel legde en op zijn bank plaatsnam, 'je bent om op te vreten.'

Het was verkiezingsavond. We zouden samen de uitslagen op tv kijken. Ik had gedoucht en een kliekje opgewarmde bami naar binnen gewerkt. De vette nasmaak had ik met twee glazen rosé weggespoeld.

'Wie gaat er winnen?'

Walter zapte naar Nederland 1 en zette het geluid aan. Een presentator van de NOS meldde dat de meeste stemlokalen nog open waren, maar dat de opkomst nu al boven de negentig procent lag.

'Een record,' zei Walter, 'we schrijven geschiedenis vanavond.'

Ik merkte dat het nieuws hem opwond. Prentenboeken en oude atlassen konden ook een zekere extase in hem teweegbrengen, maar zo verrukt als die avond had ik hem nog nooit gezien.

Omdat de eerste uitslagen nog minstens een uur op zich lieten wachten, speelden we een potje scrabble aan de eettafel. Ik kon mijn gedachten niet bij het spel houden en verloor, het tweede potje braken we halverwege af.

Nadat Walter het spel had opgeborgen, gingen we weer voor de tv zitten. Walter dronk bronwater uit een flesje, ik vergreep mij aan de chips.

Tijdens het scrabbelen was Walters opwinding geluwd, maar toen dertig procent van de stemmen was geteld en de partij van de minister virtueel op zesentachtig Kamerzetels stond, kwam hij weer op stoom.

'Dit is fenomenaal, Iris,' zei hij. 'Zesentachtig zetels, de definitieve knock-out voor de schijnheilige wolven.'

Bedwelmd door zijn geestdrift verzuimde ik hem te vragen wat hij met de schijnheilige wolven bedoelde en waar zijn aversie jegens die zogenaamde wolven vandaan kwam. Het enige wat ik deed was chips eten, tv-kijken en genieten van Walter die een onverklaarbare vreugdestuip beleefde.

Om tien over elf ging de telefoon. Walter zette het geluid van de tv uit en nam op. 'Ik heb het gezien, mama,' sprak hij op gedempte toon, 'eindelijk is het zover. Niet huilen, mama, dit is niet het moment om te huilen.'

Na het telefoongesprek, dat amper een minuut had geduurd, ging Walter naar de wc. Ik bleef wat ongemakkelijk achter en keek naar het zwijgende beeldscherm. Bovenin las ik dat achtenzestig procent van de stemmen was geteld. Op een grote gekleurde zetelschijf stond de partij van de minister op zevenentachtig Kamerzetels, een meerderheid van twaalf zetels.

Toen Walter met roodomrande ogen uit de keuken kwam zei hij: 'Ik ben moe, Iris, ik moet slapen.'

'Natuurlijk,' zei ik, 'het is erg laat.' Ik stond op en wilde Walter omhelzen, kussen, feliciteren. Maar ik verstijfde, omdat ik opeens zag dat zijn intense vreugde geen vreugde was maar verdriet.

In het halletje nam ik afscheid met een hand en een voorzichtige zoen op zijn wang. Even verscheen er een glimlach op Walters gezicht. Ook hij wist zich geen raad met de situatie.

'Wat zat er eigenlijk in die tweede envelop?' vroeg ik om de verwarrende avond niet helemaal in mineur af te sluiten.

'Foto's,' antwoordde Walter.

'Foto's van wie?'

'Van de minister en Blotto.'

Ongewild schoot ik in de lach. Tot mijn opluchting lachte Walter mee.

'Zal ik nog naar de details van de foto's vragen?'

'Nee,' zei Walter, 'die mag je zelf invullen.'

De afronding van het BIB-monopolie was aanstaande. Cecile en ik zaten met Joachim van Wezel in het makelaarskantoor om de contracten te tekenen.

'Nog even voor alle duidelijkheid,' zei Joachim, 'BIB Hauser BV huurt de eerste, derde, vierde, vijfde, zesde, zevende en achtste etage, alsmede de gehele begane grond, inclusief de aankomsthal.'

'Correct,' zei Cecile. 'Op de tweede etage zit een advocatenkantoor waar BIB Hauser al enige tijd mee samenwerkt en waar we binnenkort een gratis juridisch loket zullen openen.'

Joachim schoof de contracten naar voren, zodat Cecile en ik ze konden tekenen. Hij was duidelijk in zijn nopjes met het grandioze resultaat, al had hij er weinig moeite voor gedaan. De verhuur van de Atlantistoren was hem als een geschenk in de schoot geworpen en zijn carrière in de makelaardij zat weer in de lift. Ook mijn carrière zat weer in de lift. Door het aantrekken van extra adviseurs zouden de inkomsten onmiddellijk worden verdubbeld. Indien de uitbreiding succesvol was, zouden de inkomsten nog veel verder kunnen oplopen, maar daarover wilde ik liever niet speculeren.

'Ik heb vernomen dat er een sportschool op de begane grond komt,' zei Joachim, nadat Cecile en ik onze handtekeningen hadden gezet.

'Dat heb je goed vernomen,' zei Cecile, 'een hypermoderne sportschool met twee sauna's, een zonnestudio en een zwembad. Omdat je zo je best hebt gedaan, bied ik je hierbij een gratis jaarabonnement aan.'

'Meent u dat?'

'Ik meen alles wat ik zeg,' zei Cecile. 'Als jij een vergunning regelt om de draaiende neonletters BIB op het dak te mogen plaatsen, krijg jij een gratis jaarabonnement op de sportschool, alles inclusief.'

Het idee van die draaiende neonletters was eigenlijk een grapje dat ik op weg naar het makelaarskantoor had gemaakt. Ik had er voorheen wel eens over gefantaseerd, maar toen Cecile het idee plotseling ter sprake bracht en Joachim er serieus op inging, wist ik dat ze het niet als grapje had opgevat.

'Wat zijn de maten?' vroeg Joachim.

'Acht meter hoog, twaalf meter breed.'

'En de kleur?'

'Rood, knalrood.'

Ik wist niet of het de opzienbarende verkiezingsuitslag was of een spontaan gebaar van vertrouwen, maar Helena had Walter permissie verleend om de expositie van Trentino te bezoeken. De enige eis die ze stelde was dat we ons zouden vermommen. Mijn hoofd had in alle kranten en bladen gestaan, en Walter mocht onder geen beding in het openbaar worden gezien.

Nienke en Sofie namen het schminkwerk voor hun rekening. Nienke, die veel ervaring had met vermommingen, toverde Walter om in een blonde sul met een snor en een roze zonnebril. Sofie trok een bruine krullenpruik over mijn haar, maakte mijn ogen zwaar op en lijmde een pukkel op mijn wang.

'Zo ga ik niet over straat,' mopperde Walter, 'ik lijk wel een albino.'

'Des te beter,' zei ik, 'meer albino en minder Walter, daar gaat het om.'

Nienke schaterde het uit, Sofie opende een sporttas met kleren waar we zo het circus mee in konden.

'Die soepjurk trek ik niet aan,' zei ik, 'ik ben geen travestiet.'

Walter bekeek zijn vale spijkerbroek en paarse coltrui. 'Des te beter,' zei hij, 'meer travestiet en minder...'

'Ja, ik heb de boodschap begrepen, Walter.'

We trokken onze outfits aan en gingen naast elkaar voor de hoge spiegel in mijn slaapkamer staan.

'Dit kan niet,' zei Walter.

'Dit is absurd,' zei ik.

'Dit zijn de kaartjes,' zei Sofie. 'Veel plezier.'

De expositie hing in de nieuwe aanbouw van het museum. Het was druk en er liepen veel persfotografen plaatjes te schieten van bekende gasten. Van ons schoot niemand een plaatje, de vermommingen werkten goed.

Hand in hand liepen we langs de panelen. Guus had precies gedaan wat Walter had gezegd: gebroken boterhammen, koffiepotten, harten en pakjes sigaretten in verschillende kleuren op houten platen. Daarnaast had hij zelf nog wat variaties aan het thema toegevoegd: gebroken tralies (*Breakout*), gebroken trouwportretten (*Breakup*) en gebroken huizen (*Breakdown*). In mijn ogen waren het knullige prutswerkjes van verstandelijk gehandicapten, maar daar dachten de kunstkenners anders over.

'Alles is verkocht,' zei Guus. Hij had ons onmiddellijk herkend en vertelde ons in een stil hoekje dat er tot dusver zestig bestellingen lagen van bedrijven, ziekenhuizen en overheidsinstellingen. 'De boterhammen zijn erg in trek bij bedrijfskantines, ze kosten tienduizend euro per stuk.'

'Heel knap, Guus,' zei Walter. 'Proficiat.'

Ik feliciteerde Guus ook. De vraag of het blindeninstituut al belangstelling had getoond brandde mij op de lippen, maar ik hield zoals altijd mijn mond. Guus was blij, Walter had weer een briljant idee geleverd en BIB kreeg een bom geld en een grote versie van de gebroken koffiepot voor in de kantine.

Silvester Bol betrapte ons bij de uitgang.

'Santé, Walter,' sprak hij zwierig. 'Trentino laat de zon weer schijnen.'

Vroeger was Silvester autopoetser, drugsdealer en bajesklant. Nu droeg hij Italiaanse pakken en maakte hij van halvegaren kunstgenieën.

'En de kassa rinkelt,' zei Walter, die zijn jas al aanhad.

Silvester giechelde. 'Zitten er nog meer Trentinootjes in het vat, lieverd?'

Walter hielp mij in mijn jas, hoffelijk als altijd.

'Duizenden,' zei hij. 'Hoeveel heb je er nodig?'

Silvester giechelde weer, een hoge, irritante meidenlach. 'Twaalf voor de centjes en eentje voor de pret.'

'Ik zal mijn best doen,' beloofde Walter, waarna hij mijn hand pakte en we gehaast het museum verlieten.

Op de achterbank van de Mercedes vroeg ik waarom hij zo kortaf was geweest tegen Silvester.

Na een tijdje naar buiten te hebben gestaard antwoordde hij: 'Er zijn ooit twee mensen in mijn kamer geweest: Judith en Silvester. Beide bezoekjes duurden een minuut. Aan het eerste denk ik met plezier en weemoed terug, het tweede heb ik ter plekke uit mijn geheugen gebannen.'

17

Onheil slaat meestal toe wanneer je het niet verwacht. Het onheil dat mij op een druilerige vrijdagmiddag in november trof, had ik al mijn hele leven zien aankomen. Toch kwam het nieuws als een mokerslag aan.

'Mama is weg.'

'Hoezo, weg? Is ze dood?'

Het was Roos die mij had gebeld. Ik wist onmiddellijk wat er aan de hand was, maar ik probeerde tijd te rekken om mijn emoties te bedwingen.

'Nee, ze is niet dood,' zei Roos geïrriteerd, 'ze is weg, weg bij papa.'

Ik stond voor het bedruppelde raam in mijn kantoor. De voorlaatste klant was net vertrokken, de laatste kon elk moment binnenkomen.

'Waar is ze nu?' vroeg ik. Het was de volgende vraag in een gesprek dat ik al talloze malen in mijn hoofd had gevoerd en gezien de realiteit zakelijk en rationeel moest worden afgehandeld.

'In een hotel.'

'Welk hotel?'

'Oleander.'

Maar hoe handel je een gesprek over de breuk tussen je ouders zakelijk en rationeel af? Als kinderen van beschaafde ouders daar al moeite mee hebben, hoe moeten kinderen van krankzinnigen dat dan doen?

'Heb je haar gesproken?'

'Ze wil niemand spreken.'

‘Heeft ze dat gezegd?’

‘Er lag een briefje op het aanrecht, papa vond het vanmiddag toen hij uit bed kwam.’

Omwille van de laatste klant, die ik in de spreekkamer achter mij hoorde binnenkomen, besloot ik het gesprek toch maar zakelijk af te sluiten en mijn gevoelens voorlopig te parkeren.

‘Wat stond er op het briefje?’

‘Dat ze papa een nekschot toewenst en niemand wil spreken.’

‘Hoe laat?’

‘Tussen zeven en tien,’ antwoordde Roos, ‘ze wacht op je.’

Het tweede onheil diende zich een uur later aan. We stonden in de lift naar beneden. Ik had Walter op de hoogte gebracht van de situatie. Hij trok een zorgelijke blik en nieste.

‘Gezondheid,’ zei ik nog, in de veronderstelling dat er een stofje of pluisje in zijn neus was gewaaid. Vier niezen later wist ik dat het geen stofje betrof maar een acute verkoudheid.

‘Je bent ziek,’ zei ik, ‘je moet onder de wol.’

Walter trok het witte pochetje uit zijn borstzak en snoot zijn neus.

‘Ik ben niet ziek, ik nies.’

Ik legde een hand op zijn voorhoofd, het was warm en klam.

‘En je hebt koorts, hoge koorts.’

De lift kwam tot stilstand en de deuren schoven open. We liepen naar de auto. Quist opende het achterportier, zodat we direct konden instappen.

‘Heb je een thermometer in huis?’

Walter snoot nogmaals zijn neus. Hij zat onaangedaan op de achterbank en ademde door zijn mond.

‘Op mijn balkon hangt een thermometer, daarmee worden de luchtdruk, de windsnelheid en temperatuur gemeten. Als kind had ik een weerhuisje met een somber mannetje als het regende en een blij vrouwtje als de zon scheen, maar dat heb ik na een paar weken stukgeslagen. Het werkte niet goed en er wordt een verkeerd beeld gegeven van de weersverschijnselen. Als het regent moeten we ons somber voelen en als de zon schijnt zouden we blij moeten zijn. Die associaties herkende ik niet. Ik geniet van regen en storm; zon en hitte kunnen mij gestolen worden.'

Thuis duwde ik Walter naar de slaapkamer en sommeerde hem in bed te gaan liggen. Hij protesteerde: 'Waarom moet een zieke in bed liggen? Wie heeft die gekkigheid verzonnen?'

'Dus je geeft toe dat je ziek bent?'

'Verkouden, een lichte verhoging, geen reden om in bed te kruipen.'

Ik trok zijn jasje uit, verwijderde zijn stropdas en begon de knoopjes van zijn overhemd los te peuteren.

'Hou op, Iris,' zei Walter, terwijl hij mijn hand vastpakte.

Beschaamd liet ik mijn handen zakken. Ik was te ver gegaan. Het nieuws omtrent mijn ouders bonsde op de deur, maar ik verdrong het door Walter als een hulpeloze kleuter te betuttelen.

In de woonkamer dronken we een glas kamillethee. Walter had zijn jasje weer aangetrokken. Zijn avondmaaltijd stond in de oven. Op de tv meldde een presentator dat vanavond de nieuwe comedyserie *Paparazzi* in première zou gaan.

'Ik dacht dat jij nooit ziek werd?' zei ik.

Walter hield zijn theeglas met beide handen vast en blies zachtjes in het warme water. 'Mijn laatste verkoudheid dateert van 19 januari 1981. Ronald Reagan werd officieel benoemd tot president van de Verenigde Staten en twintig minuten later werden de tweeënvijftig Amerikaanse gijzelaars in Iran vrijgelaten.'

'Zoveel vitaminepillen per dag en toch ziek.'

'In zijn laatste levensjaren leed Reagan aan de ziekte van Alzheimer. Op een dag had hij een natte vuist. "Wat is er met je hand?" vroeg Nancy, zijn vrouw. Ronald opende zijn vuist en keek naar een miniatuurversie van het Witte Huis, dat hij uit zijn aquarium had gepakt. "Ik weet niet wat het is," zei hij, "maar volgens mij heeft het iets met mij te maken."'

'Moet ik Quist bellen voor neusdruppels?'

'Ik heb Quist al gebeld.'

'Heel verstandig.'

'Over tien minuten zal hij je naar hotel Oleander brengen.'

'Waarom?'

'Je moeder heeft je nodig, Iris.'

Hotel Oleander bevond zich aan de bosrand van ons dorp. Vroeger was het een gezellig familiehotel met een grote speeltuin waar Roos, Madelief en ik vaak speelden. Nu werd het voornamelijk bezocht door rijke zakenmensen en was de speeltuin vervangen door een conferentiecentrum.

Ik overwoog ook een kamer te nemen. Ik had tijd nodig om de drastische beslissing van mijn moeder te verwerken en een laatste lijmpoging op touw te zetten. Maar Roos wilde graag dat ik bij haar kwam logeren. Ik had haar kinderen al maanden niet gezien en ze zou beledigd zijn als ik in een hotel zou overnachten. Om geen onnodige bonje te veroorzaken besloot ik haar verzoek te respecteren en liet ik mijn weekendtas bij de receptie achter.

Mijn moeder zat in een bordeauxrode peignoir op het tweepersoonsbed. Haar groene Samsonite-koffer lag geopend op de vloer, op een nachtkastje stond een fles Baileys.

'Doe de deur maar dicht,' zei ze, nadat ik de kamer was binnengekomen en we elkaar hadden begroet, 'ik had hem op een kier gezet voor jou.'

Ik sloot de deur. Het was benauwd in de kamer. Ik legde mijn jas over de koffer en ging op een stoel naast het bed zitten.

'Hoe gaat het?' vroeg ik.

'Uitstekend, met mij gaat het uitstekend.'

Ze klonk overdreven vrolijk. De fles Baileys was bijna leeg en naast mijn schoen lag een lege wijnfles.

'Wil je ook een glaasje Baileys? De eerste slok is even wennen, daarna glijdt het als chocolademelk naar binnen.'

Ik bedankte haar voor het aanbod, waarop ze het laatste scheutje in haar glas schonk.

'Heb je papa nog gesproken?'

Mijn moeder sloeg de Baileys achterover, zette het glas op het kastje en zei: 'Dertig jaar heb ik met papa gesproken, dertig jaar heb ik getracht een zinnig woord uit dat beest te krijgen. Nu zit ik hier en spreek ik met mezelf, met jou en met de dood.'

'Wil je dood?'

'Ik ben al dood.'

'Wil je een andere man?'

'Ik wil een ander leven.'

'Waarom heb je dan niet naar Walter geluisterd?'

Verontwaardigd wendde mijn moeder haar gezicht af. 'Ik heb naar Walter geluisterd. Ik ben zeventien kilo afgevallen, ik heb vier liter vet uit mijn dijen laten zuigen, ik heb mijn borsten laten ophalen, de bittere trekken rond mijn mond en ogen laten wegspuiten. Ik heb lingerie gekocht, dure lingerie. Als een opgedirkte hoer heb ik voor hem gedanst, zijn slappe pik weer tot leven gewekt. Ik heb hem geneukt, gepijpt, afgetrokken tot de zon opkwam. Maar je vader reageerde niet. Hij kwam klaar en zei: "Ga je wassen, je stinkt."'

Het werd stil in de kamer. Mijn moeder keek weer naar voren. Ze zag er vermoeid en ontredderd uit. Ik pakte de kamertelefoon, belde de bar en liet een fles Baileys met een glas en een ijsemmertje naar boven brengen.

In een halfduistere kamer dronken we ieder twee glazen. De eerste slok was lekker, de rest ook.

'Heb je ooit van papa gehouden?'

Mijn moeder liet de ijsblokjes traag door haar lege glas draaien.

'Ik heb altijd van je vader gehouden. Ook toen ik hem haatte, toen ik hem te lijf ging, toen ik maanden in een inrichting zat, toen ik als een bezetene mijn nagels lakte, Boggle speelde en hem wilde vermoorden, ook toen hield ik van je vader.'

'En papa, hield papa van jou?'

Weer werd het stil in de kamer. Ik vulde de glazen bij. Mijn moeder dronk haar glas gulzig leeg, ik nam een slokje en dacht aan de Boggle-jaren.

'Een paar weken heeft je vader van mij gehouden, toen was het weg. Hij beweerde dat ik emotioneel afhankelijk van hem was geworden, daardoor was zijn liefde voor mij verdwenen en is de ellende begonnen.'

'Had papa gelijk? Was je emotioneel afhankelijk?'

'Ja, dat was ik,' zei mijn moeder, die haar lege glas naast zich op het bed had gezet, 'ik was een afhankelijk kreng en dat ben ik nog steeds. Je vader was daar te gevoelig voor. Hij kon niet voor twee mensen denken, zei hij.'

'En jij kon niet stoppen met afhankelijk zijn.'

'Ik kon het wel, maar ik wilde het niet. Ik wilde een sterke man die mij bij de hand zou nemen en zou liefhebben. Ik wilde niet zelf nadenken, ik wilde gelukkig zijn, gelukkig als een kind.'

'Maar je bent geen kind meer.'

'Ik ben een kind in het lichaam van een volwassene. Zoals een kind zeurt om een snoepje, zo zeur ik om liefde, om aandacht, affectie, seks. Ik heb je vader kapotgemaakt. Hij was al kapot toen we elkaar leerden kennen, maar ik heb hem de doodsteek gegeven.'

We dronken nog een glas Baileys. Sinds de lunchpauze op het kantoor had ik niets meer gegeten, de alcohol maakte me loom en slaperig.

'Wil je me iets beloven, Iris?' vroeg mijn moeder voordat ik vertrok.

'Wat moet ik beloven, mama?'

'Als het wat wordt met Walter, hou dan van hem zoals een goede vrouw van haar man moet houden. Ook hij is kapot, nog erger dan je vader. Steek hem niet dood, Iris, steek hem niet dood.'

Ik werd wakker in een roze kamer. Het was koud. De muren hingen vol met posters van popsterren. Tussen de gordijnen door scheen een streepje zonlicht naar binnen dat langzaam naar mij toe kroop.

Even waande ik mij weer in mijn eigen kinderkamer, maar de popsterren herkende ik niet en mijn lichaam was te groot.

Beneden hoorde ik een man hoesten, kinderen rennen en een vrouw om stilte schreeuwen. De vrouw was Roos. We hadden lang gepraat vannacht. Ik was te moe om te praten, maar Roos wilde alles weten wat ik in het hotel had besproken. Ze maakte zich zorgen, zei ze. Ze was bang dat papa weer een hersenbloeding zou krijgen en mama zich dood zou drinken.

Ondertussen kiepte ze het ene glas sherry na het andere naar binnen en schakelde ze moeiteloos over op haar werkvakantie in Florence.

'Die hele opgraving van de vrouw die model zou hebben gestaan voor de *Mona Lisa* is een fabeltje,' zei ze, 'maar het eten was heerlijk.'

Om twee uur kon ik eindelijk naar bed. Ik had haar nadrukkelijk gevraagd mij te laten uitslapen. Ik had een vermoeiende dag achter de rug en ik wilde Walter bellen. Dat laatste zei ik er niet bij. Sinds het schenden van ons zussengeheim vertrouwde ik Roos mijn planten nog niet toe.

'Je klinkt hees, Walter. Heb je koorts?'

'*Paparazzi* was bijzonder leuk,' zei hij, 'ik heb bijna gelachen.'

'Drink je genoeg water?'

'De non-verbale humor maakt een glorieuze comeback.'

'Heb je goed geslapen?'

'Dokter Mathews was hier, hij heeft me een vitaminespuitje gegeven. Nu lig ik in bed en lees ik *Asterix en de Noormannen*, net als in 1981.'

'Het spijt me dat ik niet voor je kan zorgen.'

'De Noormannen kennen geen angst, maar als de bard Assurancetourix gaat zingen, springen ze stuk voor stuk van de rotsen.'

'Ik had je graag willen verzorgen.'

'Hoe gaat het met je moeder?'

'Ze drinkt Baileys en praat met de dood.'

'Houdt ze nog van je vader?'

Ik vertelde Walter hoe het gesprek met mijn moeder was verlopen en dat ze nog altijd van mijn vader hield. Hij luisterde geduldig. Af en toe snoot hij zachtjes zijn neus en wachtte ik tot ik mijn verhaal kon vervolgen.

Toen ik klaar was zei hij: 'Je moet naar je oma.'

'Wat moet ik bij mijn oma doen?'

'Zij is de enige die je kan vertellen wat er met je vader aan de hand is. Zij kent de geschiedenis, luister goed naar haar.'

'Goed,' zei ik, 'ik zal naar mijn oma gaan, ik zal luisteren.'

Na het ontbijt bracht Rudolf mij naar het huis van mijn oma. Voor een rood stoplicht schraapte hij zijn keel en bedankte hij mij voor het advies dat Roos van Walter had gekregen. Het had zijn huwelijk gered, misschien zelfs zijn leven. Rudolf was een man van weinig woorden, maar als hij iets zei, kwam er louter onzin uit. Jaren geleden, toen we met z'n allen in de tuin zaten, bedankte hij mijn ouders voor het verwekken van Roos. Ze was het beste wat hem ooit was overkomen, zei hij. Mijn vader lachte en vroeg of hij soms in een apenkooi was opgegroeid.

'Hoe laat moet ik je ophalen?' vroeg Rudolf.

We stonden voor het huis van mijn oma. De regen kletterde op het dak van de auto, ik pakte een paraplu uit mijn tas.

'Ik bel je wel,' zei ik. 'Bedankt voor de lift.'

Het huis van mijn oma zag er nog precies zo uit als twintig jaar geleden: hetzelfde behang in de woonkamer, dezelfde bruine tegels in de keuken en de ouderwetse geiser boven het aanrecht. De enige verandering in het huis was mijn oma zelf. Ze liep met een metalen wandelstok en droeg een pruik die ze waarschijnlijk met haar ogen dicht had uitgezocht.

'Ik wist dat je zou komen,' zei ze. 'Ik heb altijd geweten dat je op een dag zou komen.'

We zaten aan de eethoek in de achterkamer. Ze had thee gezet en twee verse tompoezen gekocht. Ik had mijn laarzen uitgetrokken, het was warm in het huis van mijn oma. Haar reuma speelde weer op en ze had last van wintertenen.

'Ken jij opa Hauser nog?'

'De man die in zijn pyjama en badjas begraven wilde worden?'

Mijn oma glimlachte. Zij was ook bij de begrafenis en de trammelant over de pyjama en de badjas geweest.

'Weet je waarom hij in zijn pyjama en badjas begraven wilde worden?'

'Nee.'

'Omdat zijn eigen vader ook zo werd begraven.'

'Wanneer?'

'Op 20 mei 1940, zes dagen na het bombardement op Rotterdam. Je overgrootvader lag met een longontsteking op bed toen de bommen vielen. Na dagen zoeken vonden soldaten hem tussen de brokstukken en hebben ze hem dezelfde dag nog begraven, in zijn pyjama en badjas.'

'Hoe oud was opa toen?'

'Zestien.'

'En zijn moeder, was zij ook thuis?'

'Zijn moeder stond in de tuin. Ze hoorde het gebulder van de vliegtuigen en was naar buiten gegaan om te kijken wat er aan de hand was. Van haar hebben ze niets meer teruggevonden.'

'Maar mijn opa heeft het overleefd.'

'Je opa was bij vrienden, twee straten verderop.'

'Dat was zijn redding.'

'En tevens zijn ondergang.'

'Zijn ondergang?'

'Na het bombardement sloten die vrienden zich aan bij het verzet, net als je opa. Ze saboteerden spoorlijnen, smokkelden voedsel en wapens naar andere verzetsgroepen, liquideerden

NSB'ers en Duitse officieren, tot ze in januari 1942 bij een mislukte overval werden opgepakt. De hele groep werd geëxecuteerd, je opa werd naar een kamp in Polen gestuurd.'

'Omdat hij een Duits paspoort had.'

'Daarom werd hij gespaard en was hij de enige die de oorlog overleefde. Maar veel leven zat er na de oorlog niet meer in. Hij had te veel gezien: zijn ouders dood, zijn vrienden vermoord, de gruwelen in het kamp. Hij was nog zo jong, te jong om zulke ingrijpende dingen te kunnen verwerken.'

Ik nam een slokje thee, de tompoes had ik nog niet aangeraakt.

'In een opvangcentrum van het Rode Kruis heeft hij je oma ontmoet. Hij was broodmager, je oma was verpleegster en heeft hem als een klein kind moeten voeden. Toen hij na twee maanden was aangesterkt, zijn ze samen naar Nederland gegaan. Ze trouwden, kregen vier kinderen en leefden voor de buitenwereld een normaal leven, maar binnen was het leven een hel. Je opa kon niet tegen kinderen en je oma kon niet tegen opa. In dat gezin is je vader opgegroeid: bang, eenzaam en liefdeloos.'

Het werd tijd voor de tompoes. Ik wilde huilen, schreeuwen, de tafel door het raam gooien, maar ik at een tompoes.

'Toch is hij later zelf getrouwd,' zei ik. De pendule had elf keer geslagen, we waren lang stil geweest.

'Op zoek naar liefde doet een mens rare dingen.'

'Maar hij vond geen liefde.'

Mijn oma schudde haar hoofd. 'Je vader vond Nellie, mijn jongste kreng.'

'Is mijn moeder zo'n kreng?'

'Je moeder is een egocentrisch kreng. Ik heb haar zo gemaakt, maar ze had niet zo hoeven blijven. Dat zal ik haar vanavond duidelijk maken.'

Ik keek naar het behang, het was vaal en begon te krullen in de hoeken.

'Hoe gaat het met je vader trouwens?'

'Hij is thuis, hij wil alleen zijn.'
'Ga morgen naar hem toe.'
'Waarom morgen?'
'Omdat ik eerst met je moeder moet spreken.'

Om halfzes belde ik Walter. Ik stond voor het raam in de roze slaapkamer. Dikke regendruppels stroomden over het glas. In de keuken hoorde ik Roos en Madelief lachen. Ze dronken sherry en dekten de tafel voor een gezellig fondueavondje. Mijn moeder lag laveloos in een hotelkamer, mijn vader zat te verrekken voor de tv en wij gingen een gezellig fondueavondje tegemoet.

'Gaat het al wat beter? Heb je nog koorts?'

'Ja en ja.'

'Hoe hoog? Ben je zweterig?'

'Ik heb vijf Asterixen gelezen. Straks krijg ik verse groentesoep van Quist en begin ik aan *Asterix en Cleopatra*.'

'Hou eens op over die Asterixen, Walter.'

'Als jij ophoudt over die griep.'

Ik zuchtte en bood mijn excuus aan. Walter verontschuldigde zich ook en vroeg hoe ik het gesprek met mijn oma had ervaren. Ik vertelde hem hoe ik het had ervaren, van de wintertenen van mijn oma tot de hel van mijn vader en de tafel die ik door het raam had willen gooien.

Walter luisterde en liet me uitrazen. Toen mijn stem stokte en de tranen op de vensterbank vielen zei hij: 'De oorlog schiet altijd raak, Iris.'

Met de punt van een gordijn droogde ik mijn ogen. Weer hoorde ik Roos en Madelief lachen, de oorlog had hen kennelijk gemist.

'Ik wil naar huis, Walter. Ik wil het vergeten, alles vergeten.'

'Je komt naar huis,' zei Walter, 'maar je moet nog iets doen.'

'Wat moet ik doen?'

'Heb je goed naar je oma geluisterd?'

'Ik heb geluisterd.'

'Ga dan naar je vader en verlos hem uit zijn lijden.'

'Hoe dan? Hoe kan ik die man in vredesnaam uit zijn lijden verlossen?'

'Heb je dat fotomapje bij je?'

'Welk fotomapje?'

'Op oudejaarsavond liet je mij een mapje met oude foto's zien.'

'Dat mapje heb ik altijd bij me.'

'Blader daar straks doorheen, dan begrijp je wat ik bedoel.'

Ik bedankte Walter en wenste hem veel plezier met *Asterix en Cleopatra*. Nadat ik de telefoon in mijn broekzak had gestoken, werd er zachtjes op de deur geklopt. Ik draaide mij om en zag de deur langzaam opengaan.

'Komt u fondue eten, tante Iris?'

In het licht van de gang stond Barbara, de jongste dochter van Roos.

'Natuurlijk, lieverd,' zei ik. 'Krijg ik de rode stokjes?'

'Ja,' zei ze. 'Eigenlijk had ik de rode stokjes, maar u mag ze wel lenen.'

Mijn vader stonk. Hij had een grijze stoppelbaard en zat naast de radio. Zijn badjas was vuil. De salontafel lag vol met lege patatzakjes, halve pizza's en dubbelgevouwen bierblikjes.

Ik nam in de stoel tegenover hem plaats. Mijn vader zette de radio uit. In de auto had ik gehoord dat Sparta met 5-0 had verloren, een prima start voor een belazerd gesprek.

'Ben je bij oma geweest?' vroeg hij.

'Gisteren, gisteren was ik bij oma.'

'Heeft ze het weer over oom Oscar gehad? De zogenaamde verzetsheld die in de duinen is gefusilleerd omdat hij voor vijfduizend gulden een Joods gezin in zijn kelder heeft laten creperen?'

'Nee, daar heeft ze het niet over gehad.'

'Waar heeft ze het dan over gehad?'

'De rest.'

'Welke rest?'

'Alles. Alles wat jij ons nooit hebt verteld.'

'Die vrouw is ziek, nog zieker dan je moeder.'

Ik haalde een blikje bier uit de koelkast, trok het open en drukte het in zijn hand. 'Waarom heb je ons nooit iets over je verleden verteld?'

Na drie grote slokken zette mijn vader het blikje op de versleten leuning van zijn stoel. 'Wie zit daarop te wachten?'

'Ik, papa,' zei ik, 'ik zit daarop te wachten.'

'Jij bent ook ziek, jullie zijn allemaal ziek.'

'Maar ik ben het ziekst van allemaal.'

'Zo is het,' zei mijn vader, en nam nog een slokje bier.

'Heb je daarom zo'n hekel aan me? Haat je me daarom meer dan mama, Roos en Madelief?'

Mijn vader wreef over zijn gezicht. Zijn ruwe vingers schuurden langs de stugge haartjes van zijn baard. Zo moffelde hij altijd zijn emoties weg. Maar deze keer was er geen moffelen meer aan.

'Ik haat je niet,' sprak hij toonloos.

'Waarom behandel je me dan al zevenentwintig jaar als een hond, een mislukking, degene die jouw leven heeft vergald? Waarom zei je dan dat ik beter niet geboren had kunnen worden, dat die vervloekte hersenbloeding mijn schuld was? Waarom papa? Waarom?'

'Omdat ik jaloers was.'

'Jaloers?'

'Jij was anders, anders dan je moeder, Roos en Madelief.'

'Hoe anders?'

'Vrolijk, spontaan, optimistisch.'

'Ik was wat jij had willen zijn, wat jij was toen je mama leerde kennen en ze nog niet als een blok aan je been hing.'

Mijn vader knikte en staarde weerbarstig naar het blikje bier.

'Dan kun je dat toch weer worden?'

'Ik kan niets meer worden, Iris.'

'Dat kun je wel. Als je ooit vrolijk, spontaan en optimistisch bent geweest, als je in mij zag wat je zelf wilde zijn, dan zit het nog steeds in je.'

'In mij zit niets meer. Ik ben leeg, koud en dood. Ik hou van niemand en niemand houdt van mij. Daar zul je het mee moeten doen.'

'Goed, papa,' zei ik, terwijl ik opstond en mijn tas van de vloer pakte, 'als jij denkt dat niemand van je houdt, dan kan ik beter gaan.'

Ik bleef nog even staan, hopend op een reactie. Toen die uitbleef ritste ik mijn tas open, pakte er een foto uit en gaf hem aan mijn vader. Het was de foto die ik uit het dagboek van Naomi's moeder had gescheurd. De foto van het gips om mijn vaders gebroken pols, waarop ik destijds een paars hartje had getekend met de tekst *Iris hout van pappa* eronder.

Tussen twee regenbuien door liep ik naar het station. Ik had al afscheid genomen van Roos en wilde voorlopig niemand zien of spreken.

Een paar dagen later stond er een bericht op mijn antwoordapparaat: 'Je vader en ik zijn een weekje naar Kos, daar is het nog mooi weer. Vannacht zei hij dat ik billen heb. Kusjes, mam.'

18

Cecile had belangrijk nieuws.

'Ben je zwanger?' vroeg Sofie.

'Ja.'

'Maak je een grapje?'

'Nee.'

'Dan krijg je een knuffel.'

Sofie stond op en kneep Cecile half bewusteloos.

'Een jongen of een meisje?'

'Dat houden we nog even geheim.'

We lunchten in de spreekkamer. Ik wist al drie weken dat Cecile zwanger was en zat te wachten op het echte nieuws.

'Als het een jongen wordt, moet je hem Walter noemen,' zei Sofie.

'En als het een meisje wordt?'

'Dan moet je het ook Walter noemen.'

Ik nam een hap van het surprisebroodje: aardbeienjam en pepernoten op een bruin puntje. Sofie en Cecile hadden een kom erwtensoep genomen.

'Maar dat is niet het belangrijke nieuws,' zei Cecile.

'Walter Willink,' mompelde Sofie, die haar soepkom had gepakt en met een vork door de hete brei roerde, 'een mooie naam voor een schrijver. Of een professor, professor Walter Willink, uitvinder van de tedere man.'

'Vertel je nieuws, Cecile,' zei ik, 'ik heb geen uren de tijd.'

'BIB gaat internationaal.'

'Internationaal?'

'Zondag sprak ik een vriendin van mij in Parijs. Ze is erg onder de indruk van BIB en wil een filiaal in Parijs openen.'

'Dat kan niet.'

'Waarom niet?'

'Er is maar één Walter en die werkt hier.'

Cecile begon ook door haar erwtensoep te roeren. Ik vond het vervelend dat ze mij niet persoonlijk had geïnformeerd en het nieuws bracht alsof de zaak al beklonken was.

'Het laatste is waar,' zei ze, 'het eerste niet.'

'Loopt er in Parijs ook een Walter rond?'

'Niet zoals onze Walter, maar wel een man met veel levenservaring en briljante ideeën.'

Ik nam nog een hap van het mierzoete surprisebroodje en gooide de rest in de prullenbak. 'Vergeet het maar, Cecile. Dankzij onze Walter heeft BIB een goede naam opgebouwd. Als er andere Walters gaan opstaan, Walters die maar lukraak adviezen gaan rondstrooien, is het snel gedaan met BIB.'

'Iris heeft gelijk,' zei Sofie, 'andere Walters kunnen BIB kapotmaken.'

Cecile schoof een lepeltje erwtensoep naar binnen. Aan haar slinkse blik zag ik dat ze rekening had gehouden met dit scenario.

'En als we ze laten keuren?' zei ze. 'Als we alle buitenlandse raadgevers eerst uitnodigen en door Walter laten keuren, zou het dan kunnen?'

Ik keek naar Sofie. Ze slurpte luid van haar mok erwtensoep en veegde een groene streep van haar bovenlip. 'We kunnen het proberen,' zei ze, 'op voorwaarde dat Walter het laatste woord heeft.'

'Prima,' reageerde Cecile voldaan, 'ik zal mijn vriendin direct bellen en van ons besluit op de hoogte brengen.'

'Ons besluit?' vroeg ik.

Cecile ontweek mijn blik en schoof nog een lepeltje soep naar binnen.

'Ja,' zei ze, 'je bent het er toch mee eens?'

‘Wie zegt dat? Heb ik ja gezegd? Heb ik gezegd: “Strak plan, laten we dat maar doen.”? Heb je mij dat horen zeggen, Cecile?’

‘Nee, dat heb je niet gezegd.’

‘Vraag het me dan.’

Cecile zette haar soepkom op tafel en keek mij korzelig aan.

‘Wat vind je van ons plan, Iris?’

‘Ik vind het een stompzinnig plan,’ zei ik. ‘Bel je vriendin maar en zeg dat Walter graag wil kennismaken met die Franse malloot.’

Een gevreesde eurocommissaris bezocht ons land. Vanwege de drastische maatregelen die onze kersverse minister-president had doorgevoerd, was er hevige beroering ontstaan binnen de EU en gingen er zelfs stemmen op om ons land uit de Unie te knikkeren. Lichtelijk in paniek belde de premier, die net met de razende eurobobo had gesproken, ons op en vroeg Walter om raad. ‘Niet huilen, excellentie,’ zei Walter, ‘stuur hem naar BIB.’

Nog geen uur later verscheen de commissaris op het spreekuur. Ook hij had een peloton houthakkers meegebracht, maar geen van hen mocht de spreekkamer in.

‘Wie bent u?’ begon de commissaris.

‘Een adviseur van BIB,’ antwoordde Walter.

‘Ik vraag niet *wat* u bent, ik vraag *wie* u bent.’

‘De namen van onze adviseurs zijn onbelangrijk,’ zei Cecile, die de bui al zag hangen en met een advocaat het gesprek bijwoonde, ‘iedere adviseur spreekt namens BIB. Heeft u klachten?’

‘En of ik klachten heb,’ bulderde de commissaris. ‘Door uw adviseur hier heeft Nederland de geldkraan naar de EU dichtgedraaid en alle leningen aan noodlijdende landen stopgezet. Dat is onaanvaardbaar.’

Cecile grijnsde. ‘Met alle respect, commissaris, BIB is een adviesbureau, geen regeringsinstantie. En onaanvaardbaar is de toon die u aanslaat.’

De commissaris verontschuldigde zich en richtte zich weer tot Walter. 'Ik begrijp dat u slechts een adviseur bent, maar uw adviezen hebben wel verstrekkende gevolgen. Bent u zich daarvan bewust?'

'Jazeker,' zei Walter, 'ik ben mij geheel bewust van de gevolgen van mijn adviezen. Bent u zich ook bewust van het megalomane wanbeleid van de Europese Unie?'

'Verklaar u nader.'

Walter pakte een druif van de fruitschaal, kauwde hem rustig op en boog een stukje voorover, zodat hij de commissaris recht in de ogen kon kijken.

'Ik zal mijn bewering in twee stukjes hakken,' zei hij, 'dan kunt u het beter vatten. Allereerst gebruikte ik het woord "megalomaan", in de volksmond ook wel grootheidswaanzin genoemd. Dat is de eerste kwaal waaraan de Unie lijdt. Tussen grootmachten als China, Rusland en de Verenigde Staten was de EU tot 2004 een dwerg. Een economisch sterke dwerg weliswaar, maar qua omvang en bevolkingsaantal een dwerg. Dat zat sommige lieden in de Unie niet lekker. Ze staken de wijze hoofden bijeen en besloten de Unie uit te breiden met wat voormalige Sovjetstaatjes, Oostbloklanden, Cyprus en Malta. Hoera, dacht men, van vijftien naar zevenentwintig landen. Maar de pret was van korte duur. De meeste nieuwe lidstaten bleken tot op het bot corrupt en worden grotendeels bestuurd door criminele organisaties. Geen landen om bij een overwegend bonafide EU te halen, zou je zeggen. Tenzij de EU aan grootheidswaanzin lijdt, dan is het volkomen begrijpelijk.'

'U slaat wartaal uit, meneer,' zei de commissaris.

'Moet ik de rapporten en cijfers van Interpol, Amnesty International en de Verenigde Naties er even bij pakken, commissaris?'

De commissaris zweeg, waarop Walter zijn uiteenzetting vervolgde. 'Ten tweede gebruikte ik het woord "wanbeleid". Om dat goed te kunnen begrijpen moeten we terug naar de grondbeginselen van de EU. Daarin staat globaal dat wanneer er een zwakker land aan de Unie wordt toegevoegd, de sterke landen ervoor moeten zorgen dat dit land door middel van investeringen op de been wordt geholpen en binnen afzienbare tijd ook een sterke natie zal zijn. Maar wat gebeurde er? In plaats van dat de inwoners van die landen aan vaste banen werden geholpen, zodat er woningen, fabrieken, ziekenhuizen en scholen konden worden gerealiseerd, trokken ze massaal de grens over om hun geluk in de West-Europese landen te zoeken, waar de meeste van hen als onderbetaalde gastarbeiders werden misbruikt. En waar bleef het geld dat de EU in die nieuwe landen pompte? Daar werd voor de vorm een aardig schooltje of een rotonde van gebouwd, de rest verdween in corrupte bureaucratieën en villa's van malafide leiders. Ondertussen verkommert de bevolking, wonen miljoenen kinderen stelend en lijmsnuivend op straat, tieren de drugs- en vrouwenhandel welig en groeit het aantal nationalistische en rechts-extremistische bewegingen met de dag. Dat alles is het trieste gevolg van een falend EU-beleid, commissaris, en dat zal ons in de komende jaren nog duur komen te staan. Daarom heb ik onze moedige minister-president geadviseerd de exorbitant hoge EU-toelages stop te zetten, zodat we eerst in *ons* land de problemen kunnen oplossen. Pas dan zullen we in staat zijn de noodlijdende landen goed en blijvend te helpen, en zal er straks een sterke en evenwichtige EU uit de crisis opstaan.'

De commissaris pakte ook een druif. Hij vond de beweringen van Walter tamelijk overdreven, maar hij kon de feiten niet weerleggen. Met die woorden nam hij afscheid en beloofde over de besproken zaken te zullen nadenken. De factuur betaalde hij een week later uit het EU-steunfonds.

Het was lunchpauze. Ik had een wandelingetje om de BIB-flat gemaakt en stond in de lift naar boven toen mijn mobieltje afging. Tot mijn schrik zag ik dat het Walter was. Ik nam direct op.

‘Het zoemt, Iris.’

‘Wat zoemt?’

Walter zuchtte, hij klonk onrustig.

‘Ik kom naar je toe,’ zei ik. ‘Ga rustig zitten, ik ben er zo.’

Op de zevende etage stapte ik uit de lift, rende razendsnel de trappen op en opende de voordeur van Walters woning. Walter zat op de rand van het bed. Hij oogde verslagen, alsof er iets vreselijks was gebeurd.

‘Wat is er?’ hijgde ik. ‘Is er iets met je moeder?’

‘Het zoemt,’ zei hij weer.

‘In je hoofd, zoemt het in je hoofd?’

‘Ik weet het niet, ik weet alleen dat het zoemt en dat ik er dol van word.’

Terwijl mijn hart nog zwaar in mijn borstkas bonsde, deed ik de voordeur en de deur van de slaapkamer dicht. Vervolgens liep ik om het bed heen, ging op de andere helft liggen en sloot mijn ogen.

‘Wat doe je?’ vroeg Walter.

‘Luisteren,’ zei ik.

Walter bleef roerloos zitten, ik wachtte tot mijn hart weer normaal klopte en opende mijn mond, zodat ik nog beter kon luisteren.

‘Ik hoor het,’ zei ik, ‘ik hoor een zoemtoon, het zit niet in je hoofd.’

Walter draaide zich om. ‘Beschrijf de toon.’

Ik luisterde nogmaals en ontdekte dat er een patroon in zat.

‘Het gaat zuuuuuuuuuu,’ zei ik, ‘dan is er een licht klikje en daarna gaat het weer zuuuuuuuuuu.’

‘Dat is het,’ zei Walter, ‘dat hoor ik al dagen.’

Ik belde meneer Van Ravenstein. Hij had dienst vandaag en zat naast de portier achter de receptie. Ik legde hem de situatie uit.

‘Dus het gaat niet constant zuuuuuuuuuu,’ zei hij, ‘maar zuuuuuuuuuu, een klikje en weer zuuuuuuuuuu.’

'Precies.'

'Dan is het iets elektrisch, of iets mechanisch én elektrisch.'

Even later liepen we samen door de woning. Rambam zat op de deurmat en wiebelde verwonderd met zijn pluizige oortjes. Walter zat nog steeds op het bed. Hij had geen verstand van elektrische kwesties en wachtte tot de klacht was verholpen.

'Het komt niet uit de woning,' concludeerde meneer Van Ravenstein.

We hadden alle stekkers uit de contactdozen getrokken, maar het geluid hield aan. We besloten de gang te onderzoeken. De units aan weerszijden van Walters woning waren leeg, dus daar kon het niet vandaan komen.

Sofie en Nienke kwamen ook helpen. Ze hadden twee stethoscopen van de medische afdeling geleend en beluisterden nauwkeurig alle muren. Het leverde niets op, behalve een vreemd hartruisje bij Sofie.

Net toen we de hoop wilden opgeven, sloeg Rambam aan. Hij blafte luid en keek naar boven.

'Goed zo,' zei meneer Van Ravenstein, waarna Rambam op zijn gat ging zitten en een koekje kreeg voor de moeite.

Ondertussen klom Sofie op Nienkes schouders en drukte de luisterdop tegen het plafond. 'Rambam heeft gelijk,' zei ze, 'het komt van boven.'

Via een ijzeren trap en een loodzwaar luik klommen we het dak op. Daar stonden we oog in oog met de boosdoener: de draaiende neonletters BIB. Hoewel de letters ononderbroken draaiden, klonk er om de paar tellen een korte klik, alsof er een tandwieltje in de motor haperde.

'De letters zijn gaaf,' schreeuwde Nienke, 'maar die zuuuuuuu en die klik zijn irritant.'

Haar donkerblonde haren wapperden woest om haar hoofd. Sofie en ik konden ook weer een afspraak maken bij de kapper.

Terug in de gang belde meneer Van Ravenstein de letterbaas en zorgde ervoor dat er later die middag nog een tijdschakelaar werd geplaatst, zodat de letters tijdens Walters middagpauze stilstonden.

Ik bezocht Walter en bracht hem het heuglijke nieuws.

'Bedankt, mevrouw,' reageerde hij afwezig. 'Bedankt voor alles.'

De Franse Walter heette Maurice Floret. Hij was twaalf jaar ouder en zestig kilo zwaarder, maar zijn handdruk leek sprekend op die van Walter. Ook de Spaanse Walter (Manuel Villa Lobos) en de Britse Walter (George Moody), die Cecile via dezelfde vriendin had opgetrommeld, waren oud en dik. Hun handdrukken waren hard, alsof ze jaren in de bouw hadden gewerkt.

'Welkom, heren,' zei Cecile, 'en dames natuurlijk.'

Naast elke dikke Walter zat een vrouw die de buitenlandse BIB-vestiging zou gaan leiden. Zij waren rond de veertig, keurig gekleed en zeer beleefd.

Ik zat op een stoel naast de echte Walter, Sofie notuleerde op een krukje en Cecile serveerde koffie met kleine taaitaaipoppetjes.

Na een nutteloze kennismakingsronde, waarin alle kandidaten vertelden hoeveel diploma's en titels ze hadden behaald, was Walter aan de beurt.

'Wat zijn uw specialiteiten, heren?'

Het gesprek werd in het Engels gevoerd. Vooraf dacht ik dat Walter geen vloeiend Engels sprak, maar toen hij zijn eerste zin had uitgesproken kreeg ik de indruk dat hij nooit anders had gedaan.

'Ik doorzie elke ziel,' antwoordde Maurice Floret. 'Geen gedachte ontgaat mij, geen geheim blijft in het duister. Eenieder die mij consulteert lees ik in luttele seconden, voorts ga ik over tot het geven van sublieme adviezen.'

'In ieder mens schuilt een artiest,' zei Manuel Villa Lobos. 'Een simpele tuinman kan schilderen als Picasso, een metselaar kan dansen als Nijinski en een meisje van lichte zeden kan dichten als een eeuwigdurende lente.'

'Seks is het fundament,' beweerde George Moody. 'Wanneer een mens niet frequent neukt, raakt de ziel in nood en is zijn ondergang een feit. Laat een schizofreen geregeld neuken en na een maand is hij volledig genezen. Geef een boosaardige schoonmoeder elke dag een goede beurt en binnen de kortste keren is ze het zonnetje in huis.'

'Heeft u alles genoteerd, juffrouw Sofie?' vroeg Walter.

'Alles,' antwoordde Sofie.

'Dan kunt u het verscheuren en de snippers door het toilet spoelen.'

De drie Walters keken verbaasd op. Cecile pakte een taaitaaipoppetje en beet het hoofdje eraf. De aankomende BIB-directeuren zaten bedremmeld op hun stoel en gaven geen krimp.

'Meneer Floret,' vervolgde Walter, 'u bent een pedante charlatan met het inzicht van een mol. Meneer Villa Lobos, bezoek een psychiater en laat uw zotte kop binnenstebuiten keren. Meneer Moody, blijf eens een maand van uw blokfluit af, er zal een nieuwe wereld voor u opengaan.'

Hevig gepikeerd stond Maurice Floret op en verliet de spreekkamer. Na hem ging George Moody er mopperend vandoor. De enige die bleef zitten was Manuel Villa Lobos.

'Moet u niet weg, meneer?' vroeg Walter.

'Nee hoor,' zei Manuel Villa Lobos.

'Waarom niet?'

'Waarom wel?'

'Ik heb u zojuist beledigd.'

'De waarheid kan geen belediging zijn.'

Walter zond iedereen de kamer uit, behalve mij, Manuel en zijn directeur.

'Bezit u talenten, meneer Villa Lobos?'

'Ik kan water koken.'

'Bent u geslaagd in het leven?'

'Die ambitie is mij vreemd.'

'Hoe komt u aan al die diploma's?'

'Mijn vader was docent Spaans en economie op een middelbare school, hij heeft mij gedwongen te studeren.'

'En uw moeder, wat deed uw moeder?'

'Mijn moeder was serveerster in een restaurant, ze stierf vier jaar na mijn geboorte.'

'Woont u alleen?'

'Ja.'

'Heeft u een geliefde?'

'Nee.'

'Waarom bent u hier?'

'Ik wil mensen helpen hun dromen te realiseren.'

'Ook als uw eigen dromen onvervuld blijven?'

'Mijn dromen zijn vervlogen, meneer.'

'Dan benoem ik u hierbij tot adviseur van BIB Madrid.'

Walter keek naar de vrouw naast Manuel. 'Zorg goed voor meneer Villa Lobos,' zei hij. 'Spanje verkeert in een diepe crisis. Mensen als hij kunnen het land uit de malaise trekken, mits zij ongestoord hun werk kunnen doen.'

De Spaanse BIB-chef beloofde al haar huidige werkzaamheden direct af te stoten en zich volledig aan haar taak te wijden. Niet lang daarna hoorden we dat BIB Madrid een verdienstelijke start had gemaakt. Van Maurice en George vernamen we niets meer.

Walter liep door zijn woning. Zijn voeten bonkten op de houten vloer. Af en toe werd er een deur geopend en gesloten. In de verte hoorde ik het geluid van zijn tv.

'Wat spook je uit, Walter?'

'Heb ik je wakker gemaakt?'

De digitale wekker op mijn nachtkastje stond op acht minuten over twee. Ik had hem gebeld, zijn gestommel hield mij uit mijn slaap.

'Waarom lig je niet in bed?'

'Ik lig in bed.'

Ik verbrak de verbinding, trok een broek aan en ging naar boven. Walter stond in de keuken, hij pelde een grapefruit. Op het aanrecht lagen schillen en pitjes van minstens tien andere grapefruits.

'Lig je altijd zo in bed?'

'Grapefruits zijn lekker en rijk aan kalium en vitamine C.'

'Walter.'

'Ja, Iris.'

'Kijk me eens aan.'

Walter draaide zijn gezicht naar mij toe. Hij glimlachte, zijn ogen stonden dof en bedroefd. Ik pakte de grapefruit uit zijn handen en droogde met een theedoek zijn natte vingers af.

Toen zijn handen droog waren, nam ik hem mee naar de woonkamer. Ik zette de tv uit. Walter ging op de bank zitten, ik nam naast hem plaats.

'Het is mama,' zei hij, 'mijn moeder.'

'Gaat het niet goed met haar?'

'De chemokuren zijn begonnen, ze braakt veel. Dokter Mathews zegt dat het erbij hoort. Maar braken is niet goed, je houdt je voedsel niet binnen en je verzwakt zienderogen.'

Walter had al zijn kleren nog aan, alleen zijn schoenen stonden netjes bij elkaar naast de leunstoel.

'Neem morgen vrij,' zei ik. 'Ga naar je moeder en hou haar gezelschap.'

'Dat gaat niet,' zei Walter, 'ze wil mij haar laatste aftakeling besparen.'

Het waren dezelfde woorden die Helena destijds tegen mij had gezegd, daarom had ze een woning voor Walter gekocht en wilde ze hem tijdens de slopende chemokuren niet zien. Destijds vond ik haar besluit begrijpelijk en moedig, nu had het iets wreeds, alsof Walter een vreemde voor haar was, een last die ze eindelijk met een geldig excuus uit haar leven kon snijden.

We spraken nog een tijdje over Helena en de chemotherapie.

Ik merkte dat Walter de behoefte had erover te praten, hoe voorspelbaar en banaal het onderwerp ook was.

Om kwart voor drie viel Walter stil. Hij keek naar de boekenkast, die van boven tot onder vol stond met verjaardagskaartjes. Honderden mensen had hij geholpen, geïnspireerd en aangemoedigd, nu zat hij zelf in nood en was er niemand die hem bijstond.

'Het is laat, Walter,' zei ik, 'je moet slapen.'

'Ach, slapen,' reageerde hij lusteloos.

Ik stond op en zeulde hem aan zijn arm omhoog. In de slaapkamer trok ik zijn jasje uit, verwijderde de zwarte stropdas en opende de knoopjes van zijn overhemd. Walter liet mij begaan, ook toen ik zijn oubollige hemd had uitgetrokken en hij in zijn onderbroek voor mij stond.

'Heb je slaappillen in huis?' vroeg ik, terwijl ik hem als een kleuter in bed stopte en de behoefte negeerde om naast hem te kruipen.

'Codeïne,' zei Walter. 'Van slaappillen blijf je lang suf, codeïne werkt snel en de naweeën zijn gering.'

De codeïne vond ik in een keukenlade en even later zat ik met een tablet en een glas lauw water op de rand van het bed.

'Wat moet ik straks doen, Iris?'

Ik legde de codeïnetablet op Walters tong en liet hem twee slokjes water drinken. 'Wanneer straks?'

'Als mama weg is.'

Zachtjes streelde ik zijn wang, een zoen zou ongepast zijn geweest.

'Dat zien we straks,' antwoordde ik, 'als straks vandaag is.'

Walter had een prettige dag. De klanten waren interessant, de gesprekken aangenaam en de adviezen doeltreffend. Het werk had de zorgen omtrent zijn moeder voor even naar de achtergrond geduwd.

Tijdens zijn middagdutje lunchte ik op een bankje tegenover

het gebouw. De rode BIB-letters stonden stil. Het was koud, maar de laaghangende zon en een beker warme chocolademelk maakten het draaglijk.

'Gefeliciteerd,' zei Sofie, die in een roze donsjas naast mij zat.

'Waarmee?'

'De eerste verjaardag van BIB.'

Ik keek naar de reuzenletters op het dak. Een jaar geleden begonnen we met z'n vieren in een verbouwd flatje, inmiddels zaten we met driehonderd personeelsleden in een monsterlijke betonbak, lag de marktwaarde volgens de *Quote* rond de vijfenveertig miljoen euro en verdiende ik meer per week dan voorheen in een halfjaar.

'Jij ook,' zei ik.

Sofie hield haar grote beker met beide handen vast. De flappen van haar fleurige Incamuts wapperden lichtjes op en neer.

'Mijn moeder is zo trots. Ze houdt een plakboek bij van alle BIB-artikelen. Elke dag gaat ze naar de bieb om te zien of we ergens in staan. Dan pakt ze een schaar uit haar tas en knipt ze stiekem het artikel eruit. Vorige week werd ze betrapt door de biebdirecteur, hij wilde gelijk de politie bellen voor alle kranten en tijdschriften die ze had vernield. Maar het liep goed af. Mijn moeder vertelde dat ik bij BIB werk en nu is de biebdirecteur ook trots.'

Ik vroeg me af of mijn ouders ook trots waren. Sinds hun zonvakantie op Kos had ik mijn vader drie keer aan de telefoon gehad. Het woord 'trots' was nog niet gevallen, wel het woord 'billen', in diverse omschrijvingen.

'Mijn broer heeft vijf BIB-T-shirts laten maken,' vervolgde Sofie. 'Elke dag als hij in de rijdende snackbar staat, draagt hij een nieuw shirt. Om reclame te maken voor BIB, zegt hij, en om de aandacht af te leiden van zijn werk voor de CIA.'

Nadat de laatste klant om halfvijf was vertrokken, dronken Cecile, Sofie en ik een glas champagne. Walter at een peer. We proostten op de verjaardag van BIB en bedankten Walter voor zijn briljante ideeën en enorme inzet.

'Bedank jezelf maar,' reageerde hij nuchter. 'Jullie hebben hard gewerkt, ik heb slechts wat simpele adviezen gegeven.'

We schoten in de lach. Op dat moment ging de deur open en zei Nienke dat er iets belangrijks op tv was.

We volgden haar naar de kantine. Een groepje secretaresses stond voor de plasma-tv. Ze keken naar een persconferentie van de eurocommissaris die onlangs op ons spreekuur was geweest.

'Daarom heeft de Europese Unie besloten harde maatregelen te nemen. Met ingang van vandaag worden landen waar corruptie heerst en criminele bendes ongestoord hun gang kunnen gaan, onder toezicht gesteld. Indien er binnen zes maanden geen significante verbetering is opgetreden, zullen zij zonder pardon uit de EU worden gezet. Daarnaast zal de Europese Unie drastisch worden hervormd. Het aantal parlementariërs en commissarissen wordt gehalveerd, de logge bureaucratie vereenvoudigd en alle kostbare campagnes en zinloze projecten afgeschaft.'

Er volgde een applaus uit de perszaal, waarna een journalist hem vroeg hoe de EU tot deze dappere besluiten was gekomen.

De commissaris nam een slokje water en bekende dat de opzienbarende politieke omwenteling in Nederland hem aan het denken had gezet. Vooral de eerlijke herverdelingen van de uitgaven en de zorg voor de kansarmen waren een inspiratie om de EU in korte tijd om te vormen tot een beter en effectiever bestuursorgaan. Tot slot bedankte hij zijn persoonlijk adviseur in Nederland voor de onverbloemde kritiek en verfrissende blik op het huidige beleid.

Ik keek naar Walter, die zijn afgekloven peer hard in de vuilnisbak smeet en met grote passen naar zijn woning op de achtste etage liep.

Op het winderige balkon sloeg ik een arm om zijn middel. Walter staarde uitdrukkingsloos naar het verkeer en zei dat er sneeuw in de lucht zat.

19

Die sneeuw zou er komen: op zaterdag wat natte vlokjes, op zondag twintig centimeter. Kleine kinderen werden op sleetjes over straat getrokken, grote kinderen gooiden sneeuwballen en maakten poppen met wortelneuzen en houtskooloogjes.

De jacht op Walter Gom, waar ik vanaf de eerste BIB-dag bang voor was geweest, kwam ook. Na de persconferentie van de eurocommissaris werd er in alle kranten, journaals en actualiteitenprogramma's druk gespeculeerd over diens persoonlijk adviseur.

Aanvankelijk dacht men dat het een ervaren ex-politicus was. Tientallen verslaggevers werden op pad gestuurd om met verkreukelde senatoren en dementerende partij-iconen te babbelen. Maar dat spoor liep algauw dood, omdat er nog nooit een politicus was geweest met een verfrissende blik op wat dan ook.

Vervolgens werd het vizier gericht op professoren en hoogleraren. 'Waar veel wijsheid zit, zullen ook wel verfrissende blikken rondlopen,' beweerde een verslaggever. Maar de meeste professoren en hoogleraren wisten niet eens op welke planeet ze rondliepen, laat staan waar de gezochte adviseur uithing.

Ook bekende filosofen, psychologen en spindoctors werden bezocht. Zij hadden wel ideeën, sommige zelfs blikken, maar verfrissend waren ze niet.

Uiteindelijk gaven ze de queeste op en trokken ze de conclusie: we gaan naar BIB. Dat was het moment om een spoedvergadering te beleggen.

Om tien over twaalf stonden alle medewerkers, inclusief de badmeesters en de masseuses, in de kantine. Tijdens de grote uitbreiding hadden we de muur naar de naastgelegen unit verwijderd, waardoor we er net in pasten.

Meneer Van Ravenstein en Rambam bewaakten de ingang, Kim had alle luxaflex laten zakken en de plafondverlichting ontstoken.

'Welkom allemaal,' sprak ik vanaf een tafel, 'deze bijeenkomst duurt niet lang, u kunt dadelijk aan uw lunchpauze beginnen.'

Er klonk opluchting in de menigte, waarna ik de kwestie voorlegde en het uitdrukkelijke verzoek deed om de aanstormende journalisten niet te woord te staan, ook niet op de parkeerplaats of bij de dichtstbijzijnde bushalte. Alleen Cecile en onze persvoorlichter Julia Overmars zouden namens BIB met het mediavolk spreken.

'Dat wekt argwaan,' zei een van de badmeesters. 'Als we niets zeggen, zeggen we eigenlijk dat we weten wie de adviseur is.'

'Zeg dan dat je niets weet,' opperde Sofie.

'Ik kan niet liegen,' riep een jonge jurist, 'liegen is tegen mijn principes.'

Ik overlegde met Cecile, die naast mij op de tafel stond. Ze fluisterde dat de jurist een zeikerd was, maar dat we zijn standpunt moesten respecteren. Ik stelde voor om hem een weekje naar Siberië te sturen en bij terugkomst in een liftschacht te duwen.

Na een pittig debat kwam Babette met de oplossing. Ze stond worstjes te bakken voor het surprisebroodje en droeg een schort met een dikke, naakte vrouw erop. 'Vertel ze gewoon de waarheid,' zei ze, 'iedereen die hier werkt heeft een contract getekend waarin staat dat alle klantgegevens en andere bedrijfsinformatie vertrouwelijk is. Dat weet de pers ook, dus we hoeven ze niet te negeren en ook niet te liegen.'

Iedereen stemde in met het plan. Cecile stapte opgelucht van de tafel, ik zei dat de kerstbonus tweeduizend euro netto bedroeg en Kim vroeg of er varkensvlees in de worstjes zat.

'Nee,' antwoordde Babette, 'dit zijn vegetarische worstjes.'

'Dan wil ik er twee,' zei Kim, 'december is de worstjesmaand.'

Walter kreeg van de mediahype weinig mee. Hij keek alleen hondenshows op de tv, belde veelvuldig met zijn moeder en werkte onverstoorbaar door.

Een week voor de kerst zat jonkheer Arthur Gaston la Bretonnière op de bank. In de hoek stond Orfeline. Ze rook naar geitenkaas, haar mooie haar was ontploft en er zoemden kleine mugjes rond haar hoofd.

'Ziet u dat, meneer?' begon Arthur, wijzend naar Orfeline. 'Die figurant uit *Les Misérables* daar, dat is mijn vrouw.'

'Aangenaam, mevrouw,' zei Walter. 'Ik ben niet zo'n musicalfanaat, maar *Les Misérables* kan ik wel waarderen.'

Arthur la Bretonnière droeg een geruit jachtkostuum. Zijn hoed met veer lag op de salontafel. Hopelijk had hij zijn schietijzer thuisgelaten.

'Wat moet ik met dat muizennest aan? Vroeger was ze mooi en schoon, nu krijg ik al jeuk als ik aan haar denk.'

'Hoe mooi was uw vrouw?' vroeg Walter.

Arthur haalde een foto uit zijn binnenzak en toonde hem aan Walter. 'Zo mooi, meneer,' zei hij, alsof Orfeline een kostbaar schilderij was dat hij voor een spotprijsje op de kop had getikt.

'Wilt u dat ze weer net zo mooi wordt, jonkheer?'

'Zeer gaarne, meneer.'

'Dan gaat BIB dat voor u regelen.'

Nienke kwam de kamer binnen en nam Orfeline mee naar de badruimtes op de begane grond. Daar stond ook een tasje met kleren dat Orfeline een dag daarvoor bij mij thuis had afgeleverd. Arthur, die noch van haar eerste bezoek noch van ons plannetje op de hoogte was, knapte een uiltje onder mijn bureau.

Twee uur later zat hij weer fris op de bank.

'Is het geregeld, meneer?'

‘Zeker en vast, jonkheer.’

De deur zwaaide open en Orfeline schreed binnen. Arthur zat paf, Walter liet een druif uit zijn mond vallen en ik zag Sandro Botticelli zijn *Venus* weer aan stukken scheuren.

‘Ben je content, zoetje?’ vroeg Orfeline. Ze maakte een pirouette en ging met gekruiste benen op een stoel tegenover ons zitten.

‘Meer... meer dan content,’ stamelde Arthur, ‘ik zweef.’

Walter pakte de druif van de vloer, stofte hem af en stak hem weer in zijn mond. ‘Onze kapper is prijzig,’ zei hij, ‘maar engelen helpt hij gratis.’

‘Hij?’ reageerde Arthur verontwaardigd.

‘Giuseppe Calabresi, de barbier van BIB.’

‘Een man?’

‘Een tovenaar.’

Arthur schoot overeind. ‘Wat heb je met die knoflookvreter uitgespookt? Heb je weer gescharreld, is het weer zover?’

Walter en ik trokken Arthur aan de mouwen van zijn jagersjasje terug op de bank. Hij was in alle staten, maar hij hield zich in.

‘Bent u jaloers, jonkheer?’ vroeg Walter.

‘Orfeline heeft gescharreld,’ hield Arthur vol.

‘Met Giuseppe?’

‘Jazeker.’

‘Giuseppe is impotent.’

‘Wie zegt dat?’

‘Giuseppe Calabresi heeft in zijn jeugd een ongeluk gehad. In vrouwen, hoe mooi en verleidelijk ook, is hij niet geïnteresseerd.’

‘Dan was het zijn assistent.’

‘Loes Mangel?’

‘De visagist.’

‘Wendy Knot?’

‘Wie was het dan?’

'U, jonkheer.'

'Excuseer?'

'De enige met wie Orfeline ooit heeft gescharreld bent u.'

Arthur kreunde en boog berouwvol het hoofd. Orfeline depte haar tranen en zei: 'Het klopt, zoetje. Er is maar één man in mijn leven en dat ben jij.'

We lieten de jonkheer even tot zichzelf komen. Heren van adel mag men gerust een loer draaien, maar nadien is enige terughoudendheid gewenst.

'Ik ben een ellendige parvenu,' bekende hij. 'Orfeline verdient beter.'

'Geef haar dan beter, jonkheer.'

Arthur hief traag zijn hoofd op. 'Hoe dan, meneer? Vertel me wat ik moet doen om Orfeline te behagen en ik zal het terstond uitvoeren.'

'Vervang al het mannelijk personeel door vrouwelijk personeel.'

'Jawel, meneer.'

'Gooi uw golfattributen en clubkaart in de vuilnisbak.'

'Zeker, meneer.'

'Verbrand die malle kostuums en ga normale kleren dragen.'

'Komt in orde, meneer.'

'Stop met uitvinden.'

'De Wc-buddy is een hit.'

'Laat het bij die hit.'

'Goed, meneer.'

'En heb uw vrouw lief.'

'Wanneer?'

'Overal en altijd.'

Arthur sprong over de salontafel en omhelsde Orfeline. Even later gingen ze er haastig vandoor. De kleine mugjes uit Orfelines ragebol zoemden nog uren door de spreekkamer.

Met de verklaringen van Cecile en Julia nam de pers geen genoegen. In de boulevardbladen werd voortdurend gesuggereerd dat er een luchtje zat aan BIB, dus schakelden de journalisten een tandje bij.

Er werden serieuze pogingen ondernomen om ons computersysteem te hacken en wat mobiele telefoons af te tappen. Maar Michiel Berg, onze IT-specialist, was de boosdoeners te slim af. Samen met zijn broertjes Lubbert en Wubbo sloot hij het interne computersysteem hermetisch af en legde de websites van de grootste kranten, bladen en tv-zenders dagenlang plat. De mobiele telefoontjes van alle medewerkers werden tijdelijk vervangen door prepaidmodellen, en Cecile en ik deden aangifte bij de politie. Die namen de kwestie hoog op en arresteerden onmiddellijk een twintigtal journalisten, redacteuren en omroepbazen.

Daarmee was de waanzin echter niet voorbij. Wereldeconomieën zakten massaal ineen, miljoenen mensen kwamen om van de honger, oorlogen en staatsgrepen stapelden zich op, en het Nederlandse journaille was op jacht naar een schuchter adviseurtje met smetvrees.

Na een verijdelde inbraakpoging, met dank aan meneer Van Ravenstein en Rambam, die de insluiper voor een reusachtig saucijzenbroodje aanzag, besloot men de geblindeerde Mercedes van Quist te schaduwen.

De oplossing was simpel en doeltreffend: elke morgen haalde Quist een BIB-medewerker op, en om vijf uur bracht hij een andere medewerker naar huis. Ondertussen werden Walter en ik in een onopvallende personenauto van een collega heen en weer gereden. Voor de zekerheid vermomden we ons elke dag met nieuwe pruiken en brillen, zodat geen van de journalisten mij herkende en we zorgeloos langs de horde camerawagens en fotografen konden glippen.

Op de dag dat Arthur en Orfeline zich hadden verzoend, was Kim aan de beurt om ons thuis te brengen.

'Ik heb me zo verheugd,' zei ze in de lift. 'De directeur en meneer Walter in mijn lieveheersbeestje, dat vergeet ik nooit meer.'

In de parkeergarage zagen we dat Kim niet had gelogen; haar auto was een rode Fiat 500 met grote zwarte stippen. Ze had ook twee voelsprieten met zuignappen voor op het dak, maar daar mocht ze na een controle van de verkeerspolitie niet meer mee rijden.

'Dit ritje vergeet ik ook nooit meer,' zei Walter toen we samengepakt op de smalle achterbank zaten en met een noodgang door de stad reden.

Walter had een bruin pruikje en een halve donkerrode leesbril op. Onder zijn neus had Nienke een wollige krulsnor geplakt die bij elke bocht van zijn gezicht viel.

'Rustig aan, Kim,' zei ik, 'meneer Walter raakt van slag.'

Kim trapte het gaspedaal in, het stoplicht sprong op rood en we schoten tussen twee tingelende trams door een kruispunt over.

'Geen paniek,' riep ze uitgelaten, 'lieveheersbeestjes gaan nooit stuk.'

Opnieuw stoven we door een rood stoplicht. Een man op een fiets kneep vol in de handremmen, zwenkte uit en schoot een gracht in.

Walter giechelde. Hij plakte de snor weer onder zijn neus, ditmaal met de krullen naar beneden.

Bij het volgende stoplicht remde Kim abrupt af. Walter en ik botsten met onze voorhoofden tegen de hoofdsteunen en ploften terug op de bank.

In een dure auto naast ons zat een keurig koppel, op de achterbank staken drie kinderen hun tongen naar ons uit. Walter stak ook zijn tong uit. De man achter het stuur had het gezien en liet zijn raampje zakken.

'Wat zijn dat voor streken, vlerk?' blèrde hij.

Ik gaf Walter een por en Kim lanceerde ons plankgas uit de penarie.

Toen we voor onze voordeur stonden en Kim toeterend de straat uit reed, keek ik met verbazing naar Walter. Hij glunderde als een kind dat voor het eerst in een kermisattractie had gezeten.

'Ga je mee naar Robbie Nap?' vroeg Sofie.

Ik zat aan mijn bureau. Over vier dagen was het kerst, er moest nog veel administratie worden weggewerkt voor het einde van het jaar.

'Wie is Robbie Nap?'

'Bolle Bob.'

Sofie legde een stapel dossiers op mijn bureau en ging op een bankje bij het raam zitten. Ik draaide mijn bureaustoel naar haar toe.

'Hoeveel kaartjes heb je?'

'Twee.'

'Voor wanneer?'

'Vanavond.'

Sofie stak een sigaret op. Ze rookte veel de laatste tijd. Ik zette een raam open, omdat Walter allergisch was voor sigarettenlucht.

'Ga je weer iets achterlijks aantrekken?' vroeg ik.

'Ik heb nog nooit iets achterlijks aangetrokken.'

Het concert vond plaats in Carré. Op de posters bij de ingang stond Bolle Bob afgebeeld. We moesten goed kijken om hem te kunnen herkennen. Hij was flink afgevallen, zijn haar was zwartgeverfd en hij droeg een zwart pak.

Het publiek was nog hetzelfde als in zijn Bolle Bob-tijd. Ze wisten dat hij geen meezingers en fuifnummers meer zong, maar de meeste fans waren hem toch trouw gebleven.

Sofie had een witte hoepelrok aan. Tijdens de taxirit had de rok achter in de auto gelegen en zat ze in haar slip en panty naast mij. In de zaal trok ze mopperend de hoepels uit haar rok. Een opgedirkte kroegtante achter haar had geklaagd dat ze geen donder kon zien en haar gefrituurde echtgenoot, die meer tijd in de sportschool had doorgebracht dan een gemiddeld mens in bed, dreigde Sofie met rok en al in de Amstel te smijten.

Robbie Nap zong slome ballads en dweperige lovesongs. De fans waren gematigd enthousiast, maar Robbie genoot. Dit was wat hij altijd had willen doen. Jarenlang had hij zijn talent te grabbel gegooid om geld te verdienen en een comfortabel leven te leiden. Nu realiseerde hij zijn droom, een slome droom waarbij zijn feestfans zaten te knikkebollen, maar dat probleem was van tijdelijke aard. Na een paar maanden hadden ze zijn nieuwe repertoire geaccepteerd en domineerde hij de nationale hitlijsten als nooit tevoren.

'Ik heb een vlam,' fluisterde Sofie.

'Een wat?'

'Een vriend.'

Robbie was aan 'Unforgettable' van Nat King Cole begonnen. De zaal lag in coma, ik zoog op een colalolly.

'Sinds wanneer?'

'Een week.'

Ik snuffelde aan de colalolly en stak hem weer in mijn mond. Robbie Nap zat half op een barkruk, het laatste rekwisiet uit vervlogen tijden.

'Wie is het?'

'Wie?'

'Je vriend.'

Sofie schoof wat dichter naar mij toe. 'Bart,' sprak ze geheimzinnig.

'Bart wie?'

'Bart de boekhouder.'

Ik nam de lolly weer uit mijn mond. Sofie bloosde een beetje en keek mij onzeker aan. 'Volgens mij is hij heel teder,' zei ze. 'Wat denk jij?'

'Hebben jullie nog niet gevreeën?'

'Daar wachten we nog even mee.'

'Hoelang?'

'Tot we er klaar voor zijn. Bart is nogal verlegen en ik heb geen puf meer om een legioen kerels te verslijten voordat ik de ware heb gevonden.'

De lolly floepte terug in mijn mond, Robbie breide een eind aan Nat King Cole, het publiek klapte beleefd en ik dacht aan Sofie en Nienke. Sofie had een relatie met Bart, Nienke rommelde voorzichtig met een badmeester en ik ging al twintig maanden, drie weken en vijf dagen als non door het leven. Een non met een miljoenenbedrijf, een garderobe van Valentino en kaartjes voor de *Winterwondershow* van Robbie Nap.

'Morgen weet ik of hij teder is,' zei Sofie.

'Ga je het vragen?'

'Ik ga hem zoenen.'

'En als hij niet teder is?'

'Hij is teder,' zei Sofie. 'Het zit diep, maar ik zal graven tot ik het vind.'

De pers wist van geen ophouden. Ze verprutsten nog twee inbraken, lieten een privédetective door Rambam verscheuren en stuurden een helikopter de lucht in om foto's te maken van achttien bleke secretaressebillen met de tekst: ZOEK EEN BAAN IDIOOT.

Walter was niet te spreken over de ludieke actie. De foto's verschenen in alle avondbladen en werden voortdurend op de tv getoond. 'Aan dat imago werk ik niet mee, Iris,' zei hij. De volgende dag hing er een spandoek voor het kantineraam: BIB WENST U FIJNE FEESTDAGEN EN EEN VERRUKKELIJK NIEUWJAAR.

Op de laatste werkdag voor de kerst verscheen Nina Rothschild op het spreekuur. Nina was een jonge vrouw met donkerblond haar en opvallend veel pukkeltjes op haar wangen.

'Ik wil dood, meneer,' zei ze.

Ze had zich met een slap handje aan ons voorgesteld en hield haar tasje angstvallig op haar schoot.

'Wanneer?' vroeg Walter.

'Voor de kerst.'

'Heeft u een hekel aan kerst?'

'Ik heb een hekel aan mijzelf.'

'Waarom?'

'Kijk eens naar mijn gezicht.'

'Ik doe niet anders.'

'Wat ziet u?'

'Hemelsblauwe ogen, een fijn neusje, fraaie lippen, prachtig haar.'

'En mijn wangen, wat ziet u op mijn wangen?'

'Niets.'

'Ziet u geen puisten?'

'Nee.'

'Ziet u geen grote afzichtelijke etterbulten?'

'Het spijt me, juffrouw.'

'Wat ziet u dan?'

'Een aantrekkelijke jongedame met een kronkel in haar hoofd.'

Nina keek op haar horloge, ze werd steeds nerveuzer.

'U schoffeert mij, meneer.'

'In dat geval bied ik u mijn welgemeende excuses aan.'

'Wat heb ik daaraan? Ik weet niet eens wie u bent.'

'Is dat belangrijk?'

'Voor mij wel. Als ik mijn hart bij iemand uitstort, wil ik weten met wie ik te maken heb.'

'Groot gelijk.'

Nu begon *ik* nerveus te worden. Ik probeerde oogcontact te maken met Walter, maar hij hield zijn blik obsessief op Nina gericht.

'Mooi zo,' zei ze, 'mijn naam is Nina Rothschild, en uw naam is?'

'Barack Hussein Obama.'

'Waarom belazert u mij?'

'Omdat u mij belazert.'

'Waar heeft u het over?'

Walter trok vliegensvlug een tissue uit de doos, veegde hem over Nina's linkerwang en toonde haar het resultaat. 'Hier heb ik het over.'

Het witte doekje zat vol met rode make-up, Nina's gezicht werd minstens zo rood. 'Dit hoef ik niet te pikken, meneer.'

'Obama,' zei Walter, 'Barack Hussein Obama.'

'U drijft de spot met een psychiatrisch patiënt,' reageerde Nina furieus, 'ik zal hier aangifte van doen.'

'Dat komt mooi uit,' zei Walter, 'de politie is zojuist gearriveerd.'

Terwijl ik nog naar de smerige tissue staarde, zwaaide de deur open en kwamen er twee geüniformeerde agenten binnen. De voorste trok het tasje van Nina's schoot, de andere sleurde haar van de bank en klikte handboeien om haar polsen.

'Wat gebeurt hier?' schreeuwde Nina. 'Ik wil een advocaat.'

'Ik zou er tien nemen,' zei de agent die haar handtasje had gepakt en er een minuscule camera uit haalde. Zijn collega fouilleerde haar en viste een voicerecorder en een perskaart uit de binnenzak van haar jasje.

'Neem die troep maar mee,' zei Nina, 'ik heb zijn gezicht toch gezien.'

'En dat is voorlopig het laatste wat u zult zien,' zei de agent die haar in de boeien had geslagen. 'De hulpofficier van justitie heeft het hele gesprek via een monitor gevolgd. Hij zal u een hechtenis van ten minste veertien dagen opleggen, daarna zult u aan een rechter worden voorgeleid.'

Nina begon woest om zich heen te trappen. Ze miste Walter op een haar na en werd door de agenten gestrekt de spreekkamer uit gedragen.

Nadat het drietal met een hoop kabaal in de lift was verdwenen en Cecile de kamer was binnengekomen, viel ik uit tegen Walter: 'Waarom wist ik hier niets van? Waarom wordt er een grote politieactie op touw gezet zonder mij te informeren?'

'Ik wilde je niet ongerust maken,' antwoordde Walter.

'En nu kan er eindelijk een algeheel gebieds- en omgangsverbod voor de pers worden afgekondigd,' zei Cecile.

Dat jaar brachten Walter en ik tweede kerstdag met elkaar door. Eerste kerstdag vierde hij bij zijn moeder. Helena was gestopt met de chemokuren en had 's ochtends een bloedtransfusie ondergaan, zodat ze hem enigszins toonbaar kon ontvangen. Het was waarschijnlijk haar laatste kerst, ze wilde Walter op een mooie onbezorgde dag trakteren.

We aten bijtijds. Ik had gebraden kalkoen, aardappelpuree, rodekool en warme bessensaus gemaakt. Walter complimenteerde mij met het heerlijke diner, maar meer dan een paar plichtmatige hapjes nam hij niet.

Tijdens het toetje, verse vruchtjes met slagroom, schoof ik een plat pakje naar hem toe. Vorig jaar had hij mijn cadeau geweigerd. Als hij het nu weer afwees, zou ik hem wurgen met de kerstlampjes.

'Heb je weer iets duurs gekocht?' vroeg hij.

'Ik heb helemaal niets gekocht.'

'Wat is dit dan?'

'Maak het open, dan zie je het vanzelf.'

Walter scheurde het papiertje eraf en keek naar het boek in zijn handen. '*Door duisternis omringd*,' las hij hardop. '*Deel 1, Prille ongemakken*.'

'Kijk er eens in,' zei ik.

Het boekje ging open en Walter las de handgeschreven boodschap voor: *Allerliefste Walter. Duizendmaal dank voor je bijzondere adviezen. Ik hoop dat je het een leuk boek vindt. Veel liefs, een prachtig nieuwjaar en dikke zoenen, Madelief.*

Walter sloot het boekje en legde het omgekeerd op tafel.

'Mooi,' zei hij, 'Madelief heeft haar best gedaan.'

Ik wilde nog vragen of hij het boekje ging lezen. Maar de kans dat Walter in het geneuzel van een klagende vagina geïnteresseerd was, achtte ik niet bijzonder groot.

Na het diner keken we een hondenshow met een matige hindernisbaan. Ik had sinds kort ook een plasma-tv, voor als Walter op bezoek kwam. Zelf keek ik er zelden naar. Ik was geen tv-junkie en meestal viel ik na een paar minuten in slaap.

De hondenshow duurde een uur. Walter dronk een flesje bronwater. We hadden nog bijna niets gezegd. Er waren voldoende onderwerpen om over te praten, maar het belangrijkste had alle andere onderwerpen op voorhand geblokkeerd.

Om halftien, toen ik een cd van Brahms had opgezet en we aan de tafel een potje stratego speelden, besloot ik het ijs toch maar te breken.

'Hoe was het met je moeder?'

'Best.'

'Heb je lekker gegeten?'

'Ja.'

'Gaat ze na de kerst door met de chemotherapie?'

'Nee.'

'Is ze te zwak?'

Walter tikte onverschillig zijn vlag omver en keek naar buiten. De sneeuw van de afgelopen weken was gesmolten, alleen op sommige autodaken lag nog een restje.

'Het is klaar,' zei hij.

'Wat is klaar?'

'Mijn moeder,' antwoordde Walter, 'het is goed geweest.'

20

Walters motief om mij niet op de hoogte te brengen van de politieactie was liefdevol en effectief. Het had mij een hoop kopzorgen bespaard en bij een eventuele rechtszaak hoefde ik slechts een getuigenverklaring af te leggen.

Ceciles motief was zelfzuchtig en rampzalig. Opnieuw had ze buiten mij om een belangrijke beslissing genomen, en het rigoureuze omgangsverbod voor de pers draaide uit op een oorlogsverklaring.

'Vijfduizend euro,' zei Sofie, die de ochtendkrant op mijn bureau kwakte, 'die ratten hebben vijfduizend euro op het hoofd van Walter gezet.'

Ik vouwde de krant open en zag dat er een beloning van vijfduizend euro was uitgeloofd voor degene die de naam en identiteit van de mysterieuze BIB-adviseur zou onthullen. Naast de oproep stond een compositietekening van Leonardo di Caprio na tien jaar eenzame opsluiting.

'Die tekening is natuurlijk van dat malle wijf,' zei Sofie. Ze ijsbeerde voor mijn bureau heen en weer en schopte een deuk in de paraplubak. 'Gelukkig lijkt hij voor geen meter op Walter, alleen zijn haar klopt. Maar er zijn zoveel mensen met zwart haar: mijn oom heeft zwart haar, mijn bakker heeft zwart haar, mijn broer in de rijdende snackbar heeft zwart haar, mijn...'

'Sofie,' riep ik, 'ga zitten en hou je kop.'

Met een verontwaardigde blik ging Sofie op het bankje bij het raam zitten en hield haar kop. Op dat moment kwam Nienke binnen. Ze had een krant in haar hand en zei dat er vijfduizend euro op het hoofd van Walter stond.

Ook haar verwees ik naar het bankje, waarna Cecile binnenkwam.

'Dit is foute boel,' zei ze, wijzend naar de krant op mijn bureau.

'Dit is jouw schuld,' zei ik.

'Hoezo, mijn schuld? Waarom is het mijn schuld?'

'Als jij die belachelijke politieactie niet...'

'Iris,' riep Sofie, 'ga zitten en hou je kop.'

'Ik zit al.'

'Hou dan je kop.'

Terwijl ik mijn kop hield en Cecile gepikeerd op de leunstoel ging zitten, wandelde Walter via de spreekkamer mijn kantoor binnen. Hij had een glas thee uit de kantine gehaald en roerde er een half suikerklontje doorheen.

'Is er brand?' vroeg hij.

Cecile vertelde hem wat er in de krant stond en dat het misschien beter voor hem was om een weekje thuis te blijven.

'Geen denken aan,' zei Walter. 'Klanten staan maanden op de wachtlijst om mij te kunnen spreken, die kan ik onmogelijk in de kou laten staan.'

En daarmee was de kwestie afgesloten. Cecile, Sofie en Nienke gingen weer aan het werk, ik liep met Walter naar de spreekkamer en Kim liet de eerste klant van de dag binnen.

Over de beloning en de tekening werd met geen woord meer gesproken. Walter adviseerde radeloze kunstenaars, vastgelopen schrijvers, uitgekakte zangers en doorgedraaide acteurs. Tot slot hielp hij Vladimir Drooglever en Martha Lont aan een uitstekende plotwending voor de hitserie *Paparazzi* en gaf hij ze de kennisquiz *Topkop* cadeau.

Op oudejaarsavond aten we taaie kaasbolletjes, pistachenoten en toastjes met tonijn- en komkommersalade. Walter had een fles wijn versierd. Hij had nog nooit wijn gedronken en liet het ontkurken aan mij over.

'Is dit wel verstandig?' vroeg ik. 'Straks ga je gekke dingen doen.'

'Veel gekker dan het al is kan het niet meer worden, Iris.'

Ik trok de kurk uit de fles en schonk twee sapglazen vol. We proostten op Eppo Klootwijk, Robbie Nap, Gustavo Trentino, mevrouw Witsel, Arthur en Orfeline la Bretonnière, meneer Van Ravenstein, Rambam, Babette Metz, Axel P., Madelief Hauser, Roos Hauser, pa Hauser, de Europese Unie en onze minister-president die nog altijd fier overeind stond. Vervolgens dronken we gelijktijdig van de wijn, ik een klein slokje, Walter het hele glas. De wijn was zoet en zacht, stukken beter dan de zure kattenpis uit het kerstpakket.

Walter zette zijn glas neer en at een kaasbolletje. De kaasbolletjes zaten wel in het kerstpakket, net als de pistachenoten en de toastjes. De salades en een paar oliebollen had ik zelf gekocht.

De tv bleef uit. We speelden scrabble en triviant en luisterden naar cd's van Mahler, Chopin en Satie.

'Dit nummer is uit de film *Being There*,' zei Walter, 'naar het gelijknamige boek van Jerzy Kosinski.'

De film had ik nog nooit gezien en het boek kende ik ook niet. Ik zat nog altijd muurvast in het boek met de puntjes. Sinds de tv-toespraak van de eurocommissaris was de slapeloosheid weer terug en trachtte ik mijzelf in slaap te vervelen met een boek. Het resultaat was verbluffend: vrijwel alle nachten sliep ik moeiteloos in, maar verder dan pagina drie was ik nog niet gekomen.

'*Being There* gaat over een naïeve, wereldvreemde tuinman die op straat komt te staan en stomtoevallig in het huis van een steenrijke man belandt. Via de man komt hij in contact met hooggeplaatste personen, onder wie de president van de Verenigde Staten. Chance – zo heet de tuinman – doet de gekste uitspraken en vertelt de president dat de barre economie louter een winterseizoen is, en dat de lente en de zomer vanzelf weer komen.'

‘Misschien moet ik jou voortaan ook maar Chance gaan noemen,’ zei ik. ‘Jij bent naïef en wereldvreemd, en je geeft de gekste adviezen.’

Walter glimlachte kort. ‘Mijn moeder wilde mij Chance noemen. Volgens dokter Mathews was ze veel te oud om kinderen te krijgen. Toch raakte ze zwanger en baarde ze een toevalskindje. “Daarom noem ik hem Chance,” zei ze, “omdat God naar me lacht.” Maar mijn vader had vooraf al besloten dat het Walter zou worden. Hij vond Walter een krachtige naam, een naam die autoriteit uitstraalt en respect inboezemt.’

De tweede fles wijn dronken we na de jaarwisseling op. Walter praatte honderduit en werd steeds vrolijker. Ik genoot van de wonderlijke verhalen, de bevlogen blik op zijn gezicht, de driftige armbewegingen die hij maakte. Ik wist dat de wijn hem had losgemaakt en de vrolijkheid van korte duur zou zijn, maar gezien de omstandigheden gunde ik hem elke seconde plezier.

‘Wat doen twee mensen die te veel gedronken hebben?’ vroeg hij toen ik om kwart voor twee aanstalten maakte om naar huis te gaan.

‘Welke relatie hebben die twee met elkaar?’

Walter stond op en wankelde even. In een reflex greep ik zijn handen en hield hem overeind. ‘Onduidelijk,’ zei Walter, ‘hun relatie is onduidelijk.’

Ik keek in zijn waterige ogen. Walter herstelde zijn evenwicht maar bleef mijn handen vasthouden, alsof hij mijn vertrek wilde verhinderen.

‘In dat geval moeten ze gaan slapen,’ zei ik.

‘Hoelang moeten ze slapen?’

‘Tot de onduidelijkheid is verdwenen.’

Op dat moment kusten we elkaar, vluchtig en onhandig.

‘Gelukkig nieuwjaar, Walter,’ zei ik, nadat hij mijn handen had losgelaten en aarzelend mijn wang aanraakte.

‘Gelukkig nieuwjaar, Iris.’

De pers hield zich strikt aan de opgelegde verboden. Ze bleven uit de buurt van de BIB-flat en bestookten het personeel buiten het gebouw niet langer met lastige vragen. Niettemin slaagden ze erin de nieuwjaarsreceptie op 6 januari te vergallen.

'Ze hebben een naam,' zei Sofie.

We stonden in een hoek van de kantine. Het was rumoerig. Kim had een opzwepend muziekje opgezet en de gasten moesten hard praten om elkaar te kunnen verstaan.

'Wie hebben een naam?'

Sofie dronk haar glas jus d'orange leeg en nam mij mee naar het kantoor van Cecile, waar Cecile, Thijs en Walter voor het computerscherm zaten.

Op de nieuwssite van RTL stond met koeienletters dat er een doorbraak was in de zoektocht naar de BIB-adviseur. Op een filmpje daaronder bracht een presentator het grote nieuws: 'Uit betrouwbare bron hebben wij zojuist vernomen dat de adviseur een zekere Walter zou zijn. Hij heeft een tenger postuur, kort zwart haar en blauwe ogen.' Naast de presentator werd een nieuwe compositietekening getoond, ditmaal van Leonardo di Caprio na vijf jaar eenzame opsluiting. 'Over zijn achternaam en verblijfplaats is nog niets bekend. Momenteel zijn tientallen journalisten in de weer om alle Walters in de omgeving van Amsterdam te traceren. Zodra er meer nieuws is, melden wij ons weer. Dit was Duco Lutz, RTL Nieuws, goedemiddag.'

Cecile klikte de site weg en draaide zich op haar stoel naar ons toe.

'Walter moet onderduiken,' zei ze. 'Thijs en ik nemen hem mee naar ons huis in de bossen, daar zit hij voorlopig veilig.'

'Waarom willen jullie mij zo graag wegstoppen?' vroeg Walter.

'We willen je niet wegstoppen, we willen je beschermen.'

Walter schudde narrig zijn hoofd. 'Zodra de vijand een beweging maakt, word ik in een doosje gestopt. Zou het niet beter zijn om mij meteen in mijn kist te gooien, dat scheelt een hoop moeite.'

Walter had weer gedronken, sekt en rosé deze keer. Het waren de zoete drankjes die hem aantrokken. 'Zoet is de trooster, de blijmaker,' verklaarde hij later in de auto op weg naar huis. 'Ik heb ontdekt dat ik heel veel troost en blij nodig heb, Iris.'

'Niemand wil je in doosjes of kisten stoppen, Walter,' zei Thijs, 'we willen je alleen maar helpen.'

'Helpen, helpen. Waarmee willen jullie mij helpen? Jullie weten niet eens wie ik ben. Jullie weten niet eens waarom ik mijn naam geheim wil houden.'

We schrokken van zijn plotselinge stemverheffing. Walter had nog nooit tegen iemand geschreeuwd. Wanneer hij een ander luid hoorde praten liep hij al angstig weg, nu was hij zelf degene die uit zijn slof schoot en leek het hem weinig te doen.

'Je hebt te veel gedronken,' zei Cecile.

'En jij hebt te weinig gedronken,' zei Walter, 'daarom ben je zo verkrampt en probeer je BIB onder Iris haar kont vandaan te trekken.'

'Ik ga weg,' reageerde Cecile verbolgen, 'ik heb geen zin om nog langer naar die dronken aap te luisteren.' Ze stond op en trippelde met parmantige pasjes het kantoor uit.

'Vooruit, Thijsmans,' vervolgde Walter, die zichtbaar van de consternatie genoot. 'Ga achter je prijspoesje aan, smijt er een extra Viagraatje in en laat de keukentafel schudden vanavond.'

Thijs trok onbegrijpend zijn schouders op en holde achter zijn vrouw aan. Sofie schoot in de lach, ik gaf Walter een trap tegen zijn scheenbeen en zei dat hij zich moest verontschuldigen.

Walter verontschuldigde zich, vijf keer. Cecile had veel tijd nodig om hem te vergeven en Walter moest diep door het stof.

Toen de ruzie de wereld uit was, dronken ze het af met een glaasje rosé. Kennelijk had ook Cecile behoefte aan troost en blij.

De premie voor de gouden tip werd verhoogd naar tienduizend euro, Duco Lutz draaide overuren, Rambam had vlooien, Sofie vlinders, Babette koorts en Walter ontving zes aspirant-BIB-adviseurs.

'Mijn naam is Rupert Hazlewood,' zei de gast uit New York.

'Deng Li Fung,' lispelde een broze man uit Beijing.

'Bansi Rupak Singh, aangenaam,' giechelde de kandidaat uit Bombay.

'Ik ben Claudio Cadete,' zei een jongeman uit Rio de Janeiro.

'Raisa Vadim,' sprak een ravissante dame uit Moskou.

'Akio Takeda,' zei de man uit Kyoto, terwijl hij een diepe buiging maakte.

'Welkom welkom, geliefde vrienden,' zei Walter.

De spreekkamer zat propvol. Elke BIB-adviseur had een eigen manager meegenomen en een klein presentje voor Walter. Veel soeps zat er niet bij, maar Walter waardeerde het gebaar.

Rupert Hazlewood en Claudio Cadete waren al bij Manuel Villa Lobos op bezoek geweest. Ze hadden een paar dagen meegedraaid en waren onder de indruk van zijn adviezen.

Deng Li Fung had een wit sikje en een vriendin in Londen. Als Walter zijn BIB-aspiraties zou zegenen, zou zijn vriendin, Wendy Smudge, overkomen en stond er in het voorjaar een trouwerij op het programma.

Akio Takeda was psycholoog. Zijn moeder had een gouden judomedaille gewonnen op de Olympische Spelen in Seoul, zijn vader bereidde sushi in een vijfsterrenhotel in Kyoto. 'De psychologie is een mank paard,' beleed Akio nederig, 'BIB is een sluwe vos, een krachtige leeuw, een wijze uil.'

Bansi Rupak Singh kon geweldig lachen. Nog voor er iets te lachen viel, zat Bansi al te schateren op zijn stoel. Voor hem was BIB een nieuwe weg. De wegen die hij tot dan toe had bewandeld, hadden hem niets dan zorgen en verdriet gebracht. De BIB-weg kon onmogelijk slechter zijn.

De enige vrouw in het gezelschap, Raisa Vadim, droeg een frivool jurkje van Betty Boop. Ze schreef lange gedichten en korte verhalen, en had vier jeugdboeken gepubliceerd: *Meneer Lenin bakt een taart*, *Meneer Lenin kan niet fietsen*, *Meneer Lenin op safari* en *Mevrouw Lenin laat zachte windjes*.

Walter legde de kandidaten een simpele kwestie voor. 'Een kunstschilder krijgt te horen dat hij nog zes maanden te leven heeft. Hij is getrouwd, heeft twee kinderen en een glanzende carrière. De man bezoekt uw spreekuur, aangeslagen, verdrietig, wanhopig. Wat zou u hem adviseren?'

'Empathie tonen,' antwoordde Claudio Cadete, 'dat is de eerste behoefte van een dergelijke klant. Zodra die basis is gelegd, gaan we op zoek naar een passende invulling van zijn laatste levensmaanden.'

'Een second opinion,' zei Rupert Hazlewood. 'Artsen maken fouten en de patiënt put er nieuwe hoop uit. Daarna zullen we de situatie kosteloos evalueren.'

'Schilderen, neuken en pret maken met de kinderen,' vond Raisa Vadim. 'Vergeet de ziekte en leef, elke dag kan je laatste zijn.'

Deng Li Fung frunnikte peinzend aan zijn sikje. 'Met de dood voor ogen moet men op zoek naar de zin van het leven, de rest is tijdsverspilling.'

'Raisa heeft een punt,' zei Akio Takeda, 'maar na zes maanden pret valt de dood wel erg rauw op je dak. Acceptatie en berusting verlichten de klap.'

Bansi Rupak Singh giechelde onafgebroken. 'Moeten wij een doodzieke man uitleggen wat hij moet doen? Vraag het hem zelf, spreek hem moed in en laat hem gaan.'

Walter applaudisseerde. Hij prees de positieve input van alle kandidaten en gaf hun toestemming een BIB-filiaal te openen. Er werd gepast gejuicht, waarna Sofie de laureaten meenam naar de kantine voor een hapje en een drankje. De enige die moest nablijven was Raisa Vadim.

'Kleren, Raisa,' zei Walter, 'heb je kleren?'

'Jawel, meneer,' antwoordde ze ietwat onzeker.
'Aantrekken.'
'Aantrekken?'
'Van boven tot onder.'
'Waarom?'
'De klanten moeten zich richten op je adviezen, niet op je accessoires.'

Het boek met de puntjes had mij rustig in slaap gesust, de *Carmina Burana* zette mij amper een uur later rechtop in bed.

Met een angstig voorgevoel haastte ik mij naar boven en vond Walter op de vloer van zijn woonkamer. Op een grijze onderbroek en een zwarte sok na was hij volkomen naakt. Her en der lagen lege bierblikjes en wijnflessen. Over het tv-scherm hing een verfrommeld overhemd, de andere sok lag in een halfvolle pizzadoos.

'Dag, buurvrouw,' bralde Walter toen hij mij in de deuropening zag staan. 'De *Carmina Burana* gaat over seks, seks, seks, maar dat weet geen hond. Blieft u een kopje thee? Twee kopjes thee? Seks is een curieuze hobby, je wordt er draaierig van en de kinderen zijn niet aan te slepen.'

Ik zette de stereo-installatie uit. Walter lag op zijn rug. Zijn borst was nat van de drank en rond zijn mond zaten rode pizzavlekken.

'Ik heb alles gelezen, buurvrouw, in een leesboek met vieze plaatjes. De BIB-koningin wil mij bespringen, maar ik weet niks van bespringen. Ik moet mij er grondig in verdiepen, de kunst van het bespringen. Eerst van de lage duikplank, dan van de hoge. Precisie is geboden, een geringe misrekening en de boel ontploft. Blieft u een glaasje fris? Een augurkje wellicht? Zoet en zuur, buurvrouw, het leven in een notendop. Waar is de *Carmina Burana* gebleven? Een kopje thee dan maar, appel, peer of speculaas?'

Het was koud in de kamer, Walter moest naar bed. Ik overwoog meneer Van Ravenstein te bellen. Hij was sterk en kon Walter moeiteloos naar bed brengen. Maar Babette was ziek en ik wilde niet dat hij Walter in deze staat zou zien. Daarom besloot ik hem zelf te verslepen, aan zijn enkels over de gladde parketvloer.

'Waar gaan we heen, buurvrouw? Ik ben nog nooit op reis geweest. Wel naar het museum met de BIB-koningin. Gebroken boterhammen en hartjes, prachtig allemaal. En naar de kelder, daar ben ik ook geweest, met mama en Quist en de oude Luger van papa. Pang pang, dat houdt de wolven wel op afstand.'

In de slaapkamer legde ik Walter naast het rommelige bed en trok hem aan zijn polsen overeind. Walter keek mij versuft aan, alsof hij elk moment in slaap kon vallen. Met zijn polsen nog stevig in mijn handen ging ik op het bed staan en sleurde hem met veel moeite op het matras. Vervolgens rolde ik hem op zijn rug, draaide hem in de juiste positie en trok het donsdekbed over hem heen.

'O, buurvrouw BIB-koningin,' zei Walter, starend naar het plafond, 'in een andere tijd, een andere wereld, wat zouden we gelukkig zijn samen. Maar alles ging stuk. Papa ging stuk, Judith ging stuk, mama gaat stuk en straks gaat het toevalskindje ook stuk. Pang pang, de wolven zullen lachen. Voer zijn we, buurvrouw BIB-koningin, vlees en botten om op te knagen. Gun mij nog een zoen, mijn liefste Lenore, laat die boze raaf maar kletsen.'

Walter sloot zijn ogen. Ik zat naast hem op het bed. Ik kuste hem. Ik zei: 'Slaap zacht, toevalskindje,' en ging naar huis.

De kater was zwaar. Walter braakte thuis, in de auto en in de wc tegenover de spreekkamer. Zijn ogen waren waterig en roodomrand, zijn lippen droog en gekloofd, zijn hoofdpijn ondraaglijk.

'Wat heeft meneer Walter?' vroeg Kim bezorgd.

Ik had hem om halfacht een glas tomatensap gebracht en

hem royaal met aftershave besprenkeld, zodat niemand de alcohollucht zou ruiken.

'Een griepje,' zei ik, 'niets bijzonders.'

'Een griepje, m'n reet,' zei Sofie, die twee aspirientjes uit een strip in mijn handpalm drukte. 'Zijn jullie op kroegentocht geweest of zo?'

Walter kwam uit de wc, hij had zijn haar gekamd en deed een vergeefse poging te glimlachen. Ik gaf hem de aspirientjes en een flesje bronwater.

'Doorslikken,' commandeerde ik, 'je bent laat.'

Gehoorzaam nam Walter de pilletjes in. Hij beloofde dat het braken klaar was en dat het spreekuur probleemloos zou verlopen.

De eerste klant was Bert Bunder. Hij bevond zich in een kleine kamer in Hollywood en wenste ons via een Skypeverbinding een goedemorgen toe.

Walter zat onderuitgezakt op zijn stoel. Op de tafel stond een laptop met het bruine hoofd van Bert Bunder. Het was middernacht, de kinderen lagen in bed. Bella Bunder zat naast haar man en zwaaide ons uitbundig toe.

We zwaaiden terug en Walter vroeg: 'Wat zal het zijn, Bunder?'

'Een wonder,' antwoordde Bert.

'Eigenlijk twee,' corrigeerde Bella hem.

'Begin bij wonder nummer een,' zei Walter, 'deel twee volgt vanzelf.'

Het eerste wonder betrof een fantastisch filmaanbod: de voltallige familie Bunder mocht de hoofdrol vertolken in de avonturenfilm *Peter Pancake*. Na een paar kleine bijrolletjes van Bella waren ze in contact gekomen met een grote producent. Hij hoorde het verhaal van de Bunders aan en dacht: daar zit brood in. In no time lag er een scenario op tafel en kregen Bert en Bella Bunder het aanbod van hun leven.

'Zes miljoen,' meldde Bert trots, 'zes miljoen dollar.'

‘Per persoon?’

‘Met z’n vieren,’ zei Bella, ‘het bedrag is voor het hele gezin.’

‘Briljant, Bunder. De sterrendroom gaat in vervulling.’

Bert trok een zorgelijk gezicht. ‘Dat is nu net het probleem, meneer,’ zei hij. ‘Dit filmaanbod is waar ik mijn hele leven van heb gedroomd, maar intussen heb ik nog een aanbod gekregen.’

‘Dat is het tweede wonder,’ zei Bella, terwijl ze twee vingers opstak.

‘De directeur van IHOP is zeer te spreken over mijn pannenkoekenwerk en biedt mij de mogelijkheid om een eigen IHOP te beginnen. Daarmee kan ik ook een goed salaris verdienen en blijven Bella, ik en de kinderen buiten bereik van de camera’s en de roddelpers. Wat is uw advies, meneer?’

Walter dronk het flesje bronwater leeg en gooide het over zijn schouder. ‘Jackpot, Bunder,’ zei hij.

‘Hoe bedoelt u, meneer?’

‘Maak die film, pak de poen, koop een huis en open een IHOP. Zodra de film verschijnt ben je beroemd en staan de klanten te dringen op de stoep.’

Bert en Bella overlegden met elkaar, Walter vroeg of ik nog een watertje wilde halen en wurmde zijn stropdas los.

Toen ik terugkwam met het flesje zei Bert: ‘We doen het.’

‘Zes miljoen is een hoop geld,’ zei Bella.

‘En de kinderen willen dolgraag in de film.’

Ik opende het flesje water en gaf het aan Walter.

‘Anders nog iets, Bunder?’ vroeg hij.

‘Gelukkig nieuwjaar, meneer.’

Bella zwaaide weer, ik zwaaide beleefd terug, Walter liet het flesje vallen en rende naar de wc.

De resterende gesprekken verliepen moeizaam. Walter kon zich nauwelijks concentreren en gaf adviezen die een kameel ook had kunnen geven. Pas toen Nienke ons in haar nieuwe auto naar huis bracht, leek hij weer tot leven te komen.

'Rum,' zei hij, 'rum en cola.'

We zaten zonder vermommingen op de achterbank. Walter wilde geen potsierlijke pruiken, brillen en snorren meer dragen en ik was de dagelijkse verkleedpartijen ook zat.

'Ga je weer drinken?'

'En zoutjes. Iets om te knabbelen.'

Ik keek naar Walter. Hij zag er nog altijd beroerd uit, maar in zijn ogen brandde een ontembare levenslust, alsof hij alles wilde doen en beleven wat hij in de afgelopen veertig jaar had gemist.

'Ik ga het niet halen,' zei ik. 'Als jij jezelf wilt verwoesten, dan moet je dat maar doen, ik werk er niet aan mee.'

Nienke keek achterom. We stonden voor een rood stoplicht. Ze had net haar rijbewijs gehaald en van haar spaargeld een auto gekocht. Het was de eerste grote aankoop die ze had gedaan sinds ze haar oude beroep achter zich had gelaten.

'Dan haal ik het zelf,' zei Walter, terwijl hij het achterportier opende en naar buiten wilde stappen.

Ik sleurde hem aan zijn mouw terug in de wagen. Het stoplicht sprong op groen en Nienke trok overdreven hard op, waardoor het achterportier met een klap dichtsloeg. Walter fatsoeneerde zijn jasje en staarde verongelijkt voor zich uit.

'Waarom mag ik niet leven, Iris?'

'Je *mag* leven.'

'Laat me dan drinken.'

'Drinken is niet leven, drinken is sterven.'

'Alles is sterven: werken is sterven, eten is sterven, ademen is sterven...'

'Hou op, Walter.'

Opnieuw keek Nienke achterom. Ze had haar auto voor een avondwinkel geparkeerd en zei: 'Welke rum?'

'Gewone rum,' antwoordde Walter. 'En cola, gewone cola.'

Walter gaf haar een briefje van honderd, waarna Nienke haar

autogordel losmaakte en naar buiten stapte.

'De zoutjes,' zei Walter toen Nienke de avondwinkel binnenliep, 'ze is de zoutjes vergeten.'

'Ik heb zoutjes,' zei ik, 'magazijnen vol zoutjes.'

Die avond dronk Walter alleen. Ik schopte twee gaten in de keukendeur, warmde een diepvriesmaaltijd op en keek tv.

Een naamloze geldschieter had het tipgeld verhoogd naar vijftigduizend euro. In een extra nieuwsuitzending werd geopperd dat Walter wellicht een geroyeerde Vlaamse psychiater was die onder een andere naam in Nederland zijn wanpraktijken voortzette. Een professor uit Antwerpen sprak die theorie tegen. 'Onze psychiaters worden zelden uit hun ambt gezet,' verklaarde hij geagiteerd, 'maar als er ergens poen valt te scheppen met het verstrekken van dwaasheden, dan is het wel in Nederland.'

Tijdens het tweede reclameblok in een film met Clint Eastwood zette ik de tv uit en poetste mijn tanden. Clint was een oude zeurkous geworden en in mijn dromen verscheen hij al jaren niet meer.

Ik ging vroeger naar bed dan gewoonlijk. De slaap kwam niet en ook het boek met de puntjes liet mij in de steek. In het donker keek ik naar de rode gordijnen, het vale plafond, de lichtbol van IKEA die meneer Van Ravenstein lang geleden voor mij had opgehangen.

Om tien voor elf klonk er eindelijk een zware bons in Walters woning. De rum had zijn werk gedaan en het toevalskindje sliep. Ik dacht nog een keer aan Clint Eastwood, de Antwerpse professor en de vijftigduizend euro die een naamloze bron had uitgeloofd om de identiteit van mijn straalbezopen bovenbuurman te achterhalen. Vervolgens draaide ik mij op mijn rechterzij en sliep langzaam in.

21

Samen met Quist betrad ik de woning. Het was zaterdagochtend, halfacht. De tv in de woonkamer stond nog aan. De vloer lag bezaaid met Wokkels, pinda's en kledingstukken.

Walter lag op zijn buik in de gang. Ditmaal droeg hij een sok, een schoen en een stropdas. Naast hem lag een opgedroogd plasje braaksel. In deze staat had ik mijzelf ook vaak aangetroffen. Aanvankelijk schaamde ik mij voor de zelfdestructie waaraan ik mij na het verlaten van mijn ouderlijk huis had overgegeven. Later verzoende ik mij ermee, zoals een gevangene zich uiteindelijk verzoent met de koude cel waarin hij de rest van zijn leven moet doorbrengen. Van die overgangsfase leek Walter geen last te hebben. Het besef dat zijn moeder niet lang meer zou leven, was genoeg om hem over de grens van zijn eigen waardigheid te duwen. Alsof hij erop had gewacht, alsof hij zich er al die jaren op had voorbereid. Het bestuderen van dure atlassen, het kijken naar oude prenten, hondenshows met spectaculaire hindernisbanen en dvd's met tropische vissen en kabbelende bergbeekjes, alle geestdodende bezigheden waren niets meer geweest dan een glijbaan naar de zelfdestructie die hem te wachten stond. De enige die het proces nog kon beïnvloeden of afwenden was ik, de koningin van de zelfdestructie, de specialist van de vrije val, de trouwste volgeling van mijn eigen illusies.

Nadat Quist zijn jas en sjaal aan de kapstok had gehangen, besloten we dat hij Walter zou verschonen en in bed zou leggen. Ik liep de woonkamer binnen en begon de boel op te ruimen.

De fles rum die Nienke in de avondwinkel had gekocht was

nagenoeg leeg. Gezien de natte plekken op Walters leunstoel en het vloerkleed was niet de hele inhoud in zijn maag verdwenen. Op de salontafel stonden twee gebruikte glazen en vijf lege colablikjes. Onder de tafel vond ik een *Playboy* uit 1984 met Joan Collins op de cover. De grote uitvouwposter in het blad, waarop Collins volledig naakt stond afgebeeld, was met een zwarte viltstift beklad. Naast een bril, een krulsnor en een lange neus, had Walter de diva opgesierd met een puntmuts op haar hoofd en lachende gezichtjes op haar borsten. De schaamstreek was geheel verdwenen onder een laag strepen die er nogal woest en warrig waren opgezet. De viltstift vond ik tijdens het stofzuigen onder de eettafel, het dopje lag op de bovenste plank van de boekenkast.

Walter sliep tot vier uur. Ik lag naast hem op het bed en luisterde naar zijn ademhaling, die traag en bijna geruisloos verliep. Zelfs zijn longen waren geconditioneerd om niemand tot last te zijn. Het laatste uur had ik naar hem gekeken. Liggend op mijn zij zag ik zijn borstkas lichtjes op en neer bewegen. Af en toe prevelde hij wat onverstaanbare woorden en schoten de oogbollen onder zijn oogleden onrustig heen en weer. Ik vroeg me af waarover hij droomde. Over dromen hadden we nooit gesproken. Ooit was ik erover begonnen, hopend dat hij mij zou toelaten tot de duisternis waar hij 's nachts mee worstelde. Maar hij antwoordde niet. Ik drong niet verder aan en besloot het onderwerp te laten rusten. Uit alles wat hij en Helena mij hadden verteld, construeerde ik mijn eigen verhaal. Een verhaal dat door Walters onverstaanbare woorden en onrustige oogbollen werd bevestigd en waarin ik iets van mijzelf herkende, of meende te herkennen.

'Wandelweer,' zei Walter toen hij was opgestaan en in de keuken een glas water had gedronken, 'is het wandelweer?'

Op zijn blauwe pyjamajas zat een borstzakje. In het zakje had Quist een schoon zakdoekje gestopt voor het geval Walter weer moest braken en hij iets nodig zou hebben om zijn lippen mee af te vegen.

Ik kwam voor hem staan. Zijn ogen waren waterig en hij rook naar lavendelzeep. Van een kater scheen hij geen last meer te hebben. 'Ja, het is wandelweer,' zei ik. 'Laten we wandelen.'

Gearmd liepen we naar het Rembrandtpark. Walter had zijn wintermantel aan en zwarte suède handschoenen. Ondanks de kou droeg hij geen muts. 'Ik wil de wind voelen,' zei hij, 'de wind door mijn haren.' Ik droeg wel een muts en had een reservemuts in mijn jaszak gestopt voor als Walter geen wind meer door zijn haren wilde voelen.

Het was rustig in het park. Bij de vijver liep een man met een hondje aan een lange lijn, onder een boom stond een jonge vrouw in een trainingspak zich op te warmen voor een trimpartij. Walter en ik kozen het voetpad, het gras was nog nat van een regenbui eerder die dag.

Op een bruggetje bleef Walter staan. Hij zette zijn handen op de houten leuning en keek naar de donkere wolken. 'Is het niet prachtig?' zei hij.

'Wat,' vroeg ik, 'wat is prachtig?'

'De wolken, de wind, de sterren.'

Ik keek omhoog en voelde een regendruppel op mijn neus vallen. Achter ons holde de jonge vrouw voorbij. Aan haar soepele tred hoorde ik dat ze een ervaren hardloopster was.

'Ik zie geen sterren, Walter,' zei ik.

'Ik ook niet,' zei hij. 'Maar ze zijn er, achter de wolken en onze beperkte verbeelding.'

We vervolgden onze weg. Er vielen meer regendruppels. Walter pakte mijn hand, zijn stevige grip verraste mij. Heel even keken we elkaar aan. Ik glimlachte kort en dacht aan het woord 'geluk', dat kennelijk ook achter de wolken en mijn beperkte verbeelding lag. Walter glimlachte niet. Hij draaide zijn gezicht weer naar voren en versnelde zijn pas. 'Ik heb honger,' zei hij, 'en dorst, veel dorst.'

Door de stromende regen renden we het park uit en hielden een taxi aan, die ons naar een Italiaans restaurant bracht. Binnen hingen we onze jassen aan een staande kapstok. Het was vroeg, bijna alle tafeltjes waren nog vrij.

'Daar zijn jullie dan,' zei de eigenaresse van het restaurant. Ze schudde mij hartelijk de hand en gaf Walter een handdoekje waarmee hij zijn natte haren kon afdrogen.

'Dit is Mirella,' zei ik tegen hem, 'Mirella Utano.'

Lichtelijk verbouwereerd gaf Walter haar een hand. 'Van de eenvoudige salade en de pizza Hawaï zonder ham?'

Mirella schaterde het uit. Vroeger at ik hier geregeld, als Sofie een gulle bui had of mijn oma haar maandelijkse gift had overgemaakt. Het contact met Mirella was altijd prettig geweest, ook toen ik Walter had leren kennen en telefonisch mijn maaltijden bestelde. Tijdens die korte gesprekjes vroeg Mirella altijd hoe het met mij ging. Ze wist dat er een man in mijn leven was en volgde alle ontwikkelingen rond BIB op de voet. Aan haar aanhoudende verzoek om eens samen te komen eten had ik nooit gehoor gegeven, tot deze gure zaterdagmiddag in januari.

We kregen een tafeltje in een schemerige hoek van het restaurant, waar niemand ons zou herkennen. Walter had zijn haren afgedroogd en sloeg de menukaart open.

'Waarom lacht die vrouw zo hard?' vroeg hij.

'Ze hebben hier verrukkelijke dingen, Walter.'

'Mensen die hard lachen hebben iets te verbergen.'

'Ik neem een tomatensoep en een pizza Hawaï.'

'Of ze zijn niet goed snik.'

'Heb jij al iets lekkers gevonden?'

'Funghi trifolati, lasagne melanzane en een fles chianti.'

De gerechten kwamen snel en Walter genoot van het uitstapje. Het was de eerste keer dat hij een restaurant bezocht, de eerste keer dat hij zich zonder schroom onder de mensen begaf. Over Helena sprak hij niet meer en de naderende onthulling van zijn identiteit leek hem niet te deren. Als ik hem niet beter zou kennen, zou ik geloven dat zijn plezier oprecht was, dat hij zich had neergelegd bij de feiten en het immense verdriet dat hem te wachten stond. Maar ik kende Walter wel beter. Hij bezat de kracht niet om het verlies van zijn moeder te verwerken, en een publieke openbaring van hun verleden zou hem ruïneren. Daarom had hij ervoor gekozen om zich permanent te verdoven met wijn, rosé, rum en chianti. Daarom wilde hij de wind door zijn haren voelen, sterren zien waar geen sterren te zien waren, gerechten eten die hij nog nooit had gegeten. Wie was ik om hem daarvan te weerhouden? Als het draaglijke ondraaglijk wordt, als de verwoesting onafwendbaar is, waarom zou ik hem dan de wind, de sterren en een paar glazen chianti misgunnen? Welbeschouwd was Walters keuze begrijpelijk, zoals ook mijn dwaze keuzes destijds begrijpelijk waren. Dat zijn keuze mij pijn deed, moest ik maar voor lief nemen. Zonder mij was Walter hulpeloos en had hij nooit de kans gehad om zo van de wind, de sterren en de drank te kunnen genieten.

Toen hij na het dessert nogal luidruchtig een derde fles chianti bestelde, zei ik: 'Ik ben moe, Walter. Zullen we naar huis gaan?'

'We gaan naar huis, Iris,' sprak hij begrijpend, terwijl hij een hand op mijn hand legde. 'Thuis drinken heeft ook z'n voordelen.'

Mirella had ons tafeltje afgeruimd. We hoefden niet te betalen en kregen twee flessen chianti mee. 'Kop op, lieverd,' zei ze toen ik mijn klamme jas had aangetrokken en ze mij omhelsde. 'Alles komt goed.'

'Natuurlijk,' zei ik, 'alles komt goed.'

De chianti viel slecht. Toen Quist en ik de volgende ochtend om acht uur Walters woning binnenkwamen, lag hij ineengekrompen naast zijn bed. Het licht in de slaapkamer was aan en Walter kermde zachtjes.

'Wat is er, Walter? Heb je pijn?' Ik knielde naast hem neer

en legde een hand op zijn wang.

'Mannetjes,' zei hij, 'boze mannetjes in mijn buik.' Met betraande ogen keek hij mij aan. Hij sprak als een kind, een dronken kind.

Voorzichtig betastte ik zijn buik, die hard en opgezet was. 'Je hebt niet overgegeven, Walter. Heb je overgegeven?'

Onderweg naar de slaapkamer had ik geen plasjes braaksel gezien, zijn woning rook fris en veel rommel had hij ook niet gemaakt.

'Hij moet braken,' zei Quist, 'laat hem braken.'

Walter kreunde en duwde mijn hand weg. 'Braken is niet goed,' zei hij. 'Je houdt je voedsel niet binnen en je verzwakt zienderogen.'

Hij had zijn laatste woorden amper uitgesproken of de eerste golf kwam naar buiten. Quist had uit voorzorg een emmertje gepakt en ving de stroom deels op. Ik tilde Walters hoofd een stukje op, waardoor de volgende lading direct in de emmer belandde.

Nadat Walter vier keer had overgegeven, rolde hij met een zucht op zijn rug en sloot zijn ogen. Quist liep met de emmer naar de wc, ik veegde met de mouw van mijn trui Walters lippen en kin droog.

'Zijn de mannetjes weg?' vroeg ik.

Walter zuchtte weer en schudde kort zijn hoofd. 'De mannetjes zijn nooit weg, Iris. Ik kan ze verdoven, ik kan ze negeren, maar weg zijn ze nooit.'

Met mijn vingertoppen raakte ik zijn buik aan. De spanning was eraf en de zwelling verdwenen. 'Je bent koud,' zei ik, 'je moet naar bed.'

Walter glimlachte en dommelde weg. Quist kwam uit de wc. Hij had de emmer geleegd en gespte Walters broekriem los. Ik begon aan de kleine knoopjes van zijn overhemd. Toen we Walter op zijn onderbroek en hemd na hadden uitgekleed, legden we hem in bed. Tijd voor lieve woordjes was er niet. Walter sliep en in het bijzijn van Quist durfde ik mijn gevoelens niet te uiten.

'Ik ga naar Helena,' zei Quist toen hij de verschoonde emmer naast het bed had gezet en ik de chiantiflessen en een lege pindazak in de vuilnisbak had gegooid. 'Rust jij ook maar even uit, je hebt het zwaar gehad.'

Ik deed wat Quist had gezegd. Ik wist niet of ik het zwaar had gehad. Ik wist niet waarom ik naar huis ging en vrijwel direct in slaap viel. Ik leefde al maanden op de automatische piloot, en automatische piloten zijn niet bij machte om zelfstandig te denken. Ze doen wat ze moeten doen, niets meer en niets minder.

Aan het einde van de middag kwam dokter Mathews op bezoek. Ik had gedoucht, een bakje yoghurt gegeten en zat naast Walter, die zijn roes had uitgeslapen, op het grote bed.

Mathews voelde of Walter koorts had en nam zijn polsslag op. Walter liet hem begaan. Hij was niet ziek en zag er naar omstandigheden goed uit.

'We gaan de alcohol te lijf, makker,' zei Mathews, die een glas water uit de keuken had gehaald. Hij ging op de rand van het bed zitten en pakte een klein doosje uit de binnenzak van zijn colbertje. Op het doosje stond de merknaam Antabuse. Ooit had er een soortgelijk doosje op het aanrecht van mijn ouders gestaan. In een helder moment had mijn vader besloten om te stoppen met drinken. Na acht vergeefse pogingen en een delirium schreef onze huisarts hem Antabuse voor, een middel dat misselijkheid en andere ongemakken opwekt als de patiënt alcohol drinkt. Mijn vader nam elke ochtend een pil, elke middag een glas whisky en hing tot middernacht met zijn kop in de wc-pot. Dat hield hij een week vol, toen gooide hij het doosje weg, fietste naar het café en dronk zich een tweede delirium.

'We gaan helemaal niets te lijf, dokter,' sprak Walter kalm. 'Wat ik drink en hoeveel ik drink gaat u geen barst aan.' Walter vouwde zijn armen over elkaar, als een kleuter die weigert zijn bord spruitjes leeg te eten.

'Kom kom, Walter, het is voor je eigen bestwil.' Mathews drukte een pil uit een strip en wilde Walter het glas water geven.

Zonder iets te zeggen sloeg Walter het glas uit Mathews' hand. De strip, de pil en het doosje mepte hij de andere kant op.

'Je houding bevalt me niet, Walter,' zei Mathews.

'Uw pillen bevallen mij ook niet, dokter.'

'Waarom luister je niet naar me?'

'Zo heeft u mama ook koest gekregen: pillen tegen de drank, pillen tegen de tranen, pillen tegen de pijn...'

'Praat geen onzin, Walter.'

'Verdwijn uit mijn huis.'

'Ik ben hier om je te helpen.'

'U heeft vijf seconden, dan bel ik de politie.'

'Wil je niet geholpen worden?'

'Vier seconden.'

'Wil je jezelf dood drinken?'

Walter pakte de telefoon van het nachtkastje. 'Drie seconden.'

'Mama heeft offers voor je gebracht, Walter, grote offers.'

'Twee.'

'Allemaal voor jou, om jou gelukkig te maken.'

'Een.'

'Goed,' sprak Mathews gepikeerd, waarna hij opstond en met bonkende passen de slaapkamer verliet. In de gang hoorden we hem vloeken en aan de voordeur rukken, die blijkbaar niet snel genoeg openging. Toen de deur eindelijk open was, stapte hij naar buiten en sloeg de deur met een harde klap achter zich dicht.

Walter en ik keken elkaar aan en schoten in de lach. Er was geen reden om te lachen. Dokter Mathews was gekomen om Walter te helpen, niet om hem te betuttelen. Toch moesten we lachen, om onszelf, om het gezicht van dokter Mathews en om de dingen waarom we eigenlijk zouden moeten huilen.

Een paar minuten later, nadat ik het glas en de pillen naar de keuken had gebracht, werd het stil in huis en gingen we languit op bed liggen. Ik staarde naar het plafond, Walter legde zijn handen ineengevouwen op zijn buik.

'Zul je boos zijn?' vroeg hij.

Ik draaide mijn gezicht naar hem toe. 'Boos waarom?'

'Als ik val.'

'Ga je vallen?'

Traag draaide Walter zijn gezicht naar mij toe. 'Iedereen gaat vallen, Iris,' antwoordde hij, terwijl hij zijn gezicht weer naar boven draaide. 'Je kunt het uitstellen, je kunt het vergeten, je kunt doen alsof het niet bestaat, maar op een dag zullen we allemaal vallen.'

De gesprekken op het werk verliepen steeds stroever. Walter bleef drinken, ook tijdens zijn middagdutje en de koffie- en theepauzes. Om de dranklucht uit de spreekkamer te houden, dronk hij tussen acht en vijf alleen rum met jus d'orange. 'Daar ruik je niets van,' zei hij, 'en je krijgt nog wat vitamientjes binnen.'

Cecile wilde niet meer bij de gesprekken aanwezig zijn. Ze ergerde zich aan Walters gedrag en dreigde BIB te verlaten als hij niet zou stoppen met drinken. Het eerste gebeurde niet, het tweede ook niet. Cecile had van BIB een multinational gemaakt en was niet van plan haar kindje zomaar los te laten.

Op mijn verzoek bleven ook Sofie en Nienke buiten de spreekkamer. Het liefst had ik ze er wel bij gehad, al was het alleen maar om mij het gevoel te geven dat ik er niet alleen voor stond, maar mijn schaamte voor Walter was te groot. Soms schoffeerde hij zijn klanten, maakte ze belachelijk en af en toe viel hij in slaap. De meeste klanten hadden begrip voor de situatie. Ze wisten dat Walter onder druk stond en waren toch blij met de halfbakken adviezen die hij hun had gegeven. De ontevreden klanten kregen hun geld terug of maakten een nieuwe afspraak, in de hoop dat Walter tegen die tijd zijn verslaving onder controle had.

Julius Wetzel behoorde tot geen van beide categorieën. Hij was voor een goed advies gekomen en liet zich niet afschrikken door Walters gebazel.

'Steek van wal, Pretzel,' begon Walter narrig.

'Wetzel, mijn naam is Wetzel.'

Julius was lang en mager. Hij droeg een roze truitje, een strakke jeans en zwarte laklaarzen met naaldhakken. Zijn stem had iets breekbaars, iets ongerepts wat je doorgaans alleen bij kinderen aantreft.

'Wetzel, Zwetzel, Pretzel... Spreek of hoepel op, vriend.'

'Ik ben in het verkeerde lichaam geboren.'

'Ik ben in het verkeerde huis geboren.'

'Een vrouw in een mannenlichaam.'

'Buckingham Palace zou mooi zijn geweest.'

'Dat is geen pretje, meneer.'

'Een verwarmde iglo desnoods.'

'Ik ben doodongelukkig.'

'Ik ook, Frutsel, ik ook.'

'Daarom overweeg ik een geslachtsveranderende operatie.'

'Dat is een drastisch besluit.'

Walter ging rechtop zitten. Zijn blik verstrakte en zijn dronkenschap leek voor even te zijn verdwenen.

'Maar ik ben bang.'

'Bang voor wat?'

'Mijn familie, mijn vrienden, alle mensen die mij dierbaar zijn.'

'Is hun mening zo belangrijk voor je?'

Julius boog het hoofd. 'Ik wil niet dat ze boos op mij zijn,' sprak hij zacht. 'Ik wil dat ze mij accepteren zoals ik ben.'

'En als ze dat niet doen, als ze je keuze niet accepteren?'

Ik had Julius een tissue gegeven. Hij depte zijn betraande ogen en hief zijn hoofd weer op. 'Dan zou ik... dan zou ik...'

'Eindelijk vrij zijn van de mening van anderen?'

Walter en Julius keken elkaar aan. Ik dacht aan mijn ouders, van wie ik nooit vrij was geweest. Ik dacht aan Roos en Madelief, aan de vriendinnen die ik had gehad, de vriendjes die ik had versleten, de werkgevers bij wie ik mij had misdragen, aan Sofie, Walter en alle andere mensen die ik in mijn leven had ontmoet; altijd was ik afhankelijk geweest van hun meningen, hun blikken, hun oordelen, alsof niet ik maar anderen mijn leven bestuurden.

'Dit is briljant,' reageerde Julius perplex. 'Zo simpel en zo briljant.'

'Ben je nog bang?'

Julius schudde zijn hoofd. 'Nooit meer, voor niemand.'

'Dan wens ik je veel succes met de operatie, Knutsel.'

'Wetzel,' zei Julius met een brede glimlach, 'Julia Wetzel.'

Sofie had mij uitgenodigd voor een etentje bij haar thuis. Ze had belangrijk nieuws dat ze exclusief met mij wilde delen.

'Hij is teder.'

'Wie?'

'Bart.'

We aten gepaneerde schnitzels met patat, appelmoes en een vlaflip na. De friteuse op het aanrecht stond nog aan, voor als we een tweede portie patat wilden.

'Hij is goddelijk, Iris.'

'Bart de boekhouder?'

'Een man met alles erop en eraan.'

'En teder?'

'Heel teder.'

Ik wist dat het gesprek over haar prille relatie met Bart zou gaan en dat ik een schunnig verslag tegemoet kon zien. Maar ik gunde Sofie een gelukkig leven en had Walter, die zijn drankzucht nog altijd niet wilde opgeven, voor even alleen gelaten.

'We zijn voorzichtig begonnen.'

'Heel verstandig.'

'Een dinertje, een wijntje, nog een wijntje.'

'Zo hoort het.'
'Daarna hebben we een wandeling gemaakt door de stad.'
'Romantisch.'
'Toen we voor mijn huis stonden vroeg ik of hij nog iets wilde drinken.'
'Een slaapmutsje.'
'We gingen naar boven, dronken een glaasje korenwijn op de bank...'
Ik keek op de klok. Het was bijna acht uur. Sofie ratelde vrolijk door: van de korenwijn naar de zoen, van de zoen naar de tong, van de tong naar de rest. Ik dacht aan het journaal, het laatste nieuws over de zoektocht naar Walter.
'En nu is het aan.'
'Wat leuk.'
'Morgen gaan we naar zijn ouders.'
'Spannend.'
'En zondag naar mijn moeder.'
'Ik zit vol, Sofie.'
'Wil je geen vlaflip?'
'Straks, na het journaal.'
We stonden gelijktijdig op. Ik plofte op het tweezitsbankje, Sofie zette de tv aan, zapte met de afstandsbediening en kwam naast mij zitten. De journaaltune liep net af, de nieuwslezer kwam in beeld.
'Goedenavond, dames en heren. Na een lange zoektocht is er een einde gekomen aan het raadsel rond de mysterieuze BIB-adviseur. Mede door de hoge beloning heeft zich onlangs een vrouw gemeld die ons alle benodigde informatie kon geven. Inmiddels hebben wij de informatie gecheckt en kan ik u mededelen dat de zaak is opgelost.'
Sofie ging op de rand van de bank zitten en legde een hand op mijn knie. Ik dacht erover om Walter te bellen, maar ik besloot eerst het nieuws af te wachten.
'Op verzoek van de tipgeefster zullen wij haar identiteit niet

prijsgeven en ziet u slechts een verduisterd silhouet. Hier volgt een kort fragment uit haar verklaring, het volledige gesprek kunt u zien op onze nieuwssite.'

In het beeld verscheen een kleine vrouw. Ze zat met gekruiste benen op een stoel, achter haar hingen witte lamellen.

'Zijn naam is Walter Gom,' sprak ze ijzig. 'Zijn voornaam is correct, maar zijn achternaam bestaat uit de initialen van zijn vader: Gerhard Otto Muller, de beruchte NSB'er en SS'er die na de oorlog tot vijfentwintig jaar cel werd veroordeeld en eind april 1972 overleed. Over Walter zelf is weinig bekend, behalve dat hij geen diploma's bezit en tot zijn veertigste bij zijn moeder, de rijke omstreden weduwe Helena Svenson-Gom, heeft gewoond...'

Sofie zette de tv uit. Het werd stil in de kamer. Ik staarde naar het lege beeldscherm en voelde mijn hart in mijn keel bonzen.

'Dat was Annet,' zei Sofie.

'Annet?'

'Annet Mosterd, van het notariskantoor.'

22

Ik belde Walter, twee keer, drie keer, vier keer. Er werd niet opgenomen. Ik belde hem met de telefoon van Sofie. 'Een storing,' zei ik nog, 'de centrale heeft wel vaker een storing.' Maar ook met Sofies telefoon kreeg ik Walter niet aan de lijn.

Na vier pogingen legde Sofie een arm om mijn schouders. Ze kuste mijn haar, nam de telefoon uit mijn trillende handen en belde een taxi.

De chauffeur was een Marokkaan. Zijn wagen rook naar zoete appeltjes. Sofie en ik zaten roerloos op de achterbank. Het was niet druk op de weg, over een paar minuten zouden we bij mijn huis zijn.

'Ik vermoord dat kreng.'

'Doe geen moeite,' zei Sofie.

'Als het slecht afloopt met Walter, schop ik haar dood.'

'Annet is al jaren dood.'

Voor een rood stoplicht rinkelde mijn telefoon. Sofie pakte de telefoon uit mijn jaszak en drukte hem tegen mijn oor.

'Thijs en ik zijn onderweg,' zei Cecile.

'Waarheen?'

'Naar BIB.'

'Is Walter bij BIB?'

Ik zag de taxichauffeur omkijken. We reden mijn straat in, Sofie vertelde hem bij welk nummer hij moest stoppen.

'Ik spreek je later, Cecile,' zei ik, en verbrak de verbinding.

Meneer Van Ravenstein stond ons buiten op te wachten. Hij had het jasje van zijn bewakersuniform aan, Rambam zat aangelijnd op de stoep.

'Meneer Walter is weg,' zei hij.

'Hoezo, weg?'

Sofie bleef bij de taxi staan. Ze had de chauffeur twintig euro gegeven en zei dat hij moest wachten.

'Vlak voor het journaal hoorde ik iemand de trap aflopen,' antwoordde meneer Van Ravenstein. 'Het waren zachte stappen, ik wist meteen dat het meneer Walter was. Toen hij beneden was, stopte er een taxi voor de deur en stapte meneer Walter in. Ik ben nog naar buiten gegaan om te vragen waar hij zo laat naartoe ging, maar de taxi was al verdwenen. Binnen zag ik het nieuws op tv, ik kan het nog steeds niet geloven.'

We stapten weer in de taxi. Meneer Van Ravenstein zat met Rambam op de stoel naast de chauffeur. Die trapte het gaspedaal flink in en gaf Sofie het briefje van twintig terug. 'Jullie zijn van BIB,' zei hij. 'BIB is oké.'

Voor het gebouw stond een jonge bewaker. Hij nam ons direct mee naar binnen en vertelde dat meneer Walter een kwartier geleden op zijn sokken was binnengekomen. 'Hij was heel aardig. Hij zei dat hij iets was vergeten. Ik dacht dat het wel goed zat, tot ik het nieuws op de radio hoorde.'

Meneer Van Ravenstein stelde de bewaker gerust en zei dat hij zijn werk goed had gedaan. Sofie en ik renden naar de lift en stapten naar binnen. Ik drukte wel twintig keer op het knopje van de achtste etage. Terwijl de deur tergend langzaam dichtschoof en de lift zich in beweging zette, pakte Sofie mijn hand.

'Weet je zeker dat Walter daar is?' vroeg ze.

'Ik hoop het,' zei ik, 'ik hoop dat hij daar nog is.'

Op de achtste etage volgden we een spoor van natte voetstappen naar de woning van Walter. De voordeur stond open, een gure wind waaide door de gang.

In de woning leidden de voetstappen ons via de keuken naar het balkon. Ik stapte als eerste naar buiten, Sofie hijgde nerveus in mijn nek. Ik keek naar rechts en zag niets, ik keek naar links en zag iets wits wapperen, iets wat op een overhemd leek.

'Walter,' riep ik tegen de wind in.

Ik liep naar de hoek van het balkon, Walter stond voor de balustrade en draaide zich om. Hij had een zwarte broek aan, zijn witte overhemd hing half dichtgeknoopt over de rand.

'Ga weg,' schreeuwde hij.

Verstijfd bleef ik staan. Ik voelde de handen van Sofie op mijn rug en zag een blik in Walters ogen die ik nog nooit had gezien.

De parkeerplaats voor het gebouw stroomde vol met auto's. In de verte hoorde ik sirenes en zag ik blauwe zwaailichten dichterbij komen.

'Waarom heb je me nooit iets verteld, Walter?'

Walter keek naar boven. Een koude rukwind joeg door zijn warrige haren en bolde zijn overhemd op. 'Waarom wel?' Hij schreeuwde niet meer, maar door de gierende wind moest hij harder praten dan hij gewend was.

'Omdat we vrienden zijn. Vrienden vertellen elkaar toch alles?'

'Hoe had je je dat voorgesteld? Iris en Walter drinken thee en spelen een potje scrabble. Iris legt het woord "razzia" op het bord, Walter telt de punten en zegt: "Over razzia's gesproken, wist je dat mijn vader een SS'er was die duizenden mensen uit hun huizen heeft gesleurd en in veewagons naar de vernietigingskampen heeft gestuurd?"'

'Het had veel duidelijk gemaakt.'

'Wat had het duidelijk gemaakt?'

'Waarom je bent zoals je bent.'

Walter keek mij weer aan en stak zijn handen diep in zijn broekzakken.

'Hou op, Iris. Ik heb je geholpen een succesvolle carrière op te bouwen, een prestatie te leveren waar je vader trots op zou zijn. Dat heb je bereikt, je vader is trots op je en je hebt hem van zijn bitterheid verlost.'

'Dat laatste heb jij gedaan.'

'Ik heb je alleen geadviseerd, jij hebt het werk gedaan.'

'Kende jij het oorlogsverleden van mijn grootvader?'

'Ik wist niets van je grootvader, tot jij het mij vertelde.'

'Lieg niet tegen me, Walter.'

'Ik lieg niet tegen je.'

'Jij kende het oorlogsverleden van mijn grootvader al voordat we met BIB begonnen. Daarom heb je besloten om mee te doen. Jij wist dat de situatie van mijn ouders vroeg of laat ter sprake zou komen, jij wist wat er met mijn vader aan de hand was en wat je moest doen om de schuld van jouw vader te vereffenen.'

'Zo is het niet gegaan.'

'Jouw vader was een SS'er, mijn grootvader zat twee jaar in een kamp, een dader en een slachtoffer. En nu, bijna zeventig jaar later, heeft de zoon van de dader de zoon van het slachtoffer bevrijd. Daar was het je om te doen, Walter, al die gesprekken, al die klanten, allemaal om mijn vader van zijn bitterheid te verlossen.'

'Is dat zo erg, een man helpen die door het oorlogstrauma van zijn vader is beschadigd en op zijn beurt zijn eigen kinderen heeft beschadigd? Wat is daar mis mee?'

'Dat je het mij niet hebt verteld, *dat* is er mis mee.'

'Ik kon het je niet vertellen, Iris.'

'Waarom niet?'

'Omdat ik het niet wist. Het enige wat ik wist, is wat jij mij aan de telefoon hebt verteld. De rest heb ik twee weken geleden pas gehoord, toen ik kerst vierde bij mijn moeder en ze schoon schip wilde maken met het verleden.'

'Dus je moeder heeft dit hele toneelstuk uitgedokterd.'

'Uitgedokterd. Je doet net of ze iets vreselijks heeft gedaan.'

'Je eigen zoon gebruiken om de gruweldaden van je gestoorde man af te kopen, dat vind ik redelijk vreselijk. Jij niet?'

'Ze wilde je vader helpen omdat ze zich medeverantwoordelijk voelt voor de wandaden van mijn vader. Van afkopen is geen sprake en ik voel mij in geen enkel opzicht gebruikt.'

‘Ik geloof er geen barst van.’

‘Geloof wat je wilt. Ik heb je de waarheid verteld, meer kan ik niet doen.’

‘Je zou je excuus kunnen aanbieden.’

‘Aan wie?’

‘Aan mij.’

‘Waarvoor?’

‘Ze heeft mij ook gebruikt, Walter. Jij voelt je misschien niet gebruikt, ik voel me *wel* gebruikt.’

‘Dan bied ik je daarvoor mijn excuus aan.’

Opnieuw joeg er een windvlaag over het balkon. Walter rilde van de kou. Ik wilde naar binnen lopen om in de slaapkamer een wollen trui voor hem te pakken, toen ik tegen een forse brandweerman opbotste.

‘Aan de kant, juffrouw,’ zei hij, ‘dit is geen meidenwerk.’

Hij duwde mij en Sofie opzij en liep met grote logge passen op Walter af. Op dat moment pakte Walter een pistool uit zijn broeksband en richtte het op de brandweerman, die stokstijf bleef staan.

‘Weg,’ schreeuwde Walter. ‘Van het balkon af of ik schiet.’

De brandweerman stak zijn handen op en liep achterwaarts naar binnen. Walter liet het pistool zakken, Sofie en ik bleven staan. De wind geselde mijn gezicht, koude regendruppels spatten op mijn wangen.

Op mijn tiende logeerde ik een weekendje bij mijn oma. Madelief en Roos waren bij tante Norma, mijn ouders bezochten een bruiloft in Rotterdam.

Ik mocht weer in het bubbelbad en elke avond las mijn oma een sprookje voor. Over oom Oscar sprak ze niet meer, dat had mijn vader haar na de eerste logeerpartij verboden.

Na de kerkdienst op zondagochtend maakten we een wandeling door het dorp. Het was mooi weer, de lente was net begonnen en het ijskarretje van meneer Vlug stond al op het plein.

Voor de dorpsschool gingen we op een bankje zitten. Ik had een hoorntje met drie verschillende bolletjes, mijn oma een kuipje chocolade-ijs.

'Hoe gaat het op school?' vroeg ze.

'Goed.'

'Heb je al verkering?'

'Nee.'

'Zitten er geen leuke jongens in je klas?'

'Leuke jongens zat.'

'Wat voor leuke jongens?'

Mijn oma vond het fijn om over jongens en verkering te praten, en over oom Oscar, scheve reumahandjes en glaasjes advocaat met slagroom.

'Jannes, Ricky, Tom, Bas, Mustafa, Edwin en Wiebe, dat zijn de leukste jongens in mijn klas. Wiebe is een beetje dik en hij heeft gele tanden, maar ik vind hem leuk omdat hij gewoon leuk is.'

'Is Moustafa ook leuk?'

'Moustafa komt uit Egypte. Hij heeft zwarte krulletjes en hij is heel bruin.'

'Wil je geen verkering met hem?'

'Best wel. Maar Moustafa wordt gepest en iedereen die met hem omgaat wordt ook gepest, daarom kunnen we geen verkering hebben.'

'Pesten is verschrikkelijk.'

Ik likte een dikke druppel aardbeienijs van mijn hand. We zaten pal in de zon, onze ijsjes begonnen te smelten.

'Werd er vroeger ook gepest?'

'Natuurlijk,' zei mijn oma, die met een zakdoek een druppel aardbeienijs van mijn broek veegde, 'maar in mijn tijd zaten er nog geen bruine kinderen op school.'

'Wie werden er dan gepest?'

'Kinderen met rood haar, sproeten, een grote bril. En foute kinderen.'

'Wat zijn foute kinderen?'

'Kinderen van ouders die slechte dingen hadden gedaan in de oorlog.'

'De oorlog met de Duitsers en zo?'

Mijn oma knikte. 'Wij hadden er twee in onze klas, Louise en Fred. Toen we op de kleuterschool zaten speelde ik vaak met ze, maar op de lagere school mocht ik ineens niet meer met ze omgaan van mijn vader. Hij zei dat hun ouders verkeerde dingen hadden gedaan in de oorlog en dat het foute kinderen waren. Eerst vond ik het raar, omdat het mijn beste speelvriendjes waren. Later begon ik mijn vader te geloven en ging ik ze pesten, net als de andere kinderen in mijn klas.'

'Maar die kinderen hadden toch niets verkeerds gedaan?'

'Heeft Moustafa iets verkeerds gedaan?'

Ik keek naar de school. In de klassen stonden de stoelen omgekeerd op de tafels, zo stonden onze stoelen ook als de school dicht was.

'Nee,' zei ik, 'Moustafa is alleen maar bruin.'

Opnieuw veegde mijn oma een druppel van mijn broek. Ik moest het ijsje snel opeten, anders was het weg.

'En jij bent laf,' zei mijn oma, 'net als ik toen ik klein was. Daarom durf jij geen verkering te vragen aan Moustafa en durfde ik niet op te komen voor Louise en Fred.'

Ik kreeg een rooie kop van schaamte. Mijn oma had gelijk: ik was laf en bang om gepest te worden. Daarom deed ik alsof Moustafa niet bestond en was ik net zo vals als de pestkoppen in mijn klas.

We aten gauw onze ijsjes op, mijn broek zat vol met ijsvlekken. Op weg naar huis vroeg ik wat er met Louise en Fred was gebeurd.

'Die zijn verhuisd,' zei mijn oma, 'Louise naar Amsterdam, en Fred is met zijn moeder naar Amerika gegaan. Later hoorde ik dat Louise een ongeluk had gehad en in een rolstoel zat, van Fred heb ik niets meer gehoord.'

Walter stak het pistool weer achter zijn broeksband. De regen plensde hard op ons neer. Met zijn mouw veegde Walter de druppels van zijn voorhoofd, het overhemd kleefde als een natte dweil om zijn bovenlijf.

Sofie had een warme jas uit de kledingkast gepakt. Ik bracht de jas naar Walter, hij rukte hem uit mijn handen en trok hem aan. Alleen de knoopjes ter hoogte van het pistool deed hij dicht.

'En wij, Walter,' vroeg ik, 'zaten wij ook in het complot van je moeder?'

'Ga naar huis, Iris.'

'Was dat ook een reden om de woning boven mij te kopen, omdat er een jonge, alleenstaande vrouw woonde waar jij misschien een relatie mee zou kunnen krijgen?'

'Ik ben hier niet gekomen om te praten.'

'Een vrouw die voor je zou zorgen als je moeder er niet meer is.'

'Je weet waarom mijn moeder het huis heeft gekocht. Alles wat er tussen ons persoonlijk is gebeurd is toeval.'

'Bij jouw moeder bestaat geen toeval.'

'Ik betrok de woning om er rustig te kunnen wonen. Ik was er niet op uit om kennis te maken met mijn benedenbuurvrouw. Dat heb jij geforceerd. Jij drong hondsbrutaal mijn huis binnen, jij bleef aandringen op een gesprek, jij hebt ervoor gezorgd dat we bevriend raakten. Als jij die avond niet naar boven was gekomen, was er niets gebeurd.'

'Die avond?'

'Hoe bedoel je, die avond?'

'4 mei, twee minuten voor de dodenherdenking. Je woonde er al drie maanden geruisloos en toevallig op dat moment liet jij een appel vallen.'

'Toevallig had jij een reservesleutel van mijn huis.'

'Toevallig was meneer Van Ravenstein daarvan op de hoogte.'

'Toevallig had jij niet het fatsoen om aan te bellen.'

'Toevallig had meneer Van Ravenstein jou verteld dat ik een sleutel had.'

'Toevallig werd jij verliefd op mij...'

'En jij op mij.'

Gekrenkt wendde Walter zijn blik af. De regen had een pauze genomen, de parkeerplaats stond inmiddels vol met brandweerauto's, politiewagens, een ambulance, journalisten en honderden ramptoeristen.

'Ga weg, Iris. Ga naar huis, zoek een lieve man en word gelukkig.'

'Ik heb een lieve man gevonden.'

Walter zuchtte. Hij legde zijn armen op de balustrade en keek mij aan. 'Ik ben geen man voor jou.'

'Jij bent de enige man voor mij.'

Weer wendde Walter zijn blik af. Ik dacht erover het pistool uit zijn broek te pakken, maar ik deed het niet. Walter zou mij nooit iets aandoen, en als hij naar beneden wilde springen kon hij dat ook zonder pistool.

'Hou eens op met die onzin,' zei hij. 'Je weet hoe ik in elkaar zit, je weet dat de liefde niet aan mij is besteed. Ik heb er geen talent voor, zoals ik nergens talent voor heb.'

'Was Judith een uitzondering?'

'Judith was een bevestiging.'

'Een bevestiging dat de liefde wel aan jou is besteed?'

'Een bevestiging dat ik de liefde nooit zal vinden.'

Plotseling hoorde ik achter mij twee doffe klikken. We draaiden ons om en zagen twee politieagenten staan, ze richtten hun pistolen op Walter.

'Leg uw wapen op de grond, meneer,' riep een van hen.

Walter reageerde direct: hij sloeg zijn linkerarm om mijn keel en trok mij tegen zich aan, met zijn andere hand zette hij de koude loop van het pistool op mijn slaap.

De agenten schrokken en lieten hun wapens zakken. Tegelijkertijd stapte er een derde agent het balkon op. Hij was een stuk ouder dan zijn collega's en beweerde dat het pistool van Walter een nepwapen was.

'In dat geval kunt u mij probleemloos arresteren,' riep Walter.

De agent grijnsde en liep tussen de twee andere agenten door op ons af. Walter richtte zijn pistool op hem. Even aarzelde de agent, toen vervolgde hij zijn weg, waarop Walter het raam naast hem aan stukken schoot.

De knal was hard. Mijn oor begon te piepen, de drie agenten struikelden over elkaar heen de woning in en beneden flitsten zoveel fotocamera's dat ik er duizelig van werd.

'Ben je geschrokken?' vroeg Walter.

Hij had zijn arm van mijn keel gehaald en stak het pistool weer weg.

'Nee,' zei ik, terwijl ik mij omdraaide en een pink in mijn beschadigde oor duwde, 'ik heb het koud.'

De avond voor de persconferentie van de eurocommissaris deelden Walter en ik een pizza Hawaï en een frisse salade. De maaltijd van Quist stond op het aanrecht en zou later die avond in de vuilnisbak verdwijnen. Walter liet zich steeds vaker verleiden tot een afhaalmaaltijd. De pizza's bevielen hem goed en ook de tjap tjoy met witte rijst, die we meestal op zaterdagavond bestelden, at hij tot de laatste korrel op. Patat, kroketten en andere snacks waren geen succes. Van de frituurlucht alleen werd Walter al misselijk, en de vulling van een kroket deed hem denken aan een verstopt doucheputje.

We waren net klaar met eten toen ik meneer Van Ravenstein en Babette hand in hand aan de overkant zag lopen. Rambam sukkelde traag aan een leren riem met hen mee. Het was al uren droog, maar voor de zekerheid had Babette een opgevouwen paraplu onder haar arm gestoken.

'Daar gaan ze,' zei ik, 'het eerste officiële BIB-koppel.'

Walter veegde zijn lippen af en keek naar buiten. Het tafereel leek hem weinig te doen. Als ik hem op een passerende krantenbezorger had gewezen, had hij net zo ongeïnteresseerd gekeken.

'Vind je het niet mooi?' vroeg ik.

'Wat?'

'Meneer Van Ravenstein en Babette.'

Met grote slokken dronk Walter zijn flesje bronwater leeg. De pizza was erg zout, ik had er al drie glazen wijn aan verspild.

'Wat is daar mooi aan?'

'Dat ze verliefd zijn,' zei ik, 'dat is mooi.'

'En als meneer Van Ravenstein straks dood neervalt?'

'Meneer Van Ravenstein valt niet dood neer.'

'Vandaag misschien niet, maar op een dag is het zover.'

'Wat wil je daarmee zeggen?'

'Dat de liefde altijd eindigt in een tragedie.'

Ik goot het laatste scheutje wijn uit de fles in mijn glas. Het was een zure droge wijn van de supermarkt. Walter had nog gezegd dat ik een fles bij de traiteur moest kopen, maar ik vond drie tientjes voor een fles wijn te duur.

'Moeten we de liefde dan maar afschaffen, omdat zij niet eeuwig duurt?'

'We hoeven de liefde niet af te schaffen. Als je van pijn en verdriet houdt, moet je de liefde vooral najagen en koesteren. Als je je verstand gebruikt, mijd je haar als de pest.'

'In dat geval zou je alles moeten mijden: mooie muziek, boeken, prenten, atlassen, hondenshows met spectaculaire hindernisbanen.'

Zonder te ruiken dronk ik mijn wijnglas leeg. Walter schudde nadrukkelijk zijn hoofd. 'Het gaat niet om degene die doodgaat, het gaat om degene die achterblijft. De dode mist niets: geen liefde, geen muziek, geen boeken met spectaculaire hindernisatlassen. Het is de achterblijver die mist, die lijdt, die huilt, die verteerd wordt door verdriet.'

'Jij hebt het alsmaar over de dood. Waarom kijk je niet naar de liefde? De liefde duurt misschien niet eeuwig, maar zolang ze er is, is ze toch mooi?'

'Ook in die tijd is de liefde gruwelijk.'

'Niet als je de dood vergeet en van het moment geniet.'

'Alleen een dwaas vergeet de dood.'

'Dan zal ik wel een dwaas zijn.'

'Om nog maar te zwijgen over de zinloze ruzies, de jaloezie, de irritaties, de vrouw die zich voortdurend verwaarloosd voelt, de man die bij de minste strubbeling op een ander ligt. Dat is de liefde, Iris. De liefde die jij voor ogen hebt is een opgedirkt sprookje, de liefde tussen meneer Van Ravenstein en Babette is niets meer dan een vlucht uit de eenzaamheid, de liefde tussen twee jonge mensen is gebaseerd op seks, lege pleziertjes en het verlangen naar de geborgenheid die ze als kind zijn kwijtgeraakt.'

'En tussen al die dingen door, tussen al die ruzies, de irritaties, de vlucht uit de eenzaamheid, de lege pleziertjes, wat zit daartussen?'

'Angst.'

'Angst?'

'De beklemmende angst om de ander te verliezen.'

'Heb je daarom de liefde uit je hart gezet?'

'Ik heb de liefde niet uit mijn hart gezet,' zei Walter, 'ze is er lang geleden uit verdwenen.'

Een blauwe helikopter hing met veel kabaal naast het balkon. Met een felle lamp werden Walter en ik in het zonnetje gezet. Ik gebaarde tevergeefs dat ze weg moesten gaan, Walter loste een waarschuwingsschot en de piloot suisde er in een duikvlucht vandoor.

'Is dat de Luger van je vader?' vroeg ik toen de heli was verdwenen.

Walter keek naar het wapen. Het was veel te groot voor zijn hand, en het beeld van Walter met een wapen strookte niet met de realiteit.

‘Mijn moeder heeft het bewaard,’ zei hij. ‘Soms hadden we het nodig als woedende demonstranten ons huis trachtten binnen te dringen. Ze dachten dat mijn moeder een neonazi was, net als dat gekke mens Van Tonningen. Op eerste kerstdag heb ik het uit de kelder gepikt, met drie flessen wijn en een kurkentrekker.’

Met mijn vingertoppen raakte ik het wapen aan. Hoeveel mensen zouden er met dit wapen om het leven zijn gebracht? Hoeveel mensen had Walters vader met dit wapen bedreigd en verwond? En waarom had Walter het op eerste kerstdag meegenomen? Als hij zelfmoord wilde plegen, had hij dat toch met een scheermesje of een overdosis slaappillen kunnen doen?

‘Ga mee naar huis, Walter,’ hoorde ik mijzelf zeggen. ‘Laat dat vreselijke wapen vallen en vergeet wat er is gebeurd.’

‘Daarvoor is het te laat, Iris.’

‘Het is nooit te laat. Je kunt altijd...’

‘Ik kan niet naar huis,’ onderbrak Walter mij bars. ‘Als ik het pistool laat vallen, word ik gearresteerd en veroordeeld voor verboden wapenbezit en poging tot doodslag. Na mijn celstraf, als ik geen tbs met dwangverpleging krijg, zal ik de rest van mijn leven worden opgejaagd als een dolle hond. Dat is de reden waarom ik hier ben, om er voor het oog van alle moraalridders en heksenjagers een eind aan te maken.’

Door een waas van tranen keek ik naar Walter, zijn natte haar, zijn wilde blik, zijn gehavende kleren, het zware pistool in zijn hand. Niets klopte aan de man die voor mij stond, de man die ik kende of meende te kennen. Toch was het Walter, misschien wel meer dan ik ooit had gezien. Dit was Walter zoals hij werkelijk was: angstig, boos en verward.

Met een harde duw stootte hij mij van zich af. ‘Donder nou maar op,’ zei hij, ‘er sterft hier vanavond maar één persoon en dat ben ik.’

Ik viel half op de grond, krabbelde overeind en strompelde naar Sofie en Kim, die naast het gebroken raam stonden. Achter hen zag ik Cecile, Thijs, meneer Van Ravenstein, Nienke en Melissa staan.

De helikopter verscheen weer naast het balkon en zette Walter in een fel spotlicht. Ditmaal schoot hij niet. Hij trok zijn jas uit, keek nog één keer naar mij en sloeg zijn rechterbeen over de balustrade.

'Nee,' schreeuwde Kim, 'niet doen, meneer Walter.'

Ze wilde naar hem toe rennen, maar werd door Thijs vastgepakt omdat er aan de andere kant van het balkon vijf gewapende agenten opdoken. Ze waren gemaskerd en droegen helmen, kogelvrije vesten en grote geweren met laservizieren. De voorste twee knielden neer, de achterste drie bleven staan, waarna er vijf rode puntjes op Walters lichaam verschenen.

Vanuit de helikopter werd Walter bevolen zich over te geven, anders zou er worden geschoten. Walter gaf geen krimp en zette de loop van de Luger op zijn hoofd.

Kim bleef maar schreeuwen en spartelen met haar benen. Sofie, Nienke, Cecile en Melissa huilden, meneer Van Ravenstein hield een hand voor zijn mond. Ik veegde de tranen uit mijn ogen, keek naar het arrestatieteam dat heel even de wapens liet zakken en sprintte op Walter af.

Net toen hij de trekker overhaalde, sloeg ik uit alle macht zijn hand weg. De kogel schampte zijn hoofd, het pistool viel uit zijn hand en Walter kiepte over de balustrade.

In een wanhoopspoging probeerde ik zijn middel, zijn benen, zijn voeten vast te grijpen, maar alles wat ik pakte gleed uit mijn stramme vingers. Het enige wat ik kon redden was een natte sok en een zoom van zijn broek, de rest verdween in een inferno van flitslichten en cameralampen.

23

In de krant stond dat Walters val ruim anderhalve seconde had geduurd, in mijn beleving duurde het een jaar, negen maanden en zes dagen. Kijkend over de balustrade zag ik Walter in slow motion uit mijn leven verdwijnen, zoals hij er ook in slow motion in was verschenen. Elke nanoseconde was een dag, elke microseconde een week, elke milliseconde een maand, elke seconde een jaar. De fatale klap op de parkeerplaats had het einde moeten zijn van het gekste, mooiste en gelukkigste hoofdstuk uit mijn leven. Maar een reusachtig luchtkussen van de brandweer, dat ze uit voorzorg hadden opgeblazen, zou er nog wat pagina's aan toevoegen.

Walter kwam ongelukkig terecht. Door de fikse regenbui was het kussen spekglad geworden en gleed hij er direct vanaf, waardoor hij alsnog op de parkeerplaats terechtkwam. Daar bleef hij kronkelend van de pijn liggen en werd hij door twee ambulancebroeders in blauw-gele uniformen verzorgd.

Ondertussen was de aanwezige BIB-club naar de balustrade gerend en zagen we hoe Walter voorzichtig op een brancard werd gelegd.

'Hij leeft,' juichte Kim, 'meneer Walter leeft.' Ze vloog mij dolgelukkig om de hals en stempelde zes rode zoenen op mijn gezicht.

Iedereen was opgelucht. De vrouwen snikten en lachten van geluk, Thijs stak met trillende vingers een sigaartje op en meneer Van Ravenstein nam ook een trekje. De commandant van het arrestatieteam trok de bivakmuts van zijn hoofd. Hij verontschuldigde zich bij mij voor de rigoureuze actie en benadrukte dat ze nooit van plan waren geweest om te schieten.

In de lift wreef Sofie de zoenafdrukken van mijn gezicht. Thijs stonk naar sigaar, Kim zei dat ze in haar broek had geplast, meneer Van Ravenstein en Melissa belden op gedempte toon met hun partners en Cecile keek stug naar de voorbijglijdende etages. Tijdens de commotie op het balkon had ze heel even haar emoties getoond, nu had ze zichzelf weer onder controle en scheen ze al bezig te zijn met het vinden van een geschikte vervanger voor Walter.

Buiten wurmde ik mij door de mensenmassa heen. Walter lag onder een dekentje op de brancard. Ik raakte zijn gezicht aan en riep zijn naam, maar hij reageerde niet. Een ambulancebroeder stelde mij gerust: 'Hij heeft een morfinespuitje gehad. Zijn rechterarm is uit de kom en de hoofdwond bloedt aanzienlijk, verder maakt hij het goed.'

Nog eenmaal raakte ik Walters gezicht aan, het was nat en koud. Toen schoven de ambulancebroeders hem in de ziekenwagen en begon ik aan een lange wandeling naar huis.

De volgende dag wilde ik Walter bezoeken. Na een nacht in het ziekenhuis, waar ze zijn arm weer in de kom hadden gezet en zijn hoofdwond hadden gehecht, was hij overgebracht naar een psychiatrische kliniek.

Ik had een zak witte druiven en een doosje venkelthee meegebracht. In de aankomsthal trof ik dokter Mathews, hij begroette mij hartelijk en vroeg hoe het met mij ging.

'Geweldig,' antwoordde ik. 'Mag ik nu naar Walter?'

'Het spijt me, Iris,' zei hij, 'dat is niet mogelijk.'

'Waarom niet? Is hij ziek?'

'Walter verblijft voorlopig op een gesloten afdeling, dat is gebruikelijk na een ernstige zelfmoordpoging.'

'Mag ik hem dan op z'n minst zien?'

Dokter Mathews keek op zijn horloge. 'Vooruit,' zei hij, 'loop maar mee.'

We marcheerden door een labyrint van gangen. Uit de kleine zaaltjes die we passeerden klonken angstige kreten, alsof de halvegaren door mislukte goochelaars in tweeën werden gezaagd.

De gesloten afdeling was inderdaad gesloten. Ik rammelde vergeefs aan de deur en schopte tegen de deurpost.

Dokter Mathews wachtte tot ik was uitgeraasd en leidde mij aan mijn arm mee naar een raam. Patiënten bezoeken mocht niet, aapjes kijken wel.

Walter zat op een stoel voor de tv. Hij droeg een zijden kamerjas, op zijn hoofd prijkte een witte tulband en zijn rechterarm rustte in een mitella.

'Walter heeft een eigen kamer,' zei dokter Mathews. 'Overdag zit hij in de recreatiezaal, waar hij ook zijn maaltijden nuttigt met de andere patiënten. Verder is de verzorging hier uitstekend en worden er geregeld interessante activiteiten georganiseerd...'

Terwijl Mathews toonloos voortleuterde, ontdekte ik een rode knop naast de deur. Ik drukte erop, de deur schoof open en ik rende naar binnen.

'Walter,' zei ik toen ik geknield voor hem zat, 'ik heb fijne druiven gekocht en venkelthee voor je maag. Heb je het goed hier? Niemand is boos, hoor. Je moet de groeten hebben van Sofie en Nienke en Kim...'

Dokter Mathews arriveerde hijgend naast mij. Hij pakte mijn arm en wilde mij overeind hijsen. Ik rukte mij los en stootte mijn elleboog woedend in zijn kruis, waarop hij kreunend in elkaar zakte. Er was ook een jonge verpleger verschenen. Hij keek wat verdwaasd, alsof hij net uit een ei was gekropen.

Ik legde een hand op Walters onderarm en vroeg of hij mij kon verstaan.

'Hij kan u verstaan,' zei de verpleger, 'maar reageren doet hij niet.'

Ik probeerde het nog een keer. De druiven rolden over de

vloer, ik kneep in zijn arm, trok aan de mouw van zijn kamerjas, maar Walter bleef ijskoud zitten. Intussen waren er twee artsen in witte jassen opgedoken. Ze trokken mij ruw overeind en verzochten mij onmiddellijk de afdeling te verlaten.

Dokter Mathews stond ook weer rechtop, hij stuurde de boze jassen weg en zei dat ik moest voortmaken.

In stilte keken we naar Walter. Hij staarde uitdrukkingsloos naar het lege tv-scherm. Zijn vingers in de mitella waren opgezet, de nagels kort en glad.

Morgen zou ik nieuwe druiven en flesjes bronwater voor hem kopen. Het water in ziekenhuizen is lauw en vies, de druiven waren voor 's avonds, als er een hondenshow of een aflevering van *Paparazzi* op tv was.

Op twee slaappillen uit Walters medicijnkastje sliep ik dertien uur en twintig minuten. Toen ik opstond plaste ik een kwartier, dronk een pak melk leeg, at een droge boterham en nam een douche.

Een uur later stapte ik in de Emmastraat uit een taxi. Het huis was groot en afgeschermd door een hoog ijzeren hek met roestige punten.

Nadat de taxi was vertrokken klikte er een deurtje in het hek open. Ik liep door de opening, sloot het deurtje achter mij en werd bij de brede voordeur van het huis door Quist ontvangen.

'Welkom, Iris,' sprak hij beleefd, 'mevrouw Svenson heeft op je gewacht.'

Hij hielp mij uit mijn jas. Ik bekeek de kolossale entree en de schilderijen van middeleeuwse heren met witte plooikragen. Een antieke klok liet twaalf dwingende slagen horen. Ik was in een andere wereld beland, een wereld waartoe ik nooit zou behoren, hoe rijk en succesvol ik ook zou worden.

Helena lag op een ziekenhuisbed in de achterkamer. De gordijnen waren gesloten. In het licht van de gedimde plafonnière vond ik mijn weg naar een stoel die Quist naast het bed had klaargezet.

Terwijl ik op de stoel ging zitten, liet Helena met een apparaatje het bed een stukje zakken, zodat we elkaar goed konden zien.

'Ik ben geboren in 1924 in Parijs,' begon ze zonder een handdruk of een woord van welkom. 'Mijn moeder was een Frans dienstmeisje, mijn vader een Zweedse fabrikant. Ondanks het klassenverschil waren ze gelukkig. Ze trouwden en kregen twee dochters, ik was de oudste, mijn zusje Mathilde stierf in 1928 aan de gevolgen van tuberculose.'

Mijn ogen waren inmiddels aan de duisternis gewend. Helena was geen schim meer van de vrouw die ik in de Mercedes had gesproken. Ze woog hooguit veertig kilo, haar gezicht was smal en bleek, haar handen broos als tere vogelpootjes. Via een doorzichtig slangetje ontving ze zuurstof in beide neusgaten, waardoor ze beter in staat was te ademen en te praten.

'Na de beurskrach in 1929 verhuisden we naar Brussel. Mijn vader bezat weinig aandelen en had het grootste deel van zijn vermogen behouden. De jaren in Brussel waren plezierig, op school leerde ik Nederlands en in mijn vrije tijd speelde ik cello en viool. De opkomst van het nationaalsocialisme ging aan ons gezin voorbij. We woonden in een heerlijk landhuis en hadden het goed. Mijn ouders hielden zich niet bezig met politieke zaken. Achteraf zou je het naïef en wereldvreemd kunnen noemen, maar in die tijd was er nog geen televisie en maakten weinig mensen zich druk om het gebral van dat miezerige mannetje met zijn Charlie Chaplin-snor.'

Ik glimlachte omdat ik dacht dat het van mij verwacht werd.

Helena laste een korte adempauze in en vervolgde haar verhaal: 'Om zakelijke redenen verhuisden we in 1936 naar Amsterdam. Ik was twaalf jaar en ging naar de HBS. Al snel sloot ik vriendschap met Lea Rosen. Lea speelde ook viool en kwam uit een groot warm gezin. In de zomer ging ik vaak met ze mee naar het strand, in de winter maakten we lange wandelingen door de stad.'

Quist kwam de kamer binnen. Hij zette een dienblad met een glas thee en twee speculaasjes op een houten krukje naast mij neer.

'Tijdens een schoolfeest ontmoette ik een jongen, het was de herfst van 1939, hij was met een vriend uit de zesde klas meegekomen. Ik vond hem interessant. Otto Muller heette hij. Hij was vier jaar ouder dan ik, al was dat aan zijn gedrag en gebrekkige spraakvermogen niet te merken. Mijn eerste zoen kreeg ik een maand later. We troffen elkaar bijna dagelijks bij de vijver in het Vondelpark. Mijn ouders keurden onze omgang af, niet omdat Otto uit een arbeidersmilieu kwam, maar omdat hij lid was van de NSB. Ook Lea keurde mijn relatie af. Ik dacht dat ze jaloers was, Lea had nog geen vriend en Otto was een mooie jongen. We zagen elkaar steeds minder en bij haar ouders was ik niet meer welkom. Toch bleven Otto en ik bij elkaar, ook toen de Duitsers in mei 1940 ons land binnenvielen. Ik wist intussen wel wat er gaande was en welke ideologie Otto aanhing, maar ik hield van hem zoals ik nog nooit van iemand had gehouden. Door die idiote verliefdheid beging ik uiteindelijk de grootste misstap uit mijn leven: ik trouwde met Otto. Ik was achttien jaar, Lea droeg een gele ster op haar kleren en mijn man hield zich bezig met het opsporen en deporteren van haar familie.'

Weer pauzeerde Helena. Ze sloot haar ogen en ademde zwaar. Ik dacht dat ze weg zou vallen, maar na een paar minuten was ze weer bij de les.

'Mijn moeder overleed op kerstavond 1943, ze was al geruime tijd ziek. Op haar sterfbed zei ze: "Ga met papa naar Zweden, lieverd. Vergeet Otto en red je leven." Ik beloofde haar verzoek in te willigen. Twee dagen na de begrafenis verliet ik met mijn vader de stad. Otto was een maand van huis, hij was toegelaten tot de SS en begeleidde treinen naar de concentratiekampen in Polen en Duitsland, daardoor kon ik zonder problemen vertrekken. Onze reis verliep voorspoedig, tot we voor de Deense grens stonden. Daar ontdekten ze dat mijn paspoort vals was en werden we gearresteerd. Ik werd direct met een vrachtwagen naar Amsterdam gebracht, mijn vader stierf op 8 januari 1945 in Buchenwald.'

Ik voelde aan het warme theeglas, nam een slokje en zette het terug op het dienblad.

'De rest van het verhaal is bekend,' zei Helena. 'Na de oorlog werd Otto tot vijfentwintig jaar cel veroordeeld, mijn kop werd kaalgeschoren omdat ik een moffenhoer was. Van de erfenis van mijn vader, die hij voor de oorlog op een Zwitserse bankrekening had gezet, kocht ik dit huis. In 1970 kwam Otto vrij, een jaar later was ik zwanger en op 16 april werd Walter geboren. Vijfentwintig jaar had ik geboet voor mijn dwaze daad en op die dag lachte God naar me. Twee weken later hing Otto zich op. Vanwege zijn verleden zocht een groepje fanatieke neonazi's contact met hem. Otto wilde er niets mee te maken hebben, maar het nieuws stond in alle kranten, hij kon geen kant meer op en maakte op 30 april 1972 een einde aan zijn leven. "Op de dag dat Nederland feestviert zal ik sterven," zei hij, "dan hebben ze eindelijk wat ze willen en kan Walter in vrede opgroeien." Van dat laatste is niet veel terechtgekomen. Regelmatig gooiden boze activisten onze ramen stuk en wilden ze ons huis binnendringen. Dat waren angstige tijden voor Walter. Gelukkig waren Quist en John Mathews er altijd bij, anders hadden ze ons nog vermoord. Een krant suggereerde telkens dat ik banden onderhield met neonazi's. Iedereen wist dat het quatsch was, maar daar hadden die activisten maling aan. Met hulp van een hoge functionaris van de inlichtingendienst heb ik de regering voortdurend verzocht mij vrij te pleiten, zodat de terreur zou ophouden. Maar het mocht niet baten. Zodra de brave baasjes eenmaal op het pluche zitten, gaan ze hun vingers niet branden aan een zwarte weduwe met een moffenkind. Schijnheilige wolven zijn het, allemaal. De enige partij die ons altijd heeft gesteund is vorig jaar, nota bene door toedoen van dat moffenkind, aan de macht gekomen en heeft de wolven genadeloos afgestraft.'

Een monitor naast het bed begon indringend te piepen. Quist stormde de kamer binnen, gaf Helena een spuitje en zette de herrie uit.

Ik overwoog te vertrekken. Helena sliep en was te zwak om het gesprek voort te zetten, maar Quist vroeg of ik wilde blijven. 'Het verhaal is nog niet af,' zei hij, 'en mevrouw Svenson wil je graag iets geven.'

Om halftwee zat ik weer aan het bed. Ik had geluncht met Quist. Hij had mij verteld over de kortstondige romance tussen Helena en John Mathews. Walter was nog klein en raakte erg van slag door alle ruzies. John vond het onverantwoord dat Walter de naam Gom had gekregen, Helena zag het als een herinnering aan Otto, die naast een SS'er ook een mens was geweest.

Na de lunch kreeg ik een rondleiding door het grote huis: de kelder waarin ze zich tijdens de betogingen schuilhielden, de zolder met de Monet in geel krantenpapier gewikkeld, Walters kamer, zijn bed, zijn bureau, de posters van oude landkaarten en prenten aan de muur. Het leek wel alsof de tijd er had stilgestaan en de kleine Walter elk moment kon binnenstappen.

'Nu moet ik mijn verontschuldigingen aanbieden,' zei Helena. 'Ik had het recht niet om in uw familieverleden te graven. Ik wilde zo graag iets goeds doen, dat heb ik van Lea geleerd. Zij en haar broer Simon waren de enigen van het gezin die de oorlog hadden overleefd. "Ik neem je niets kwalijk," zei ze toen ze in januari 1948 voor mijn deur stond. "Laten we weer vioolspelen en goede dingen doen." Die goede dingen hebben we gedaan, samen met Simon en twee vrienden van de HBS. De details zal ik u besparen, zo gaat dat met goede dingen, daarover moet men zwijgen. Over mijn plan om uw vader te helpen zal ik niet zwijgen. Ondanks de goede afloop schaam ik mij voor het feit dat ik u vooraf niet op de hoogte heb gebracht, en dat ik u en Walter heb gebruikt. Het spijt me, juffrouw Hauser. Vanaf het begin heb ik u verkeerd ingeschat. Ik dacht dat een drankzuchtige meid die een weerloze dwerg van een podium trapt niet integer kon zijn. Inmiddels weet ik beter, u bent het beste wat Walter ooit is overkomen. Ik ben dankbaar en blij dat hij een bijdrage mocht leveren aan uw adviesbureau. Ik ben trots dat hij door uw vertrouwen honderden mensen mocht helpen. En ik moest lachen toen ik hoorde dat hij zijn eerste pizza had gegeten.'

We schoten allebei in de lach. Helena begon krampachtig te hoesten en Quist kalmeerde haar met een slokje water.

'Is het erg onbeleefd als ik vraag wie Judith was?' vroeg ik. Het gesprek was voorbij, maar ik wilde niet vertrekken zonder haar die vraag te stellen.

'Judith was de jongste dochter van Lea. Ze was verpleegster en heeft mij een tijdje thuis verzorgd na een vervelende operatie. Walter had een oogje op haar. Ik denk dat Judith hem ook wel leuk vond, maar hij was twaalf jaar jonger en verlegen als een kind. Ze emigreerde met een vriend naar Israël en kwam in 1992 bij een bomaanslag in Tel Aviv om het leven. Walter was er kapot van. Hij sloot zich helemaal af en zat een jaar in een instelling, net als nu. Maar Walter is sterk, juffrouw Hauser, destijds kwam hij eruit en ook deze keer zal hij het redden.'

Bij het afscheid gaf Quist mij een zwartleren aktetas.

'Walters oude schooltas,' zei Helena. 'In de tas zit het volledige dossier van uw familie, inclusief de persoonlijke dankbrief van koningin Wilhelmina, die uw grootvader na de oorlog heeft geweigerd. Naast het dossier schenk ik u Walters fotoalbum. Hij wil het niet hebben, zegt hij, omdat hij er droevig van wordt. Bewaart u het maar, voor als hij niet meer droevig is.'

Met die opdracht verliet ik het huis. In de taxi las ik de brief van koningin Wilhelmina, naar de foto's in het album durfde ik niet te kijken.

De BIB-storm was kort en hevig. Alle kranten berichtten uitgebreid over de sensationele ontknoping en de pijnlijke ontmaskering van Walter. In diverse talkshows en actualiteitenprogramma's werden verhitte discussies gevoerd. Ik had een weekje vrij genomen en keek er geamuseerd naar.

'Opsluiten die schurk,' riep de dochter van een gesneuvelde veteraan.

'Wat heeft die man misdaan?' vroeg een vredelievend Kamerlid.

'Gelogen en bedrogen,' antwoordde een misdaadverslaggever.

In een late talkshow kwam het zelfs tot een handgemeen. Links van het presentatieduo zat de Marokkaanse taxichauffeur die ons gratis naar het BIB-gebouw had gebracht, tegenover hem zat een activist die iets te lang in een verschimmelde slaapzak had gelegen.

'Mijn vriend was boos op de Hollanders,' zei de taxichauffeur, 'altijd maar boos. Ik zei tegen hem: "Boos zijn helpt niet, je moet leven." Maar hij bleef boos. Toen ging hij naar BIB en sprak hij met Walter. Die zei: "Sorry. Sorry voor de uitbuiting van je grootvader die hier als gastarbeider kwam werken. Sorry voor de discriminatie en het zwartmaken van moslims. Sorry dat veel domme mensen jou zo boos hebben gemaakt." Toen was alle boosheid van mijn vriend verdwenen. Nu werkt hij in een garage met allemaal Hollanders. Hij is vrolijk en gelukkig, dankzij meneer Walter van BIB.'

Het publiek klapte en juichte uitbundig.

'Gelul,' reageerde de activist, 'de Marokkanen moeten juist boos zijn. Ze worden al vijftig jaar als tweederangsburgers behandeld. Die zielige vriend van u is niet goed bij zijn hoofd.'

Dat viel slecht bij de taxichauffeur. 'Wat, zielige vriend? Hoezo, niet goed bij zijn hoofd? Walter heeft mijn vriend blij gemaakt en u zegt dat hij weer boos moet worden? U bent zelf niet goed bij uw hoofd.'

'Rustig, heren,' suste de oudere presentator.

'Geen reden tot paniek,' voegde zijn jonge collega er smalend aan toe.

Maar het was al te laat voor rustig en geen paniek. De activist riep dat de taxichauffeur een blanke sukkel was geworden, de taxichauffeur dook over de tafel en sloeg de activist op zijn ongeschoren bakkes. Toen een deel van het publiek er ook nog eens bovenop sprong, werd de uitzending gestaakt.

Een paar dagen later maakte een aangespoelde potvis in Scheveningen een einde aan de hype en ging men over tot de orde van de dag.

Mijn orde van de dag betrof de verkoop van BIB. Zonder Walter had mijn werk bij BIB geen zin meer, en Cecile stond te popelen om de zaak over te nemen. We belegden een overdrachtsmeeting bij Thijs, waarbij ook Jasper, Sofie en Bart aanwezig waren.

Volgens Bart, die alles tot op de cent had uitgerekend, moest Cecile ruim zeven miljoen betalen. Daarnaast had ik bedongen dat ik de dossiers van mijn moeder, Roos en Madelief zou ontvangen, en dat Sofie en Nienke een ontslagverbod en een riante salarisverhoging zouden krijgen.

Cecile ging zonder morren akkoord. Ondanks de negatieve publiciteit en het gemis van Walter, waren er opvallend weinig klanten vertrokken en zag de toekomst van BIB er florissant uit. Tijdens mijn snipperweekje had Lola Rozijn de plaats van Walter ingenomen. Haar aanpak was een tikkeltje van de pot gerukt, had Sofie mij ingefluisterd, maar de resultaten waren goed.

Na de overdracht dronken we een sapje en vroeg Thijs of ik weer bij hem wilde komen werken. Wegens het lekken van vertrouwelijke klantgegevens had hij Annet Mosterd ontslagen en zat hij opnieuw zonder secretaresse. Ik sloeg zijn aanbod af. 'Ik ben moe,' zei ik, 'te moe voor welke baan dan ook.'

Het afscheid van de BIB-familie viel mij zwaar. Kim had een

klein feestje georganiseerd in de kantine. Ik kreeg handen, zoenen en leuke cadeautjes. Iedereen was blij en bedroefd, ik was alleen bedroefd.

Ook meneer Van Ravenstein en Babette Metz namen afscheid van BIB. Ze hadden het goed naar hun zin gehad, bekende Babette, maar ze wilden meer tijd samen doorbrengen en van hun laatste levensjaren genieten.

Tot slot zong Robbie Nap een rampzalige tranentrekker, viel Kim huilend in een slagroomtaart en stonden Nienke en haar badmeester voor het eerst openlijk hand in hand.

In een café sloten Sofie en ik het BIB-avontuur af. We hadden het samen bedacht en wilden het ook samen beëindigen.

'Soms droom ik nog van de beddenprins,' zei Sofie na twaalf tequila's en een tosti, 'maar vieze dingen doe ik met Bart Mossel.'

Drie dagen later vloog ik naar Aruba. Ik had een enkele reis geboekt en de duurste suite in het duurste hotel. Het uitzicht op zee was adembenemend, het eten in het restaurant voortreffelijk en de zachte zonnebedjes rond het zwembad levensgevaarlijk.

Met ernstige brandwonden mocht ik van de strenge hoteldokter minstens een week niet in de zon. In die week keek ik Argentijnse soapseries, las ik eindelijk het boek met de puntjes en een stukje uit *De loden bal*.

Tijdens een avondwandeling door het gezellige uitgaanscentrum bleef ik staan bij een kiosk. In de etalage lag een Nederlandse krant met de grote kop: NAZIWEDUWE MULLER OVERLEDEN.

Ik huilde, te midden van de lachende toeristen en de vrolijke salsamuziek die uit de cafeetjes jengelde.

Twee passerende politieagenten ontfermden zich over mij. 'Gaat het wel goed met u, mevrouw?' vroeg een van hen.

'Ga weg,' antwoordde ik, en rende terug naar het hotel.

Een rondreis over het eiland was het juiste medicijn. Ik huurde een rode jeep met een open dak en een extra jerrycan benzine, voor het geval ik op een eindeloze zandweg vol groezelige types zou stranden. Die zandwegen zag ik, de groezelige types ook, maar die waren heel vriendelijk en verkochten fruit en blikjes fris bij tankstations.

Met een petje op mijn hoofd en mijn blonde paardenstaart wapperend in de wind reed ik via Druif Beach, Eagle Beach en Palm Beach naar Arashi, het noordelijkste puntje van Aruba.

Ik logeerde in kleine hotels en pensions, soms zonder airconditioning en een ratelende ventilator aan het plafond, waardoor ik uren onder een klam lakentje lag te draaien voordat ik in slaap viel.

De route richting het zuiden bestond voornamelijk uit zand en stenen. Bij Andicun Beach, vlak bij de ingestorte Natural Bridge, overnachtte ik bij een ouder Amerikaans echtpaar. Ze sukkelden beiden met reuma en woonden gedurende de wintermaanden in hun buitenhuisje op Aruba. Om de kosten te dekken verhuurden ze twee kamers aan toeristen. Na een goed gesprek met de man stuurde ik kaartjes naar mijn ouders, Roos en Madelief. Sinds de onthulling van Walters geheim had ik mijn vader één keer gesproken. Hij voelde zich bedonderd en wilde mij voorlopig niet zien. Een dag voor mijn vertrek naar Aruba mailde ik Madelief: *Ben even weg. Zorg goed voor papa. Liefs, Iris.*

In het Arikok National Park bewonderde ik de hagedissen, slangen, ezels en de gele suikerdiefjes die brutaal de krenten uit mijn krentenbol pikten.

Op een terras bij Baby Beach ontmoette ik Alvin Pot. Alvin was marinier en diepzeeduiker. We dronken tropische cocktails. Alvin had lieve ogen, te lief voor een marinier. Ik besloot wat langer te blijven. Overdag werkte Alvin op de marinebasis, na het werk gingen we duiken en windsurfen. Alvin was geen versierder, hij verafschuwde wellustige meiden en hield niet van korte relaties. Toch kon hij zijn gevoelens voor mij niet verbergen en spraken we af dat we over twee weken een nacht met elkaar zouden doorbrengen. De avond voor de bewuste dag pakte ik mijn rugzak in en verliet het hotel. Bij de receptie had ik een brief voor hem achtergelaten. Ik bedankte hem voor de mooie dagen en wenste hem een vrouw toe die wel paste bij zijn ogen.

De daaropvolgende maanden verbleef ik in mijn luxe suite in Oranjestad. Ik las *De loden bal* uit, mailde Madelief dat het tijdschrift met haar columns ook op Aruba te koop was en genoot van de zon, de rust en de Argentijnse soapseries, die ik steeds beter begon te verstaan.

’s Avonds zat ik vaak op het strand. De temperatuur was aangenaam en het ruisen van de zee hield alle zorgen en herinneringen op veilige afstand.

Een enkele keer kwam er een jong meisje naast mij zitten. Ze woonde in Venezuela en werkte als schoonmaakster in het hotel. In de gangen zeiden we elkaar gedag, op het strand spraken we over haar zoontje van vier, haar ouders die met liefde voor het kind zorgden en de Amerikaanse mannen in het hotel waar ze ’s nachts wat extra dollars aan verdiende.

‘Over vijf jaar heb ik genoeg,’ zei ze telkens, ‘dan kan ik terug en worden we gelukkig.’

We bekeken foto’s van haar zoontje en het huis waarin hij met zijn opa en oma woonde. Het huis stond deels in de steigers. Van het geld dat ze elke maand opstuurde, kon er weer een stuk van het huis worden afgebouwd.

Ik verifieerde haar verhaal bij de manager, stortte een fiks bedrag op haar rekening, kocht een enkeltje Caracas en zwaaide haar uit op het vliegveld.

Kort daarop stond ik zelf met mijn bagage op het vliegveld. Het was eind augustus, ik was bruin, uitgerust en klaar met de Argentijnse soapseries.

Bij thuiskomst bezocht ik een makelaar en zette mijn appartement te koop. De waarde was gedaald, zei de man, maar met een beetje mazzel kon ik er nog een aanvaardbare prijs voor vangen.

Er verschenen zes gegadigden: drie vrouwen, een man en twee koppels. Geen van hen hapte toe. Ik keek ondertussen uit naar iets nieuws. Op de fiets trapte ik de hele stad door en bezichtigde klassieke grachtenpandjes, moderne appartementen en een penthouse naast het Centraal Station. Alle woningen waren mooi en betaalbaar, maar ik kon geen keuze maken.

'Neem de tijd,' sprak de makelaar begrijpend, 'in deze prijsklasse vliegen de huizen niet weg.'

Ik nam de tijd. Via Marktplaats verkocht ik al wat spulletjes en ik slenterde uren over meubelboulevards om ideeën op te doen voor mijn nieuwe huis.

Toen ik na de vijfde kijkdag uit een taxi stapte en naar mijn benedendeur liep, ging de deur van meneer Van Ravenstein open. We hadden elkaar al een paar keer ontmoet. Hij en Babette waren een weekje naar Schotland geweest en Rambam was bijna verzopen in het meer van Loch Ness.

Meneer Van Ravenstein stapte naar buiten. Hij legde een hand op mijn schouder en zei: 'Hij is terug, meneer Walter is terug.'

Ik verstijfde. Acht maanden had ik erover gedaan om Walter te vergeten, heel Aruba had ik doorkruist om afscheid te nemen van de man met wie ik nooit een normale relatie zou kunnen krijgen, en nog altijd zat die man als een resistent virus in mijn lijf.

Voordat ik iets kon zeggen gaf meneer Van Ravenstein mij de sleutel van Walters woning, die ik na het BIB-feestje door zijn brievenbus had gegooid.

'Kijk maar wat je ermee doet,' zei hij, 'het is jouw leven.'

Minutenlang zat ik op de bank. Mijn jas had ik in de gang laten vallen, de wereld leek stil te staan. Ik was degene die de boel weer in beweging kon zetten, maar ik kon mijzelf niet eens in beweging zetten.

Nadat ik voor het aanrecht een glas water had gedronken, liep ik naar de slaapkamer en pakte de zwarte aktetas uit mijn kledingkast, waar hij sinds het bezoek aan Helena had gestaan. Zittend op het bed blies ik het stof van de tas, opende het slotje en haalde het dikke fotoalbum eruit.

Langzaam bladerde ik erdoor. Alle foto's waren in zwart-wit afgedrukt en opvallend netjes op de harde pagina's geplakt. Op het eerste gezicht leken het normale foto's van een normaal opgroeiend kind. Pas toen ik de laatste foto had bekeken, realiseerde ik mij dat er iets vreemds aan de hand was. Walter stond op alle foto's, maar hij stond er alleen op. Walter achter een verjaardagstaart met twee kaarsjes, vier kaarsjes, tien kaarsjes. Walter als kleuter voor de kerstboom, als tiener voor de kerstboom, als jongeman voor de kerstboom. Walter in de zandbak in de tuin, Walter met een voetbal in de tuin, Walter op een strandstoel in de tuin. De hele fotocollectie was een chronologische ordening van een verstild en eenzaam leven.

Er was maar één foto waarop hij met een ander stond afgebeeld, en dat was de eerste. Ik bladerde terug naar de eerste pagina en zag een magere grijze man met een pasgeboren baby in zijn armen. De man keek ontroerd naar het kind. Onder de foto stond: *Walter met papa, 16 april 1972.*

Die nacht sliep ik niet. Ik stond voor het raam, lag onder een dekentje op de bank, telde de vlekjes op het plafond.

Om halfvijf bekeek ik de foto's opnieuw en ontdekte nog een opmerkelijk detail: Walter lachte niet. Op alle foto's, zelfs de verjaardagsfoto's met taart, kaarsjes, feesthoedje en slingers, keek Walter ernstig voor zich uit, alsof de tragiek van de eerste foto alle andere overschaduwde.

Om kwart voor zes bladerde ik nogmaals door het album. Ik merkte dat ik niet meer kon stoppen en wilde de treurige foto's van de pagina's rukken en verscheuren. Ik wilde mijn kleren verknippen, mijn meubelen verbranden, mijn appartement, mijn leven, mijzelf verwoesten. Maar er viel niets meer te verwoesten. Al het werk was al gedaan, jaren geleden, toen ik met Roos en Madelief onder het logeerbed op zolder lag en nog geen idee had dat die uren slechts het begin van een lange, afgrijselijke nachtmerrie zouden zijn.

Toen de zon opkwam viel ik op de bank in slaap. Ik had twee glazen wijn gedronken en een restje opgewarmde lasagne gegeten. De halve slaappil, die nog in de strip uit Walters medicijnkastje zat, deed de rest.

Ik sliep lang en onrustig. Ik droomde over Alvin, de pratende vagina van Madelief, Bert Bunder, het behang van mijn oma, de brief van koningin Wilhelmina, de ogen van Walter, de handen van Walter, de pillen van Walter, de wc van Walter.

Na acht uur woelen nam ik een douche, een banaan en een besluit. Het was 12 september, kwart voor drie en mooi weer voor de tijd van het jaar.

Gekleed en opgemaakt zoals Walter het graag zag, ging ik naar boven. De sleutel paste, de deur ging geruisloos open en dicht. Walter zat in zijn leunstoel. Hij droeg een blauw pak. Tegen de muur stonden vier paar schoenen op rode kussentjes. Het geluid van de tv was uitgezet en onder in het beeld liep de teletekst mee.

'Mijn excuus voor de overlast,' sprak Walter, die zijn blik op de tv gericht hield, 'het zal niet meer gebeuren.'

Ik liep naar hem toe en streelde zijn haar, zijn wang, zijn kin. Walter keek op, verbaasd en onzeker. Ik ging op de salontafel voor hem zitten en pakte zijn handen.

'Ik ben niet Judith,' zei ik, 'ik ben niet je moeder. Ik maak zinloze ruzies, ik ben jaloers, snel geïrriteerd en voel me voortdurend verwaarloosd. Mijn liefde is een vlucht uit de eenzaamheid, gebaseerd op seks, lege pleziertjes en een wanhopig verlangen naar de geborgenheid die ik zelfs als kind niet heb gekend. Maar tijdens en tussen al die gevoelens door zal ik altijd van je houden, Walter...'

Mijn stem stokte. Walter keek naar onze handen, nam mijn rechterhand over, bracht hem langzaam omhoog en legde hem op zijn wang.

'Svenson,' zei hij met gesloten ogen, 'de Gom-jaren zijn voorbij.'